A Secret Affair
by Mary Balogh

宵闇に想いを秘めて

メアリ・バログ
山本やよい[訳]

ライムブックス

Translated from the English
A SECRET AFFAIR
by Mary Balogh

First published in the United States by Delacorte Press

Japanese translation published by arrangement with
Maria Carvainis Agency, Inc
through The English Agency (Japan) Ltd.

宵闇に想いを秘めて

主要登場人物

ハンナ・リード……………………………………故ダンバートン公爵夫人
コンスタンティン（コン）・ハクスタブル …………先々代マートン伯爵の長男（非嫡出子）
バーバラ・レヴンワース……………………………ハンナの幼馴染
ダンバートン公爵……………………………………ハンナの夫。故人
マーガレット（メグ）・ペネソーン ………………ハクスタブル家の長女。シェリングフォード伯爵夫人
ダンカン（シェリー）・ペネソーン ………………メグの夫。シェリングフォード伯爵
ヴァネッサ（ネシー）・ウォレス …………………ハクスタブル家の次女。モアランド公爵夫人
エリオット・ウォレス………………………………ネシーの夫。モアランド公爵。コンのいとこ
キャサリン（ケイト）・フィンリー ………………ハクスタブル家の三女。モントフォード男爵夫人
ジャスパー（モンティ）・フィンリー ……………ケイトの夫。モントフォード男爵
スティーヴン・ハクスタブル………………………ハクスタブル家の長男。マートン伯爵
カッサンドラ・ハクスタブル………………………スティーヴンの妻
ドーン・ヤング………………………………………ハンナの妹

1

ダンバートン公爵夫人ハンナ・リードはついに自由を手に入れた。十年間の結婚生活という重荷から解放され、夫であった公爵の死のあとに続いた一年間の退屈な服喪からも解放された。

自由を得るのにずいぶん長くかかった。祝うだけの価値は充分にある。

ハンナが公爵と結婚したのは出会って五日目のことだった。結婚を焦った公爵が教会に結婚予告を出すのを省略し、特別許可証を入手したのだ。彼女は十九歳、公爵は七十代だった。七十代のどのあたりかを正確に知っている者はいないが、八十歳に近かったという噂もある。結婚したとき、花嫁は息を呑むほど愛らしい乙女だった。ほっそりとしなやかな体形。夏空にも負けない鮮やかなブルーの瞳。微笑するために作られたような活気に満ちた明るい顔。波打つ長い髪。とても淡いブロンドで、白いきらめきを放っていた。それにひきかえ、公爵のほうは肉体にも、顔にも、頭にも、長い人生のなかで積み重なった年月の跡が刻みこまれていた。しかも、痛風に苦しんでいた。心臓も規則正しく打ちつづけることができるかどうか危うい状態だった。

もちろん財産目当ての結婚で、夫人は遅くとも数年後にはとても裕福な未亡人になれるはずだった。いまようやくそれが実現した。莫大な財産を持つ未亡人。とは言え、思いきり贅沢を楽しむ自由を手にするのに、予想以上に長く待たされたことも事実だ。

老公爵は、昔ながらの陳腐な表現を使うなら、妻が歩いた地面まで崇《あが》めていた。贅沢な衣装を山ほど誂《あつら》えてくれた。彼女がそのすべてを一度に着ようとすれば、重みで窒息してしまったことだろう。ハノーヴァー広場にあるダンバートン邸では、妻の化粧室の隣にある客用寝室が改装されて第二の化粧室になっていた。絹やサテンのドレス、毛皮のコート、その他の衣装、装身具などを収納するためだが、どれも一度か二度身に着けただけで、あとは新しいものが増えるたびに忘れ去られていた。公爵はまた、最愛の妻に贈った宝石類を保管するため、自分の寝室の壁に金庫を四つも作らせた。ただ、妻がどれかを身に着けようと思ったときは、寝室に入るのも、宝石を持ちだすのも、完全に彼女の自由だった。

公爵は妻を溺愛し、甘やかし放題にしていた。

公爵夫人はつねに豪華な衣装をまとい、けばけばしいほど大粒の宝石で飾り立てていた。たいていダイヤだった。髪にも、耳たぶにも、喉元にも、手首にも、両手の複数の指にも、ダイヤがきらめいていた。

公爵はどこへ行っても美しい妻を見せびらかし、妻を見あげるたびに誇りと愛情に満ちた笑みを浮かべたものだった。壮年期であれば公爵のほうが長身だっただろうが、寄る年波で背中が曲がり、杖に頼るようになっていた。それに、たいていすわったままだった。二人で舞踏会に出て、公爵夫人と踊ろうとする男がおおぜいいるときでも、夫人は夫のそばを離れようとしなかった。愛らしい唇にいつも物憂げな笑みを浮かべて夫の世話をしていた。献身的な妻の見本と言ってよかった。それだけは誰にも否定できなかった。

　年月がたつにつれて公爵の外出は困難になっていったが、そんなときは、ほかの男たちが公爵夫人を社交の場へエスコートした。貴族階級が大挙してロンドンに押し寄せる季節には、社交界の催しが人々を楽しませてくれる。エスコート役のなかでも、とくにお気に入りが三人いた。ハーディングレイ卿、サー・ブラッドリー・ベントリー、ジマー子爵。ハンサムで、エレガントで、魅力的な紳士ばかりだ。三人が公爵夫人との交際を楽しみ、夫人も彼らとの交際を楽しんでいるのは周知の事実だった。その楽しみのなかに何が含まれているかに頭を悩ませるような者はどこにもいない。気になるのはただ一つ――もちろん、気にしたところで満足の行く結論は出ないが――数々のお楽しみを公爵が承知しているのかどうかということだった。

　公爵が勧めてやらせているのだという大胆な推測をする者もいた。しかし、それがいくらおいしいスキャンダルになるとしても、ほとんどの者は公爵に好意的だったし、しかも公爵は年老いて同情される立場にあったため、妻に裏切られた哀れな老人という目で見る者のほうが多かった。公爵夫人のほうは〝ダイヤで飾り立てた財産狙いの女〟とそしられ、〝節操がない〟という言葉が添えられることもしばしばだった。こういう意見を口にするのは主として女性だった。

やがて、ある朝早く、公爵が心臓発作で急死したため、夫人の華やかな社交生活も、スキャンダラスな恋愛沙汰も、年老いた病気がちな夫の世話をするために閉じこもって暮らす陰気な日々も不意に終わりを告げた。もちろん、公爵夫人の期待と予想からすれば、けっして早い死ではなかった。ようやく財産を手にしたものの、そのために払った代償は大きかった。青春の日々を犠牲にしたのだ。公爵が亡くなったとき、夫人は二十九歳だった。そして、コープランドでクリスマスを迎えてほどなく喪が明けたときには、三十歳になっていた。コープランドというのはケント州にあるカントリーハウスで、自分が亡くなったあとで甥が爵位と領地を相続しても妻が暮らしに困らないようにと、公爵がハンナのために購入したものだった。正式な名前はコープランド荘園館だが、荘園館というイメージよりはるかに豪華な邸宅で、それにふさわしい広大な庭園に囲まれている。

というわけで、ダンバートン公爵夫人は三十歳にしてようやく自由の身になったのだった。花の盛りの時期はすでに過ぎていた。そして、信じられないような大金持ちになった。これからは自由を謳歌するつもりだった。イースターが過ぎると、社交シーズンを楽しむためにさっそくロンドンに出た。彼女が腰を落ち着けたのはロンドンのダンバートン邸。爵位を相続した当代の公爵は中年の温厚な男性で、田舎を歩きまわって羊の数を数えているほうが楽しいというタイプだった。貴族院議員として議会に出席し、この国にとっても世界にとってもきわめて重要かもしれないが、彼自身はなんの興味もない事柄について貴族仲間がくどくどと論議を続けるのに耳を傾けるのは苦手だった。政治家というのは退屈きわまりない連中だ――話を聞いてくれる相手がいれば、現公爵はかならずそう言っている。春になると貴族階級がロンドンに集まる理由のなかで、貴族院への出席はほんの些細なものに過ぎないのだが、妻を持たない彼にそう教えてくれる者はいなかった。おかげで、ダンバートン邸はハンナが自由に使い、毎晩でも舞踏会を開いていいことになった。現公爵がそう言ってくれたのだ。ただ、請求書はまわさないでほしいという条件付きで。

請求書云々というのは彼の吝嗇《りんしょく》な性格を端的に示す言葉だった。公爵夫人が誰かに請求書をまわす必要はまったくない。資産家なのだから。出費はすべて自分でまかなえる。

花の盛りは過ぎたかもしれないし、三十歳というのは女性にとってたしかにきびしい年齢だが、ハンナはいまも信じられないほど美しかった。できればそれを否定したいと思っている者が一部にいるのは事実だが、ハンナの美貌は誰にも否定できない。十九歳のときよりさらに美しくなったと言ってもいいほどだ。この十年でいくらか体重が増え、つくべきところに肉がついた。だが、よぶんな贅肉はいっさいない。いまもほっそりしているが、すばらしい曲線美が加わった。顔は娘時代に比べると、明るさと活気が影を潜めたものの、申し分のない骨格と肌の色の美しさがきわだっている。そして、笑みを絶やすことがない。もっとも、その笑みには傲慢さと誘惑の色がちらつき、ひどく謎めいた印象だ。外の世界ではなく自分のなかの何かに笑みを向けているかに見える。まぶたを軽く伏せる癖があり、その様子からは寝室と夢とさらなる秘密が連想される。さらに、髪は熟練したメイドの手でつねに一分の隙もなく結いあげられている。ただし、いつほどけて華やかな乱れ髪になるかわからないという危うさがある。現実にそうなったことはこれまで一度もないので、人々の好奇心はさらに煽られている。

髪が彼女のいちばんの魅力だと多くの者が言っている。ただし、目は別だ。あるいは、スタイルも別。歯も別。歯は真っ白で歯並びも完璧だ。

これが貴族社会から見たダンバートン公爵夫人の姿だった。老公爵と結婚した女。ようやく自由の身となり、裕福な未亡人としてロンドンに戻ってきた女。

もちろん、真実を知っている者は一人もいない。二人の結婚生活に入りこんで、夫婦仲が円満か否かを探った者はどこにもいない。知っているのは当の公爵夫妻だけだ。晩年の公爵は家に閉じこもることが多くなったし、夫人のほうは、知人こそ山ほどいたが親しい友達は一人もいなかった。贅沢で謎めいた雰囲気の陰に身を隠すことで満足していた。

十年間の結婚生活が続くあいだ、貴族社会の人々は公爵夫人に関して飽くなき憶測を重ねてきたが、一年間の喪が明けたいま、ふたたび憶測を始めていた。客間や晩餐の席で格好の話題になっていた。自由の身になった彼女がこれからどんな人生を送るのか、みんな興味津々だった。生まれも身分もはっきりしない娘がダンバートン公爵という大きな獲物を釣りあげ、公爵を生まれて初めて結婚に踏み切らせたのだ。

さて、つぎは何をする気だろう？

公爵夫人の将来を気にかけている者はほかにもいた。しかし、その女性は、好奇心を満たしてくれる唯一の相手に向かってじかに問いかけた。

彼女の名はバーバラ・レヴンワース、公爵夫人の幼馴染で、二人はリンカーンシャーの同じ村で大きくなった。バーバラは牧師の娘として。ハンナはほどほどの家柄と財産のある地主の娘として。バーバラはいまもその村で両親と暮らしている。もっとも、父親が一年前に牧師の職を退いたため、牧師館からよその家へ越したけれど。バーバラはしばらく前に新任の牧師と婚約した。八月に結婚することになっている。

住む場所は違っても、二人の幼馴染は親しいつきあいを続けてきた。公爵夫人は結婚してから一度も実家に帰っていないし、バーバラは公爵夫人から何度も泊まりにくるよう誘われたが招待に応じたことはめったになく、たまに泊まりに出かけたときでも、公爵夫人が望むほど長く滞在したことは一度もなかった。公爵のことが苦手だったのだ。そのため、文通で友情を育んできた。この十一年間、少なくとも週に一度ずつ、長い手紙を出しあってきた。

今回はバーバラが招待に応じて、ロンドンの公爵夫人のもとにしばらく滞在することになった。公爵夫人が〝あなたの花嫁衣装を誂えましょう。イングランドで最高という評判のお店なのよ〟という誘惑の手紙をよこしたからだ。手紙を読んだとき、バーバラはいささかムッとして、首をふりながら思った——とってもけっこうなお話だわ。お金がどっさりあればね。ハンナはお金持ちでも、わたしはそんな身分じゃないのよ。しかし、一人になったハンナには友達が必要だったし、バーバラのほうは結婚して家庭に入る前に何週間かかけて教会や美術館を好きなだけまわってみたいと思っていた。婚約者のニューカム牧師も、ロンドンへ出かけて楽しい時間を過ごし、気の毒な未亡人の支えになるようにと勧めてくれた。そして、バーバラがロンドン行きを決めると、大金を差しだし、おしゃれなドレスやボンネットを買うようにと言ってくれた。昔からハンナのことをとても可愛がっていたバーバラの両親も、自分たちの娘が牧師の妻として地道な暮らしを始める前にハンナのもとで一カ月ほど過ごすのはすばらしいことだと思い、高額な小遣いを娘に無理やり持たせてやった。

長旅を経てダンバートン邸に到着したときのバーバラは、とてつもなく大金持ちになった気分だった。もっとも、旅のあいだは、全身の骨が揺さぶられて不快な場所に移動していくような気がしていたけれど。

玄関ホールでハンナが待っていて、二人は抱きあい、数分のあいだ叫び声と歓声が飛びかった。両方が同時にしゃべり、相手の言葉は聞こうとせず、なんでもないことに笑いころげ、再会できた幸せに浸った。貴族社会の人々がいまのハンナを見て、彼女だと気づかなかったとしても、仕方のないことだろう。頬を紅潮させ、大きな目を輝かせて満面の笑みを浮かべ、興奮と喜びで金切り声になりかけている。謎めいたところはこれっぽっちもない。

ハンナはやがて、無言で背後に控えている家政婦の姿に気づき、この有能な家政婦にバーバラの世話を任せることにした。バーバラが部屋に案内されて、手と顔を洗い、服を着替え、髪を梳き、三十分ほどかけて身支度を整えたうえでお茶を飲みに下りてくるまでのあいだ、ハンナは客間を漫然とうろついていた。

バーバラはいつもの身ぎれいで落ち着いた姿に戻っていた。信頼できるバーバラ、この世の誰よりも大切な友——ハンナはそう思いながらバーバラに笑顔を向け、部屋を横切ってふたたび彼女を抱きしめた。

「来てもらえて、とっても、とっても喜んでるのよ、バーバラ」ハンナは笑った。「あなたが着いたときはその喜びが伝わらなかったかもしれないから、もう一度言わせてね」

「そうね、少しは喜びを見せてくれたような気もするけど」バーバラはそう答え、またしても二人で笑いころげた。

ハンナは突然、最後に笑ったのはいつのことだっただろうと思った。まったく記憶にない。しかし、気にはならなかった。喪中の者は笑わないのがふつうだ。笑ったりすれば、薄情な女だと周囲に思われかねない。

それからまる一時間、今度はおたがいの話に耳を傾けながら、二人はしゃべりつづけ、やがて、バーバラのほうから、ダンバートン公爵の死去以来ずっと気にかかっていたことを尋ねた。手紙のときは遠慮していたのだが。

「これからどうするつもり、ハンナ?」椅子の上で身を乗りだして、バーバラは訊いた。「公爵さまが亡くなって、ひとりぼっちでしょ。あんなに仲のいいご夫婦だったのに」

そんな意外なことを信じているのは、ロンドンの街には、いや、イングランド全土を探してもほとんどいないだろうが、バーバラはその一人だった。いや、バーバラ一人だけかもしれない。

「ええ、そうだったわね」ハンナはため息をついた。片手を膝に広げ、爪が美しく手入れされた指のうち三本にはめてある指輪を見つめた。上等の白いモスリンで仕立てたドレスを片手でなでた。「夫がいなくてとても寂しい。おもしろい話がたくさんあるから早く帰って話さなきゃと思うんだけど、そのたびに、待っててくれる夫はもういないんだって気がつくの」

「でもね」バーバラは同情に満ちた真剣な声で言った。「公爵さまは痛風でとても苦しんでらしたし、晩年は心臓の具合がお悪くてかなり痛みがあったでしょ。こう言ってはなんだけど、安らかな最期だったのが救いじゃないかしら」

ハンナは不謹慎ではあるが、この発言をおもしろく思った。こういう決まり文句が頭にぎっしり詰まっているのなら、バーバラは申し分のない牧師の妻になれるだろう。

「そのときが来たら、わたしたちもそういう幸運に恵まれたいものね」ハンナは言った。「でも、じつを言うと、亡くなる前の晩にステーキをどっさり食べてワインを飲みすぎたのが心臓発作をひきおこしたんじゃないかと思うの。わたしと出会う十年以上も前から、暴飲暴食を慎むよう警告されてて、結婚後も年に一回は注意を受けてたのよ。あの人、いつも言ってたわ――きみが子供部屋で人形をあやして寝かしつけていたころに、わたしの墓石が苔むしていたとしても、不思議はなかっただろう、って。ずいぶん長生きしてしまったことを、たびたびわたしに詫びたものだった」

「まあ、ハンナ」悲しみと非難が入り混じった声で、バーバラは言った。ほかにどう言えばいいのかわからない様子だった。

「でも、わたしの力でついにそれをやめさせたわ」ハンナは言った。「ものすごく下手な詩を書いて、〈本当は死んでいたはずの公爵さまへ〉という題をつけて、夫の前で朗読したの。夫は大笑いして、咳の発作に襲われ、危うく死ぬところだった。対になる詩を書けばよかった。〈未亡人になるはずだった公爵夫人へ〉という題で。でも、未亡人《ウィドウ》と韻を踏む言葉が見つからなかったの。〝夫の足指《ヒズ・トウ》〟あたりがいいかしら。痛風を暗示するために。でも、なんだか冴えない《レイム》気がしたの」

〝レイム〟には〝脚が不自由〟という意味もあり、バーバラがそれに気づいて噴きだすのを見て、ハンナはかすかな笑みを浮かべた。

「まあ、ハンナったら。駄洒落はやめてよ」

「はいはい、そうね」ハンナは同意した。

二人とも笑いだした。

「だけど、これからどうするつもり？」バーバラは最初の質問に戻り、ハンナをまっすぐに見て返事を待った。

「貴族社会のご期待に応えなくては。当然でしょ」ハンナは反対の手を椅子の肘にかけて広げ、薬指と小指の指輪をうっとり見つめた。手を軽く傾け、指輪が窓から射しこむ光をとらえてみごとなきらめきを放つようにした。「愛人を作ることにするわ」

口に出してそう言うと、いささか……淫《みだ》らに聞こえた。でも、淫らなことではない。わたしは自由の身だもの。もう誰にも遠慮はいらない。未亡人が愛人を作るのは当たり前のこと。

その関係を表沙汰にせず、口をつぐんでいさえすればいい。まあ、〝当たり前〟は言いすぎかもしれないけど、世間で黙認されているのはたしかだ。

しかし、バーバラはもちろん、ハンナとは別世界の人間だった。

「ハンナ！」バーバラの首筋から頬までが赤く染まり、その色が額へ広がって髪のなかへ消えた。「もうっ、意地悪ねえ。人をドキッとさせたくて、そんなこと言ったんでしょ。大成功よ。わたし、ヒステリーの発作を起こしそうだったわ。頼むから、まじめにやって」

ハンナは両方の眉を上げた。「あら、わたしは大まじめよ。夫がいたけど、亡くなった。とりもどすことはもうできない。エスコートしてくれる男性は何人もいるわ。すてきな男性ばかりだけど、どこか物足りないのよね。兄か弟みたいな感じでつまらないの。新しい男が必要だわ。わたしの人生に……そうね、華やかな彩りを添えてくれる人。愛人が必要なの」

「あなたに必要なのは」バーバラの声がきびしくなった。「愛する人よ。ロマンティックな意味で。恋の相手。結婚して子供を作ることのできる相手。あなたが公爵さまを愛してたことはわかるけど、でも、それは――」

バーバラは言葉を切り、ふたたび赤くなった。

「ロマンティックな愛ではなかったと言うの？」ハンナはバーバラのかわりにあとを続けた。

「どちらにしても苦しいものね。夫を失うというのは。ここが苦しくてたまらない」ハンナは胸の下に手を当てた。「それに、ロマンティックな恋なら夫と出会う前に経験したけど、幸せにはなれなかった。そうでしょ？」

「あのころはまだ子供だったもの」バーバラは言った。「それに、あんなことになったのはあなたのせいじゃないのよ。いまにきっと、すてきな愛にめぐりあえるわ」

「そうね」ハンナは肩をすくめた。「でも、愛の出会いをじっと待ちつづけるつもりはないの。必死に探してまわるつもりもないし。本物の愛が見つかったと無理に思いこんで、すぐまた再婚するようなことはしたくないの。わたしは自由なのよ。自由を捨ててもいいと思えるときが来るまで、このままでいたい。自由でいる時期がずっと続くかもしれない。永遠に捨てる気になれないかもしれない。未亡人っていう立場はいろいろと便利なのよ」

「もうっ、ハンナったら」バーバラは非難の口調になった。「まじめにやって」

「とにかく、わたしは愛人を持つつもり。はっきり決めたわ、バーバラ。大まじめよ。楽しむことだけを目的にして、しがらみはいっさいなし。罪深いほどハンサムな男がいいわ。そして、悪魔のように魅力的な男。愛人として邪悪なまでの技巧を備えた経験豊かな男。恋に悩むようなことはなく、結婚の願望も持たない男。そんな理想の男がどこかにいないかしら」

バーバラは笑顔に戻っていた。心からおもしろがっている様子だった。

「イングランドにはダンディーな放蕩者があふれているという噂よ」バーバラは言った。「どの男も息を呑むほどハンサムなんですって。ハンサムじゃないのは法律違反なのかもしれない。もちろん、ほとんどの女がそうした男に心を奪われて、自分の力でこの人を真人間にしてみせようと決心するの」

「あら、そんな決心をする女がいるかしら」ハンナは言った。「邪悪な魅力を秘めた放蕩者を、人格者の紳士というだけの退屈な存在にしたがる女がどこにいて？」

二人は身体を二つに折ってしばらく笑いころげた。

「ニューカム牧師さまは放蕩者じゃないでしょ？」ハンナが訊いた。

「サイモンのこと？」バーバラはまだ笑いが止まらなかった。「聖職者なのよ、ハンナ。しかも、すばらしい人格者。だけど、けっして退屈な人ではないわ。男はみんな放蕩者か薄のろのどちらかだっていうあなたの意見に、わたしは断固反対よ」

「あら、そんなこと言った覚えはないわ。あなたの牧師さまはきっと、ロマンティックな心を持った完璧にすてきな紳士でしょうね」

バーバラの笑い声がようやく静まった。「いまの言葉を伝えたらサイモンがどんな顔をするか、目に見えるようだわ」

「わたしが愛人に望むことは一つだけ」ハンナは言った。「あ、もちろん、さっき言ったことは別よ。あれは必須条件ですもの。でね、わたしが選んだ愛人には、わたし以外の誰にも目を向けないでもらいたいの」

「要するに、愛玩犬ってことね」バーバラは言った。

「勝手に変なこと言わないでよ」ハンナは立ちあがって呼鈴の紐をひき、お茶のトレイを下げるよう命じた。「わたしがほしいのは――いえ、求めるのは――その正反対のタイプ。横柄で、すごく男らしい男。わたしが言うことを聞かせようと思ったら、ひどく手こずりそうな相手」

バーバラは笑みを浮かべたまま、首を横にふった。

「ハンサム、魅力的、あなたに夢中、献身的」指を折って数えていった。「横柄、すごく男らしい。何か抜けてる？」

「技巧」ハンナは言った。

「経験豊か」バーバラが言いなおし、またしても赤くなった。「その程度の男なら、十人ぐらい簡単に見つかるわ。目星をつけた相手はいるの？」

「いるわ」ハンナはそう答えると、トレイを手にしたメイドが部屋を出てドアを閉めるまで待った。「ただし、その男が今年もロンドンに来てるかどうかはわからない。だいたい毎年来るけどね。来ていなかったら困るわ。だけど、ほかにも何人か候補は考えてあるのよ。相手を見つけるのに苦労はないわ。わたしはどこにいても男たちの注目の的ですもの。あら、それってうぬぼれかしら」

「うぬぼれよ、ええ」バーバラは微笑した。「でも、事実でもあるわね。少女のころから、あなたはいつもそうだった——男も女もあなたに目を奪われてしまう。男は憧れの目、女は羨望の目。ダンバートン公爵があなたに出会い、それまで頑なに独身を通してきたのにあなたを妻に迎えようと必死になったときだって、誰一人驚きもしなかった。ま、ほんとは裏の事情があったわけだけど」

十一年間けっして触れてはならなかった話題に、バーバラは危険なほど近づいていた。手紙で何度かその件に触れたことがあったが、ハンナはいつも知らん顔だった。

「あら、裏の事情なんてなかったわ」ハンナはいまそう言っていた。「わたしが美人じゃなかったら、果たして公爵がわたしに目を向けてくれたかどうか。でも、優しい人だったわ。わたしは公爵が大好きだった。ねえ、外に出ない？　長旅で疲れてる？　それとも、新鮮な空気を吸って足を伸ばすチャンスを歓迎する？　この時間帯のハイドパークは――少なくとも上流の人々が集まるあたりは――きっとすごい混雑だわ。ぜひとも出かけていって、見たり見られたりしなくては。ロンドン滞在中はそれが義務なのよ」

「前に行ったときのことを覚えてるわ。午後になるといつも、村人総出の五月祭のときより多くの人が公園にやってくる。わたしは顔見知りが一人もいなくて、田舎から出てきた親戚みたいな気分にさせられそうだけど、それでもかまわないわ。さあ、出かけましょう。身体を動かしたくてむずむずしてるの」

2

二人はボンネットをとってきて、公園まで歩いて出かけた。本格的な夏はまだ先のことだが、今日もなかなか気持ちのいい日だった。太陽が輝き、雲も少し出ていて、優しい風が吹いていた。

太陽の出ている時間より隠れている時間のほうが長いのに、ハンナは白い日傘をさしていた。見せびらかそうともしないのなら、こんなおしゃれな装飾品を持つ理由がどこにあるの？

「ハンナ」公園の門をくぐったときに、バーバラがためらいがちに言った。「お茶のときの話、本気じゃないわよね？　これからどうするつもりかって話だけど」

「あら、本気に決まってるでしょ。わたしはもう未婚の乙女じゃないし、夫のいる身でもない。人も羨む立場の女になったのよ。身分の高い裕福な未亡人。しかも、まだまだ若い。そして、大貴族の未亡人は愛人を持つのがふつうなの。もちろん、相手の男も貴族でなきゃだめだけど。できれば、独身男性のほうがいいわね」

バーバラはため息をついた。

「冗談ならいいのにと思ってたのよ。でも、本気かもしれないって気がしてた。あなたは結婚して享楽的な世界に入り、その世界の流儀やモラルに馴染んでしまったのね。わたしはあなたの計画に反対よ。そんな不道徳な生き方には賛成できない。でも、もっと嫌なのは、あなたの軽率なところだわ。自分で思ってるほど冷酷な人ではないし——ええと、どう言えばいいのかしら——人生に倦《う》み疲れているわけでもない。大きな愛にあふれた人なのに。愛人を作ったところで虚《むな》しいだけでしょ。下手をすれば傷つくかもしれない」

ハンナはクスッと笑った。「向こうに人がたくさんいるのが見える？　誰もが言うでしょうね。ダンバートン公爵夫人には傷つくハートなどないって」

「あなたがどんな人か、誰もわかってないのよ。でも、わたしにはわかる。もちろん、何を言おうと、あなたが思いとどまるはずはないけど。だから一つだけ言っておくわ。何があろうと、あなたに対するわたしの愛は変わらない。いつまでも。あなたが何をしようと、あなたへの愛が消えることはないわ」

「いっそ消えてくれればいいのに。でないと、ダンバートン公爵夫人が涙にむせんで友人の腕に抱かれるという興味深い光景を、貴族社会の人々に見られることになってしまう」

バーバラは優美とは言えないしぐさで鼻を鳴らし、二人はまたしても笑いころげた。

「じゃ、無駄な説得はあきらめて、華やかな光景にひたすら目を向けることにするわ。ところで、あなたが狙いをつけた横柄な男性のことだけど、ロンドンに来てるかどうかもわからないというその男性に名前はあるの？」

「なかったら変でしょ。ハクスタブルっていうの。コンスタンティン・ハクスタブル。爵位なし。ずいぶんレベルを落としたものだと思わない？　この十年以上、公爵、侯爵、伯爵以下の相手とは一度もつきあったことがないのに。国王陛下にお目にかかったことだってあるのよ。爵位のない人もいるってことを忘れかけてたわ。要するに、彼は身分の低い平民なのと言っても、そんなに低いわけじゃないけど。お父さまはマートン伯爵で、その長男として生まれたの。あ、誤解されないように言っておくと、お母さまは正式な奥方さまよ。とんでもない手違いがあってね。少なくとも、お母さまとその実家の側に。伯爵家のほうは逃げ腰だったんじゃないかしら。結婚はしたけど、それが長男の誕生から何日かあとのことだったの。そんな悲劇が想像できて？　正確に言うと、たしか二日後だったと思うわ。本当なら、いまごろはマートン伯爵になっていたはずの人が、たった二日の差でその権利を永遠に剝奪され、ただのコンスタンティン・ハクスタブル氏になってしまったの」

「まあ、不運ねえ」バーバラも同意した。

少し前方に貴族階級の人々がたくさん集まって、運動のまねごとのようなことをしていた。さまざまな形の馬車や、あらゆる種類の馬に乗った人々や、最新流行の装いで着飾った歩行者が、公園全体の広さからするとばかばかしいほど狭い一角にひしめき、あらゆる人を見たり、あらゆる人に見られたりしようとしている。仕入れたばかりのゴシップを披露し、何か話したそうな様子の者がいれば耳を傾ける。

いまは春、貴族階級がふたたび享楽に身を委《ゆだ》ねる季節だ。

ハンナは日傘をくるくるまわした。

「ハクスタブル氏にはモアランド公爵というとこがいるのよ。驚くほどよく似てるの。もっとも、わたしに言わせれば、公爵は正統派のハンサムで、ハクスタブル氏は罪深きハンサムね。現在のマートン伯爵もいとこなんだけど、こちらはまったく違うタイプ。金髪で、端整な顔立ちはまるで天使みたい。愛想がよくて、危険な匂いはこれっぽっちもないの。おまけに、去年、レディ・パジェットと結婚したのよ。最初の夫を斧で殺した女だっていう噂がまだ消えてなかったのに。田舎にひっこんでいたわたしのところにも噂が届いたほどよ。伯爵はもしかしたら、外見から想像されるほど弱虫でも温厚でもないのかもしれない。そう期待したいわね。とにかくハンサムなのよ」

「ねえ、バーバラ」ハンナは日傘をさらにくるっとまわした。「ギリシャの神々と英雄の胸像を見たことはある？　白大理石の彫刻。言葉にできないほど美しいけど、とんでもない欺瞞《ぎまん》でもあるわ。だって、ギリシャ人は地中海沿岸に住んでたわけでしょ。幽霊みたいな顔色のはずがないじゃない。ハクスタブル氏のお母さまはギリシャ人だったの。でね、ハクスタブル氏の顔立ちは完全にお母さま譲りで、まるでギリシャ神話から抜けだしたようなの。真っ黒な髪、浅黒い肌、黒い瞳。それに、あの体格――そうね、あなた自身の目で判断してちょうだい。あそこにいるから」

そう、たしかにそこにいた。一緒にいるのはマートン伯爵と、伯爵の義兄にあたるモントーフォード男爵。三人とも馬に乗っている。

ええ、いまのわたしの説明どおりね。ハクスタブル氏をじっと観察して、ハンナは思った。去年の春は喪中で田舎にひきこもっていたため、二年ほど会わなかったわけだが、記憶は間違っていなかった。体格は完璧そのもので、馬上の姿がそれをみごとにひきたてている。長身でほっそりしているが、均整がとれ、つくべきところにしなやかな筋肉がついている。脚は長くたくましい。いつの時代も男の最大の魅力だ。顔はハンナの記憶にあるより表情がきびしくなり、骨ばった感じになったようだ。そうそう、鼻のことをすっかり忘れていた。過去のどこかで鼻の骨を折り、まっすぐもとに戻ることはなかったに違いない。でも、彼の顔に関する意見を訂正しようとは思わない。あれだけハンサムな顔を見たら、こちらの膝の力が抜けてしまいそう。

罪深いほどハンサム。

服装の趣味もよくて、淡い黄褐色の乗馬ズボンと白いシャツ以外は黒一色の装いだった。黒い乗馬服が胸と肩と二の腕のたくましい筋肉に第二の皮膚のごとく張りついている。ブーツも黒、シルクハットも黒。馬までが黒い。

すてき、とっても危険な匂いのする男——ハンナはうっとりした。手の届かない男のように見える。難攻不落の砦《とりで》のように見える。わたしが砦に突撃したら、彼に片手でつまみあげられ、全身の骨をへし折られてしまいそう。

この人に決めた。とにかく今年はこの人。来年は誰か別の男を選ぶだろう。あるいは、来年になったら愛する男性を見つけ、その相手と永遠に結ばれることを真剣に考えるかもしれない。でも、いまのところ、そんな心境にはなれない。今年はまったく別のことに挑戦するつもり。

「ねえ、ハンナ」バーバラが心配そうな声で言った。「あまり好人物じゃなさそうね。できれば――」

「あら」いつもの物憂げな笑みを浮かべて人混みのなかへ入っていきながら、ハンナは尋ねた。「好人物を愛人にしたがる女がどこにいて？　そういう男って、たぶん、ものすごく退屈よ」

今年もここに戻ってきた――コンスタンティン・ハクスタブルは思った。新たな社交シーズンを楽しむため、ロンドンに戻ってきた。ふたたびハイドパークを訪れ、貴族社会の面々に囲まれ、横には馬に乗ったマートン伯爵のスティーヴンが、反対側には、またいとこキャサリンの夫でモントフォード男爵のジャスパーがいる。

前回この街に来たのが、まるできのうのことのように思われる。あれから一年もたったとは信じられない。今年は来るのをやめようかと思った。もちろん、毎年そう思う。だが、毎年この街にやってくる。

何か抵抗しがたい魅力に惹かれて、春になるとロンドンに戻ってきてしまう。コンは心のなかでそう思いながら、大きなボンネットをかぶった年配の貴婦人二人に向かって、スティーヴンたちと三人で帽子を傾けて挨拶した。貴婦人たちはバルーシュ型の古めかしい馬車に乗り、それ以上に古めかしい御者の手綱さばきでゆっくりと運ばれていた。コンたちの挨拶に二人そろって手を上げ、会釈で応えてくれた。まるで王室の人々のように。

コンはグロースターシャーにあるエインズリー・パークの自宅で過ごすのが大好きだった。農場の作業に忙しく追われ、邸内の用事に同じく忙しく追われるとき、このうえない幸せに包まれる。田舎にいるあいだは、自分の時間と呼べるものがまったくない。それに、孤独を嘆く必要ももちろんない。近隣の人々がコンにも社交行事に参加してほしくて、しょっちゅう誘いに来る。エインズリーで彼がやっていることを多少胡散臭く思っているかもしれないが。

そして、エインズリーでは……邸内に人があふれてきたため、コンは二年前から寡婦の住居で暮らすことにした。そうすれば、多少は自分のプライバシーが保てるし、屋敷のほうで自分が使っていた部屋を新しく入ってきた者たちに提供できる。おかげでしばらくは快適に暮らせたが、それも、寡婦の住居に温室がついていることを一部の子供たちがこの冬に発見し、遊び場にするまでのことだった。そのあとは言うまでもなく、人形のお茶会に使う皿と水を用意するために、子供たちが台所を使うようになった。そして……。

ある日、料理番が留守をしたときに、コンはいつのまにか食料貯蔵室に入って子供たちのためにビスケットの缶を探し、そして、お茶会に参加していた。いやはや……。

毎年春になるとコンがロンドンへ逃げだすのも、無理からぬことだ。男の人生には多少の平和と静けさが必要だ。健全さは言うに及ばず。

「この街に戻ってくると、いつもホッとすると思わないか」モンティが陽気に言った。

「ぼくは自分の家から追いだされたばかりなんだが」スティーヴンが言った。

「だが、レディたちのほうは、邪魔な男どもを排除したうえで跡継ぎの赤ん坊をちやほやしたいわけだ」モンティは言った。「まさか、そんな場に同席する気は、きみだってないだろう？　姉上たちが手間暇かけて十人あまりの貴婦人を招待し、みんなが出産祝いを持って訪れ、赤ん坊をちやほやするんだぞ。カッサンドラは祝いの品を見て喜んでみせなきゃいけないし、全員が一つ一つをじっくり眺めて、〝まあ、すてき〟と言わなきゃならない」モンティはおおげさに身を震わせた。

スティーヴンはニッと笑った。「鋭い意見だ、モンティ」

つい最近、スティーヴンに息子が生まれたばかりだった。初めての子。跡継ぎの息子。未来のマートン伯爵。コンにとってはどうでもいいことだった。父親の爵位を継いだのはコンの弟のジョナサンで、彼が数年のあいだ伯爵となり、いまはスティーヴンがそのあとを継いでいる。爵位はいずれスティーヴンの息子のものになる。これから何年かのあいだに、スティーヴンとカッサンドラはさらに何人も息子を作るかもしれない。それもコンにしてみれば、どうでもいいことだ。彼自身が伯爵になることはけっしてないのだから。

それでかまわなかった。伯爵になれないことは昔からわかっていた。それを不満に思ったことはなかった。

三人は馬を止めて、顔見知りの男性二人と挨拶を交わした。公園には見慣れた顔がいっぱいだと、ぼんやり周囲を見まわしながらコンは思った。新しい顔はほとんどない。わずかにあるとすれば、たいてい若い令嬢だった。社交界にデビューしたばかりの結婚適齢期の令嬢たちが大規模な結婚市場にやってきたのだ。

なかには美女も何人かいた。しかし、コンは自分がずいぶん冷静な目で彼女たちを見ていることに気づいて驚き、少なからず動揺した。誰にも心を動かされることがなかった。心を動かされたとしても、図々しいと非難される心配はないのだが。非嫡出子という彼の立場は法律上の些細な問題に過ぎない。父親の爵位と財産を相続できる立場でないことは事実だが、伯爵の息子という社交界での身分にはなんの影響もない。ウォレン館で大きくなった。父親の死によってかなりの遺産が入った。

その気になれば結婚市場で令嬢たちを物色し、満足のいく結果を得ることができるだろう。だが、コンはもう三十五歳。新たに登場した美女たちも、コンから見ればほんの子供だ。ほとんどが十七か十八だろう。

そう思うと心穏やかではいられなかった。若返ることはできない。だが、生涯独身を貫く気もない。では、いつ結婚する気だ？　さらに言うなら、誰と結婚するつもりだ？

何年も前にエインズリー・パークを購入し、浮浪者、泥棒、元軍人、知的障害者、娼婦、未婚の母、その子供といった、社会から爪はじきされている人々を住まわせるようになったため、当然ながら、結婚の見込みはかすんでしまった。エインズリーでは誰もが勤勉に働いていて、最初の数年間は重労働のわりに経費ばかりがかさむ状態だったが、ありがたいことに、最近は収益が出るようになってきた。

とは言え、彼の妻となる若い女が、とくにそれが貴族の令嬢であれば、そんな連中に交じって、そんな場所で、しかも寡婦の住居で暮らせと言われたら、いやがるに決まっている。コンが使っていた寡婦の住居の居間は、一カ月ほど前、温室のお茶会のあとで疲れて目をあけていられなくなった人形たちの寝室にされてしまった。

「一つ推測させてくれ」モンティがコンに身を寄せた。「緑色のドレスの子かい？」

うら若き令嬢二人と、その数歩うしろに控えているいかめしい顔のメイド二人を自分が凝視していたことに、コンはいまハッと気づいた。向こうの四人はすでにコンの視線を意識している。令嬢たちはくすくす笑ってしなを作り、メイドたちは令嬢との間隔を一歩半まで詰めていた。

「二人のうちでは、たしかにあの子のほうが美人だ」コンは正直に言いながら視線をそらせた。「もっとも、スタイルはピンクのほうが上だね」

「どっちのパパのほうが金持ちかなあ」モンティが言った。

「ダンバートン公爵夫人がロンドンに戻ってきてるよ」三人で馬を進めながら、スティーヴンが言った。「あいかわらずの美貌だ。たしか喪が明けたばかりだと思うけど。挨拶しに行かないか」

「ぜひ」モンティが言った。「うしろに並んでいる六台の馬車になぎ倒されることも、うしろにいる六人の歩行者をなぎ倒すこともなく、向こうまで行けるのなら。連中ときたら、いつだって小道から迷いでてくる。危険きわまりない」

モンティが先頭に立って、馬車や馬のあいだを巧みに縫って進み、やがて、そぞろ歩きの人々に近づいた。

コンはついに彼女の姿を目にした。ほとんどの者が散策用の小道を無事に歩いていた。だが、周囲をゆっくり眺めたときに、彼女に気づかずにいられる者がどこにいよう。すらりと優美な姿、白一色の繊細な装い、ほんのりピンクに染まった頬と唇、底知れぬ深さを湛《たた》えた色っぽいブルーの瞳。

彼女がダンバートン公爵の妻になるかわりに高級娼婦の道を選んでいたら、いまごろはイングランドで最高に有名な娼婦になっていただろう。そして、大金持ちになっていただろう。もちろん、いずれにしても大金持ちにはなったわけだが。老公爵を誘惑して、生涯最初にしてただ一度の結婚を決意させたのだから。そして、限嗣相続という規定の枠外にある財産を残らず自分のものにしたのだから。

公爵夫人という身分にふさわしく、育ちのよさそうなコンパニオンがお供をしていた。また、取巻きの数もかなりのもので、謎めいたかすかな笑みと、ときおり差しだす白手袋に包まれた手に惹かれて、おおぜいの者が、しかもほぼ男性ばかりが周囲に集まっていた。公爵夫人の人差し指には大粒のダイヤが光っていた。軽率にも不埒な振舞いに及ぼうとする男がいたら、そのダイヤで男の頭を叩きつぶすこともできそうだ。

「まあ」物憂げな視線を取巻き連中からはずして、公爵夫人は言った。混雑のせいで、取巻き連中は前へ進まざるをえない。「マートン卿、あいかわらず天使のようにハンサムでいらっしゃいますこと。レディ・パジェットにご自分の戦利品の価値がよくおわかりになっていればいいのですが」

柔らかな口調だった。声は軽やかで耳に心地よい。もちろん、大声を出す必要などないに決まっている。彼女が口を開いて何か言おうとすれば、周囲はみな静まりかえって耳を傾ける。

公爵夫人が片手を差しだすと、スティーヴンはその手を唇に持っていき、微笑した。

「いまはレディ・マートンですよ。そして、ぼくにはもちろん、自分の戦利品の価値がよくわかっています」

「いい方ね。非の打ちどころのないお答えですこと。まあ、モントフォード卿。ずいぶん……従順におなりのようね。レディ・モントフォードのお手柄かしら」

そう言って、彼に手を差しだした。

「いいえ、それは違います」公爵夫人の手の甲に唇をつけながら、モンティはニッと笑って答えた。「妻をひと目見た瞬間に……ぼくはたちまち従順になりました」

「そう伺ってうれしいわ。でも、以前耳にした噂とはちょっと違うみたい。まあ、ハクスタブルさま。ご機嫌いかが?」

公爵夫人は侮蔑に近い視線をコンに向けた。もっとも、まつげを伏せて上目遣いで見たため、本当に侮蔑の視線を向ける気でいたのなら、効果が薄れてしまったようだが。コンには手を差しだそうとしなかった。

「元気にしております、公爵夫人。今年はロンドンでふたたびお姿を拝見することができ、いっそう元気になりました」

「お上手ですこと」公爵夫人は指輪のきらめく手で相手の言葉を退けるようなしぐさを見せた。黙って立っているコンパニオンのほうを向いた。「バーバラ、マートン伯爵とモントフォード卿とハクスタブルさまを紹介させてくれる？　みなさま、ミス・レヴンワースは世界でいちばん大切なわたしの友人です。わたしたちが育った村で、もうじき牧師さまと結婚する予定ですけど、その前にしばらくわが家に泊まりに来てくれてますの」

ミス・レヴンワースは背が高くて、ほっそりしていて、北欧系の顔立ちだった。前歯がやや出ていて、髪は金色。不器量というわけではない。

彼女が膝を折ってお辞儀をした。男性三人は馬上で頭を下げた。

「お目にかかれて光栄です、ミス・レヴンワース」スティーヴンが言った。「お式は近いのですか」

「八月でございます。でも、それまでのあいだ、ロンドンの名所をできるだけ見てまわりたいと思っております。とにかく、美術館と画廊は一つ残らず」

コンは公爵夫人の視線が彼の馬に向いていることに気づいた。彼女の視線はやがてコンのトップブーツに。それから彼の太腿に。そして……彼の顔に。コンが無遠慮に視線を返しているのに気づいて、公爵夫人は眉を上げた。

「そろそろ行きましょうか、バーバラ。みなさんの散策のお邪魔をしているみたい。紳士の方々は馬車の流れを止めてしまったし。馬車がずいぶん……多いのね」

公爵夫人はそう言うと、向きを変え、ロンドンに戻ってきた彼女に歓迎の挨拶をしようとやってきた賛美者の群れのほうへ歩き去った。

「まいったな」モンティがつぶやいた。「じつに危険な匂いのするレディだ。しかも、つい最近自由の身になったばかり」

「友達のほうは思慮分別のありそうなタイプだね」スティーヴンが言った。

「手にキスする栄誉を与えてもらえるのは、どうやら爵位のある紳士だけのようだ」コンは言った。

「ぼくがきみの立場だったら、それを気にして眠れぬ夜を過ごすようなことはないと思う」モンティが言った。「手を差しだされるかわりに、頭から爪先まで丹念に眺めてもらえる栄誉は、たぶん、爵位のない紳士にしか与えられないのだろう」

「いや、独身の紳士と訂正すべきかもしれない」スティーヴンが言った。「あのレディはきみに気がありそうだぞ、コン」

「だが、こっちにはその気がない」コンは言った。「貴族社会の半数と愛人を共有しようなどという野心は持ったことがないのでね」

「うーん」モンティが言った。「ダンバートンはそういう状況に置かれていたのかな……。だが、若いころのダンバートンは危険な男という評判が高かったそうだ。結婚後もけっして寝とられ男には見えなかった。むしろ、生クリームの壺にもぐりこんで心ゆくまでクリームをなめた猫という印象だった」

「一つ思いだしたことがある」スティーヴンが言った。「去年のことだ。ちょうどこの日だったかもしれない。まさにこの場所で、ぼくは初めてカッサンドラを目にしたんだ。きみも一緒だっただろ、コン。それから、ぼくの記憶に間違いがなければ、カッサンドラを見て、分厚い喪服姿では暑くてたまらないだろうと言っていたところに、モンティがケイトと一緒に馬でやってきたんだ」

「そして、きみはそれ以来、カッサンドラと幸せに暮らしている」モンティが言った。ふたたびニッと笑った。「コンと豪奢な公爵夫人にも同じ運命が用意されていると言いたいのかい？」

「今日は太陽が出ていないぞ」コンは言った。「もちろん、暑くもない。それから、公爵夫人は喪中ではない。あるいは、誰にも気づかれることなくコンパニオンと二人で寂しく歩いているわけでもない。それから、ぼくは結婚の足枷《あしかせ》など求めていない。あいにくだったな、モンティ」

「だけど、コン」眉をわざとらしく動かして、スティーヴンが言った。「ぼくだってそうだった」

　三人全員がクスッと笑った。やがて、まったく同じ色合いの葦毛の馬二頭に真新しい四輪馬車をひかせて、ティモシー・フードがやってくるのが見えた。三人の注意はたちまち、純白の装いの未亡人からそれたが、ようやく考える余裕が出てきたコンは、公爵夫人の視線にこめられていたのは侮蔑ではなく挑発だったのだと気がついた。

だが、はっきり言って興味はなかった。ロンドン滞在中は毎年のように愛人を作るけれど、その目的は社交シーズンを心からくつろいで過ごすことにあった。

一人でも多くの崇拝者を集めることを日々の娯楽にしているような女性が相手では、ゆっくりくつろげるはずもない。しかも、あの女性はそういう才能に恵まれている。

相手がどんな女であれ、コンとしては、女の言いなりになるつもりはなかった。

操り人形になるつもりもなかった。

もちろん、悪名高きダンバートン公爵夫人の操り人形などまっぴらだ。

3

それから数日のあいだに、ハンナはリンカーンシャーの村という慣れ親しんだ世界を離れてわけのわからない別世界へ移ってしまったという思いが、バーバラのなかでますます強まることとなった。そこは倫理観に欠ける世界だった。数日のあいだに、ハンナは大きな嘘を二回ついた。もっとも、当人には嘘という自覚はないのだろう。

悪意のある嘘ではなかった。

一回目の嘘は、ある日の午前中、遅い時刻に二人がボンド通りの帽子店から出てきたときだった。そのうしろには、大きな帽子箱を四個も抱えて身体が半分以上隠れてしまっている従僕の姿があった。二人は待たせてある馬車に帽子箱を無事に積みこんでから、通りの少し先にあるカフェへ行き、何か軽いものを食べるつもりでいた。ところが、運命のいたずらと言うべきか、ハクスタブル氏が向こうから一人で歩いてきた。まだかなり距離があったので、避けようと思えば簡単に避けられただろう。しかも、買物客の混雑のなかにいる二人に向こうは気づいていない様子だった。ところが、ハンナは彼が近くに来て二人を目にするまで待った。

ハクスタブル氏は帽子のつばに手を当て、礼儀正しく頭を下げて、ご機嫌いかがですかと尋ねた。

「何時間も買物をしてましたの」ハンナは疲れた様子でため息をついた。

少なくともこの返事は真っ赤な嘘というより単なる誇張のように、バーバラには思われた。たとえ一時間半でも、一時間よりは長い。

「おかげで喉がからからですわ」ハンナはさらに続けた。

バーバラはなんだか落ち着かなくなった。ハンナは言うまでもなく、ハクスタブル氏の気を惹こうとしている。でも、こんなに露骨にやっていいの？

しかし、そのあとに大きな嘘が続いた。まさかそんな展開になろうとは、バーバラは思ってもいなかった。

ハクスタブル氏は騎士道精神を発揮して答えた。こういう場合、本物の紳士なら誰だってそう言うだろう。

「ここからそう遠くないところに、カフェかケーキ屋といった感じの店があります。よろしければそちらへご案内して、お茶などご馳走させていただけないでしょうか」

すると、ハンナは感謝の表情を浮かべたり、照れてみせたりするかわりに、残念そうな顔になった。バーバラは驚きのなかでその表情を見守った。

「まあ、なんてご親切なんでしょう、ハクスタブルさま。でも、来客の予定がありますので、急いで帰宅しなくてはなりませんのよ」

　そこで、御者はあわてて手綱を握り、従僕は馬車の扉をあたふたとあけた。ハクスタブル氏はお辞儀をすると、女性たちに手を貸して馬車に乗せた。

　走りだした馬車のなかからハンナが優雅に会釈を送った。

「ハンナ？」

「熱意を見せすぎるのはよくないわ」ハンナは言った。

「でも、お茶に誘ってほしいって露骨に言ったようなものじゃない」バーバラは指摘した。

「喉が渇いたという事実を言っただけよ。ほんとのことでしょ」

「来客の予定はあったかしら」

「わたしの知るかぎりではないわ」ハンナは認めた。「でも、先のことはわからない」

　要するに、ハンナは嘘をついたわけだ。バーバラは嘘が許せない人間だった。しかし、何も言わないことにした。ハンナは相手を弄《もてあそ》んでいる。それもバーバラには許せないことだが、ハンナは一人前の大人だ。自分の生き方を自分で選ぶ権利がある。

　二回目の嘘はその数日後の夜、メリウェザー卿夫妻が主催する舞踏会に二人で出席したときだった。バーバラは気が重かった。貴族の館で開かれる舞踏会。かつて出たことのある華やかな催しといえば、せいぜい村の舞踏会ぐらいだ。

「ばかねえ」不安を口にしたバーバラに、ハンナは言った。「足を見せてご覧なさい」

　バーバラがスカートをくるぶしまで持ちあげると、ハンナは眉間にしわを寄せて足もとを見た。

「思ったとおりね。右足が一つと左足が一つ。これならちゃんと踊れるわ。両方とも左足だったら、家に残るのを許可してあげたかもしれないけど。たまにそんな人がいるのよね、気の毒に。ほとんどが男性なの。でも、あなたは舞踏会に出るのよ。抵抗しても無駄。出なきゃだめ。出るっておっしゃい」

バーバラはやむなく舞踏会に出た。気をつけていないと、目玉が外に飛びだしてしまいそうだった。こんなきらびやかな光景は想像したこともなかった。明日は故郷へものすごく長い手紙を書くことになりそうだ。

舞踏室に入ったとたん、二人のまわりに人がどっと押し寄せた。いや、正確に言うなら、ハンナのまわりに押し寄せ、バーバラはその渦に巻きこまれただけだった。公の場に出たときの友の変わりようにバーバラは驚き、なんだか愉快になった。バーバラが昔から知っているハンナとはまるで別人だ。まさに……そう、まさに堂々たる公爵夫人だ。

舞踏室にはハクスタブル氏もいた。かたわらには、公園で一緒に馬に乗っていた二人の紳士。そして、二人の貴婦人。しかし、ハクスタブル氏はほどなく彼らから離れた。室内を歩きまわり、何度も足を止めて、さまざまなグループと言葉を交わしていた。

そして、ハンナのほうは、バーバラが観察していると、つねにハクスタブル氏の視界に入る場所に立つよう計算していた。二人の視線が合うたびに、ハンナは手にした白い羽根の扇子を揺らし、一度か二度は頼りなげな表情まで浮かべてみせた。人が多すぎるため不安でならず、助けを求めているという表情。

バーバラが思うに、ハンナをまねて〝不安でならない。助けてほしい〟という表情を作りたがっている女性がこの部屋にたぶん二、三十人はいるだろう。ハンナが男たちに及ぼす力ときたらまさに驚異的だ。しかも、力をふるおうという素振りも見せないのだから。もちろん、ハンナは少女のころから、どこへ行っても周囲の視線を集めていた。この世で最高の美貌を備えた女性の一人だった。

ハンナの無言の誘惑に応えて、ついに、ハクスタブル氏が舞踏室の向こうから大股でやってきた。

まずバーバラに頭を下げて挨拶をした。それからハンナにお辞儀をした。

「公爵夫人、一曲目を踊っていただけませんか」

ハンナはふたたび侮蔑の表情になった。

「まことに残念ですけど、無理ですわ。ほかの方とすでにお約束していますので」

えっ？　バーバラは目をしばたたいた。ここに来る途中でハンナが言っていた。前もって男とダンスの約束をすることはけっしてない、と。公爵がまだ踊ることのできた当時から、そうしていたそうだ。また、ここに到着して以来、ハンナがダンスの申込みに応じるのをバーバラは一度も目にしていない。

「では、二曲目はいかがでしょう？」ハクスタブル氏が言った。「それとも、三曲目？」

ハンナは扇子を閉じて、その先端を唇につけた。

「申しわけございません、ハクスタブルさま」残念でたまらないという声で、ハンナは言った。「どの曲も約束ずみですのよ。またつぎの機会に」

ハクスタブル氏はお辞儀をして立ち去った。

「ハンナ?」バーバラは言った。

「一曲残らず踊るつもりですもの」ハンナは言った。「熱意を見せすぎるのはよくないのよ、バーバラ」

ふたたび取巻き連中がやってきて、ハンナの気を惹こうと競いはじめた。

見えすいたおかしな嘘ね――バーバラは思った。男に思わせぶりな態度をとり、向こうがそれに応えたとたん撥《は》ね付けるなんて。それでどうやって男の心をつかむつもり? どうやってあの人を赤の他人から愛人に変えるつもり?

そうならないことをバーバラは願った。ハンナが愛人を作ろうとするのは大きな間違いだ。心からそう信じていた。それに、ハクスタブル氏は完璧な紳士に見えるけれど、とても危険なタイプのようだ。弄ばれて黙っているような男ではない。

彼がハンナを完全に無視してくれるよう願うことしか、バーバラにはできなかった。

やがてバーバラの思いはよそへ向いた。一人の紳士がハンナに頼んでバーバラに紹介してもらい、バーバラの手をとってお辞儀をすると、一曲目を申しこんできたのだ。

バーバラは下を見て右足と左足がそろっているかどうか確認したい気持ちをかろうじて抑えこんだ。不意に口のなかがからからに乾き、心臓がハンマーのように打ちはじめ、サイモンがいてくれればいいのにと心から思った。

も忘れていた。

「喜んで」バーバラは清純な微笑を浮かべると、紳士の袖に手をかけた。紳士の名前は早く

一方、ハンナのほうはこの十一年のあいだに身につけたもっとも価値ある資質を発揮していた。それは忍耐力。何かを手に入れたいときは、物欲しげな態度を露骨に見せないほうがいい。いや、ぜったい見せてはならない。ハンナが手に入れたいのはコンスタンティン・ハクスタブルだ。前に会ったときの印象よりもさらに魅力的だ。満足のいく愛人になることは間違いない。たぶん、大いに満足させてくれるだろう。

しかし、彼女を愛人にする気など向こうにはないことも、ハンナにはわかっていた。ハイドパークで顔を合わせたときにはっきりわかった。馬上から冷たく見おろされて、軽蔑されているのだと思った。もちろん、ハンナのことをろくに知りもせずに軽蔑している者はたくさんいる。はっきり言って、それは彼女自身の責任だが、男たちは軽蔑しつつもまわりに集まってくる。ハンナから目を離すことができないのだ。

人目を惹くだけでなく、抵抗しがたい魅力をふりまく方法を、公爵が教えてくれた。

〝臆病さや慎みを賛美する者はどこにもいないのだよ、わが最愛の人〟——新婚のころ、公爵がハンナに言った。当時の彼女はひどく臆病で慎み深かった。〝わが最愛の人〟というのが、公爵が彼女につけた呼び名だった。ハンナと呼んだことは一度もなかった。同じように、ハンナも夫のことを〝公爵さま〟としか呼ばなかった。

臆病さを捨てることをハンナは学んだ。
そして、慎み深さをきっぱり捨て去ることを。
そして、忍耐強くなることを。

舞踏会から三日目の夜、ハンナとバーバラはヒートン卿夫妻の自宅で催された小規模な音楽会に顔を出した。早めに到着した客でいっぱいの楕円形の控えの間に案内され、音楽室の席について演奏を聴く前にワインを楽しんだ。二人はいつものように、ハンナの友人や賛美者に囲まれていた。賛美者のうち二人が、ハンナの横にすわる栄誉を求めてライバル意識を燃やしていた。左右に席があることをハンナが二人に教えてもよかったのだが、教えたところで双方が満足して議論をやめるとは思えなかった。

ハンナが顔の前で扇子を揺らしていると、シェリングフォード伯爵夫妻が入ってくるのが見えた。数年前に衝撃のスキャンダルの真っただ中で結婚し、いまは傍から見ても幸せそうな日々を送っている。

伯爵夫人がハンナに気づいて会釈をし、笑顔になった。伯爵も微笑してハンナのほうへ片手を上げた。ハクスタブル氏が夫妻に同行していた。そういえば、ハクスタブル氏は伯爵夫人の親戚だ。伯爵夫人がマートン卿の姉なのだ。ハクスタブル氏はハンナとバーバラのほうに軽く頭を下げたが、笑顔は見せなかった。

彼の前では、室内の男性すべてがかすんでしまう。ハンナはぜったい彼を愛人にしようと決めた。

ぜったい実現させるつもりだった。迷いはなかった。

かつて公爵からこう言われた。〝わが最愛の人、何かをしたいと思うだけでは、それは実現しないのだよ。したい、というのは臆病で卑屈な言葉だ。それが意味するのは、その思いがずっと続くだけで、自分はそれに値せず、奇跡を望むしかないことがわかっている、ということだからね。かわりに、そうなるのが当然だと思いなさい。そうすれば、かならず実現する。奇跡などというものは存在しない〟

「残念ですけど、お隣にすわることはできませんわ、ネザビー卿」競いあう二人の賛美者をなだめるために、ハンナは言った。「でも、ご親切には心から感謝いたします」大きな声を出す必要はなかった。周囲の全員が沈黙して、ハンナの言葉に聴き入っていた。「それから、あなたのお隣にすわることもできませんのよ、バートランド卿。お許しくださいましね。ハクスタブルさまとすわることにいたします。一週間前にボンド通りでお目にかかったとき、ご親切にもバーバラとわたしにお茶とケーキをご馳走すると言ってくださったのに、残念ながら時間がなくてご一緒できなかったんです。それから、二、三日前にメリウェザーご夫妻の舞踏会でダンスを申しこまれたときは、わたし、すでに他の方と踊る約束をしていましたし。ですから、今夜はハクスタブルさまのお隣にすわることにしましした」

ハンナは扇子を閉じると、先端に軽く唇をつけてハクスタブル氏をじっと見つめた。彼のほうはなんの反応も見せなかった。驚きも、侮蔑も、喜びも。男は愚かな生きもので、ハンナの歓心を買おうと必死になるものだが、ハクスタブル氏は違っていた。だが、背を向けて歩き去ることもなかった。

ハンナは胸をなでおろした。

「こんばんは、公爵夫人」ハクスタブル氏が近づいてくると、取巻き連中が彼のために道を空けた。「ずいぶん混雑していますね。音楽室のほうはもう少し空いていますよ。とりあえずそちらへ移ってはどうでしょう?」

「そのほうがよさそうね」ハンナは右にいた紳士に空っぽのグラスを渡し、ハクスタブル氏の腕に手をすべりこませた。

パーク夫妻がバーバラと話をしているのが、ハンナの目に入った。先ほど夫妻にバーバラを紹介したのだ。それで思いだしたが、夫妻の次男が聖職者だった。

ハンナが手を触れたのは、とてもたくましい腕だった。手首にのぞく糊のきいた白いカフス以外は黒一色だ。手は浅黒く、指が長くて爪はきれいに磨いてあるが、柔らかな部分はまったくない。まさにその逆だった。若いころから労働をしてきたような手だ。黒い毛にうっすら覆われている。肩はハンナより何センチか高い。つけているコロンの香りがハンナの五感を心地よく刺激した。なんの香りかはわからなかった。

音楽室はたしかに半分ほどしか埋まっていなかった。もちろん、こうした催しが時間どおりに始まることはけっしてない。二人は音楽室のへりをゆっくり歩きはじめた。

ハクスタブル氏が彼女を見おろして言った。「それでは、先日の失望の埋めあわせとして、今夜は隣の席にすわらせていただけるのですね」

「あら、失望なさいましたの？」

「愉快でした」

ハンナは彼のほうを向き、真っ黒な目を見つめた。感情の読めない目だった。

「愉快だったとおっしゃるの？」ハンナは両方の眉を上げた。

「愉快ですとも。人形遣いが糸を操って人形を踊らせようと必死になり、人形には糸がついていなかったことに気づくわけですから」

まあ。ゲームのやり方を心得ていて、しかも、ルールに従うことを拒む人。わたしのルールに。この人のことがよけい好きになったわ。

「でも、操り人形が踊ったところで、べつにおもしろくもありませんわね。そして、結局は操り人形じゃなくて、踊るのが好きなだけの男だとわかったら？」

「しかし、公爵夫人、その他おおぜいと一緒に踊るのは嫌いな男なのです。それでは自分がひどく……凡庸な男に思えてしまう。群舞のなかの一人として踊ることを、その男は断固拒否しております」

まあ。条件を出してきたわけね。

「でも、それでしたら調整をおこなって、ソロで踊っていただくこともできましてよ、ハクスタブルさま。それとも、二人で踊るパ・ド・ドゥがいいかしら。そうね、パ・ド・ドゥにしましょう。上手に踊る方だったら――きっとそうだと思うけど――社交シーズンのあいだ、パ・ド・ドゥのパートナーはその方だけにお願いしようかしら。群舞の人たちは必要ありません。省略しましょう」

二人は向きを変えて部屋の前のほうへ行き、オーケストラの楽器が置かれた低いステージと、最前列に並んだ金箔とベルベット張りの椅子のあいだを歩きはじめた。

「では、まず試験があるのでしょうか」ハクスタブル氏が言った。「オーディションのようなものが」

「必要ないと思いますわ。その方の踊りは一度も見たことがないけど、きっとすばらしくお上手だと信じています」

「優しすぎますね。人を信頼しすぎだ、公爵夫人。男のほうはたぶんもっと慎重でしょうな。パ・ド・ドゥを踊るとすれば、男の側にもパートナーの女性をテストするチャンスが与えられて然るべきです。相手の女性が男に劣らぬ技巧を備えたダンサーかどうかを調べるために。社交シーズンのあいだ男の踊りにふさわしい相手になれるのかどうか、すぐさま退屈な相手になってしまう恐れはないかを調べるために」

ハンナは空いたほうの手で扇子を開き、顔の前で揺らした。音楽室はまださほどの混雑ではないが、人いきれですでにひどく暑くなっていた。

「〝退屈〟というのは、ハクスタブルさま、その女の語彙《ごい》には含まれていない言葉です」

「ほう。だが、男の語彙には含まれています」

ハンナはそこでムッとしても、激怒してもよかったのだが、なんだか楽しくなってきた。

正直に言うと、〝退屈〟という言葉は彼女の語彙のなかで大きな位置を占めている。つまり、ハンナはまたしても嘘をついたわけだ。バーバラが聞いたら愕然としたことだろう。この会話を耳にする機会がなくて、バーバラにとってはまことに幸いだった。ショックで気絶していたかもしれない。ハンナの周囲の紳士はほとんどが退屈なタイプだ。彼女を玉座にすわらせて拝み奉っているが、ハンナにはそれが迷惑だった。玉座は孤独で味気ない場所だし、ただの人間を拝み奉るのはあまりにばかげている。

二人は向きを変え、音楽室の反対端を歩きはじめた。

「あら」前方を見て、ハンナは言った。「モアランド公爵ご夫妻だわ。ご挨拶に行きましょうか」

公爵はハクスタブル氏のいとこで、とてもよく似ている。兄弟と言ってもいいほどだ。ハンナが二人のいるほうへハクスタブル氏をひっぱっていくと、彼は「では、そうしますか」と言った。

公爵夫妻はハンナに対してはじつににこやかで、ハクスタブル氏に対してはひどく冷淡だった。ハンナはこのいとこたちが何かで仲違いしたという噂を以前に聞いたのを、うっすら思いだした。しかし、身内どうしの争いを心のなかで非難しそうになって、ハッと思いとどまった。わたしだって人のことを言えた義理ではない。

ハンナが前から感じていたことはやはり正しかった。二人を比べてみると、公爵のほうがハンサムだ。古典的な整った顔立ちで、珍しいことにブルーの目をしている。髪と肌の印象からすると、ふつうは黒い目のはずなのに。でも、魅力的なのはハクスタブル氏のほうだ——とにかく、ハンナの目にはそう映った。そのほうが波風を立てずにすむ。公爵には妻がいるのだから。

「ハクスタブルさまとわたしはそろそろ席につくことにします」緊迫した雰囲気になりすぎないうちに、ハンナは言った。「長時間立ったままだったので疲れてしまいました」

そこで全員が会釈と微笑を交わし、ハクスタブル氏が前から四列目の中央の席へハンナをエスコートした。

「あまり有望とは言えませんね。わずか一時間ほど立っていただけで、ダンサーが足の痛みを訴えるようでは」

「あら」ハンナは扇子を閉じてハクスタブル氏の袖に軽く当てた。「誰が踊りの話などしてますの？　モアランド公爵さまとの口論の原因はなんだったのかしら」

「きわめて不作法と思われるのを承知で言わせていただくと、よけいなお節介だと申しあげずにはいられません」

ハンナはため息をついた。

「ええ、たしかにお節介ね。今後もお節介は続くでしょう。あなたに関することは何もかも知っておきたいから」

ハクスタブル氏は黒い目をハンナに向けた。

「オーディションを終えて、あなたに役が与えられたら？」ハクスタブル氏が訊いた。

ハンナは扇子で彼の袖を軽く叩いた。

「オーディションが終われば、一緒に踊ってほしいとあなたのほうからわたしに懇願なさることでしょう。でも、それはすでにおわかりね。あなたにオーディションの必要などないことが、わたしにわかっているのと同じように。あなたが大きな謎を秘めた方で、いとことの不和の原因以外にも秘密をたくさん抱えていらっしゃることに、わたしは期待をかけています。ええ、心から期待しております。きっと失望させられることはないでしょう」

「それにひきかえ、公爵夫人、あなたはじつにわかりやすい人だ。ありもしない秘密を打ち明けるのはやめて、ぼくの関心を惹く方法をほかに考えたほうがいいですよ」

ハンナは物憂げな笑みを浮かべて、まつげの下から彼を見た。

「部屋が混みあってきましたわね。あと十五分ほどで音楽会が始まるでしょう。でも、わたしたち、意味のある話をまだ何もしていませんことよ、ハクスタブルさま。このところの天候をどうお思いになりまして？　早くから天候に恵まれすぎていませんこと？　夏の終わりに悪天候になりそうね。それが昔から伝わる知恵じゃありません？　どうお思いになります？」

「公爵夫人、早くから天候に恵まれすぎても、あなたはそれを心配するようなタイプには見えませんが。どこから見ても楽観的な人で、春から夏へ季節が移るにつれて暑くなると思っておられる」

「あら、わたしってそんなにわかりやすい人間かしら。正確に見抜かれてしまいましたわね。

ところで、あなたのほうは、春は肌寒いほうがいい、夏の暑さがほどほどに抑えられるから、などとおっしゃってはいけませんことよ。ギリシャ人ですもの」

「半分はギリシャ人で、半分は違います。あとの半分がどこなのかは、あなたご自身の推測におまかせしましょう」

二人の前の椅子も、背後と両脇の椅子も埋まり、部屋全体がざわざわと騒がしくなってきたが、やがてヒートン卿がステージに現われると、演奏への期待から室内は静まりかえった。

ハンナは手首に結んだ扇子を放し、片手の指をハクスタブル氏の袖に軽くかけた。

すべてが思いどおりに運んでいた。ボンド通りで出会ったときとメリウェザー邸の舞踏会のときに冷たくあしらっておいたので、今夜は一歩前進し、つぎのときにまた後退するつもりだった。焦る気持ちはまったくなかった。準備段階もゲームそのものに劣らずわくわくするものだ。

ところが、ハンナが自分のやり方でゲームを進めるのをハクスタブル氏は拒んだ。一歩前進するかわりに、今夜は少なくとも二人で一キロほど突進したような気分だった。呼吸が苦しくなりそうだった。

そして、期待で胸が高鳴っていた。

でも、彼に主導権を渡すわけにはいかない。二人の関係はまだ始まったばかり。いえ、永遠に渡すつもりはない。

「あら、ミンターさまがずいぶん遅れていらしたのね」一時間後、休憩時間になり、聴衆がワインと会話を求めて席を立ちはじめたときに、ハンナは言った。「お小言を言ってこなきゃ。隣にすわらせてほしいと懇願されて、お気の毒に思って承知してあげたのよ。音楽会の後半はミンターさまと一緒にすわったほうがよさそうだわ。お連れもいないようだし」

「ええ」ハクスタブル氏はハンナの耳もとで低く言った。「いらしたほうがいいでしょう、公爵夫人。このままぼくのそばにおられたら、ぼくはあなたに大胆に口説かれているような気分になりかねませんから」

　ハンナは扇子でハクスタブル氏の腕をもう一度軽く叩くと、疑うことを知らないミンター氏のところへ行った。向こうはたぶん、ハンナが今夜ここに来ていることも知らなかっただろう。

4

コンの〝春の愛人たち〟は――モンティが以前そう呼んだのだが――ほぼ例外なく社交界の未亡人から選ばれていた。娼館へは足を運ばない、高級娼婦や女優を金で買うことはしない、というのがコンの個人的なルールだった。もちろん、夫のいる女性に手を出すこともけっしてない。ただし、気のある素振りを見せる人妻は驚くほどの数にのぼっている。未婚の令嬢に手を出すこともない。コンが求めているのは愛人であって、妻ではないのだから。

コンがいつも実感することだが、再婚を急ぐ未亡人はあまりいない。いずれはほとんどの未亡人が再婚するが、二、三年は自由を謳歌し、気軽な情事のなかで官能の喜びに浸ることを望んでいる。

コンは愛人との関係を、たいてい社交シーズンが終わるまで続ける。途中で愛人を替えることはめったにないし、二股はぜったいにかけない。愛人はたいてい年下の美女だが、美貌や若さが必要条件だとは思っていない。コンの好みは、控えめで、落ち着きがあり、エレガントで、さまざまな分野の興味深い事柄について会話ができる知性を備えた女性だ。性的な満足とともに、つきあって楽しい相手が彼の理想だ。

で、今年は?
コンはリッチモンドにあるフォンテーン家の大邸宅を訪れ、屋敷の裏に広がる丸石敷きのテラスに立っていた。もっとも、どちらを裏と呼ぶべきか、どちらを表と呼ぶべきか、この屋敷の場合はどうも決めにくい。表は道路に面していて、馬車の通行が多く、きわめて平凡な造りだ。それに対して、裏からはテムズ川の景色が眺められ、屋敷と川のあいだにはテラスと、花に飾られた広い石段があり、石段の下はゆるやかに傾斜する芝生になっている。芝生の片側にはバラの東屋とこぢんまりした果樹園。反対側には温室が並んでいて、ここにもテラスがある。石畳のこのテラスは川に面していて、小さな桟橋が造ってあり、川遊びをしたい者がいれば、桟橋の両側に浮かんで揺れているボートですぐ川に出られるようになっている。

そして、いま、屋敷の事実上の正面と言ってもいい裏側は日射しにあふれ、けっこう暑くなっていた。もっとも、まだ早春の時期なので、ひんやりした空気が暑さを和らげている。すべてが絵のように美しく、とても居心地がいい。

社交シーズンに入ったばかりの時期にガーデンパーティを開くとは、フォンテーン夫妻もまた大胆なことをしたものだ。天候がまだまだ不順な時期なので、そんな賭けをしようという者は、夫妻のほかには誰もいない。もちろん、寒さや雨に祟られた場合は、邸内に大きな舞踏室や広い客間があるし、ほかにも部屋がたくさんあるに決まっているから、客をそちらへ案内すればいい。

今年は新たな未亡人がロンドンに現われ、今シーズンのコンの愛人になりたいという希望を大胆にぶつけてきた。ただし、そう簡単にはなびかない女に見せようとして、露骨な策略でぼかしているけれど。ボンド通りでも、メリウェザー邸の舞踏会でも、彼女のそんな態度がコンには愉快でならなかった。

公爵夫人は今日もその策略を使うつもりのようだ。ハーディングレイ卿の腕に手をかけて、果樹園からさほど離れていない芝生に立っている。古くからの愛人の一人である彼と一緒に、三十分ほど前に到着したのだ。男性も女性も含めた多数の客に囲まれて、しゃれた日傘をくるくるまわしながら、周囲の人々と熱心に話しこんでいる。日傘の色は彼女の装いに合わせてやはり白。いつもたいてい白いドレスだ。もっとも、同じ印象になることはけっしてない。その点はたいしたものだ。

コンのほうには一度も視線をよこさなかった。それが意味するのはつぎの二つのうちどちらかだ。まだ彼に気づいていない。または、彼と深い仲になる気をすでになくしている。

どちらも当たっていないことが、コンにはよくわかっていた。

公爵夫人はコンを手に入れようと決めている。もちろん、彼の姿にも気づいている。でなければ、ああまで頑なに視線をそらしつづけるはずがない。

ふたたび愉快になった。

ワインをゆっくり飲みながら、友人グループとの会話を続けた。急いで彼女のもとへ行くつもりはなかった。それどころか、自分から動く気はまったくなかった。夕方までずっと公爵夫人に無視されたところで、コンのハートが破れるわけではない。

しかし、コンは談笑を続けながら、そして、新たに到着した人々に視線を向け、その何人かに笑顔を見せ、別の何人かには片手を上げて挨拶しながら、三日前からずっと彼を悩ませている疑問について考えていた。

自分は本当にダンバートン公爵夫人を愛人にしたいのか。

ハイドパークではその問いにきっぱりノーと答えた。本当の気持ちだった。

ほとんどの男から見れば、ばかげた疑問だろう。当然のことだ。なにしろ、公爵夫人はたぐいまれな美貌の持ち主で、信じられないことだが、年齢を重ねるにつれてさらに美しくなっている。まだまだ若いし、美貌のみならず性的な魅力も備えている。愛人を作ろうと思えば、どんな男でも手に入るだろう。妻のいる男たちも例外ではない。

しかし……。

なぜかコンは逡巡していた。理由は彼にもよくわからない。

向こうがコンを選んだから？　しかし、女性が自分のほしいものを男性と同じく大胆に追い求めてはならないという道理はない。コンだって女性に狙いをつけたら、向こうの抵抗がやむまで、もしくは、はっきり断わられるまで、執拗に追いかける。どんな男でも手に入れられる色っぽい美女に選ばれるなんて、名誉なことではないか。

では、公爵夫人の男性関係が派手すぎるから？　老公爵が生きていたころから、数知れぬ愛人がいたというではないか。ついに公爵から自由になり、一年間の喪も明けたとなれば、愛人の数はますます増えるのではないだろうか。だが、競争を前にして尻込みするようなコンではない。それに、公爵夫人が自分以外にも愛人を持つ気だとわかったら、黙って立ち去ればすむことだ。彼が求めているのは愛ではないし、結婚の誓いに似たものでもない。愛人を求めているだけだ。心まで捧げるつもりはない。

しかも、公爵夫人はヒートン家での音楽会のとき、彼と愛人関係でいるあいだはほかに男を作ろうとは思わない、とはっきり言った。

では、音楽会の席でコンが言ったように、公爵夫人がじつにわかりやすいタイプだから？　誰もが公爵夫人のすべてを知っている。色っぽい瞳と、唇にいつも浮かんだ物憂げな笑みにもかかわらず、はっきり言って、この女性には謎めいたところはない。バラの花びらのように一枚ずつめくっていけるタイプではない。

めくっていくのは衣服だけだ。

ドレスに包まれた彼女の身体に何回視線を這わせようとも、ドレスを脱いだときの姿は誰にも想像できない。その肌がどんな感触か、どんな動きを見せるか、どんな声を上げるかも、誰にもわからない……。

「コンスタンティン」母方の伯母のレディ・リンゲイトが背後に来て、彼の腕に手をかけた。「ボート遊びはまだしていないと言ってちょうだい。すでにしていても、お願いだから嘘をついて、わたしを川へエスコートできれば光栄だと言ってくれない？」

コンは自分の手で伯母の手を包みこみ、にっこり笑った。

「嘘をつくつもりはありません、マリア伯母さま。たとえ十回以上ボート遊びをしたあとであろうと。ご希望の場所へ伯母さまをエスコートできるのは、いつだって光栄なことです。ロンドンにおいでとは知りませんでした。お元気でしたか。一年ごとに、そして白髪が増えるたびに、美しくなっておられる。気品のほうもすばらしい」

それは嘘ではなかった。もう六十に近いはずだが、いまも人々がふりむいて見とれるほどに美しい。

「あらあら」レディ・リンゲイトは笑った。「白髪を褒められたのは、きっとこれが初めてだわ」

レディ・リンゲイトはいまも美しい黒髪だが、こめかみのあたりに白髪が出ているのが魅力的だった。エリオット——モアランド公爵——の母親だが、息子がコンと口を利かなくなっても、母親のほうはコンとのつきあいを断ち切りはしなかった。エリオットの妹たちも同じだった。

「シシーはどうしてます?」伯母をエスコートしてテラスから芝生へ続く広い石段を下りながら、コンはセシリーのことを尋ねた。エリオットのいちばん下の妹でコンのお気に入りだ。いまはバーデン子爵夫人になっている。「出産はもうじきですか」

「もう目の前なのよ。だから、あの子もバーデンも今年は田舎に残ることにしたの。子供二人はきっと大喜びしているでしょう。ところで、下のテラスにテーブルを並べたのはすばらしい思いつきね。腰を下ろして、川のほとりで軽食を楽しむことができますもの」

二人はそれを実行に移した。腰を下ろして十分ほどたったとき、伯母の友人三人がやってきた。貴婦人が一人と紳士が二人。

「わたしを哀れに思ってください、レディ・リンゲイト。甥御さんにお頼みすれば、あなたを貸していただけるでしょうか」しばらく雑談したあとで、紳士の片方が言った。「ボートに乗ろうと思ってここまで来たのですが、わたしは昔から仲間はずれにされるのが大嫌いでしてね。四人目として加わっていただけませんか」

「ええ、喜んで」レディ・リンゲイトは言った。「楽しそうだわ！　コンスタンティン、かまわない？」

「しぶしぶながら」コンはそう言って伯母に片目をつぶってみせ、空いたばかりのボートに四人が乗りこんで、紳士の一人がオールを握り、川へ漕ぎでていくのを見守った。

「お一人かしら、ハクスタブルさま」肩のうしろで聞き慣れた声がした。「エスコート役にうってつけの紳士でいらっしゃるのに、もったいないこと」

「あなたがぼくに気づいて哀れに思ってくれるのを、ここにすわってじっと待っていたのです」コンはそう言って立ちあがった。「ご一緒にどうぞ」

「わたし、空腹ではないし、喉も渇いていないし、休憩の必要もありませんの。温室へ案内していただけないかしら。蘭の花が見たいわ」

この人にかつてノーと答えた男はいたのだろうか。腕を差しだしながら、コンは思った。ヒートン家で催された音楽会のとき、公爵夫人は彼の隣にすわると言ったが、断わられたらどれだけ恥をかくことになるか、考えたことはあったのだろうか。しかし、断わられる心配をする必要がどこにあろう？　無愛想で気むずかしいダンバートン老公爵でさえ、七十年以上にわたって女を遠ざけてきたのに、彼女の魅力にだけは逆らえなかったのだから。

「ひどい侮辱を受けたような気がしていましたのよ」コンの腕に手をかけながら、公爵夫人は言った。「お着きになったとき、わたしに挨拶にいらっしゃらなかったでしょ」

「たしか、ぼくのほうが早く着いていたはずです。だが、あなたは挨拶にいらっしゃらなかった」

「女のほうから殿方のところへ挨拶に伺わなきゃいけませんの？」

「いまあなたがなさったように」

コンは彼女を見おろした。彼女が今日かぶっているのはボンネットではなかった。やけに小さな帽子が粋な角度で傾いて右の眉にかかり、当然ながら、まさに完璧な美しさだった。金色のカールが無造作に揺れているが、メイドがこれを結うにはおそらく一時間以上かかったことだろう。白いモスリンのドレスは、そばまで来てようやくわかったのだが、ごく淡いピンクの小さなバラの蕾《つぼみ》をちりばめた模様だった。

「冷淡なお返事ですこと、ハクスタブルさま。それ以外に、わたしに何ができまして？　あなたとお話しもせずに帰ってしまったのでは、残念すぎますもの」

コンは公爵夫人をエスコートして芝生を斜めに進み、温室のほうへ向かった。避けがたい運命だったのだと悟った。公爵夫人は明らかにぼくを手に入れようと決めている。そして、ぼくもかなり躊躇《ちゅうちょ》してはいるものの、彼女のものになることに抵抗はないという事実を否定するわけにはいかない。彼女とベッドを共にするのは刺激的な冒険になるだろう。それだけは間違いない。もしかして、主導権争いをするとか？　そして、激しく争うあいだに、たがいに大きな快楽を得るのだろうか。

ときには、めくるめく官能の喜びだけでも、女とつきあう理由としては充分だ。欲を言うと、謎めいた女性のほうが好みで、探るだけの価値のある深みがほしいところだが、それは来年まで待って別の愛人を見つければすむことだ。

正直なところ、コンはほとんど抵抗する気になれなかった。要するに、公爵夫人の誘惑がとても巧みというわけだ。驚くようなことではない。迷惑に思う気持ちもなかった。誘惑されることに心地よさを感じはじめていた。

「今日の午後、ミス・レヴンワースはどちらに？」コンは尋ねた。

「パークさまご夫妻に誘われて、どこかの美術館へ出かけましたわ。わたしとここに来るより、そちらのほうが楽しいんですって。想像できます？　そのあと、ご夫妻はバーバラを晩餐に誘い、それからオペラに連れていくそうです」

公爵夫人は優雅に身を震わせた。

「オペラにいらしたことはないのですか、公爵夫人」コンは尋ねた。「美術館へは？」

「あら、もちろんありましてよ。貴族仲間に無教養な人間だと思われては困りますもの。すぐれた文化の香りのするものには、ある程度の関心を示さなくては」

「しかし、どちらもあまりお好みではない？」

「そうね、ナポレオン・ボナパルトの馬車を見たときはおもしろかったけど……ええと、どこかの博物館でしたわ」公爵夫人はそう言いながら、日傘を持つ手をふった。「ナポレオンがワーテルローの戦いに出陣するときに乗った馬車なんですって。痔を患ってて馬に乗れなかったの。ご存じでした？　痔がどういうものかは、公爵が説明してくれましたわ。ひどく痛いんですってね。ウェリントン公爵が勝利を収めたのは、ナポレオンの痔のおかげだったのかもしれない。歴史の本にそういうことは書いてあるのかしら」

「たぶん、ないでしょう」コンはひどく愉快になってきた。「ウェリントン公爵は偉大な無敵の英雄で、その偉大さと無敵ゆえに戦いに勝利したのだという現代の熱心な説を、歴史は永遠に残そうとしていますから」

「そうでしょうね。公爵もそう言っていました。あ、わたしの公爵のことよ。それから、一度、大英博物館へ〈エルギンの大理石彫刻〉を見に連れてってもらったこともあります。裸体の彫刻を見ても、わたしはまったくショックを受けませんでした。すばらしいとも思わなかったし。どれも白い大理石なんですもの。本物の肉と血を備えた男を見ているほうがずっといいわ。それもギリシャの男。冷たい大理石ではなく、太陽に焼かれた肌を持つ男。もっとも、彫像のように完璧な美を備えた男には、現実にはお目にかかれませんけど」

公爵夫人はため息をついて、ふたたび日傘をまわした。

淫らな女だ――コンは思った。

「では、オペラは？」

「イタリアオペラというのが、わたしにはどうにも理解できません。激しい情熱と、舞台の上で誰もが死んでしまうという悲劇を抜きにしたら、どれもひどく退屈ですわ。死にゆく人々はみな、息をひきとる前にすばらしく華やかな曲を歌いあげますけど、それにお気づきになりまして？　なんて無駄なことかしら。それだけの情熱があるのなら、生きることに使ってくれればいいのに」

「いやいや、オペラは死んでいく登場人物のためではなく、生きている歌手と生きている観客のために書かれたものです。舞台の上で起きているのはまさにそれなのです。つまり、情熱が生命の火を掻き立てているのです」

「これからはオペラの鑑賞法が変わりそうだわ」公爵夫人はそう言って日傘をもう一度くるっとまわし、最初の温室に着いたので日傘をたたんだ。「音楽の聴き方も変わりそう。鋭いご意見に感謝します、ハクスタブルさま。そのうちオペラにお連れくださいな。あなたと一緒なら、正しく鑑賞できるでしょう。ほかにも何人か誘ってみますわ」

温室のなかはじっとりと蒸し暑かった。中央にシダが何段にも植えられ、ガラスの壁に沿ってオレンジの木が並んでいた。そして、人影はどこにもなかった。

「なんてすてきなんでしょう」公爵夫人は中央のシダの陰にたたずみ、頭を軽くうしろへそらして葉の香りを吸いこんだ。「熱帯で暮らしたら、まるで夢の国のようだとお思いになりません？」

「耐えがたい暑さですよ。それから、虫。病気」

「まあ」公爵夫人は扇子を下ろして彼を見た。「美の中心に醜さがあるというのね。どんな美にも醜さが潜んでいるのかしら。美の極致のようなものでも？」

公爵夫人の目が急に大きくなり、底知れぬ深さを湛えた。悲しそうな目だった。

「かならずしもそうとは限りません。ぼくはその逆を信じたい。闇の中心にはつねに不滅の美があることを」

「不滅……」公爵夫人は低くつぶやいた。「楽天的な方なのね」

「そうならざるをえませんよ。人生に耐えていこうとするなら」

「絶望するほうが簡単だわ。人は誰もが悲劇の崖っぷちで生きている。違います？」

「たしかに。大切なのは、崖から飛びおりたくなる衝動に負けないことです」

公爵夫人はコンの目を見つめつづけた。まぶたを伏せていないことにコンは気づいた。唇に微笑はなかった。しかし、かすかに開いていた。

まるで……別人のようだ。

コンの頭の一部が周囲を冷静に観察し、この温室には誰もいないことと、いま立っているのがまったく人目につかない場所であることを確認した。

頭を低く下げて、公爵夫人と軽く唇を合わせた。彼女の唇は柔らかで温かく、ほんのり濡れていて、そして従順だった。コンは唇の隙間に舌をつけて、上唇の輪郭に沿って這わせ、つぎは下唇に這わせ、それから口のなかへ舌を差しこんだ。歯も邪魔にはならなかった。舌を丸め、その先端を彼女の口蓋にゆっくりすべらせてから、舌をひっこめて顔を離した。ワインの味と、男を誘惑する温かな女の味がした。

コンが彼女の目をじっと見つめると、向こうも視線を返してきたが、やがて表情にごくかすかな変化が生じた。まぶたがふたたび伏せられ、唇の両端が上がり、いつもの公爵夫人に戻っていた。仮面を着けなおしたかのようだった。

興味深い解釈だ。

「ねえ、ハクスタブルさま。いまのキスに恥じない行動をとっていただきたいわ。それがおできにならなかったら、わたしを落胆させることになりましてよ」

「今夜、試してみましょう」

「今夜？」公爵夫人は眉を上げた。

「一人でいるのはよくない。ミス・レヴンワースはどこかへ食事に出かけ、そのあとオペラでしょう？　あなたは孤独と退屈を持て余すかもしれない。かわりに、ぼくと食事をしましょう」

「そのあとは？」公爵夫人の眉は上がったままだった。

「そのあとは、ぼくの寝室で退廃的なデザートを楽しめばいい」

「まあ」公爵夫人は考えこんでいるように見えた。「でも、今夜は先約があります、ハクスタブルさま。とっても残念ですけど。またつぎの機会に」

「いや、つぎの機会はない。ぼくは、ゲームはしない主義です、公爵夫人。ぼくがほしいのなら、今夜にしてください。ぼくを拷問するのに飽きる日が来るまで先延ばしにするのではなく」

「拷問されているように感じてらっしゃるの？」

「今夜ぼくのところに来るか、もしくは、これで終わりにするか」

公爵夫人はしばらく無言でコンを見つめた。

「まあ、なんてこと……。本気なのね」

「もちろん」コンは言った。

以前も本気だった。自分は操り人形ではないと彼女に警告したことがある。戯れもしばらくなら楽しいが、永遠に続けるものではない。

「まあ……横柄でせっかちな男の方って大好き。ぞくぞくするわ。ただし、横柄な方に従う気はありません、ハクスタブルさま。どなたであろうと。これから先もずっと。でも、わたしが今夜ご一緒するはずだった紳士の方をがっかりさせるしかなさそうね。晩餐のお約束だったんですけど、デザートのついていないお食事なの。とにかく、退廃的なデザートはね。たまらなくおいしそう」

「二人で食べる甘いお菓子です。今夜、一緒に食べましょう。迎えの者を――」

ドアのあく音が聞こえた瞬間、公爵夫人が彼の言葉をさえぎった。

「あら、これはただのシダなのね」軽蔑に満ちた口調で言った。「シダならイングランドのどこの田舎道にもありましてよ。わたしは蘭の花が見たいの。蘭のあるところへ連れていっていただきたいわ、ハクスタブルさま」

「喜んで、公爵夫人」腕に手をかける彼女にコンは言った。

「そのあとは、上のテラスへお茶を飲みに行きましょう」公爵夫人が言い、そのすぐあとで、温室に入ってきた招待客の一団に会釈をし、挨拶の言葉を交わした。

「蘭でしたら三番目の温室ですわ、公爵夫人」ミス・ゴーマンが言った。

「まあ、ありがとうございます。ご親切にどうも」公爵夫人は彼女に笑顔を向けた。「わたしたち、違う温室に入ってしまったのね」

二人で春の日射しのもとに出て蘭を探しに行きながら、コンは思った。これで決まりのようだ。今年の社交シーズンの愛人が決まった。多くの点から見て満足できることだ。とくに、今夜さっそく関係を結ぶわけだし。女にはずいぶんご無沙汰だった。

しかし……〝どの点から見ても〟ではないのか？

美人で、色っぽくて、魅力的な女なのに？　向こうもこちらに劣らず熱く求めているようなのに？

なぜ今年はこれまでと違うような気がするのか、コンにはよくわからなかった。

〝意外さが持つ力を忘れてはいけないよ、わが最愛の人〟かつて公爵がハンナにそう言った。〝また、ひんぱんに使ってはならないことも忘れないように。でないと、意外ではなくなってしまう〟

「エメラルドにしてちょうだい。当然でしょ、アデル」ハンナはメイドに言った。

ドレスも宝石も鮮やかな色彩のものがあれこれそろっているが、ハンナが白以外を身に着けることはめったになかった。白いドレスとダイヤ。それが、世間一般が彼女に抱いているイメージだった。白は言うまでもなく、光のスペクトルのすべてを含む色。色とりどりのドレスをまとった女性たちのなかに入ると、白はつねにくっきりと目立つ。それも公爵が教えてくれた。

だが、今夜は女性たちのなかに入るわけではない。

そして、今夜は意外な行動に出て、憎らしいほど落ち着きはらったコンスタンティン・ハクスタブルを狼狽させるつもりだった。

エメラルド・グリーンのサテンのドレスを選んだ。襟ぐりがドキッとするほど深くて、動くたびにロウソクの光を受けてサテンの生地がきらめく。今夜はダイヤではなくエメラルドを着けることにした。

とりわけ意外なのは、髪を結うのをやめたことだった。ハンナも、ほかの貴婦人たちも、ふつうは髪を高く結いあげるものだが。今夜はあでやかな髪をうしろへ流してうなじでまとめ、エメラルドをちりばめた髪留めを着けた。髪は奔放に波打ち、カールして、背中のなかほどまで流れ落ちている。

「わたしの帰りを待つ必要はないわ、アデル」化粧台の前のスツールから立ちながら、ハンナは言った。すべての宝石がみごとなきらめきを見せている。「かなり遅くなるから。それと、ミス・レヴンワースがオペラから戻ってきたら、わたしのメモを忘れずに手渡しておいてね」

「かしこまりました、奥さま」メイドは膝を折ってお辞儀をすると、化粧室を出ていった。

ハンナは縦長の鏡に映った自分の姿を点検した。背筋を伸ばし、肩をひき、顎を上げて、その姿に物憂げな笑みを向けた。

髪型については迷いがあった。しかし、いま、これで正解だったと思った。もっとも、正解でなくても、気にすることはない。この姿で愛人の前に出ようと決めたのだ。だから、あくまでもこれが正解だ。

わたしの愛人。微笑に侮蔑が混じった。

今夜彼がわたしの姿を見るとき、その目はいつもの暗く謎めいたものではなくなるだろう。欲望の炎が上がるだろう。わたしのことがほしいに決まってるもの。

もうじき、わたしが悪魔を手なずける。

でも、よく考えてみたら、気が滅入りそう。手なずけてしまったら、この先、どんな興味が持てるというの？　手なずけられた悪魔なんて、なんのおもしろみもない。哀れな最低の生きものだ。

わたしがほしいのは愛人。すべてがほしい。官能の喜びの世界が差しだしてくれるものすべてが。それを手にするために、悪魔と一緒に地獄へ堕ちていくことになろうとも。

わたしはもう三十歳。二十九歳のときよりずっと老けこんだ気がするのはなぜ？

バーバラがいまここにいたら、なんて言うかしら。鏡の前で向きを変え、椅子の背にかけてある白いマントをとりながら、ハンナは思った。マントをはおり、襟元をボタンで留めてから、大きなフードを注意してかぶった。小さな手提げを持った。扇子は持たなかった。扇子の出番はない。

バーバラはたぶん何も言わないだろう。言う必要もない。少々傷ついた目で非難がましくこちらを見るだけ。ハンナがとんでもなく不道徳なことをしようとしている――そう思うだろう。わたしとしては反論したい。いまはもう夫のいない身だ。バーバラはまた、ハンナが悲嘆への道に足を踏み入れようとしている、とも思うだろう。それにも反論したい。すばらしく魅力的で経験豊かな男と寝ようとしているだけなのに。全身でそれを味わいたい。ハートだけは別として。

全身で喜びに浸りたい。

間違ったことをしているわけではない。ただ、すべてが思いもよらぬ速さで進んでいるのは事実だ。今日の午後、あっというまに降伏してしまったが、それでよかったのかという迷いは消えない。今夜訪ねてくるのを拒んだら今後いっさい関わりを持ちたくないと彼が言ったのは、もしかしたら本気ではなかったのかもしれない。いえ、たとえ本気であってもかまわない。男はいくらでもいる。でも、わたしは彼に降伏してしまった。結局、横柄な男を求めていたのね。バーバラの言葉を借りるなら、〝ただの愛玩犬ではない男〟を。

ええ、けっして間違ったことをしているのではない。

鏡のなかの自分をもう一度ちらっと見た。ほらね。これでまた白一色。

彼が差し向けてくれた馬車は、アデルがエメラルドを探すよう命じられたときにはすでに玄関の前で待っていた。約束の時刻どおりに着いたのだ。

つまり、ハンナは十五分ほど遅刻することになる。

まさに理想的。

部屋を出ると、階段を下りて玄関ホールまで行った。粋なお仕着せ姿の従僕が待っていて、ハンナのために玄関をあけてくれた。

5

紳士がロンドンで一人住まいをするときは、セント・ジェームズ地区や紳士の社交クラブで独身者用の部屋を借りるのがふつうだが、コンスタンティン・ハクスタブルは違っていた。かわりに、毎年、彼の身分にふさわしい高級住宅地で一軒家を借りていた。ただし、社交界の人々が多すぎてプライバシーが保てないような場所ではない。

というか、御者の手を借りて彼の住まいの玄関先で歩道に降り立ち、通りの左右へ興味津々の目を向けたときに、ハンナはそう推測した。まだ日の光が残っていた。けっこう早い時間の晩餐になるわけだ。

召使いがすでに家のドアをあけて待っていた。ハンナはマントとドレスの裾を持ちあげて玄関前の石段をのぼり、召使いの横を通り抜けて、ゆったりと広い正方形の玄関ホールに入った。ホールの床は黒と白のタイル敷き、壁には重厚な金泥仕上げの額縁つきの風景画が何点かかかっていた。

玄関ホールの中央にコンスタンティン・ハクスタブルが立っていた。例によって黒一色の装いで、まさに悪魔そのものという感じだった。

「公爵夫人」優雅にお辞儀をした。「わが家にようこそ」

「おたくのシェフに今夜はいつも以上の腕を発揮していただきたいわ。ガーデンパーティのときから何も食べていないので、飢え死にしそうなの」

「うまい料理が出せなかったら、明日クビにしてやります。紹介状も書かずに」彼はハンナのマントを預かろうとして進みでた。

「なんて無慈悲な方なの」ハンナはドアを数歩入ったところに立っていた。

ハクスタブル氏は唇をわずかにすぼめると、さらに近づいてハンナのマントのフードを下ろし、襟元を留めているボタンをはずした。マントを脱がせ、無言で控えている召使いに渡したが、そのあいだもハンナから目を離そうとしなかった。彼の視線がゆっくりとハンナの身体を這いおり、頭のほうへ戻り、そして目元まで下がった。

彼の目に驚きの色は出ていなかった。だが、何かが浮かんでいた。かすかな興奮だろうか。驚いているのは間違いない。

ハンナはやはり扇子を持ってくればよかったと後悔した。

「今夜はまた一段と魅惑的ですね、公爵夫人」ハクスタブル氏はそう言って腕を差しだした。

こぢんまりと居心地のいい正方形の部屋へハンナを案内した。どっしりしたカーテンが最後の日の光を閉めだしていた。室内を照らしているのは、暖炉ではぜる薪の炎と、部屋の中央の小さなテーブルに置かれたクリスタルの燭台つきの細い二本のロウソクだけ。テーブルには二人分の皿がセットされていた。

ハンナの見たところ、正式なダイニングルームではなさそうだ。くつろげる部屋を選んでくれたのだろう。

彼はサイドボードまで行き、グラス二個にワインを注いでから呼鈴の紐をひいた。グラスの片方をハンナに渡した。

「空っぽの胃にこれを？」ハンナは訊いた。「わたしがテーブルの上で踊りだすのをご覧になりたいの？」

「テーブルの上ではない、公爵夫人」彼はハンナとグラスを合わせて無言の乾杯をした。

ハンナはワインをひと口飲んだ。

「でも、わたし、お酒の力を借りなくても、どこででも踊れますわ。ワインで酔うような人間でもありませんし」

「ならば、せめておいしく飲んでいただけるといいのだが」

もちろん、おいしいワインだった。

執事と従僕が料理を運んできたので、二人はテーブルについた。

腕のいいシェフであることが、ハンナにもすぐにわかった。二人はしばらくのあいだ、無言で食事を続けた。

ようやくハンナが言った。「あなたのお住まいのことをお聞きしたいわ、ハクスタブルさま」

「ウォレン館のことを？」

「それはかつてのお住まいでしょ。いまはマートン伯爵のもの。伯爵とは親しくしてらっしゃるの？」

訊くまでもない。伯爵と一緒に馬で公園に来ていたほどだ。

「とても親しい間柄です」

「で、いまはどこにお住まいなの？」

彼は片手で室内を示した。

「ここです」

「でも、年間を通じてではないでしょ。ロンドンにいらっしゃらないときはどちらに？」

「グロースターシャーに家があります」

スープ皿が下げられ、魚料理が出されるあいだ、ハンナは彼をじっと見ていた。

「その家のことを話してくださるつもりはなさそうね。いちいち面倒な方ね。モアランド公爵さまとの不和をめぐる秘密に加えて、それもまた秘密だなんて。おまけに、マートン伯爵と親しくなさっているのも謎だし。あなたが継ぐはずだった爵位を奪った人なのに」

彼はナイフとフォークを皿の上に静かに置いた。テーブルの向こうからハンナの目を見つめた。彼の目は闇のように黒かった。

「誤解しておられるようだ、公爵夫人。ぼくは爵位を継ぐ立場にはなかった。それは最初からはっきりしていました。父親の爵位をぼくの弟が継ぎ、つぎにぼくのまたいとこが継いだのです。腹を立てるべき理由はありません。ぼくは父と弟を愛していた。スティーヴンには好意を持っている。三人とも身内です。身内を愛するのは当然のことです」

いけない、この人の神経を逆なでしてしまった。声も態度も冷静だけど、でも……。

冷静すぎるのでは？

「モアランド公爵さまは別なのね」

彼はハンナをじっと見ていた。料理にはもう手をつけようとしなかった。

二人の皿が下げられ、つぎの料理が運ばれてきた。

「では、あなたのご家族は、公爵夫人」

ハンナは肩をすくめた。

「公爵がいますわ。当代の公爵という意味よ。罪がなくて、無害で、トウモロコシや羊が大好きで、本人もそれに劣らず退屈な人なの。それから、先代の公爵、つまりわたしの夫だった人には親戚が山ほどいましたけど、親しいつきあいはいっさいなかったわ」

「あなた自身のご家族は？」

ハンナはグラスを手にとり、ゆっくりまわして、ロウソクの光がクリスタルガラスに反射するのを楽しんでから、ワインを飲んだ。

「一人もいません。ですから、お話しできることは何もありません。隠すべき秘密も、告白すべき秘密も。ケント州にあるわたしの屋敷のことをお話ししましょう。コープランドという名前で、五年前に公爵がわたしのために買ってくれたの。公爵はその屋敷のことをいつも、風変わりで小さな田舎家と呼んでたけど、風変わりではないし、小さくもないし、田舎家でもないのよ。荘園館なの。大邸宅と言ってもいいぐらい。そして、屋敷の四方に庭が広がって豊かな田園風景を作りあげているの。人工的な庭園部分と自然のままの部分が半々ぐらいかしら。少なくともきちんと手入れはしてあるけど、どちらを向いても、自然の森と自然の草原ばかり。自然の湖もあるのよ。まさに……鄙《ひな》びた田舎という感じ。公爵が生きていれば、そう言ったでしょうね。たしかにそのとおりだわ」

ハンナはビーフにナイフを入れた。見るからに完璧な焼き具合で、切ったときの感触からもそれが伝わってきた。

「あなたのような人にとっては、自然の割合が少々多すぎるのでは?」

「そんな気のするときもあるわ。わたしの意思を自然に押しつけて、もっときれいに見せなくてはと思うことがあるの。この午後に見たお庭のように」

「だけど?」彼はふたたび食事の手を止めた。

「だけど、正直に言うと、わたしはありのままの自然が好き。ときたま自然に手を入れる必要はあるでしょうね。多少は形を整えないと。でも、いくら美を大切にしたいからといって、本来とは違う形に変えてしまっていいものかしら。美とは何なの?」

「ほほう。太古からの疑問の登場だ」

「ぜひコープランドにいらして、ご自分の目で見ていただきたいわ。そして、感想を言っていただけないかしら」

「ぼくが?」ハクスタブル氏は眉を上げげた。「ケントへ?」

「社交シーズンがたけなわとなり、つぎつぎと開かれる舞踏会にみなさんが飽きてきたころに、あちらでささやかなハウスパーティを開こうと思ってますの。お行儀よくふるまうことを約束しますから。もちろん、そのころにはもう、わたしたちが愛人どうしだってことは周知の事実になってるでしょうね。そういう噂はすぐに広まりますもの。たとえ事実でなくても。まあ、わたしたちの場合は事実ですけど。コープランドの庭について感想を聞かせていただきたいの」

「そうしたら、ぼくの助言に従いますか」

「まさか。でも、とりあえず耳は傾けます」

「光栄だ」

「おなかがいっぱいだわ。みごとなお料理だったとシェフにお伝えくださいな、ハクスタブルさま」

「伝えましょう。明日の朝、解雇されずにすむと知って、シェフは胸をなでおろすことだろう。チーズかコーヒーはどうです？　それとも、お茶のほうがいいかな」

ハンナはもう何もいらなかった。今宵はずっと、会話で緊張を忘れようとしてきた。そして、空腹のふりをしようとしてきた。ガーデンパーティのときから何も食べていなかったのはたしかに事実だ。上のテラスに戻ったとき、彼がおいしそうなものを皿にたくさんのせて持ってきてくれたけれど。

ハンナはテーブルに片肘を突き、手で顎を支えて、二本のロウソクのあいだから彼を見つめた。

「デザートだけにしておくわ、ハクスタブルさま」一年間の服喪の後半あたりから夢に見つづけ、クリスマスのあとの数カ月をかけて計画してきたことへの甘い期待で、ハンナの胸は高鳴っていた。

期待と同時に怯えもあった。もちろん、怯えを顔に出してはならない。わたしのイメージが崩れてしまう。

相手がこの人でよかった。彼が今年ロンドンに来ていなかったら、がっかりしたことだろう。深い落胆とまではいかないが。ほかにも何人か、好みの相手に目星をつけてあった。しかし、みんな、コンスタンティン・ハクスタブルの足もとにも及ばない。

彼ならすばらしい愛人になりそうだ。いや、なるに決まっている。

自分の目に狂いがなかったかどうか、これからはっきりする。彼が立ちあがり、脚の裏側で椅子を押しのけてから、テーブルをまわってハンナに片手を差しだした。

ハンナはそこに自分の手をのせた瞬間、温もりのある力強い手だと思った。椅子から立つと、彼がさらに長身でたくましい男に感じられた。以前と同じコロンの香りがふたたびハンナの五感を刺激した。

「では、デザートを楽しむとしよう。よけいなものはもういらない」

ハンナは長いまつげに縁どられた目で彼を見あげた。

「今度のシェフも腕のいい人だといいけど」

「まずいものを出したら、明日の朝クビにするだけでなく、どこか人里離れたところへ連れていって撃ち殺してやります」

「ひどいことをなさるのね。あのギリシャふうの美が失われてしまうなんて残念すぎるわ。でも、そこまでなさらなくてもいいはずよ。まずいものは出さないでしょうから。わたしが許しません」

彼はハンナの腕をとって自分の腕にかけさせ、部屋から連れだした。


英語という言語は、胸の思いを表現するのにひどく不向きなことがある。今宵、コンはそれを痛感した。〝美しい〟よりさらに美しいものを、〝完璧〟よりさらに完璧なものを表すには、どんな言葉があるのだろう？

ダンバートン公爵夫人に惹きつけられる以前から、完璧に美しい女性だと思っていた。今夜の彼女はその最上級の賛辞をも超えていた。

白以外を身に着けた彼女を見たことはこれまで一度もなかった。白一色の装いで通しているのはじつに聡明なことだと、コンはずっと思ってきた。だが、今夜の彼女が白以外の色を選んだのもそれに劣らず聡明で——あでやかなことだった。

その姿は……そう、その姿を表すための言葉は存在しない。〝あでやか〟——これがたぶん、かろうじて使えそうな唯一の形容詞だろう。

シェフが革と砂利を皿にのせて出したとしても、コンは気づきもしなかっただろう。彼女にぼうっと見とれたりしないよう、食べることに必死に集中していたのだが。

ドレスと宝石の色が公爵夫人を氷の女王から豊穣の女神に変えていた。貴族社会の男性はみな、彼女の髪が肩にかかる様子を見たいと夢に見ているはずだが、いま、その髪がつややかに彼女の顔を縁どり、豊かなウェーブを描いて背中に流れ落ちていた。

ドレスの襟ぐりは胸の豊かさをあらわに示し、同時に、見る者の想像を掻き立てていた。襟ぐりがあと二センチ低ければ……。

この午後、ハイドパークでモンティが彼女のことを〝危険な匂いのするレディ〟と言った。ギリシャ神話に出てくるセイレーンより危険だ。

しかし、今夜の彼女は、これまでのコンとの会話につきものだった思わせぶりな表現をほとんど使っていなかった。それどころか、ケントの屋敷の話に移ったときは……温かな口調になった。心からその屋敷が気に入っているようだった。

ずいぶん頭のいい女だ。用心してかからなくては――無言で階段をのぼって自分の寝室へ彼女を案内しながら、コンは思った。もっとも、何を用心すべきなのか、彼自身にもよくわからなかったが。今夜、二人は男女の関係になる。そしてたぶん、社交シーズンが終わるまでその関係が続く。

もちろん、社交シーズンの終わりが終着点だ。また、彼女がもっと早く終わらせたいと言いだすなら、それも仕方がないだろう。こちらのハートが破れるわけではない。

寝室の隅の低いチェストに置かれた燭台でロウソクが燃えていた。ベッドカバーが折りかえされ、窓のカーテンがひかれ、ベッド脇のトレイにワインのデカンターとグラスがのっていた。準備は完璧だ。

コンは部屋に入り、背後のドアを閉めた。

ダンバートン公爵夫人はコンの腕にかけていた手をはずし、彼と向かいあった瞬間、深いため息をついた。満足しきった猫が喉を鳴らすのに似た響きだった。

「期待の喜びに勝るものはないわ。そうでしょう？　正直に白状すると、午後からずっと期待で血が沸き立っていたの。先約をキャンセルしてこちらに伺ったことを少しも後悔してはいませんわ」

公爵夫人は指の先端を彼の顎に軽くつけ、ゆっくり前後に動かした。彼女の目が指の動きを追った。

「ぼくも後悔していない」

「きっと、あらゆる瞬間を楽しんでいただけるわ。レースのスピードで男らしさを示さなくてはと思っておいでの殿方も多いけど、あなたがその一人でないことを願っています」

彼女は顔を上げずに、視線だけをコンに向けた。

「いやいや、公爵夫人、ぼくはレースをするつもりだ。マラソンを。ギリシャの歴史をご存じですか」

「何キロも？　何時間も？　超人的な耐久力で？」

「よくご存じだ」

彼女の片手がコンの肩に置かれた。もう一方の手も反対側の肩に置かれた。

「おしゃべりで体力を消耗なさらないほうがよろしくてよ、ハクスタブルさま。では、ぐずぐずするのはやめて、この耐久レースを、このマラソンを始めましょう」

色っぽさを湛えた鮮やかなブルーの目が夢見るようにコンの目を見つめた。

コンは顔を下げて彼女と唇を重ねた。細いウエストを両手ではさむと、彼女がコンの首に手をまわして唇を押しつけてきた。

彼女の身体が熱かった。前戯の大切さを忘れないようにと警告していたくせに、その当人が早くも熱く燃えている。

彼女の熱い情熱はコンには予想外だった。たぶん、本格的な行為に移ってから、彼の予想どおりの展開になるのだろう。技巧に長け、経験豊富で、官能的で、興奮を抑制するすべを心得ている女であることが証明されるのだろう。まことに聡明で自信に満ちた女だから、熱い反応を織りこむすべも心得ているのだろう。

コンにとって情熱は心地よいものだが、愛人となった女からそれを感じることはめったになかった。情熱は相手への熱い思いから生まれるもので、かすかな危険を秘めている。これまでベッドを共にしてきた女たちが求めたのは、一時的な関係と淫らな性の営みだけだった。コンにとってもそのほうが好都合だった。よけいな情熱を示されるよりは、何もないほうが楽だった。

情熱は厄介な未練につながりかねない。女に未練を持たれるのは避けたかった。女を傷つけるようなことはしたくない。

だが、そうした冷静な考えはたちまち消し飛んだ。彼女がコンの胸に乳房を押しつけ、腹部と腿を押しつけ、唇の角度をずらして軽く開いた。

コンは強烈な欲望の疼《うず》きに襲われた。

久しぶりだ！

女を抱いたのは何カ月も前のことだ。どれほど女に飢えていたか、いま初めて気がついた。

両手を上げて彼女の顔をはさみ、数センチの距離まで二人の顔を近づけた。つぎに両手を彼女のうなじにまわすと、エメラルドをちりばめた髪留めに手が触れた。はずして絨毯《じゅうたん》に落とした。両手で髪を持って整えようとした。だが整えるまでもなく、髪はきらきらと柔らかなウェーブを描いて肩から背中へ流れ落ちた。

コンは思わず感嘆の叫びを上げそうになった。

彼女の姿が十歳ほど若返っていた。見るからに……清純可憐だった。色っぽい目はロウソクのほのかな光のなかで鮮やかなブルーを帯びていた。清純なセイレーン。矛盾した表現だ。

「あなたにも同じことをしてあげたいけど無理ね。いまの流行からすると、その髪は長すぎるって言う人もいるでしょうけど。でも、切ってはだめよ。わたしが許さない」

「ぼくを恋の奴隷にして、永遠に従わせるつもりかい？」コンは顔を下げ、一本の指で彼女の髪をどけてから、耳たぶのうしろに唇をつけた。最後に柔らかな肌を舌先でさっとなで、彼女の全身にかすかな震えが走るのを感じて満足した。

「とんでもない。でも、わたしの喜ぶことをしてちょうだい。それがあなたの喜びにもなるのよ。上着を脱がせてあげる。髪留めは着けてらっしゃらないから」

上着を脱がせるのは簡単なことではない。第二の皮膚のようにぴったりした服が現在の流行なので、従者もコンに上着を着せるときにとてつもなく苦労している。ところが、公爵夫人の手が上着にもぐりこんで胸に触れ、肩まで上がり、腕に沿って下りていくと、上着は手の動きに従順についていき、ほどなくコンの背後の床に落ちた。

これが初めてではないのだろうとコンは思った。

公爵夫人はコンのシャツとクラバットに視線を移し、両手をクラバットに伸ばして器用にほどいた。シャツのボタンをはずして襟元を広げた。

自分の指先に視線を据え、唇を軽く開いて服を脱がせていく公爵夫人を、コンはじっと見守った。

焦る気持ちはなかった。焦る必要はどこにもない。朝までたっぷり時間がある。彼女に覆いかぶさった回数に応じて褒美がもらえるわけではない。初めて迎えるこの夜は一回で充分だ。

「シャツ一枚になったその姿、とってもすてきよ。男っぽくて精力的だわ。それも脱いでちょうだい」

脱がせてくれるんじゃないのか？

コンは彼女の顔をじっと見ながら、シャツの裾をズボンからひきだすと、袖口のボタンをはずし、腕を交差させてシャツを頭から脱いだ。彼女はその様子を見守っていたが、やがて彼の肩に、二の腕に、胸に視線を走らせ、それからズボンのウェストに視線を落とした。指先で彼の胸に触れた。

コンは手の甲で彼女の手をどけると、ドレスのサテン地を肩の端までずらし、つぎに襟元の中心部に両手の親指をすべりこませた。襟元を左右へ広げて、それと同時にボディスを胸の下まで押しやった。食事のあいだじゅう、この瞬間を待ちこがれていたのだ。

彼女の胸はとびぬけて豊満というわけではなかった。しかし、ひきしまっていて、形がよく、つんと上を向き、温かく柔らかなその膨らみがコンの手にぴったりと収まった。肌は白く、コンに比べると透き通っていると言ってもいいほどだった。乳首はバラ色で、性の欲望に硬く尖っていた。コンは顔を下げて片方の乳首を口に含んだ。先端を舌でなでた。

彼女の深いため息を、コンは聞くというよりも感じとった。

反対の胸へ唇を移した。

「ん……」彼女は喉の奥で満足のうめきを上げ、コンの髪に指を差し入れて彼の顔を上げさせた。頭をのけぞらせて髪を背中に垂らし、目を閉じ、乳房を彼の胸に押しつけ、やがて全身を押しつけた。コンの顔を引き寄せて、顔に唇が触れた瞬間、その唇を開いた。

コンは彼女に腕をまわしてきつく抱きしめたまま、長いキスに我を忘れた。二人の舌がからみあい、巧みに逃げ、円を描いたり、なでたり、焦《じ》らしたりし、腕に力がこもり、呼吸が速くなった。

やがて、コンの背中に指を食いこませていた彼女が腕を下へ這わせていった。腕はウェストにたどり着き、コンのズボンのなかに、そして、下穿きのなかに入った。彼のヒップを包みこんだ。

「これも脱いで」唇を軽く合わせたまま、指を下穿きの生地に押しつけて、彼女は言った。今度もまた——自分ではやらないつもりか？　しかし、今夜の彼女は意外なことばかり仕掛けてくる。彼がまず靴と靴下を、つぎにズボンと下穿きを脱ぐのを、彼女が見守っていた。ドレスを胸の下で押さえていたが、彼がすべてを脱ぎおえたところで手を離した。エメラルド・グリーンのサテン地が床にすべり落ち、コルセットと絹のストッキングと靴だけの姿でコンの前に立った。

コルセットが女性にとってどれほど窮屈かをコンがおぼろげにでも理解していなかったら、そして、マラソンの約束をしていなかったら、きっと、この場ですぐさま彼女を奪っていただろう。だが、かわりに窮屈な紐をほどき、コルセットをドレスの上に落とした。

ファッションとは不思議なものだ。コルセットなしではきっと、服を着ている気がしないのだろうが、はっきり言って彼女には必要ない。ほっそりしていて、筋肉がひきしまり、スタイルがいい。乳房は弾力があって若々しい。脚は長くて細い。ときとして小柄なタイプに錯覚されることもあるが、あくまでも錯覚だ。

彼女がベッドの端に腰を下ろし、うしろに手を突いて身体を支え、片方の脚を上げてコンに向けた。爪先をぴんと立てている。コンはストッキングを脱がせ、つぎに彼女が反対の脚を出したので、そちらも脱がせた。

彼女をベッドに押し倒すと、深く熱烈なキスに移り、キスをしながら乳房を両手で包みこんだ。広げた彼女の脚のあいだに自分の身を横たえた。彼女の腕はベッドの上で左右に伸びていた。

「マラソンにかかる時間はどれぐらい?」しばらくしてコンが顔を上げると、彼女が訊いた。

上気した頬がコンの目に入った。

「必要なら、ひと晩じゅうでも。もちろん、多少のごまかしは得意だけどね。誰も見てないときに近道をするとか、ひと晩もかけずに短時間でゴールインするとか」

「誰も見てないときに悪いことをするのは大賛成よ」コンの肩を指で軽く叩きながら、彼女は言った。

「よし、じゃ、そうしよう」

じつのところ、大いにホッとした。すでに興奮の昂《たかぶ》りで痛いぐらいだったのだ。

身を起こし、両手を彼女の身体の下に差しこんでひっぱりあげてから、向きを変えてベッドに横たえた。布団をめくってベッドの足もとへ移し、コン自身も片手で自分の頭を支えて、彼女に半分のしかかるような形で横になった。

彼女の両手は、てのひらを下にしてマットレスに置かれていた。

片手で彼女の顎を包み、キスをしながら、もう一方の手を下へ這わせた。乳房のあいだを通って、平らな腹部へ、その下の膨らみへ、そして脚のあいだへ。熱く濡れていた。指を二本、少しだけ差しこんだ。

「ん……」ふたたび彼女の喉の奥でうめき声。

コンは彼女に覆いかぶさると、自分の脚で彼女の脚を大きく広げ、両手を身体の下に差しこんでしっかり支えてから、ふたたび濡れた部分を見つけて、深々と入りこんだ。

熱と潤いに包まれ、筋肉に締めつけられ、柔らかな女を感じた。

呼吸を乱さないよう、肉体を暴走させないよう、必死に自分を抑えた。最高の快楽の瞬間が待っている――ついに――ゴールを焦ってはならない。たとえ向こうが誘ってきても、コン自身がダッシュしたくてたまらなくても。動きを止めてじっとしているあいだに、彼女の身体のこわばりが徐々にほぐれていくのを感じた。彼女に合わせるために待った。

ダンバートン公爵夫人。

ハンナ。

突然、前に出会ったときの姿が浮かんできた。スティーヴンとモンティと三人で午後から公園へ出かけたときのあの出会い。

彼女の腕がコンの腰にゆるくまわされていた。脚が片方ずつベッドから持ちあげられ、彼の脚にからみついた。彼女の全身が火照《ほて》っていた。

コンは顔を上げて相手の顔を見つめた。

彼女の目は薄闇のなかだった。下唇を噛んでいた。

「ゴールラインが見えてきた」コンはささやいた。「まだ少し距離はあるが」

彼女は無言だった。目を閉じていて、コンはきつく締めつけられるのを感じた。身をひくと、言葉にならぬ抵抗のつぶやきが聞こえたので、ふたたび強く深く入りこんだ。動きをくりかえすうちに、そのリズムが心臓の鼓動に同調し、彼女の中心部の熱で全身がとろけていくように感じた。

極上の女。

極上の行為。

しかし、セックスというのは、喜びを与えてくれる相手への愛情があって初めて楽しめるものだ。彼女は最後まで聡明だった。コンのほうは巧みなテクニックを予想し、自らもそれを望んでいたのに、いまの彼女は横になったまま従順に彼を受け入れているだけだった。ほとんど受身だった。

長い前戯のあいだじっと我慢しなくてはならないものとコンは覚悟していたが、それは彼女が免除してくれた。もっとも、免除してもらえなくても、前戯のあらゆる瞬間を楽しんでいただろうが。ありあまるエネルギーと自制力は、これから何カ月間か愛人になるはずの女との性行為に向けられた。

彼女のなかで長く激しく深く動くうちに、何も考えられなくなり、快楽と苦痛の入り混じった行為のリズムと、女の従順さだけが意識された。

ハンナの従順さ。

その身体は熱く、汗と愛液でぬめっていた。息遣いが苦しげだった。

やがて忍耐が限界を超え、欲望が痛いほどに高まってコンの自制心を打ち砕いた。ふたたび両手を彼女の下に差し入れて相手の動きを封じてから、さらに速く激しく腰を使い、これ以上は無理というぐらい深く押し入って、そこで静止し……女の身体の奥に欲望を吐きだした。

彼女にぐったり覆いかぶさると同時に、全身の緊張がゆるむのを感じた。彼女がコンの肩先で首をまわし、顔を離した。コンの身体に腕と脚をからめていて、彼女の身体からも徐々に緊張が消えていくのがコンにも伝わってきた。

身体を離すと、湿った肌に空気が冷たく感じられたので、コンは手を伸ばして布団をひっぱりあげた。彼女のほうに顔を向けた。カールした髪が湿り気を帯び、乱れ放題だ。ロウソクの光を受けて瞳が青くきらめき、コンの目をじっと見ていた。

「思ったとおりの人だったわ」

「よかった？」コンは尋ねた。「それとも、よくなかった」

「とても正直に言うと、思ったとおりじゃなくて、わたしの予想をはるかに超えてたわ、ハクスタブルさま」

「コンスタンティンだ。ほとんどの者にコンと呼ばれている」

「これからはコンスタンティンと呼ぶことにするわ。申し分のないすてきな名前をどうして縮めなきゃいけないの？　それから、オーディションはみごと合格よ。長期公演に出ていただくわ」

長期公演？

「夏までという意味よ。わたしがケントの屋敷に帰り、あなたがグロースターシャーのどこにお住まいか知らないけど、そちらへお帰りになるまで」

「きみがオーディションに合格したかどうか、どうやってわかるんだい？」

彼女は眉を上げた。

「ばか言わないで、コンスタンティン」

ここでコンはふと思った。彼女が絶頂に達したかどうかがはっきりしない。ぼくより先に感じた様子はなかった。そのあとも。

本当はどうなんだ？

達していないとしたら、どういうことだ？　こちらが下手だった？　いや、彼女の言葉からすると、その逆だ。ならば、彼女にとっては、セックスまでが権力と支配力を競いあうゲームなのか。快楽を得るためのゲームなのか。彼女が快感を得ていたのは間違いない。だが、それが完璧な快感だったかどうかを知りたかった。とは言え、本人に尋ねるわけにはいかない。

「あとでもう一度オーディションをしよう。いまはきみのおかげでくたくただから、公爵夫人、体力回復に専念しなきゃならない」

「ハンナよ。わたしの名前はハンナ」

「うん、知っている」コンはごろりと仰向けになり、片手の甲で目を覆った。「公爵夫人」

親しくなりすぎるのは避けたかった。このような状況でそんなふうに考えるのもばかげたことだが。

感情的に深入りするのを避けたいのだ。

彼女に支配されるつもりはない。

そんなことはぜったいさせない。

コンは疲れはてていた。心地よい疲れだった。布団の下でゆったりと身体を伸ばした。右側に彼女の温もりが感じられた。彼女の匂いが鼻をくすぐった。高価な香水と汗の入り混じった匂い。官能を刺激する甘美な匂い。

とろとろと眠りに落ちた。

どれぐらい眠ったのかわからないが、ふと目をさますとベッドの隣は空っぽで、窓のカーテンがあけられ、ダンバートン公爵夫人がホワイトブロンドの髪を垂らし、コンの白いシャツをはおっただけの姿で、幅の広い窓敷居にすわっていた。膝を立て、両腕で自分の身体を抱き、窓の外をじっと見ていた。

幸い――じつに幸いなことに――ロウソクはすべて消えていた。そうでなかったら、いくら公爵夫人が彼のシャツを着ていても、下の通りから見あげる者がいたら、その姿がきわめて興味深い窓辺の装飾品になっていたことだろう。

ロウソクが消えていることからすると、自分はひと晩中ぐっすり眠っていたに違いない。ところが、部屋の隅に目をやると、ロウソクはどれもずいぶん長かった。

すると、彼女が窓辺にすわる前に、気を利かせて吹き消したのだろう。

「外に何かおもしろいものでも見えるのかい？」頭のうしろで手を組んで、コンは訊いた。

彼女がふりむいて彼を見た。

「いいえ、何も。この部屋で何も起きてないのと同じよ」

まずい、藪蛇《やぶへび》になってしまった。

6

空虚な夜の闇の広がり――カーテンをあけて外をのぞいたとき、ハンナが目にしたのはそれだけだった。馬車は通らず、歩行者の姿はなく、向かいの家々の窓はどこも真っ暗だ。六軒ほど先にある家の階下の窓に、揺らめく明かりが一つ見えるだけ。この寝室のロウソクはハンナが外をのぞく前に吹き消しておいた。

カーテンを閉めて、ベッドの裾にしばらくたたずんだ。コンスタンティンは片手で目を覆ったまま、ぐっすり眠っていた。規則正しい寝息が聞こえる。片膝を立てているため、布団が小さく盛りあがっている。闇のなかでも彼の顔がはっきり見えた。

朝まで眠りつづけるのだろうかと思い、ハンナはかすかな笑みを浮かべた。〝きみのおかげでくたくただ〟とコンスタンティンが言ったが、それも仕方のないことだ。なにしろ、約束のマラソンを完走した人なのだから。

ハンナのあの部分がひりひりしていた。不快な痛みではなかった。

夜気のなかで身を震わせ、ドレスはどこかとあたりを見まわした。床に黒っぽい山をなしているのが見えた。その上にコルセット。しわくちゃになっているに違いない。それから、もっと淡い色の輪郭も見えた。彼のシャツだ。身をかがめて拾いあげ、しばらく顔に押しあてた。彼のコロンの香りと彼の匂いがした。

シャツを頭からかぶり、袖を通して着てみた。あら、ずいぶん大きいのね。その大きさが頼もしく思われた。

もう一度ベッドにもぐりこんで彼の横で丸くなり、身体を温めてもらおうかと思った。しかし、一緒に眠ることには抵抗があった。まどろみのなかにいると自制心を失いかねない。どんな寝言を言うか、目をさましたときに寝ぼけて何を言いだすか、あるいは、無防備な時間のなかでどんな感情が湧いてくるか、わかったものではない。

窓辺に戻って手の甲でふたたびカーテンをあけ、窓敷居に目をやった。窓辺のベンチと言えるほどではないが、けっこう幅がある。カーテンを端まで開いて窓敷居にすわり、そこに足をのせ、寒さをしのぐために両腕で自分の身体を抱いた。窓ガラスに頭をもたせかけた。

あたりは静まりかえっていた。暗かった。安らぎに満ちていた。

いまも彼の深い寝息が聞こえてくる。妙に心地よい響きだ。すぐそばに自分以外の人間がいる。

ハンナに後悔はなかった。後悔したことはこれまで一度もなかった。衝動的に行動することはめったにないのだから。人生のすべてを自分の意図に沿って計画し、管理してきたのだから。

公爵にかつてこう言われた。〝計画も管理もできないことが一つだけある、わが最愛の人。

それは愛そのものだ。愛に出会ったときは、降伏するしかない。ただし、人生でただ一度の本物の情熱と言える場合だけだ。そうでないかぎり、けっして降伏してはならない。でないと、人生に疲れはててしまう〟

〝でも、本物の情熱かどうか、どうやって見分けるの？〟ハンナは公爵に尋ねた。

〝自然にわかる〟公爵がくれた答えはそれだけだった。

ハンナは永遠に愛に出会えないような気がして、なんだか不安だった。公爵が言っていたような、身も心も焼き尽くす生涯ただ一度の愛には。これは公爵自身の経験から出た言葉だった。もちろん、誰もが経験できることではない。たぶん、そうした人の数は多くないだろう。ハンナも経験できないかもしれない。

公爵を愛していたのは事実だ。ハンナは身を震わせ、さらに強く自分の身体を抱きしめた。ときどき、公爵以外の人を愛したことは一度もなかったように思えてくる。でも、もちろん、それは違う。愛にはさまざまな形がある。バーバラのことも愛している。

そして、今夜のことも後悔してはいない。好きな男と関係を持ったいま、その男の寝室にいてはならないという理由はどこにもない。ただ、正式な夫婦の関係ではないけれど。わたしはときどき、言葉の使い方がやけに厳格になってしまう。どうにかしなくては。いまは伴侶のいない自由の身、彼もそう。好きなだけ関係を持てばいい。疚《やま》しさを感じる必要はないはずだ。

彼の寝息が聞こえなくなっていることにもっと早く気づくべきだった。いきなり声がしたので、ハンナは飛びあがった。

「外に何かおもしろいものでも見えるのかい？」

ハンナはふりむいて彼を見たが、外の薄明かりに目が慣れていたせいで、見分けられたのは黒いシルエットだけだった。

「いいえ、何も。この部屋で何も起きてないのと同じよ」

「文句を言っているのかな、公爵夫人。ぼくが精力を使いはたしてぐっすり寝てしまったから？」

「あなたのほうはもう一度褒めてほしいのかしら、コンスタンティン」ハンナは言いかえした。「さっき言ってあげたじゃない。わたしの予想をはるかに超えてたって」

彼はすでに布団をはねのけてベッドから出るところだった。身をかがめ、床に落ちている二人の衣服のあいだを手で探って、まずは下穿きを、それからズボンをはいた。ハンナに背を向け、やがて、グラスのぶつかるチリンという音が聞こえてきた。ワインを注いだグラス二個を手にしてハンナのところにやってきた。一個をハンナに渡してから、裸の肩を窓枠にもたせかけた。長身で、ほっそりしていて、とても男っぽい。

ハンナはワインを少しずつ飲みながら、そうした資質に称賛の目を向けた。いくらがんばっても、ここまでみごとな男らしい男を選ぶことはできなかっただろう。服を着ているときより、着ていないほうが――まあ、全裸ではないけれど――さらに魅力的だ。多くの人の場合は、衣服が数々の欠点を隠してくれるものだが。

しかも、ハンナの予想を超えるすばらしさだった。

彼がどんなに大きくて、硬くて、巧みだったかを考えただけで、ひりひりした痛みにもかかわらず、あの部分が疼きはじめた。

彼は無頓着に脚を組むと、ワインを飲みほしてから、グラスを窓敷居の端に置いて腕組みをした。

「怖いほどハンサムな方ね」ハンナは言った。

「怖い？」彼が眉を上げるのが見えた。「ぼくを見ると怖くなるのかい？」

ハンナはさらにワインを飲んだ。

「あなたはよく悪魔に喩《たと》えられるでしょ。もちろん、ご存じよね。悪魔とハーフマラソンをしたのかと思うと、ちょっと怖い気がする」

「しかも、生き延びた」

「あら、いつだって生き延びていくわ。それに、恐怖は大好き。わたしはけっして怯えない人間ですもの」

「うん。たぶん、そうだろうね」

二人はしばらくのあいだ無言で外の通りを見つめ、ハンナはワインを飲みおえた。空いたグラスを彼が受けとり、さっきのグラスの横に置いた。

「弟さんが先代の伯爵だったわけね。ご兄弟はその弟さんだけ？」

「あとはみんな亡くなった。長男と末っ子――無事に成長したのは二人だけだった。だが、ジョンも十六のときに死んでしまった」

「どうして？　何が原因で亡くなったの？」

「本当なら、もう四、五年早く死んでも不思議はなかった。医者がそう言っていた。生まれたときから、ほかの子とはずいぶん違っていた。顔立ちも、身体つきも。父はジョンのことをいつも〝グズ〟と言っていたものだ。ほかの連中も。だが、それは違う。頭の回転が遅かったのは事実だが、けっして愚鈍ではなかった。まさにその逆だ。そして、愛にあふれていた」

ハンナはじっとすわったまま、シャツを身体に押しつけた。彼はハンナのことなど忘れてしまったかのように、窓の外をじっと見ていた。

「〝愛情深い〟という意味ではない。もちろん、そういう性格でもあったけどね。ジョンは愛そのものだった――おおらかで、なんの見返りも求めない、絶対的な愛だった。そして亡くなった。覚悟していたより四年も長く一緒にいることができた」

いまは夜、闇に包まれているとすなおに話せるのだろう、とハンナは思った。それに、目をさましたばかりなので、いつもの防御の鎧をまとう暇がなかったのだろう。わたし自身は眠らずにいて正解だった。

「弟さんを深く愛してらしたのね」優しく言った。

彼の目がハンナのほうを向いた。その目は闇のように黒かった。

「だが、憎しみもあった。ぼくが手にするはずだったものがすべて、弟の手に渡ってしまった」

「健康を別にして」

「うん、健康は別だった。それから分別も。弟はこんなぼくのことも愛してくれた。いや、とくにこのぼくを」

ハンナがふたたび身を震わせると、彼は両手を伸ばしてハンナの二の腕をつかみ、まったく重さを感じないかのように窓敷居から抱えあげた。彼女の足が床につくと同時に、腕をまわしてきつく抱き寄せ、唇を合わせて熱烈なキスを始めた。

抵抗しても無意味ね——キスされた瞬間の衝撃のなかで、ハンナは思った。どっちみち、勝ち目のない戦いは避けるのがいちばんだ。もっとも、本気でいやだと思えば、抵抗しないわけはないけど、でも——。

ううん、あれこれ考えないほうがいい。すなおに楽しもう。わたしが望んだことだもの。この人がほしかった。

素足が彼の足に触れるまで進みでて、彼に両腕をまわし、熱い思いをこめてキスを返した。これまでのキスとはどこか違っていた。ベッドに横たわる前に交わしたゲームのようなキスではなかった。もっと……本物のキスだった。生々しさがあった。

ハンナは考えるのをやめた。

やがて、シャツを頭から脱がされ、彼のズボンと下穿きもふたたび床に落ち、二人はベッドに戻っていた。手足をからませ、上になり下になり、手と唇をあらゆる場所に這わせ、ときには歯で軽く嚙みもした。けっしてゲームではなかった。

生々しい情熱だった。

そして、愛撫されるだけでなく、ハンナも愛撫を返していた。

やめさせなくては。だめだと言わなきゃ。そしたら、この人はやめてくれる。かならずやめてくれる。怖いわけではない。怖がる必要はないもの。この人はわたしの愛人。そのためにわたしが選んだ人。でも――。

彼がのしかかってきて、ハンナの脚を大きく広げさせた。だめだと言ったときはもう遅かった。いや、本当はその言葉を口にしてもいなかった。

彼が強烈な勢いで入ってきた。

生傷をナイフでえぐられるような痛みが走った。

ハンナはすくみあがり、あえぎ、身体の力を抜こうとし、そして……。

そして、彼が身体を離した。

と言っても、完全に離れたわけではなかった。ハンナのなかから抜けだしたが、そのまま寄り添い、片肘を突いてハンナの上に身を乗りだしていた。ロウソクを吹き消しておいてよかった、とハンナは安堵した。もっとも、闇に慣れた目には、暗さも隠れ蓑《みの》にはならないだろうが。

「どうしたんだ？」

ハンナは片手を上げ、人差し指の先端を彼の胸にすべらせた。

「なんのこと？」

「痛かったのかい？」

「今夜はもうやめようって思ったの。ひと晩に一回で充分だわ、コンスタンティン。わたし、家に帰らなきゃ。いくら男女の仲になったからって、ここに泊まっていくなんて思わないでね。じきにうんざりしてしまうわ」

「きみ、まさか処女なんてことはないよね？」

もちろん、冗談半分の質問だった。ところが、ハンナが答えるまでにしばらく時間があった。返事をしたときには、両方の眉が横柄に吊りあがっていた。もっとも、暗いせいでその効果はたぶん薄れていただろうが。

「処女だったのか」今度は冗談ではなかった。質問でもなかった。

ハンナは三十歳。処女のしるしの障壁はなかった。出血もなかった。それでも、今夜まで処女だったことは事実だ。

「処女を罰する法律でもあるの？　愛人を持ったことは一度もないわ。初めてあなたを選んだのよ。きっと上手な人だろうと思って。予想どおりだった。もっとも、比較できる男の人はほかに誰もいないけど、あなたのことを凡庸じゃないかと思う女がいたら、よっぽどのばかね」

「結婚してたじゃないか。十年も」

「相手はずっと年上の紳士で、結婚生活のそういう面にはあまり関心を持たない人だったの。

ら」

べつに不満はなかったわ。わたしも関心がなかったから。結婚した理由はほかにあったか
「公爵夫人という身分を手に入れた」考えうる唯一の理由を彼のほうから口にした。「しかも、裕福な公爵夫人だ」

「ええ、大金持ちよ」ハンナはうなずいた。「それに、当代の公爵には結婚する気がなさそうだから、先代公爵未亡人という、あのぞっとする称号を押しつけられることもないでしょう。いまの公爵は愛人とのあいだに十人も子供がいるの。年齢は十八歳から二歳まで。でも、その愛人は娼館にいた人だから、結婚はもちろん無理でしょうね」

「そういう事実を知るのは、貴婦人にとってさぞ不快なことだろう」

「幸い、公爵は――わたしの公爵という意味よ――そうした興味深い噂を妻の耳に入れまいとする人ではなかったわ。とてつもなく淫らなゴシップを仕入れてきては、帰宅してから聞かせてくれる人だった」

「そうか、夫婦生活はなかったんだね、公爵夫人。だが、結婚していたあいだに山ほど愛人を作ったというのは何なんだ？」

「ゴシップに耳を傾けるのがお好きなのね。いえ、誰だってゴシップは好きだけど、あなたの場合はとても信じやすいのね。わたしが結婚の誓いを破るような人間だと、本気で信じてらっしゃるの？」

「夫からなんの満足も得られなくても？」

「いまのわたしは陽気な未亡人かもしれないわ、コンスタンティン。ええ、この春はあなたと思いきり陽気に楽しむつもりよ。ただし、今夜はもう充分。いまは陽気な未亡人だとしても、夫に対しては貞淑な妻だったわ。強引に貞節を守らされたからではないのよ。あなたはその忌まわしい結論に飛びつくかもしれないけど。公爵はけっして暴君ではなかった。少なくとも、わたしに対しては。わたしは自分の意志で貞節を守ったの。いま、愛人を持とうと決めたのと同じように。自分の生き方はいつだって自分で決めることにしてるの」

ハンナは無言の彼にしばらく見おろされて、彼が完全に昂った状態のままで身をひき、横になって言葉を交わすためにどれほど強い自制心を必要としたかを、このとき初めて悟った。もっと早く〝だめ〟と言っていれば、彼はすぐにやめていただろう。こんな会話をすることもなかったはず。躊躇してはならない場合もあるという、いい教訓になった。

でも、気にすることはない。事実は事実だもの。少なくともわたしにとっては。たぶん、この人にとっても。この人はさっきまで、遊び慣れた女を愛人にしたと思っていたことだろう。

「さて」彼が優しく言った。「バラの外側の花びらが落ちていく。内側にもまだまだ花びらが重なっているのだろうか」

返事を求めているのではなかった。ハンナも返事はしなかった。この人、いったい何が言いたいの？

「最初からわかっていれば、マラソンのペースをもう少し抑えることもできたのに。そうすれば――」コンスタンティンは言った。

「コンスタンティン」ハンナは彼の言葉をさえぎった。「わたしのことを繊細な貴婦人扱いして、庇護しよう、優しくしよう、ご機嫌とりをしようなどと考えたら、わたしは――」

「なんだい？」

「あなたを捨てるわ。赤く燃える石炭を投げ捨てるように。そして、翌日すぐにつぎの愛人を作ることにする。あなたの二倍もハンサムで、三倍も精力的な愛人を。あなたのことなんかもう考えない」

「脅迫かい？」コンスタンティンの口調はひどく心配そうだった。

「まさか」ハンナは軽蔑の口調で答えた。「わたしは脅迫なんてしない。する必要がどこにあるの？　いまのは事実を述べただけ。あなたがわたしを一段低く見たらどういうことになるかを教えてあげたの」

「ぼくはただ、男が処女と愛を交わすときは、経験豊かな女のときとは違うやり方があると言いたかっただけなんだ。さっきと同じように喜ばせてあげられただろう。いや、たぶん、もっと喜んでもらえたと思う」

ハンナがふと気づくと、彼の自由なほうの手がハンナの腹部を軽くなでていた。ハンナの肌より彼の手のほうが温かかった。

「あなたって、少なくとも二週間に一回は処女と愛を交わしていそうね」

彼の歯が顔のほかの部分に比べてひどく白く見えた。微笑している。めったにないことだ。

日の光がないため、その微笑もはっきりとは見えないが。

「自慢するのも、誇張するのも嫌いなんだ。一カ月に一回ぐらいかな」

彼が顔をうつむけてハンナの唇にそっとキスをした。

「すまない」低く言った。

ハンナは彼の片方の頰をピシッと叩いた。

「〝すまない〟なんて、口が裂けても言わないで。すまないと思うのもやめて。はっきりした意図を持って行動するなら、後悔する必要はないわ。そして、成行きでそうなってしまったのなら、謝る必要はどこにもないのよ。わたしは一、二時間前まで処女だったことを謝ろうとは思わない。自分で選んだことだもの。そして、それをあなたに黙っていたことも謝ろうとは思わない。あなたは知る必要のないことだもの。音楽会の夜、わたしがモアランド公爵さまとの不和の原因を尋ねたとき、よけいなお節介だっておっしゃったでしょ。それと同じよ。話のついでに申しあげておくと、この春、わたしたちの交際が続くあいだ、わたしはあなたに忠誠を誓います。あなたも忠誠を誓ってね。さて、そろそろ帰ることにするわ」

「花びらはもう残っていないかもしれないが、茎には間違いなくトゲがたくさんついているようだな。これから二、三カ月のあいだ、きみ以外の女には目もくれないから、どうか安心してほしい。きみのような女をもう一人相手にするほどのスタミナはないと思う。いや、きみとタイプの違う女であってもね。しばらく横になっててくれ。御者を叩き起こしてくる。御者のやつ、いい顔をしないだろうな。早朝の呼出しを予期しているはずだが、いまは朝というよりまだ真夜中だ」

彼はそう言いながらベッドを出て服を着た。

ハンナは彼が部屋を出ていくまでじっと横になっていた。

そうね、興味深い一夜だった。とても心地よい夜だったとは言えないけど。わたしの予想とはまるで違う展開になってしまった。

例えば、本物の……体験は想像をはるかに超える官能的なものだった。わたしの感じた喜びは、たぶん、想像していたレベルの倍以上だったと思う。ひりひりした痛みが残ってはいるけれど。

ハンナの心にはそれと同時に、愛人を作るというのは、気の利いた皮肉を言いあったり、ベッドでせっせと励んだりするだけのことではなさそうだ、という不安な思いも芽生えていた。正直なところ、それ以上のものは期待していないし、望んでもいないのに。

コンスタンティン・ハクスタブルとの交際から、結婚していたころのように、心の結びつきが生まれそうな気がした。

そんなものはほしくない。いまは必要ない。

いいや、本当はほしかった。ただ、自分だけの思いにとどめておきたかった。それに気づいて自分でもいささか驚いた。最初のころから、彼のことをもっと知りたいと思っていた。いや、すべてを知りたかった。彼にもそう言った。暗い雰囲気を漂わせる謎めいた男。ある程度のことは世間に知られている。しかし、彼をよく知る者はどこにもいない。老公爵でさえ何も知らなかった。ときたま、彼の噂をしてはいたが。こんなふうに言っていた――あの鬱屈した暗い表情には憎悪が秘められ、社交界での魅力的な物腰には愛が潜んでいる。だから、あのように複雑で、危険で、たまらなく魅力的な男になったのだろう。

もしかしたら、ハンナは公爵のこの言葉に刺激されて、コンスタンティン・ハクスタブルを愛人にしようと決めたのかもしれない。

コンスタンティンは今夜、知的障害のある弟を憎んでいたとハンナに告白した。それでも、ハンナは最高の自信を持って彼に言うことができた――でも、同時に愛してもいたはずよ。たぶん、苦しいほど深く。

ハンナが愚かにも今夜まで気づいていなかったのは、人間関係に一方通行はありえないということだった。彼に関して多くのことを知ったが、それ以上に多くを彼に知られてしまった。

ああ、どうしよう！

彼が今夜知ったことを貴族社会の人々にしゃべろうものなら、わたしの評判はズタズタだ。もちろん、しゃべるはずはないけれど。

でも、彼に知られてしまった。

腹立たしい！

わたしは恋愛関係など望んでいない。望むのはただ……そうね、その言葉を使えるようにならなきゃ。公爵はいつもわたしの前でその言葉を使っていた。だから、少女みたいに恥じらうのはやめよう。わたしが望むのはただ、コンスタンティン・ハクスタブルとのセックスだけ。

今夜はくらくらするほどすてきなセックスだった。ひりひり疼きはじめたのはあとになってからだった。行為のあいだは、ひと晩じゅう続けてほしいと思っていた。気の毒なコンスタンティン。それじゃ、死んでしまう。

ハンナははしたなくも噴きだして、ベッドの脇へ勢いよく脚を下ろし、ストッキングを探した。


家まで送ってもらう必要はないとハンナは言ったが、コンは聞く耳を持たなかった。彼女に手を貸して馬車に乗せ、自分もその横に乗りこんだ。彼女の手を自分の手で包み、自分の腿に置いた。

白いマントをはおり、幅の広いフードをかぶると、いつもの彼女の雰囲気になった。だが、これまでと同じ目で彼女を見ることはもうないだろう。当然のことだ。ドレスを脱ぎ捨て、髪を無造作に垂らした姿を目にしたのだから。その身体を自分のものにしたのだから。

しかし、それだけではない。

少なくとも一つの点で、彼女はみんなが思いこんでいるような女ではなかった。わざわざ、そんな女のふりをしていただけだ。

公爵と結婚したものの、事実上の夫婦にはなっていなかった。それ自体はとくに驚くようなことでもない。つねにそういう憶測がなされていた。だが、彼女が社交界で見せびらかしていた愛人たちは――ジマー、ベントリー、ハーディングレイなど、ざっと挙げただけでもかなりの数になるが……。

愛人ではなかったのだ。

このぼくが初めての男だったのだ。

考えただけでくらくらしそうだった。相手が誰であれ、初めての男になったことはこれまで一度もなかった。なりたいとも思わなかった。

なんてことだ！

「痛みが消えるまで何日か必要だ、公爵夫人」馬車がハノーヴァー広場に近づいたところで、コンは言った。「そうだな……来週の火曜日はどうだろう？　キタリッジ邸の舞踏会のあとで」

彼に主導権を握らせる気は、ハンナにはもちろんなかった。もっとも、きのうのガーデンパーティではついそうなってしまった。だったら、今夜はわたしが主導権を握る番だとばかりに、彼女は言った。

「月曜の夜にしましょう。劇場に公爵家の桟敷席があるんだけど、使っているのはわたしだけなの。バーバラを連れていく約束をしたのよ。パークさまご夫妻もお呼びするつもり。それから、牧師の息子さんがロンドンに来てらっしゃるなら、その方もご一緒に。エスコートしてくださる？」

「完璧な顔ぶれだ。牧師。牧師の婚約者。もっとも、相手は別の牧師だが。最初に言った牧師の両親。そして、ダンバートン公爵夫人と新しい愛人。その愛人はときに〝悪魔〟と呼ばれている男」

「あちこちの客間に興味深い話題を提供するのが、人はいつだって大好きなのよ」

「そうだね、その人がたまたまダンバートン公爵夫人ならば想像できる」

馬車が広場に入って速度をゆるめ、停止するのを感じて、コンは彼女の片手を自分の唇に持っていった。顔を低くして唇を重ねた。

「月曜の夜の時間を楽しみに待つとしよう」

「あら、お芝居は楽しみじゃないの？」

「それは耐えることにする。デザートは食事の最後に口にするほうが、はるかにおいしく感じられる。今夜、ぼくたちが知ったように」

そして、馬車の扉の内側を軽く叩き、降りる用意ができたことを御者に伝えた。

屋敷のなかではすでに誰かが起きていた。コンが歩道に降り立ち、公爵夫人に手を貸そうとしてそちらを向くあいだに、玄関ドアが開いた。

背筋を伸ばし、頭を高く上げて玄関前の石段を悠然とのぼっていく公爵夫人を、コンはしばらく見守っていた。彼女の背後で玄関ドアが静かに閉まった。

これまでの春の情事とはいささか勝手が違う――コンは思った。

いつもより少々居心地が悪い。

いつもより少々エロティックだ。

どういうつもりであんなことを言ったのだろう――〝だが、憎しみもあった〟

ジョンを憎んだことはけっしてなかった。ほんの一瞬たりとも。心から愛していた。いまもその死を悼んでいる。ときどき、悲しみは永遠に癒えそうもないと思うことがある。ジョンのいた場所に空虚な黒い大きな穴が空いている。

〝だが、憎しみもあった〟

こともあろうにダンバートン公爵夫人にそう言ってしまった。

どういうつもりでそんなことを？

公爵夫人がいまだ処女の身であったことが今夜初めてわかったが、その些細な事実のほかにも、何か隠していることはあるのだろうか。

答えはもちろん、〝何もない〟に決まっている。爵位と財産目当てでダンバートンと結婚したことは、当人がすんなり認めた。そして、いまは自由と財力を使って官能の喜びに浸ろうとしている。

それを非難することはできない。

コンは向きを変え、彼が馬車のなかに戻るのを待っている御者に渋い顔を向けた。

「そのまま屋敷に戻ってくれ。ぼくは歩いていく」

御者は首をわずかに横にふり、馬車の扉を閉めた。

「かしこまりました」

7

牧師をしているパーク夫妻の息子はロンドンには来ていなかった。しかし、夫人の弟がパーク家に滞在中で、月曜の夜、夫妻と一緒にダンバートン公爵夫人の桟敷席へ出かけられることになって大喜びだった。ハンナはまた、月曜の朝、バーバラとフーカム図書館へ行ったときにレディ・モントフォードとばったり出会い、しばらくおしゃべりをしたあとでモントフォード夫妻も招待しておいた。

レディ・モントフォードは、ハクスタブル氏とはまたいとこの関係になる。

「一週間のうちにオペラもお芝居も観られるなんて」月曜の夕方、ハンナと並んで馬車に乗ってから、バーバラが言った。「もちろん、画廊や美術館や図書館や買物にも出かけたし。毎日、両親とサイモンに宛てて、本にできそうなほど長い手紙を書いてるのよ。あれはもう、手紙なんてものじゃないわ。あなたのインクを使いきってしまいそうよ、ハンナ」

「ロンドンにもっと出てくればいいのに」ハンナは言った。「でも、結婚したら、あなたの牧師さまが離そうとしないでしょうけど。癪《しゃく》にさわる人ね」

「結婚したら、たぶん、わたしのほうが夫から離れようとしないと思うわ。牧師の妻になるのがとっても楽しみなの。それから、ふたたび牧師館で暮らせるようになるのも。でも、サイモンを説得して、ときどき二人でこちらに来ることにするわ。そしたら、また会えるでしょ。あなたのほうも、そのうち――」

しかし、バーバラはそこで急に口をつぐみ、馬車のなかの薄闇を透かしてハンナのほうを見た。詫びるように微笑した。

「ううん、それは無理ね。でも、来てくれることを心から願ってるのよ。このあたりでそろそろ――」

「そろそろ劇場に着いたようよ、バーバラ」

馬車はドルリー・レーンの王立劇場の外で止まろうとしていて、人々がたむろしているのが見えた。きっと、同行者の到着を待って劇場に入るつもりなのだろう。ハクスタブル・コンスタンティンもその一人だった。黒い丈長のイブニングマントとシルクハットで、エレガントであると同時に悪魔のようだった。

「あ、あの方がいらしてる」バーバラが言った。「ハンナ、あなた、ほんとにいいの――？」

「いいに決まってるでしょ、おばかさん。わたしたちは交際中で、まだ別れてもいないのよ。でも、牧師さまへの手紙に、この件については書いてないでしょうね」

「両親への手紙にも書いてないわ。二人を悲しませることになるもの。父も母もあなたにはもう十一年ぐらい会ってないけど、いまもあなたのことが可愛くてたまらないのよ」

ハンナはバーバラの膝を軽く叩いた。

「彼がこちらに気づいたようよ」

馬車の扉をあけてステップを下ろしてくれたのは、ハンナの御者ではなくコンスタンティンだった。

「ご婦人がた、こんばんは。午後の雨がやんでよかったですね。たとえしばらくのことにしても。さあ、ミス・レヴンワース」

彼が片手を差しだすと、バーバラはその手をとって礼儀正しく挨拶をした。もちろん、バーバラの礼儀作法はつねに非の打ちどころがない。

ハンナはゆっくり息を吸った。彼の顔を見るのは先週以来初めてだ。彼の住まいでのあのひとときが夢のように思われる。夢でないことを教えてくれたのは、あれから数日続いた体内の痛みだけ。そして、こうしてまた彼を目にした瞬間、不意に全身を駆けめぐった疼きと夜の時間を待ちこがれる気持ちだけ。

ああ、うっとりしてしまう。なんて魅惑的な人かしら。

もちろん、数分後には、今宵劇場にやってきたすべての者が、コンスタンティンが公爵夫人のいちばん新しい愛人になったことを知るだろう。いや、そう思いこむことだろう。山ほどいる愛人の一人なのだと。明日のいまごろはもう、劇場に来なかった人々の耳にも噂が届いているだろう。

コンスタンティン・ハクスタブル氏がダンバートン公爵夫人のいちばん新しい愛人だという噂が。

しかし、今回初めて、その噂が真実になる。

バーバラが無事に歩道に降り立った。

「公爵夫人？」彼がハンナに片手を差しだした。二人の目が合った。

ハンナがこんなに黒い目を見たのは生まれて初めてだった。あるいは、こんなに人を惹きつける目を見たのも。こちらの膝の力が抜けてしまうような目を見たのも。

彼に自分の手を預けて、ハンナは言った。「誰かが歩道をきれいに掃いてくれてればいいんですけど。ドレスの裾が濡れるのはいやですもの」

誰かがちゃんと掃いてくれていた。そして、誰かが手早く人混みの整理もしていた。ハンナたちを劇場へ通すために細い隙間ができた。ハンナは周囲に軽い笑みをふりまきながら、コンスタンティンの右腕に手をかけて劇場に入っていった。彼の左腕にはバーバラが手をかけていた。

公爵家の桟敷席は観客席を馬蹄形に囲んだ三段の桟敷の一段目で、舞台にいちばん近いところにあった。桟敷席に入るのは、舞台に登場するのと少しばかり似ている。ハンナたちが桟敷席に入って、先に到着していた公爵家の招待客に挨拶し、しばらく言葉を交わしてからそれぞれの席につくのを、観客席の全員が見守っていたことだろう。また、公爵夫人の友人がパーク夫人とその弟のあいだにすわったのに対して、公爵夫人自身はコンスタンティン・ハクスタブル氏の隣にすわったことにも、全員が気づいたことだろう。

公爵夫人の新たなお気に入り。老公爵が亡くなり、ふたたびロンドンに出てきた公爵夫人が初めてそばに置いた男。新しい愛人。

劇場内でわずかに高まったざわめきの意味を解釈するのは、むずかしいことではなかった。また、ハンナが無関心な目を周囲にゆっくり向けるのも、むずかしいことではなかった。公爵の生前にも、似たような状況のもとで何十回もやってきたことだ。自分の膝に視線を落とすのはやめて周囲を悠然と見まわすよう、公爵が教えてくれた。ただ、一つだけ違う点があった。男性の連れに関する周囲の憶測が大はずれなのを、かつてのハンナはいつもおもしろがっていたが、今夜は違っていた。

今夜は、周囲の憶測ははずれていない。

それがたまらなくうれしかった。

ハンナは白手袋に包まれた手をコンスタンティンの袖にかけ、そちらへ軽く身を寄せた。

「今宵の演目、〈悪口学校〉をご覧になったことはあって？　昔からあるお芝居よ。わたしは十回以上観たと思うけど、いつ観てもおもしろいわ。あなただって、退屈することも、長すぎると思うこともないはずよ」

「今宵の大切な用件に早くとりかかりたくて、芝居の終わるのをぼくがうずうずしながら待っているとしたら？」

「それでも大丈夫よ。でも、あなたのお好みは悲劇のほうかもしれないわね」

「この悪魔のごとき外見に合わせて？」

「ええ、そのとおり。でも、以前、オペラの痛ましき悲劇はじつを言うと悲劇でもなんでもないって、わたしに説明してくださったでしょ。そう伺って安心したわ。つぎはきっと、悲劇のヒーローはお芝居の最後で本当に死ぬわけではない、とおっしゃりそうね」

「きみを安心させるために？　今夜のきみは純白の衣装をまとって、まばゆいほどに美しい。きらきら輝いている」

コンスタンティンの目に何かがきらめいた。たぶん、からかっているのだろう。

「興奮で？　興奮で目を輝かせるなんて、わたしには無縁のことよ。俗悪ですもの。あなたがおっしゃってるのはきっと宝石のことね」ハンナは左手をかざしてみせた。「薬指のダイヤは結婚のときに贈られたの。本物とは思えなかった。こんな大きなダイヤがあるなんて知らなかったから。小指のダイヤは二十歳の誕生日のプレゼント」両手を差しだした。「そのあとも誕生日のたびに指輪をプレゼントされたわ。それぞれの指のサイズに合わせて。そのうち、空いた指がなくなってしまったから、もう一度最初からやりなおすことになった。だって、足の指じゃ辛いでしょ。それから、結婚記念日やその他の記念日にも指輪を贈られたわ」

「クリスマスにも？」コンスタンティンが訊いた。

「クリスマスはいつもネックレスとイヤリングだったわ。それから、バレンタインデーはブレスレット。公爵はその習慣をずっと守りつづけたのよ、ばかな人。お金に糸目をつけないんですもの」

「誰が見てもそれはわかる」

ハンナは両手を膝に下ろし、向きを変えてコンスタンティンをまっすぐに見た。

「宝石は人に見せるためのものよ、コンスタンティン。美貌もそう。わたしがお金と美貌に恵まれてることを詫びるつもりはないわ」

「うぬぼれが強いことも？」

「率直にものを言うのがうぬぼれなの？　わたしは子供のころから美人だったわ。年をとっても、たぶん、ある程度の美貌は維持できるでしょう。そこまで長生きできるとすれば。骨格がきれいだって昔からよく褒められたわ。努力で美貌を手に入れたわけじゃないのよ。音楽家や役者の才能が努力の賜物《たまもの》ではないのと同じように。でも、この人生で与えられた才能をどう使うかについては、本人の努力が必要だわ」

「美も神の贈物なのかい？」

「ええ、そう。美というのは磨きをかけ、崇めるべきものよ。人生には醜悪なものが多すぎる。美は喜びをもたらすことができる。人が自分の住まいに絵や花瓶やタペストリーを飾るのはなぜ？　色褪せたり、損傷したりしないよう、暗い戸棚にしまっておけばいいのに、そうしないのはなぜなの？」

「きみが暗い戸棚に隠れてしまったら、ぼくは耐えられないだろうな、公爵夫人。ぼくも一緒に隠れることができれば、話は別だが」

ハンナは思わず笑いそうになった。しかし、笑いは人前に出たときのイメージにそぐわないし、いまも多くの視線にさらされていることをハンナは意識した。

「もうじき芝居の幕があく」コンスタンティンに言われて、舞台に注意を向けた。

自分の気持ちをうまく説明できなかったような気がした。美貌を厭《いと》わしく思うのも、隠そうとするのも、否定するのもやめるよう、公爵が教えてくれた。結婚したころのハンナはついそうなりがちだった。美貌に磨きをかけ、美貌に感謝することを、公爵が教えてくれた。

そして、ハンナは美貌にずっと感謝してきた。十年のあいだ、公爵の目を楽しませてきた。それで充分だった。

ほぼ充分と言うべきかしら。

ハンナはいま、その美貌が人にどれだけの喜びを与えたのだろうと自分の心に問いかけた。公爵が喜んでくれたのはたしかだ。でも、ほかの人は？　喜んでくれなかったとしても、何を気にすることがあるだろう？　公爵はわたしの夫だった。公爵を喜ばせるのがわたしの義務であり、喜びでもあった。

わたしが心から喜びを感じたのはいつだっただろう？　草原で干し草の束と野の花に囲まれて、両腕を伸ばし、太陽に顔を向けてくるくるまわったのはいつ？　髪を風になびかせて砂浜を走ったのはいつ？

美は本当に神の贈物だったの？　音楽家の天分と同じように？

舞台では喜劇を上演中だというのに、どこからこんな感傷的な思いが生まれたのだろう？　観客席から笑い声が上がり、ハンナは扇子で顔をあおいだ。

先週、コンスタンティンの寝室で大きな快楽を知った。でも、喜びは？

今夜きっと喜びにめぐりあえる。なんなら泊まってもいい。ベッドで男と眠ったら、きっと不思議な気がするだろう。男のかたわらで目をさまし、そして――。

「公爵夫人」彼の息がハンナの耳に温かくかかった。その声はささやきに近かった。「放心状態？」

「コンスタンティン」舞台に視線を据えたまま、ハンナは声をひそめて答えた。「あなた、お芝居じゃなくてわたしを見てたの？」

コンスタンティンは答えなかった。

コンは先ほど、公爵夫人とミス・レヴンワースの到着をロビーで待ったためにふたたび一階に下りようとして、その前に桟敷席でモンティと短く言葉を交わした。キャサリンは同席しているパーク夫妻と夫人の弟の相手をしていた。

「よし、当ててみせよう、コン」モンティが言った。「ミス・レヴンワースだろ？　顔立ちは悪くないが――うーん、やめたほうがいい。たしか婚約中だぞ。相手は牧師だ」

「ミス・レヴンワースではない。きみもよく承知してるくせに」コンは言った。

モンティは驚いたふりをしてみせた。「頼むから、公爵夫人だなんて言わないでくれ。ハイドパークで公爵夫人がきみを頭から爪先まで眺めたものの、手を差しだしてくちづけを受けるのは省略したとき、きみ、〝こっちにはその気がない〟と言ったじゃないか」

「男の心変わりもときには許されるものだ」コンは言った。

「すると、公爵夫人がきみの今年の愛人というわけか」モンティはニッと笑って首をふった。

「危険だぞ、コン。危険だ」

「公爵夫人が危険物を投げつけてきても、ぼくの手ですべて処理できるさ、モンティ」

モンティは眉をひくひく動かした。

「ほう。だが、公爵夫人のほうは、きみが投げつけるものをすべて処理できるだろうか。なかなか興味深い春になりそうだ」

そう、たしかに。芝居が終わり、ハノーヴァー広場へ向かう馬車のなかでコンは思った。前方には公爵夫人の馬車。まずバーバラと一緒にダンバートン邸に戻らなくては、と彼女が言いはったのだ。屋敷に着いてから、彼の馬車に乗り換えることになっている。

興味深い春になるだろう。官能に溺れる春になることだけは間違いない。先週から今夜までの時間が無限だったように思われた。そして、夏になり、二人がそれぞれの住まいに戻るときが来ても、ダンバートン公爵夫人への性の欲望はほとんど満たされていないだろうという予感がした。

もちろん、来年も公爵夫人と愛人関係になることはありえない。どちらもそれは望んでいない。

だが、今年の決断も間違いだったのだろうか。

公爵夫人は美しく、魅力的で、うぬぼれ屋だ。金持ちで、高慢で、薄っぺらだ。

自分が性の快楽のためだけにすべてを無視できる人間だとは思いもしなかった。だが、公爵夫人を愛人に選んだのは、性の快楽だけが理由なのだ。

そして、たぶん、公爵夫人に魅了されていたのだろう。もちろん、貴族社会の男性の多くがそうだし、女性のほうもかなりの割合で公爵夫人に魅了されている。男性と女性では理由が違うけれど。

しかし、彼女にまつわるきわめて興味深い事実を――三十歳まで未体験だったという事実を――知っているのは、このぼくだけだ。

いまだに信じられない思いだった。

彼の馬車が公爵夫人の馬車のうしろで止まり、女性二人が屋敷のなかへ姿を消すのをコンは見守った。玄関ドアが閉まった。彼女の馬車が走り去り、彼の馬車が玄関前の石段に近づいた。

玄関ドアはそれからずっと閉まったままだった。コンは座席にぐったりすわって、あとどれぐらい待たされるのだろう、広場を囲む家々の暗い窓のカーテンの陰から何人ぐらいが覗き見しているのだろう、と思った。明日、コンを笑いものにするつもりでいるに違いない。

腹が立つよりも先に愉快になった。

コンを好き勝手にふりまわすのをやめる気は、公爵夫人にはなさそうだ。

老公爵も彼女にふりまわされていたのだろうか。いやいや、一度も公爵を裏切ったことのない妻だった。

どれぐらい待たされるのだろう。コンはふたたび思った。

十八分後、ダンバートン邸の玄関がふたたび開いて公爵夫人が出てきた。先週と同じ白いマントをはおり、大きなフードをかぶっている。ドレスを着替えてきたのだろうか。

コンは馬車を降りると、彼女のほうへ片手を差しだして馬車に乗せた。あとから自分も乗りこみ、彼女と並んですわった。御者が扉を閉め、車体を揺らして御者台にのぼり、広場をぐるっとまわってから通りへ出ていった。

コンは暗いなかで彼女のほうを向いた。どちらも無言だった。彼女のマントの襟元に手を伸ばし、ボタンをはずすと、フードを下ろしてマントの前を広げた。

公爵夫人は髪をほどいてうしろへ流し、宝石をちりばめたずっしり重いクリップを耳の上で留めていた。ドレスは濃い色だった。紺か。もしくは、紫か。街灯のそばを通りすぎた瞬間、一条の光のなかに色が浮かびあがった。ロイヤルブルーだった。深い襟ぐり。ハイウェスト。首と耳たぶのダイヤは消えていた。

愛人のために身支度をした女。

コンは顔を近づけてキスをした。彼女の唇は温かく、かすかに開いて彼を受け入れた。彼女の背中に片方の腕をまわし、反対の腕を膝の下に差しこんで、自分の膝に乗せた。ふたたびキスをすると、彼女が両腕をコンの首にまわした。

ああ、すばらしく官能的だ。

そして、ほかにも何かあるような……。

親密な間柄になれば、やはりそんな気がしてくるものだ。だが、自分が求めているのは心の結びつきではない。愛人を作ったときはいつもそうだ。官能の喜びさえあればいい。性の営み。

一時間もしないうちに、二人でその喜びを堪能できる。それだけで満足だ。夏も冬も長かった。春のあいだ、奔放な快楽に少しぐらい溺れても許されるだろう。

劇場をあとにしてから、二人はひと言も言葉を交わしていなかった。

上の階へ連れていかれて、すぐさまベッドに押し倒されるなんてお断わりよ――コンスタンティンの屋敷に入り、彼が執事に向かって、今夜はもう休んでくれ、あとの用事はないか ら、と言って下がらせたとき、ハンナはそう思った。

コンスタンティンはつぎにハンナの肘に手を添えて、先週二人で食事をした部屋へ連れていった。今夜も食事の用意がしてあった。冷肉、チーズ、パン、ワイン。テーブルの中央でロウソクが一本だけ燃えていた。そして、今夜も暖炉で火がはぜていた。

ハンナは安堵すると同時に少々がっかりした。とくに空腹なわけではない。ワインが必要なわけでもない。夕方からずっと彼がほしくてたまらなかった。お気に入りの芝居だったのに舞台に集中できなかった。馬車のなかで欲望がいっきに燃えあがった。彼の膝に乗せられたときはとくに。

うっとりするほどたくましい人。必死にわたしをひきずりあげようともせず、息を切らしもせずに、楽々とやってのけるなんて。わたし、羽毛よりはずっと重いのに。

その一方で、自分が欲望に押し流されていないことをハンナはうれしく思った。考えてみれば妙なことだ。純粋に快楽を求めてここまで来たのに。この春、自由に遊べる立場になったので愛人を作ろうと決め、熟慮の末にコンスタンティン・ハクスタブルを選んだ。

ところが、快楽だけでは満足できないことを知ってしまった。

なんて腹立たしいことなの！

ゴールを決めたら、そこに向かってひたすら集中しなくては。自分で選び、念入りに計画を立て、実現をめざして一心不乱に突き進んできたのだから。

わたしのゴールは、夏が来てケントに戻るときまで、コンスタンティン・ハクスタブルという男との交際を楽しむこと。彼のほうは、グロースターシャーのどこだか知らないけど、とにかく自宅のある場所に戻っていく。

でも、そこにどんな大きな秘密が隠されているの？　自宅の話はまったくしてくれない。

ハンナはいま、彼がいくら魅惑的で申し分のない男でも、うわべだけの交際では満足できない自分に気づきはじめていた。

疲れただけかもしれない。それなのに、身体はいまも男を求めて火照っている。しかし、その前に食事ができるのはうれしかった。ひと口も食べられないとしても。

彼が背後に立ってマントを肩からはずしてくれた。その手は彼女の肌にほとんど触れなかった。

「公爵夫人」コンスタンティンはハンナが先週すわった椅子を示した。「さあ、すわって」ハンナが椅子に腰を下ろすあいだに、彼がワインを注いでくれた。ハンナは料理を少しずつ皿にとった。

「お芝居は楽しめたかしら」彼に尋ねた。

「最初から最後まで気が散って仕方がなかった。だが、いい芝居だったと思う」

「バーバラは夢中だったわ。もちろん、この街にまだ批判的になっていない目で、ロンドンのシーンを観てたんでしょうね」

「彼女がロンドンに来たのはこれが初めて？」

「ううん、前にも来てるわ。夫がまだ生きていたころ、わたしがときどきバーバラを説得して、二週間ほど泊まりに来てもらったから。ただ、ロンドンより田舎に来てもらうほうが多かったわ。しかも、ゆっくり滞在してくれたことは一度もなかった。バーバラは公爵が苦手だったの」

「何か理由でも？」

「だって、公爵ですもの。十二歳で爵位を継いだの。わたしと結婚したときは、公爵になって六十年以上たっていたわ。バーバラが泊まりに来ると、いつもこのうえなく丁重に迎えてくれたけど、バーバラが怖がったのも仕方がないわ。村の牧師の娘ですもの」

「きみは怖くなかったのかい？」

「心から愛してたわ」ハンナはグラスを手にとり、指のなかでステムをまわした。

「出会いのきっかけは？」

どうしてこんな話題になってしまったの？　これが会話の困ったところだ。

「夫は自分の一族のことを〝桁外れに大人数で退屈な連中〟と言っていて、できるかぎり疎遠にしてたから、ほとんど没交渉だった。でも、義務を重視する人なので、ある身内の結婚式に参列したの。爵位継承順位が十四番目の人。二十番目以上の身内に対しては義務感があったみたい。で、わたしもたまたまその式に出ていて、それが公爵との出会いだったの」

「そしてほどなく結婚した。きっと、ひと目惚れだったのだろう」

「その声に含まれた皮肉な響きに気づいていなかったら、わたし、〝冗談はやめて〟と言ってたでしょうね」

コンスタンティンはしばらく無言でハンナを見つめた。

「きみの若さと美貌、そして、公爵の身分と財産？」

「無数の結婚の裏に潜む動機ね」チーズをひと切れかじって、ハンナは言った。「そんなふうに言われると、公爵とわたしがひどく凡庸に思えてくるわ、コンスタンティン」

「きみたちが最高にすばらしいカップルだったことは、ぼくの口からわざわざ言うまでもないに決まっているが、とりあえず言わせてもらおう」

「公爵はほんとに立派な人だったわ。洗練されていて、威厳があって、最期を迎えるときまで貴族そのものだった。圧倒的な存在感で周囲の視線を集めていたけど、親しい人はそれほどいなかった。ほとんどの人が公爵を恐れて、近づこうとしないから。ああ、若いころはきっと、うっとりするような姿だったでしょうね。わたしが若いときの公爵と出会っていたら、叶わぬ恋に悩んだに違いないわ」

「叶わぬ恋？」

「ええ」ハンナはため息をついた。「どうあがいても叶うはずがない。公爵はわたしなどには目もくれなかったでしょう」

「信じがたい話だ、公爵夫人。だが、きみが公爵を少しだけ愛していたことは信じられる」

「心から愛してたわ。そして、公爵も愛してくれた。わたしたちが幸せな結婚生活を送っていたことを知ったら、貴族社会の人たちは愕然とするんじゃないかしら。信じてもらえないでしょうね。人間っていうのは、自分の信じたいことしか信じないから。ちょうどあなたのように」

「ぼくが途方もない誤解をしていたことを、この前、きみが証明してくれたんだった」

「今夜はわたしのことを〝うぬぼれが強い〟っておっしゃったわね。ほんとは正直な女というだけなのに」

「きみが〝自分はみっともない〟と言ってまわったら、たしかに、ばかばかしいと思われることだろう」

「おまけに大嘘つきだと思われるわ」

テーブル越しにじっと見つめる彼の前で、ハンナはワインを飲みほした。

「そして、今夜は〝欲が深い〟ともおっしゃった」

コンスタンティンの眉が吊りあがった。

「いやいや、ぼくのような紳士には、欲が深いなどと言って人を非難することはできない。相手のレディがぼくの愛人だったらとくに」

「でも、遠まわしにおっしゃったわ。劇場でわざわざわたしの宝石を眺め、それにまつわる話をおもしろそうに聞いてらしたじゃない。それからこのテーブルでは、わたしが公爵と結婚した動機はお見通しだと言わんばかりの態度だった」

「それもぼくの誤解なのかい?」

ハンナは皿の左右に手を置いて指を広げた。家に寄ったとき、宝石類はすべてはずしてそれぞれの保管場所に戻しておいた。しかし、ほかの指輪をはめてきた。正直なところ、指輪がないとどうにも落ち着かない。親指を除くすべての指に指輪がきらめいていた。

それを一個ずつはずして、テーブルの中央に置かれた燭台の横に並べた。

「全部でどれぐらいの価値があるとお思い?」一つ残らず並べてから、ハンナは訊いた。

「石だけで」

コンスタンティンは指輪を見て、ハンナを見て、ふたたび指輪を見た。片手を伸ばし、いちばん大きなダイヤのついた指輪をとった。親指と人差し指ではさみ、ロウソクの光にかざして回転させた。

まあ——ハンナは思った——わたしの指輪がこの人の浅黒い指にはさまれている光景って、思いもよらずエロティックね。

コンスタンティンは指輪をテーブルに置き、つぎの指輪をとった。何個もの指輪がひとかたまりにならないよう、指先で間隔を広げた。やがて、合計金額を口にした。ダイヤの値打ちにけっこうくわしいようだ。

「はずれ」

コンスタンティンは金額を倍にした。

「大はずれ」

コンスタンティンは肩をすくめた。「降参」

「百ポンドよ」

コンスタンティンは椅子にもたれ、ハンナの視線をとらえた。

「まがい物？　模造ダイヤ？」

「ここにあるのはそう。もちろん、本物も持ってるわ。大切な記念日に贈られたのは本物ばかりよ。今夜、劇場へはめていったのはすべて本物。でも、わたしが持っているもののうち、約三分の二は模造なの」

「ダンバートンは見かけほど気前のいい人間ではなかったってこと？」

「ううん、気前のよすぎる人だったわ。財産の半分をわたしのために使っても惜しくないという人だった。できればそうしたかったでしょうね。もちろん、大部分は限嗣相続財産だったけど。何かをうっとり見つめれば、すぐに買ってもらえたわ。ううん、見つめなくても買ってもらえた」

　コンスタンティンはもう何も言えなかった。ハンナを凝視するだけだった。

「プレゼントされたときは、すべて本物だったのよ。それをわたしが模造ダイヤに替えたの。模造は模造でもかなり高級だけど。そうね、テーブルに並べた指輪の値段を低く見積もりすぎたかもしれない。たぶん、二百ポンドぐらいね。いえ、もう少しするかしら。公爵にも正直に言っておいたわ。しぶしぶ許してくれた。でも、どうして公爵に拒否できて？　本人がわたしに教えてくれたんですもの。自立することを。自分の意見を持つことを。自分が何をしたいかを考え、人からだめだと言われても押しとおすことを。公爵はわたしを誇りに思ってくれたはずよ」

　コンスタンティンはテーブルに片肘を突き、親指と人差し指で顎を支えていた。

「わたしね、じつは……目的があって、その実現に努力しているの」

「その目的のためにダイヤを売り払い、ささやかな資金を注ぎこんだわけかい、公爵夫人。いやいや、ささやかではなさそうだが」

　ハンナは肩をすくめた。

「大海の一滴に過ぎないけど。世の中には困窮している人がずいぶんいるでしょ。富裕階級の者たちが博愛精神を発揮しなきゃいけないと思うの。自分には良心がある、わずかな施しで良心の咎《とが》めを和らげることができる、と信じている者たちが」

　それ以上は言わないことにした。彼に理解してもらうのは無理だと思った。世間知らずな女の道楽だと思われるかもしれない。そう、たぶん、わたしはその程度の女。どうして彼に打ち明けずにはいられなかったの？　ほかのみんなと同じように、わたしのことを軽薄でわがままな金持ち女だと思っている人なのに。財産目当ての女、美貌を武器にして贅沢を手に入れた女だと思っている人なのに。

ある意味では、それも事実だけど。

でも、それがすべてではない。

誰の前であろうと、自分を正当化しなくてはとちらっとでも思ったことは、この十一年のあいだ一度もなかった。自分に満足していた。自分のことが気に入っていた。公爵も気に入ってくれていた。他人にどう思われようと平気だった。それどころか、貴族社会でわざと誤解を招いておもしろがっていた。

コンスタンティンだけが例外なのは男女の仲になったから？

わたしが求めていたのは肉体的な親密さだけだったのに。

あとは何もいらなかったのに。

しかし、ハンナが今夜これらの指輪をはめてきたのは、目的があってのことだった。コンスタンティンにだけは知ってもらいたかった。

うぬぼれが強いと言われた。欲が深いと遠まわしに言われた。

彼にどう思われてるか、気になるの？　情けないわね、気にするなんて。

この春の火遊びを、想像どおり単純に楽しむわけにはいかないのかしら。

コンスタンティンが立ちあがり、テーブルをまわってやってきた。ハンナのほうへ片手を差しだした。

「ここに来たのは、公爵夫人、博愛精神や良心の話をするためではない」

「あら」ハンナは席を立ちながら言った。「すっかりお忘れかと思ってたわ、コンスタンティン」

そして、顔から膝までぴったり抱き寄せられて、熱烈なキスを受けた。ハンナは彼の首に腕をまわし、そのキスに熱く応えた。

ああ、ひきしまっていて、男っぽくて、若々しい身体。

後悔はまったくなかった。この春、ハンナが何よりも望んでいたのがこれだった。いままでの埋めあわせをする時間は充分にある。経験したことのない喜びがたくさんある。

顔を上げた彼に見つめられて、ハンナはふたたび、彼の目が深い闇の色を帯びていることに気づいた。その目の奥に本当の彼がどれだけ隠れているのかは、他人からは窺《うかが》い知れないことだ。ハンナが知る必要もない。だが、知りたいとずっと思っていた。この人はけっして、わたしに快楽を与えてくれる肉体だけの存在ではない。それだったらいいのに。そのほうが人生ははるかに単純明快なのに。

でも、それだと生きる価値がなくなってしまう。

ハンナは片手を伸ばして、人差し指で彼の鼻筋をなぞった。

「どうしてこんなことに?」

「折れた鼻のこと?　喧嘩したんだ」

「コンスタンティン、うるさそうな顔をするのはやめて。いちいちわたしに質問させないでよ」

「相手はモアランド。もっとも、当時はまだモアランド公爵にはなっていなかったが。ぼくのいとこのエリオット。どちらもまだ若造だった」

「で、あなたが負けたの？」

「エリオットはそれからまる一カ月、仮面をつけた追いはぎみたいな顔をしていた。残念ながら、目の黒あざは腕のいい医者にかからなくても自然に治る。折れた鼻はそうはいかないし、ぼくの鼻を修復したのは腕のいい医者ではなかった。田舎のやぶ医者だった」

「その鼻のおかげで、よけいハンサムに見えるわ。そのお医者さん、ひょっとすると、わざとそうしたのかもしれなくてよ。喧嘩の原因はなんだったの？」

「さあね。子供のころから、派手に殴りあったことが何度かあった。そのときの喧嘩が最高に派手だった」

「つまり、二人は昔から仲が悪かったってこと？　それとも、仲良しだったってこと？」

「おたがいの家が数キロしか離れてなくて、年も近かった。エリオットのほうが三歳上だった。いや、いまもそうだが。大親友だった。取っ組み合いの喧嘩をするとき以外はね」

「でも、やがて大喧嘩になり、仲違いしてしまったのね」

「ま、そんなとこかな」

「何があったの？」

「あいつが尊大なロバで、ぼくが頑固なラバだった。あ、過去形は使わないほうがいいな。あいつはいまも尊大なロバだ」

「そして、あなたはいまも頑固なラバなの？」

「あいつならもっとひどい言い方をするだろう」

「二人で話しあったほうがいいんじゃない？」ハンナは彼に向かって眉をひそめた。

「いや」コンスタンティンはきっぱりと言った。「そんな話はもうやめよう、公爵夫人。とっくにベッドに入って、喜びに溺れてるはずだったのに」

「まあ……でも、こうしていても、期待という喜びを味わうことができるわ」

「期待なんかくそくらえだ」コンスタンティンは手を伸ばすと、ハンナを抱きあげ、そのまま部屋を出た。

「横暴な人」ハンナはふたたび彼の首に腕をまわして、うっとりと言った。「抵抗すれば、きっと、わたしの髪の毛をつかんで二階へひきずっていくのね」

「空いたほうの手で、釘の突きでた棍棒をふりまわしながらね。それでも抵抗する気はあるかい？」

「とんでもない。もう少し速く進めない？　階段を二段ずつのぼったらどうかしら」

ああ、ついに、コンスタンティンを笑わせることができた。

「寝室にたどり着いたとき、ぼくに多少なりともエネルギーが残っていたら、きみはまことに幸運と言うべきだ、公爵夫人」

「だったら、息切れしないように黙ってらっしゃい、愚かな人」

しかし、ようやく寝室に入ってハンナを床に下ろしたとき、コンスタンティンはエネルギーを使い果たしたようにも、息切れしているようにも見えなかった。

ハンナは彼にぴったり身を寄せて、両腕で抱きつき、満足の吐息を洩らした。欲望と期待のあまり、全身を駆けめぐる血のドクドクという音が聞こえてきそうなほどだった。

「お望みなら、横暴なままでいいのよ、コンスタンティン。わたしをベッドに投げだして、好きにしてちょうだい。いやだと言っても、そうしてもらうわ」

コンスタンティンはふたたびハンナを抱きあげて、ベッドに放った。

文字どおり、放り投げたのだった。ハンナは十センチほどはずんで、それからマットレスに沈みこんだ。

ウフッ、わたしの選んだ男はまさに希望どおりだった。

コンスタンティンは服を脱ぐ手間も、脱がせる手間も惜しんで、さっそく好きにしはじめた。

終わってから、ハンナは思った――ロイヤルブルーのイブニングドレスをだめにするだけの値打ちはあったたわ。お気に入りのドレスだったけど……。ひどいしわになってしまって、もとにはもう戻せそうもない。

ハンナ自身も春の情事にのめりこみ、もとにはもう戻れそうになかった。

「ん……」コンスタンティンが身体を離してハンナのために腕枕をし、ぴったり抱き寄せると、ハンナは低くつぶやいた。いつのまにか布団が二人を包みこんでいた。
そして、たちまち眠りに落ちていった。

8

ハンナはダンバートン邸の自分専用の居間で窓辺のベンチにすわり、膝を前で立てていた。公の場に出ていないときのお気に入りのポーズだが、いまは、先週コンスタンティンのところで初めて一夜を過ごしたときのことを思いだしていた。ただ、この部屋のベンチのほうが幅があり、ふかふかなのですわり心地がよく、外には昼間の光があふれ、窓の外には街路ではなく、緑の芝生と彩り豊かな花壇が見えている。うららかな一日だ。なのに、二人は部屋のなかにいた。

「ほんとに出かけなくてもいいの？　バーバラ」友のほうを向いて、ハンナは尋ねた。いつものとおり、ハンナが何もせずにだらだらしているのに対して、バーバラは背筋をぴんと伸ばして椅子にすわり、手の込んだ刺繍《ししゅう》に余念がない。「あなたを家に閉じこめたままでは申しわけなくて」

「かえってホッとしてるのよ。こちらに来てからずっと、目のまわるような忙しさだったでしょ。華やかなことばかりで圧倒されそうだった。たまには静かに過ごすのもいいものだわ」

あって？」

「でも、今夜はキタリッジ家で舞踏会よ」ハンナはバーバラに思いださせた。「出る元気は

「もちろんよ。わたしが行かなかったら、あなたまで行けなくなるじゃない」

「付添いがいないせいで？」ハンナは笑顔で訊いた。

「いくらあなたでも、舞踏会に一人で出かけるほど大胆ではないでしょ」バーバラは刺繍から顔を上げて言った。

「ハーディングレイ卿か、ミンター氏か、その他十人あまりの紳士の誰かに急いで手紙を書けば、喜んでエスコートしてくれる人ぐらい、あっというまに見つかるわ」

「ハクスタブルさまじゃないの？」バーバラは眉を上げた。

「ゆうべ、あの方と劇場へ出かけたでしょ。もちろん、あなたも、パークご夫妻も、モントフォード卿夫妻も一緒だったけど、今日の午後はきっと、あの二人は愛人関係にあるという噂がロンドン中の客間に広がってるはずだわ。それでもやはり、礼儀作法というゲームを続けなきゃいけないのよ、バーバラ。ハクスタブル氏に今夜のエスコートを頼むわけにはいかないわ。エスコートしてくれる男性がほかに誰もいなくて、家に閉じこもるしかないとしても」

「大丈夫よ。わたしが一緒に行くから」バーバラはふたたび刺繍を手にした。「紳士の方々に手紙を書く必要はないわ」

「ほんとにいいの？　あなたはわたしに雇われたコンパニオンじゃないのよ。友達なのよ。

今夜は家でのんびりしたいと言うなら、わたしもつきあうわ」

「正直に白状すると、この前、貴族のお屋敷の舞踏会に連れてってもらって以来、また行きたくてうずうずしてるの。わたし……退廃的な人間になってきたのかしら」

ハンナはバーバラを見おろして微笑した。

「あなたにその形容詞が似合うようになるには、まだずいぶんかかりそうよ。わたしと違って」

窓から射しこむ陽光を浴びて、ハンナは眠くなってきた。けさは五時に目をさまし、コンスタンティンを起こして家まで送ってもらおうとしたが、ようやく彼の屋敷を出たときには六時をまわっていた。男と一緒に眠るのは危険だとハンナが思っていたのは、やはり正しかった。とくに、夜中に女の眠りを邪魔しないようこっそり起きて、自分の服をすべて脱いでしまうような男の場合は。二人とも温もりと眠気に包まれ、淫らな気分になっていたし、すでに手足をからみあわせていた。ようやくベッドを出たのは、悦楽の一時間が過ぎてからだった。

「ねえ、大変だった？」刺繍布のほうへ身をかがめ、無言で何分か刺繍をしてから、バーバラが訊いた。「昔のあなたから現在のあなたに変身するのは。あ、結婚したあとのことを言ってるのよ」

ハンナはすぐには返事をしなかった。バーバラがこんな質問をしたのは初めてだ。

「いいえ、ちっとも」ようやく答えた。「すばらしい師がいたから。最高の教師だったわ。

それに、わたし、昔の自分はちっとも好きじゃなかったの。変身した自分が好きだった。いまのこの自分が大好き。公爵が教えてくれたの。成長することを。この世に生を享《う》けた自分を大切にすることを。そして、公爵夫人になるコツを教えてくれた。それが公爵からわたしへの贈物。おかげで、自立した人間になり、自信が持てるようになったわ。人に頼らず生きていけるようになった」

最後の点だけは、厳密に言うと真実ではなかった。公爵が亡くなって初めて、自分がどれほど彼に頼っていたかを知った。それに、人に頼ってはならないとは、公爵はけっして言わなかった。それどころか、逆だった。生きていくには愛が必要だし、愛が見つかったときには周囲で温かく見守ってくれる大切な人々も必要だ、といつもハンナに言っていた。〝ハンナのための小さな家族〟——そう呼んでいた。いつの日かかならず見つかるとハンナに約束してくれた。それまでは人に頼るのをやめて、自分の内なる力を信じ、愛とも呼べないつまらない代用品で間に合わせるのは控えるようにと教えてくれた。

セックスもそうね——しばらく目を閉じて、ハンナは思った。想像をはるかに超える陶酔だった。もうじきセックスに頼るようになり、コンスタンティンの家でのひとときを生き甲斐にするようになるだろう。そのひとときがハンナの欲求をすべて満たしてくれる。

いや、すべてではない。それを忘れてはならない。コンスタンティンによって満たされる欲求こそが自分の基本的な欲求だ、などと信じるような過ちを犯してはならない。

それと愛とは別物だ。彼と愛も別物だ。

「わたしはあなたが好きだったわ、ハンナ」バーバラが言った。「ええ、大好きだった。あなたがそばにいてくれた日々がどんなに楽しかったかを、よく思いだすのよ。野原と牧草地を歩いていけば、すぐあなたの家だった。いまもあなたがいてくれればいいのにって、つい思ってしまう」

「でも、そばにいたとしても、わたしはすぐまたひとりぼっちよ。あなたはもうじき、あなたの牧師さまと結婚するんですもの」

「わたしだけの牧師さまじゃないわ」刺繡布のほうへ笑顔を向けて、バーバラは言った。「ただし、サイモンはわたしだけのもの。わたし、彼のことを心から愛してるのよ。サイモンは本が好きで、頭がよくて、世間話は大の苦手。努力はしてるけどね、気の毒に。眼鏡をかけてて、まだ三十代の半ばにもなってないのに、額とこめかみの髪が少し薄くなってる。背はわたしより三センチほど低め。乗馬用のブーツをはけば、同じぐらいの背丈になるけど。それから、世界の誰よりも優しい微笑の持ち主なの。誰もがそう言ってるわ。でも、わたしにしか見せない特別の微笑があって、わたしはそれにハートを射貫かれてしまったの」

バーバラの刺繡針が布の上で止まっていた。頰がうっすら上気して、刺繡布を見つめる目が輝いていた。きっと、はるか遠くにいる男の姿を見ているのだろう。

ハンナは羨望で胸が疼いた。

「そう聞いて本当にうれしいわ、バーバラ。これまでもいいお話がたくさんあったのに、あなたったら、自分は一生独身で暮らす運命だと思いこんでた。でも、じっと待ちつづけて、ついに愛を見つけたのね」

「ハンナ」刺繍針を布の上で静止させたまま、バーバラが訊いた。「自分も待てばよかったって思うことはある？」

上気した頬の色が濃くなり、バーバラは針を下ろした。

「いいえ」ハンナは柔らかな口調で答えた。「考えたこともないわ」

「でも――」バーバラは一度も針を刺さないまま、刺繍布を膝に下ろした。「でも、あのときのあなたは、そこまで重大な決断ができる状態じゃなかった。錯乱してて大変だった。無理もないことだけど」

「わたしの前に守護天使が現われたの。天使の名前はダンバートン公爵。一度、公爵にそう言ったことがあるのよ。あの人ったら、ポートワインにむせそうになったわ」

「でも、ハンナ、公爵さまはずいぶん年上だったでしょ。ごめんなさい。失礼なことを言って」

「年上と言っても、年の差はたったの五十四歳よ」ハンナはかすかな笑みを浮かべた。「わたしの祖父に近い年齢だけどね。そういえば、公爵から年齢を聞かされたときは、祖父と孫娘でもおかしくないんだと思ったわ。もうあきらめてちょうだい、バーバラ。大あわてで結婚してそのあとずっと後悔しつづけたなんて、わたしが言うわけはないんだから。あわただしく結婚したけど、後悔したことは一度もないわ。どうして後悔しなきゃいけないの？　甘やかされ、お金持ちになり、こういう世界で暮らせるようになった」ハンナは片手で部屋のなかを示した。「そして、いまは自由の身」

ハンナは不意に顔を背けて窓の外へ目をやった。

涙？　涙なの？

「ハンナ、故郷に戻ってらっしゃい。悪いことは言わないから――」

「ここが故郷よ」ハンナはバーバラの言葉をさえぎった。

バーバラは悲しげな目で友人を見た。

「式に出てちょうだいね。うちの実家に泊まればいいから。あなたの贅沢な暮らしに比べたらほんとに粗末なコテージだけど、泊まってくれれば、父も母も大喜びよ。いちばん大切な友達に参列してもらえたら、わたしの婚礼の日は最高に幸せな一日になるわ。サイモンもあなたに会いたがってるの。ね、お願いだから来て」

「わたしがどんな女かを知れば、あなたの牧師さまも会いたいとは言わなくなるはずよ。それに、こんな女がご両親のお宅に泊めてもらうなんて、お二人を裏切るようなものだわ。わたしとは違う世界に住む方たちなのよ、バーバラ。あなたの住む世界もわたしとは違う。あなたはもっと無垢で、もっと倫理をわきまえた世界にいる人だわ」

「とにかく来て。父も母もありのままのあなたを歓迎してくれるから。わたしと同じように。わたしは堅苦しくて禁欲的。教会に慣れ親しんで大きくなり、いまも独身を通している。あなたに揺すぶられたらきっと、埃になってモワッと立ちのぼり、姿を消してしまうでしょうね。わたし、一週間ほど前から、あなたの行動に胸を痛めてたの。あなたが幸せだとは思えないから。ハクスタブルさまとの関係が深まれば、もっと不幸になるに決まってる。自分では快楽を求めてるつもりでしょうけど、あなたが本当に求めているのは愛なのよ。話が脇へそれてしまったけど、わたし、あなたへのお説教も非難もやめようって決心したの。とにかく、わたしの式には出てね。そろそろ帰省してもいいころじゃない？　十年以上もたったんですもの」

「大事なのはそこだわ」ハンナは言った。「いまのわたしは別の人生を送ってるのよ、バーバラ。別の世界で。古い世界はもう存在しないわ。存在してほしいとも思わないし」

「だったら、わたしはなんなの？」バーバラは訊いた。「亡霊？」

「ああ、バーバラ」ハンナはあふれる涙を隠すために、ふたたび顔を背けなくてはならなかった。「わたしを見捨てないで」

背後で衣擦れの音がして、やがてハンナは力強く抱きしめられた。二人はしばらく無言で身を寄せあった。自分がひどく愚かな人間に思えてきた。そして、不思議なことに、公爵が亡くなった日と同じ悲しみに包まれた。

「おばかさんね」かすかに震える声でバーバラが言った。「わたしがお金持ちの友達を見捨てるわけないじゃない。しかも、貴族の舞踏会に連れてってくれるし、わたしをロンドンに招待するたびに、とんでもなく派手なボンネットを買ってくれるんですもの」

ハンナは窓辺のベンチから脚を下ろし、モズリンのドレスのスカートを手でなでつけた。

「きのうのボンネットもすごくおしゃれだったでしょ？　あなたがどうしても買わせてくれ

なかったら、わたし、自分で買ってたと思うわ。でも、そうなったらどこに置けばいいかしら。化粧室も、その隣の客用寝室も、服であふれそうなの。ま、それは世間の噂だけどね。噂がどんなに無責任かは誰だって知ってるわ」

「わたしが泊めてもらってる客用寝室はあなたの化粧室の隣よ」バーバラはそう言いながら背筋を伸ばし、刺繍布をたたもうと向きを変えた。

「まあ、お気の毒に」ハンナは言った。「ドアを通り抜けるのがひと苦労でしょ。たとえ横向きに歩くとしても」

バーバラは笑った。「式に出てくれるわね?」柔らかな声で訊いた。

ハンナは聞こえよがしにため息をついた。その件はすでに立ち消えになったものと思っていた。

「無理よ、バーバラ。帰るつもりはないわ。そうだわ、あなたが牧師さまと二人でケントに来ればいいじゃない。ハネムーンのあいだ、少なくとも何日かはわたしのところに泊まってちょうだい」

そのとき、メイドが二人のためにお茶を運んできたので、話題を変えた。

わたしは不幸じゃない——ハンナは思った。バーバラはひどく誤解している。それに、もっと不幸になるなんてありえない。最初から少しも不幸じゃないんだもの。

舞踏会のあとの夜の時間が待ちきれない思いだった。その欲求は軽薄かもしれないが、とても強烈だった。

コンスタンティンとの愛の行為に飽きるときが来るとは思えなかった。もちろん、社交シーズンの終わりには別れが待っている。でも、それは遠い先のこと。まだまだ考える必要はない。

ハンナはお茶を注ぐために立ちあがった。

午後の早い時間に、コンの家に手紙が届いた。マートン伯爵夫人カッサンドラ、つまりスティーヴンの妻からで、キタリッジ家の舞踏会の前にマートン邸へ晩餐に来てほしいというのだった。コンはほかに約束もなかったので、喜んで承諾の返事をした。

この何年ものあいだ、幾度となくスティーヴンに腹を立てようとしてきた。恨んでやろうとまで思った。ジョンの爵位を受け継ぎ、十七歳のときにウォレン館の新しい主として、姉たちと一緒に押しかけてきたのだから。コンにとっては全員が未知の相手だった。その一家の存在すら知らなかったが、エリオットと顧問弁護士が家系図を調べ、遠縁の相続人を見つけだしたのだった。だが、シュロプシャーにある辺鄙《へんぴ》な村までその相続人に会いに行くのは、エリオットにとって容易なことではなかった。

一家と顔を合わせるまで、コンの胸は憎しみでいっぱいだった。見知らぬ一家が彼の屋敷に押しかけ、思い出を踏みにじり、本来なら彼が受け継ぐはずだったものを奪おうとしている。それ以上に許せないのは、ジョンが埋葬されている土地が他人のものになってしまったことだった。

顔を合わせたあともしばらくのあいだ、コンは一家を嫌っていた。しかし、スティーヴンといったん知りあいになったら、彼を憎むことなど誰にもできはしない。天使を憎むようなものだ。また、彼の姉たちを嫌いになるのも無理なことだった。コンに会えて誰もが大喜びだった。長らく行方知れずだった親戚として彼を抱擁した。相続の件をコンがどのように感じているかは、みんな、敏感に察していた。

さて、その夜、マートン邸に到着したコンは、マーガレットと夫のシェリングフォード伯爵ダンカンも晩餐に招かれていたことを知った。マーガレットは三人姉妹の長女で、両親が早く亡くなったあと、家族の面倒を見てきた。弟と妹たちが大人になるまで、結婚もせずにがんばってきた。みんなを一人前にしたところでようやく自分の結婚相手を見つけた。当時、マーガレットの夫選びはとんでもない悲劇だと思われていた。だが、結婚生活は無事に続いているし、夫婦仲は見るからに円満そうだ。

コンはくつろいだ気分で晩餐を楽しんだ。料理はすばらしく、同席者の顔ぶれも会話も申し分なかった。食事のあとで客間へ移り、舞踏会へ出かける前に一時間ほどのんびりすることになったときまで、招待の裏に魂胆があろうとは思ってもみなかった。

「けさ、カッサンドラを誘ってケイトを訪ねたのよ」カッサンドラがお茶を注ぐあいだに、マーガレットが言った。「ネシーも一緒に。ケイトがまたおめでたなの。ご存じだったかしら、コンスタンティン。当人も喜んではいるけど、午前中はつわりがひどくてね。ゆうべはジャスパーとお芝居に出かけて、とっても楽しかったって言ってたわ」

ははあ。コンはぴんときた。

「おめでたとは知らなかった。夫婦とも大喜びだろうな」

けさケイトを訪ねたときにぼくの噂が出たに違いない、賭けてもいい――コンは思った。向こうから何か言いだすのを待った。

「あなたの話も出たのよ」マーガレットは言った。

「ぼく？」ひどく驚いた顔でコンは言った。「光栄に思うべきかな」

「あなた、もう三十代でしょ」

ほう。どんなふうに話を持っていくつもりだろう？　ダンバートン公爵夫人を愛人にしたことをずけずけと非難するわけにもいくまい。二人とも上品な淑女だから、そうした事実を知っているとか、感づいているなどとは、口が裂けても言えないはずだ。

話を進める役は、もちろん、マーガレットだった。カッサンドラはお茶を注ぐことに必要以上に没頭していた。スティーヴンとシェリーはなんでもない話題に過ぎないと言いたげな表情を作るべく努力していた。

「そうだな」コンはため息をついた。「二十代に十年以上とどまることは許されてないからね、マーガレット。なんとも意地悪なことだ」

全員が笑った。マーガレットまで笑いだしたが、彼女の魂胆がなんであれ、思いとどまる様子はなかった。

「みんなの意見が一致したのよ、コンスタンティン。そろそろ結婚を考えなきゃって。あなたはわたしたちのいとこなんだし――」

「またいとこ。カッサンドラにとっては義理のまたいとこ」

「コンスタンティンったらずいぶんご機嫌みたいよ、メグ」カッサンドラが言った。「いつもは暗い顔をしてる人なのに。今日はすべてをおふざけにするつもりかしら」

スティーヴンはお茶をゆっくり飲んだ。コンはシェリーと無表情に視線を交わした。

「結婚のことなら、ぼくは真剣に考えている。自分自身の結婚についてはとくに。女性の身内の代表団から遠まわしに結婚を勧められたとなれば、また一段と真剣になるものだ。メグとカッサンドラが代表団なんだろ？　とくに勧めたい令嬢でもいるのかな」

マーガレットは口を開いたが、ふたたび閉じてしまった。カッサンドラは微笑しただけだった。夫たちはお茶をゆっくり飲んでいた。

「もしくは、ぜったいに勧めたくない相手とか？」コンはほのめかした。

カッサンドラが噴きだした。

「言ったでしょ、メグ。コンのことだから即座にこちらの魂胆を見抜くだろうって。でもね、コン、わたしたちはあなたの幸福を願ってるだけなの。わたしが身内に加えてもらってまだ一年――いえ、正確にはもっと短いけど――やっぱり、あなたには幸せになってもらいたいの」

「幸せな結婚生活を送るご婦人には気をつけるべし」コンは言った。「陰謀を企て、策略を練って、ほかの者にまで幸せを押しつけようとする」

スティーヴンはにやっとし、シェリーはクックッと笑った。

「それのどこがいけないの？」マーガレットは見るからにムッとした様子で尋ね、シェリーを見据えた。

「ゆうべの劇場で、キャサリンはどんな状況になっているかを見てとった。そうだろう？」コンは言った。「目にしたものが気に食わなかったのかな？　そして、けさ、きみたち全員がキャサリンの意見に同意したのかな？　ヴァネッサも同意したのなら、興味深いことだが」

「あなたは毎年のようにお気に入りの相手を見つけるでしょ、コンスタンティン」マーガレットがティーカップと受け皿を手にして椅子にもたれた。「どの方も感じのいい貴婦人だったわ。わたしがとくに好きだったのはハンター夫人よ。ダンカンとわたしが出会って結婚した年にお目にかかった方」

コンスタンティンは思った――〝お気に入り〟とはどういう意味かについてくわしい説明を求めたら、マーガレットの頬はたぶん、無数のバラの花の色に染まることだろう。

「ぼくも好きだったよ、マーガレット。だから、あの年の〝お気に入り〟だったんだ。だが、あの人をぼくの花嫁にと勧めるつもりなら、やめたほうがいい。二年前の夏にランド卿と再婚したからね」

「そして、たしか去年、世継ぎの息子が生まれたはずだ」シェリーが言った。「彼女に恋い焦がれるのはやめたほうが賢明だ、コン」

マーガレットはムッとした顔でシェリーを見た。

「ダンバートン公爵夫人はきれいな方よ。それは誰にも否定できない。行く先々で注目の的になる。理由は美貌だけじゃないわ。どこから見ても魅力的な方ですもの」

「〝しかし〟と続けたそうな声だね」コンは言った。

カッサンドラがあとを続けた。

「ケイトの話だと、公爵夫人があなたを〝彼女の〟お気に入りに決めたそうね、コン。公爵夫人が何かを望めば、たいてい手に入る。でも、気まぐれな人だとも言われている。来週か再来週には、別の男がお気に入りになってるかもしれないのよ」

カッサンドラはひどくきまりが悪くなり、スティーヴンに困惑の表情を向けた。スティーヴンは愉快そうな笑みを返した。

「しかも、公爵夫人はずいぶん遊び好きだっていう評判よ、コンスタンティン」マーガレットが言った。「そう噂されても仕方がないけど」

公爵夫人は一週間ちょっと前まで処女だった、このぼくが処女を奪った――そう打ち明けたら、みんな、なんと言うだろう？

「すると、心配してくれてるわけかい？　ぼくが今週、公爵夫人の誘惑に負け、たぶん来週も負けたなら、最後は捨てられて傷つくことになるだろうと。公爵夫人のように、そのう、経験豊かな人とつきあうには、ぼくでは不足かい？　ぼくが悪魔そのものだとしばしば言われていても？　心配してもらって感謝する」

コンスタンティンは内心、愉快でたまらなかった。

「もうっ」カッサンドラがカップと受け皿を乱暴に置いた。「こんなふうに進める計画じゃなかったでしょ、メグ。ケイトに怒られそう。公爵夫人があなたの、そのう、お気に入りになった場合、あなただったらもちろん申し分なくてよ、コン。逆に、あなたとは関わらないよう、公爵夫人に忠告する人もいるでしょうね。わたしたちが本当に言いたかったのは、というか、遠まわしにほのめかすつもりだったのは――純粋に身内としての愛情からなの。それだけはわかってね――ただの火遊びはそろそろやめて、結婚を真剣に考えたほうがいいわ。結婚相手として、あなたは理想的よ。しかも、すごくハンサム。まあ、ハンサムという言葉がぴったりかどうかはわからないけど。どこへ行っても、憧れの視線を向けられる。その点は公爵夫人とまったく同じね」

「こちらの話の進め方がまずかったようね、コンスタンティン」マーガレットがすなおに認めた。「さりげなく話をして、あなたの目を結婚に向けさせるつもりだったの。でも……」

シェリーが横から言った。「明日の天気の話をしたほうがいいかもしれない、メグ。あるいは、先週の天気か。来月の天気か」

マーガレットは笑みを浮かべ、それから笑いだした。その響きは本物の笑いだった。

「この五分間のことは忘れて、最初からやりなおしてもいい？」

「だめだめ」シェリーとスティーヴンが同時に言った。

「ぼくが知りたいのは」コンは言った。「ヴァネッサがどう言っているかだ」

ヴァネッサはハクスタブル家の三人姉妹の次女で、いまはモアランド公爵となったエリオットとの結婚後も、しばらくはコンと温かな友人関係にあった。ところが、エリオットと何年も敵対していたコンは、彼に頑迷かつ子供っぽいとも言える嫌がらせをしたいばかりに、ついうっかり――いや、どうなるかは予測できたはずだが――ヴァネッサを傷つけ、侮辱してしまい、以後、ヴァネッサはコンと口を利こうとしなくなった。

褒められた思い出ではない。はっきり言って、最悪の思い出の一つだ。ヴァネッサを見かけるたびに、いや、ヴァネッサのことを考えるだけで、罪悪感と恥ずかしさに襲われるようになった。

「正直に白状するわ、コン」カッサンドラが言った。「みんなでこの相談をしたのは、ヴァネッサが子供部屋へ行ってるあいだだったの。ハルにプレゼントを渡して、ジョナサンをあやすためにね」

ハルはキャサリンとモンティの息子で四歳になる。

また、スティーヴンは息子の誕生のあとでコンに手紙を書き、赤ん坊をジョナサンと名づけたら迷惑だろうかと尋ねた。コンにとっては大迷惑な話で、すぐに拒絶の返事を出そうとした。だが、返事を書く手をふと止めて、弟が生きていればどんなに喜んだことだろうと考えた。弟の興奮した笑い声が聞こえてくるような気がした。そこで、伯爵家の新たな跡継ぎの名前はジョナサンに決まった。

ロンドンに到着後、赤ん坊の顔を見るために義理で訪問したコンは、そう決まったことを知って不思議にほのぼのとした気分になった。

「こんな話、するんじゃなかったわ」マーガレットは言った。「晩餐の席から客間に移ったあと、ダンカンとスティーヴンはいまいましいことに、こっそり笑いつづけてるし、あなただってひどいわよ、コンスタンティン。おもしろがってばかり」

「憤慨されるよりましだろ、マギー」ダンカンが言った。

「あのさ、何がいけないかと言うとだね、コン」スティーヴンがつけくわえた。「うちの姉たちはこれから何年かかけて、ぼくのために心ゆくまで花嫁探しをする気でいたんだ。ところが、ぼくは恩知らずにも、去年わずか二十五歳でキャスと恋に落ちてしまった。青二才のくせにね。残るはあなた一人。ただのまたいとこに過ぎないとしても。だから、立派な女性と結婚して永遠の幸せを手に入れるまで、姉たちにあれこれ世話を焼かれることは覚悟しておかなきゃいけない。あなたが本当に賢明な男だったら、今年中に結婚して、永遠の安らぎを手に入れるだろう」

「いや、結婚生活にも安らぎはないと思う」コンは言った。

「もうたくさん!」マーガレットが憤然と立ちあがった。「舞踏会に出かけなくては。大幅に遅刻して、主催者側の出迎えがなくなってから着くなんていやですもの」

コンは思った――これでこの件から解放される。とにかく、しばらくのあいだは。

またいとこたちはこの春の愛人に不満を持っているわけだ。婉曲《えんきょく》的に言うなら〝お気に入り〟に。レディたちはこの婉曲表現のほうが使いやすいようだ。

9

一行はキタリッジ家の舞踏会に遅刻した。と言っても、最後の客ではなかった。ダンバートン公爵夫人のほうがもっと遅かった。まあ、驚くにはあたらないが。

コンは顔見知りのグループと雑談をしていたが、周囲のざわめきにかすかな変化が生じたことで公爵夫人の到着を察知した。マーガレットがさっき言ったことは、たしかに事実だった。公爵夫人はどこにいても周囲の視線を惹きつける。今夜も例外ではなかった。友人と一緒に出迎えの列の前を通りすぎただけなのに、ほぼすべての者が公爵夫人のほうを向き、うっとり見とれていた。

今夜もまばゆい純白の装いだった。白い絹地の上に銀糸を織りこんだ白いレース。髪は美しくカールさせて高く結いあげてある。ただし、こめかみとうなじにはウェーブのかかった後れ毛が揺れて、人々の目と想像力を刺激している。髪を飾っているのはダイヤをちりばめた小さなティアラ。耳にも、胸にも、手袋に包まれた手首にも、ロウソクの炎を受けてダイヤがきらめいている。さらには、白いダンスシューズの外側にも花の形をしたダイヤの飾りが縫いつけてある。

いや、本物のダイヤではないかもしれない。

ゆうべ、バラの花びらがもう一枚はがれ落ちた。その奥にもまだまだ花びらが重なっているのだろうか。彼女は持っていたダイヤの三分の二を売り払った。合計額は天文学的な数字になったことだろう。なぜ売り払ったかというと、ある目的があって、それを実現しようとしたからだ。

コンが想像するに、慈善事業か何かだろう。ならば、公爵夫人にはハートがあり、社会的良心があるわけだ。

コンに抱かれたときの彼女が処女だったという事実に劣らず、それもまた、衝撃の発見だった。

公爵夫人のことを誤解していたのかもしれない、もしかしたら、軽薄な女性ではないのかもしれない――コンはそんな落ち着かない思いにとらわれた。しかし、もちろん、軽薄だと思っていたのはコン一人ではない。マーガレットの言葉にもそれが出ていた。だが、ここでコンがマーガレットに腹を立てるというのも筋ではない。

コンは舞踏室を大股で歩いて公爵夫人のほうへ向かいながら、周囲から好奇の視線を浴びているのを意識した。公爵夫人がコンの新しい女になったことを、もしくは、彼が夫人の新しい男になったことを――どちらの表現を使うかは見る者の主観によるが――知らずにいる者は、この舞踏室にはほとんどいないだろう。貴族社会には秘密の情事などというものは存在しない。

二人の女性にお辞儀をし、あとで予定されているワルツを公爵夫人に申しこんで承諾をもらい、ミス・レヴンワースには一曲目を申しこんだ。公爵夫人の周囲には早くも取巻き連中が集まっていた。

コンはすでに踊りの列ができているフロアへ、ミス・レヴンワースを誘《いざな》った。なぜダンスを申しこんだかというと、彼女が公爵夫人の友人で、夫人の屋敷に客として滞在中だし、ゆうべ劇場で一緒に芝居を楽しんだし、その折に何分か話をして好意を持ったからだ。知的で思慮分別のある女性という印象を受けた。

ミス・レヴンワースと踊ったのは、とくに思惑があったからではない——少なくとも最初はそうだった。故郷のことを尋ねたのも、婚約者を故郷の村に残してきてホームシックになっているのではないかと気になったからだ。

「社交シーズンをロンドンで送るときに困るのは」ダンスが始まるのを待つあいだに、コンはミス・レヴンワースに言った。「どんなに浮かれ騒いでいても、そのうち田舎の自宅が恋しくなることです。ぼくはたいていそうですね。あなたもそんな気がしませんか」

「そのとおりですわ、ハクスタブルさま、恩知らずだと言われそうですけど」ミス・レヴンワースは真剣に応えた。「ここでの日々は夢のようですし、貴族の方々の舞踏会に出たことや、お芝居やオペラを観たことや、この街で最高に有名な美術館や画廊を訪ねたことは、生涯忘れられない思い出になるでしょう。そして、何よりもうれしいのは、ハンナと一緒にいられることです。めったに会う機会がありませんもの。買物に出かけるのだって、想像していたよりずっとわくわくします。でも、おっしゃるとおり、じつは家族と婚約者に会いたくてたまりません」

「村のことも恋しいですか」

「ええ、もちろん。ロンドンはあまりに……広いんですもの」

コンはそこで、くだらない好奇心を満たす方法を見つけた。いや、くだらないとは言えないかもしれない。公爵夫人が美貌を武器にのしあがり、七十代になるまで妻《めと》ろうとしなかった公爵の花嫁になったことは、誰もが知っている。大きな年齢差のせいでロマンティックな要素が消え去り、花嫁の強欲さだけが目立つ結果になったが、そうでなかったらきっと、お伽噺《とぎばなし》のような結婚だと言われていたことだろう。だが、公爵夫人がどういう境遇からのしあがってきたかは誰も知らない。コンが家族のことを尋ねたときも、公爵夫人は肩をすくめて、家族はいないと答えただけだった。

しかし、かつては家族がいたはずだ。

「あなたの村の名前は？」コンは尋ねた。

「マークルといって、リンカーンシャーにあります。村から十キロ圏内に住む人々以外は、その名前を耳にしたこともないでしょうね。でも、静かで愛らしい村なのよ。まさにふるさとです」

「ご両親はいまもその村に？」

「ええ。ありがたいことに。父は牧師でしたが、いまは引退して、村はずれのコテージに一家で住んでいます。牧師館に比べれば手狭ですけど、とても居心地のいい家なの。父も母もそこで幸せに暮らしています。わたしもそう。でも、八月に結婚すれば、もちろん牧師館に戻ることになりますけど」

「そして、今度は牧師館を切り盛りする主婦になるわけだ。娘ではなくて」

「ええ」ミス・レヴンワースは微笑した。「妙な気がするでしょうね。でも、その日をとても楽しみにしています」

「マークル……」コンは眉根を寄せた。「どこかで聞いたような地名だ。村でいちばんの有力者というと？」

「サー・コリン・ヤング？」その返事はまるで質問するような口調だった。「村から少し離れたエルム・コートというお屋敷にお住まいです。ご家族はレディ・ヤングと五人のお子さん。レディ・ヤングというのは、じつは――」

ミス・レヴンワースは不意に黙りこんだ。赤くなっていた。

コンは眉を上げてしばらく待ったが、彼女はそれ以上何も言おうとしなかった。

「そろそろダンスが始まるようです」コンは言った。

「そうですね」ミス・レヴンワースは明るく熱っぽい口調になった。「おっしゃるとおりですわ。まあ、お花があんなにたくさん。それから、シャンデリアにはロウソクがどっさり。何百本もありそうだわ。お客さまもすごい数。わたし、ここを去ったあとも、この光景をずっと夢に見ることでしょう」

コンの見たところ、彼女は熱っぽくしゃべりまくるタイプの女性ではない。きっと何かで狼狽したのだろう。たぶん、こちらがあれこれ質問したせいだ。とくに、最後の質問。そして、彼女の返事。途中で黙ってしまったが。こちらが意識的に探ろうとしたことに、いまはもう気づいているだろうか。

不手際なことをしてしまった。

だが、レディ・ヤングとは誰だろう？　マークルという村も、サー・コリン・ヤングという人物も、これが初耳だった。準男爵かもしれない。だが、コンの知るかぎり、ロンドンの社交界には一度も顔を出していないはずだ。

荘厳と言ってもいいような複雑なパターンから成る優雅なカントリーダンスが始まった。ミス・レヴンワースのステップは軽やかだった。

公爵夫人もマークルで育ったに違いない。その村の結婚式でダンバートン公爵と出会ったのだろうか。誰の結婚式だろう？　サー・ヤング？

コンのせいで、ミス・レヴンワースはすでに居心地が悪そうだった。彼自身も探りを入れた自分を反省していた。質問を続けることはもう許されない。だが、それでもあえて質問した。

「サー・コリン・ヤング……」ダンスの流れのなかで一分ほど一緒に踊ることになったとき、コンは言った。「ダンバートン公爵の縁続きの人だったのでは？」

「たしか、遠い親戚です」

コンの記憶が間違っていなければ、爵位継承順位が十四番目の人物かもしれない。公爵夫人の旧姓をさりげなく訊きだすのは無理だった。しかし、彼女の実家はヤング家より社会的地位が低いに違いない。でなければ、村の有力者の名前を尋ねたときに、ミス・レヴンワースはその実家の名字を口にしていただろうから。ただし、公爵夫人がサー・ヤングの妹か娘ということも考えられる。たしかにその可能性はある。いずれにしろ、いくら老齢とは言え、公爵をつかまえて結婚したのだから、たいしたものだ。いや、老齢だからこそとも言える。老公爵との結婚によって、高い身分と、富と、近い将来の自由を首尾よく手に入れた。

これはもちろん、世間一般に広まっているダンバートン公爵夫人のイメージだ。

しかし……。

しかし、公爵夫人は夫から贈られた宝石の多くを売り払って現金に換えた。ある目的があって、それを実現するための資金にした。残りの宝石は公爵との思い出を大切にするためにとってある。

公爵夫人の言葉を信じるならば。だが、コンは彼女を信じている。

公爵夫人もやはり謎を秘めた人物なのだろうか。

自分はなぜこんなことをしているのだ？　公爵夫人が何者かを、もしくは、かつて何者だったかを探りだしたところで、自分になんの得があるというのだ？　ほかの愛人のときには、こんな衝動を感じたことなどなかったのに。

そのとき、別の思いが浮かんだ。自分が秘密にしてきたことを公爵夫人に探られたら、どんな気がするだろう？

これ以上の質問は慎むべきだ。

二人は列の先頭まで来ていた。ここで向きを変え、旋回しながら列のあいだを抜けて最後尾につき、ふたたび先頭へ向かって進むことになる。旋回した瞬間、ミス・レヴンワースが笑い声を上げ、コンも彼女に笑顔を見せた。

だが、思考の流れを止めることはできなかった。

彼女と公爵夫人は子供のころからの仲良しだ。いま初めて、それを不思議に思った。ミス・レヴンワースは生まれも育ちも平凡で、性格は控えめ、引退した牧師を父親に持ち、現在の牧師と婚約している。ところが、公爵夫人は結婚によって牧師の娘よりはるかに高い身分になっても、この十一年ほどのあいだ、ミス・レヴンワースと親しいつきあいを続けてきた。

疑問が一つ増えた。

「ダンバートン公爵夫人と離れているときは、文通でもされているのですか」ふたたび言葉を交わすチャンスがめぐってきたところで、コンは尋ねた。

「ええ、少なくとも週に一度ずつ。何か特別におもしろいことがあれば、回数が増えることもあります。手紙を書くのが大好きなんですよ、ハンナもわたしも」

「公爵夫人のほうからお宅へ出向くことはないのですか」

「ありません」

説明なし。

「でも、八月の結婚式には出てくれるよう、ハンナを説得しているところです」しばらくしてから、ミス・レヴンワースは言った。「親友に出てもらえれば、そんなうれしいことはありませんもの。ハンナに断わられましたけど、わたしはまだあきらめておりません」

ほう、公爵夫人はたとえミス・レヴンワースの結婚式のためだろうと、マークルに帰る気はないというのか。この自分が――そして、貴族社会が――勝手にイメージしていたダンバートン公爵夫人なら、召使いをおおぜいひきつれて故郷に戻り、ともに生まれ育った田舎の連中の前で爵位と富を見せびらかすことが何より好きなはずだが。

家族が一人もいないというのは本当だろうか。

「泊めてくれる身内はいないのでしょうか」

「わたしの実家に泊まってもらえばすむことです。両親もきっと大喜びですわ」

イエスともノーともとれる返事だ。しかし、こんなことはもうやめないと。かすかな罪悪感に襲われた。いや、かすかというレベルではないかもしれない。詮索しているのは事実だ。

「ロンドン塔へはもう行かれましたか」コンは尋ねた。

「まだですのよ。でも、故郷に戻る前にぜひ行きたいと思っています」

「では、そのうち午後にでも、あなたと公爵夫人をエスコートさせてください」

「まあ、なんてご親切なんでしょう、ハクスタブルさま。ただ、ハンナが興味を持ちますかどうか――」

「ぼくからこう言っておきましょう。アン・ブーリンが斬首されたまさにその場所に立つことができる、と。それならきっと興味を持ってくれます」

ミス・レヴンワースは笑った。

「おっしゃるとおりですわ。でも、わたしはたぶん、何があってもその場所を避けようとするでしょう」

「では、公爵夫人に話をしておきます」

そのあとはダンスに集中した。コンは昔から踊るのが好きだった。向かいの貴婦人の列に目をやると、身内の女性たちの姿があった。全員が顔をそろえている。ヴァネッサ、エリオットの妹のエイヴリルとジェシカ。ここにいないのはセシリーだけだ。田舎の本邸で三度目のお産を待っている。公爵夫人の息を呑むほど美しい姿もあった。その横にいるのは、モンティの妹のランティング伯爵夫人。そして、もちろん、社交界と結婚市場に最近登場したばかりの若き令嬢たちも顔をそろえていた。楽しげに目を輝かせている令嬢もいれば、こんなことには慣れっこだから退屈でたまらないと言いたげに、いかにも貴婦人らしいアンニュイな雰囲気を漂わせている令嬢もいる。

そして、コンの側の列には紳士たちがそろっていた。

オーケストラが生き生きと演奏を続け、人々の足が木の床をリズミカルに踏み鳴らす。この音を聞くと、コンは脇に立って見ているだけのときでも、思わず爪先で床を叩きたくなる。

花々の香りと、香水と、人いきれで、あたりがムッとしてきた。

キタリッジ夫妻は胸をなでおろしているに違いない。夫妻の末娘がドラン子爵と踊っている。花婿候補にうってつけの若き紳士で、きっと、そういう魂胆によって招待されたのだろう。今宵の舞踏会は夫妻にとって大成功になりそうだ。

コンとミス・レヴンワースはふたたび列の先頭に近づいていた。

ハンナは最初の曲をネザビー卿と踊り、二曲目はハーディングレイ卿と踊った。大切な友人で、彼と踊るときはくつろいで気軽に会話ができる。期待に胸が高鳴っていた。あとでコンスタンティンとワルツを踊る約束だ。彼との約束はこのワルツだけだが、それで充分だった。魅力的な相手と踊れるなら、ワルツ以上にすばらしいものはないし、コンスタンティン・ハクスタブル以上に魅力的な男はいない。

彼とワルツを踊り、舞踏会が終わったら、彼の馬車にあとからついてきてもらって、いったん屋敷に戻る。そのあと、彼の家へ行って一夜を過ごす。というか、夜の残りの時間を過ごす。

こうして春の日々を——そして、夜を——過ごすことになる。ああ、これが永遠に続けばいいのに。ハンナはいま初めて、夏の到来を待ちわびる気をなくしていた。ずっと春のままでいてほしい。バーバラに申しわけないという思いはなかった。この友人を放っておくつもりはない。昼間は毎日ずっと一緒に過ごすつもりだ。

　ああ、陰鬱だったこの一年に比べると、すべてが楽しくてたまらない。本当に陰鬱だった。公爵もきっと、わたしが正直にそう認めるのを予期していただろう。わたしは公爵の死を悼んだ――いまも悼んでいる――でも、まる一年間も黒をまとって孤独のなかで夫の死を悼みつづけるのは、退屈きわまりないことだった。公爵ならきっと、外へ出て人生を楽しむよう、わたしに言ってくれただろう。でも、わたしが外に出たのは馬に乗るときだけ、馬でコープランドの近くの田園地帯を走り、二、三日おきにランズ・エンドの友人たちを訪ねるときだけだった。公爵が生きていたとき、わたしは貞淑な妻だった。一年の喪のあいだは貞淑な未亡人だった。

　そして、いまは――そう、いまは思いきり人生を楽しんでいる。そうでないふりをしようとは思わない。こういう日々を夢に見て、計画を立て、ようやく実現させた。いちばんうれしいのは、公爵も喜んでくれるだろうということだ。わたしにはそれがわかる。

「これだけは申しあげておかないと、公爵夫人」ハーディンググレイ卿が言った。「ロンドンに戻ってこられて以来、光り輝いておられますよ。正直なところ、これ以上明るく輝くようなら、わたしは眉庇《まびさし》を着けねばなりますまい。そして、変わり者だと非難されることになるでしょう」

「いまも変わり者でいらっしゃるわ」ハンナはそう言って卿に笑いかけた。「誰もがそう言っていましてよ」

　ハーディンググレイ卿は目を輝かせてハンナを見つめかえした。

コンスタンティンはレディ・フォンウォルドと踊っていた。

バーバラは……舞踏室にいなかった。部屋の隅々まで視線を走らせたが、友の姿はどこにもなかった。人のいない片隅に身を潜めていることもなかった。一曲目が終わったとき、女性用の休憩室へ行くと言って出ていった。だが、それからずいぶん時間がたっている。

二曲目が終わっても、バーバラの姿はなかった。ハンナはあたりをうろつく人々にもう一度視線を走らせてから、休憩室を見に行った。もういないだろうと思いつつ。

ところが、バーバラはそこにいた。

ドアに背を向けて隅のほうにすわっていた。若い令嬢が何人かいて、何がおかしいのかくすくす笑い、甲高い声でしゃべっていたが、誰もバーバラには目を向けず、バーバラのほうも令嬢たちを無視していた。別の隅にはメイドが一人ですわり、破れた裾を応急修理してほしい者や、髪の乱れを直してほしい者のために、ひっそりと待機していた。

「バーバラ?」ハンナはそばまで行って椅子にすわった。「気分がすぐれないの?」

バーバラはハンナのほうを見ようとしなかった。膝の上でハンカチをねじっていた。頬に涙はないが、いまにも泣きだしそうな顔だった。

「あなたに嫌われてしまう。二度と信用してもらえないわ」

「バーバラ?」ハンナはふたたび声をかけた。

「わたし、あなたを裏切ったの。プライバシーがどんなに大切なものかを知っていながら、裏切ってしまった」

ずいぶんおおげさないい方だ。ハンナは説明を待った。

「ハクスタブルさまに村の名前を教えてしまったの」バーバラは言った。「サ、サー・コリン・ヤングのことも。それから……ドーンの名前まで出しそうになったわ。あわてて口をつぐんだけど。それから、サー・コリンがダンバートン公爵の遠い親戚だってことまで話してしまった」

「あら、それが裏切りだと言うの？」短い沈黙ののちに、ハンナは言った。「訊かれもしないのに、あなたからあれこれしゃべったの？」

「ううん。ハクスタブルさまが質問なさったの。だから話してしまったのよ。ほんとにごめんなさい、ハンナ。二度と許してもらえないわね。あなたはあの人たちの名前を耳にするのもいやがってるのに。わたしったら軽率にも、あなたの――あの、ハクスタブルさまに教えてしまった」

「他愛もない感じだった？　ハクスタブルさまがなさった質問というのは」

「そうは思えなかったわ」バーバラの目に涙があふれ、頰にこぼれた。「探りを入れようとして、貴族社会のやり方に疎い田舎者に質問なさったんだわ。ほんとにごめんなさい」

「ばかねえ」ハンナはうなだれたバーバラのうなじに片手を置いた。「あなたが口にしたのは事実だけでしょ。その程度なら、ハクスタブルさまがほかに方法を見つければ、易々と探りだせることよ。わたしのことを、人殺し女だとか、重婚者だとか言ったわけじゃないでしょ。ほかに何があるかしら。人に知られては困る秘密というと……」

「追いはぎをしたとか？」涙にむせびつつも、バーバラは冗談を言った。

「あら、追いはぎ女って言わなきゃ。とにかく、あなたは何も話してないわ。そもそも、話すべきことがないんですもの。くだらないことがいろいろあるだけ。大きな秘密なんて何もないのよ。わたしが過去のことを黙っていたのは、自分でそうしようと決めたからよ。何も隠すつもりはないわ。隠れるつもりもないし」

「だったら、どうして――」バーバラは質問しようとした。

「隠れてるわけじゃないわ、バーバラ。いまのわたしは新しい人生を送っていて、昔の人生よりいまのほうがずっと好きなだけなの。過去はふりかえらない、過去にまつわることには耳を貸さない、昔の人生を呼びもどすようなことはしない――そう決めたの」

「怒ってるのね」バーバラの目にさらに涙があふれた。

「ええ、そうよ」ハンナはうなずいた。「でも、あなたにじゃないわ」友のうなじをさする手に力をこめた。「あなたのかわりに怒ってるの。ある紳士に対して。その紳士には、今夜のワルツの相手をほかに見つけてもらうしかないわ。わたし、もうワルツを踊る気はないから」

バーバラは目頭を押さえ、洟をかんだ。

「もっと早くここを出て、舞踏室に戻って、笑顔を見せればよかった。あなたとハクスタブルさまの関係にわたしが眉をひそめてることは、あなたも知ってるでしょ。でも、わたし、二人の仲に亀裂を入れたくないの」

「亀裂が入ったとしても、その原因はあなたじゃないわ、バーバラ。あらあら、大変、目が真っ赤よ。鼻まで」

「泣かないようにしなきゃ。泣くといつもこれだもの。とくに、この赤い鼻」

ハンナは噴きだした。

「ねえ、覚えてる？　子供のころ、それをちゃっかり利用したことが何度もあったでしょ。例えば、温室のすぐそばでボール遊びをしてて窓ガラスを割ってしまい、庭師がカンカンになって飛んできたときとか」

「あなたがわたしに〝泣くのよ〟って言ったわね」バーバラは涙ながらに微笑した。

「あなたの顔はたちまち真っ赤。すぐにみんなの同情が集まる。みんながあなたを甘やかして、ガラスが割れたのは仕方がない、そんなに泣かないで、と言いだせば、わたし一人をお仕置きするわけにはいかなくなる」

「まったくだわ。わたしたち、ほんとに悪知恵の働く子だった」

二人とも笑いだした。すでに舞踏室へ戻っていったあのうら若き令嬢たちとそっくりの笑い声だった。音楽が流れてきた。三曲目が始まったのだ。

ハンナは立ちあがった。バーバラの気持ちを少しだけ軽くできたが、ハンナ自身はいまも怒っていた。それどころか、憤慨していた。

「帰りましょう。疲れてしまった。あなたは鼻が真っ赤だし。帰ったほうがいいわ」

「でも、ハンナ」バーバラはたちまち困惑の表情になった。

だが、ハンナはメイドに声をかけていて、メイドは公爵夫人の馬車を玄関にまわしてもらうため、急いで部屋を出ていった。

「さあ、帰りましょう」ハンナはバーバラに笑顔を向けた。「そして、お茶を淹れて、ベッドに入る前に楽しくおしゃべりしましょうよ。うちに泊まってもらえるのもあとわずかだし。あなたが牧師さまに手紙を書いて、牧師の妻になるのを考えなおした、一生わたしのそばで暮らすことにした、と言ってくれれば別だけど」

「まあ、ハンナったら――」

「だめよね」ハンナはふざけ半分にため息をついた。「だめだと思ってたわ。だったら、泊まってるあいだだけでも、できるだけ一緒に過ごさなきゃ」

「あの……ハクスタブルさまとの関係を終わらせるつもりなの？」

「その関係のことと、コンスタンティン・ハクスタブルのことは、明日ゆっくり考えるわ」

ハンナはそう言うなり、さっと部屋を出た。

バーバラもあとを追った。

ダンバートン公爵夫人がまたしてもゲームを始めた――コンはそう思った。早い時間に舞踏室から姿を消してしまった。四曲目が終わったあとでカードルームをのぞいてみたが、そこにも姿はなかった。つぎが約束のワルツだというのに。

ミス・レヴンワースの姿も見当たらなかった。

コンは舞踏会の最後まで居残った。ワルツを含めてすべての曲を踊った。あとはまっすぐ家に帰り、朝までぐっすり眠った。

公爵夫人がゲームをしたいならさせておこう。

だが、つぎは向こうが動く番だ。こちらから追いかけるようなまねはするものか。

早い時刻に動きがあった。翌朝、朝食の皿の横に、エインズリー・パークの管理人ハーヴィ・ウェクスフォードから毎週届く長い報告書とともに、手紙が置いてあった。

公爵夫人はくっきりと大きな字を書く人だとコンは思った。文面はふだんの口調とまったく同じだった。冒頭の挨拶の言葉もなく、封筒に彼の名前が書いてあるだけだ。

〝今日の午後、何人かをお茶にお招きしていますので、どうぞお越しください。そのあと、あなたの馬車で公園へ出かけましょう。H・ダンバートン公爵夫人〟

コンは唇をすぼめた。これは招待ではない。命令だ。ほかの客への手紙も似たようなものだろうか。そして、全員が従うのだろうか。

この自分は？

従うに決まっている。まだ彼女を手放す気になれない。最初の夜の発見に衝撃を受けたものの、愛人としての彼女は最高だし、満足な思いで別れる日が来るまで、官能の喜びをもっともっと味わっておきたい。だが、それだけではなく、思いもよらず彼女に惹かれていた。軽薄そうな外見の奥に何が潜んでいるのか、もっと知りたくなっていた。

なぜまた、人生の十年間を身分と富を得ることだけに捧げ、しかも、その富の多くを何かの〝目的〟のために注ぎこんだりしたのだろう？　形ばかりの結婚なのに、なぜ貞節を守ることができたのだろう。いまでも老公爵との睦まじさを示そうとするのはなぜだろう？　ミス・レヴンワースのような人格者が長年にわたって公爵夫人との友情を大切にしてきたのはなぜだろう？　そして、公爵夫人はなぜ毎週のように彼女に手紙を書き、なんの得にもならないような友情を守ってきたのだろう？

そして、なぜ自分の頭にこうした疑問が渦巻いているのだろう？

だめだ、彼女を手放すことはまだできない。命令に従い、午後からダンバートン邸へお茶を飲みに行くとしよう。

そして、そのあと、ぼくの馬車で公爵夫人と公園へ出かけよう。

そんなことを考えながら、ウェクスフォードからの報告書に注意を移した。いつものように全体にざっと目を通してから、最初に戻り、細かい点に注意を向けてゆっくり熟読していった。

10

コンスタンティンがダンバートン邸に着いたときには、すでに何人かが客間に通されていた。親しさの程度は違うが、コンは全員と知りあいだった。だが、彼の目に入ったのはそのなかの二人、モアランド公爵エリオットとヴァネッサだけだった。

ダンバートン公爵夫人がコンの前まで来て右手を差しだした。例によって物憂げな笑みを浮かべ、まぶたを軽く伏せている。

「ハクスタブルさま、お越しいただけて光栄に存じます」

「公爵夫人」コンは公爵夫人の手の上へ身をかがめたが、その手を唇へ持っていく前にひっこめられてしまった。

「たぶん、ご存じの方ばかりだと思います。お茶とケーキはご自分でとってきて、話の輪に加わってくださいませね」

メイドがお茶の用意をしているテーブルのほうを、公爵夫人は漠然と手で示した。

夫人はそれからエリオットとヴァネッサのところへ行き、ほかの者を無視して、しばらく二人と話しこんだ。

わざとだろうか？　コンは訝《いぶか》しんだ。

うん、そうとも。わざとに決まっている。

コンが客間に入っていったとき、表情をこわばらせたエリオットだったが、いまは会話に没頭していた。くつろいだ様子で、楽しげに話しこみ、幸せそうだ。昔に比べて笑顔が増えている。春の社交シーズンのあいだ、コンとエリオットが同じ部屋で顔を合わせるのは避けがたいことだし、ときには、面と向かって挨拶せざるをえない場合もあるが、コンがかつての友の顔をじっくり見ることはめったになかった。だが、エリオットは幸せそうで、コンはあれこれ考える前にそれを見てとった。幸福なのだ。結婚して九年、八歳から一歳未満まで三人の子供に恵まれ、満ち足りた暮らしを送っているのだ。

昔を思いだした。あのころのエリオットは結婚のことを、可能なかぎり先延ばしにすべき足枷とみなしていた。毎日、一分一秒にいたるまで独身生活を謳歌しようとしていた。コンもそうだった。無茶をすればするほど楽しかった。だが、エリオットの父親の死ですべてが変わってしまった。エリオット自身も変わった。いきなり子爵となり、公爵の跡継ぎとなったのだ。そして、マートン伯爵ジョナサンの後見人という役目まで背負いこんだ。急に面白味のない厳格な人間になり、義務感という重圧に押しつぶされてしまった。

コンはケーキの皿とティーカップを手にして、言われたとおり、話の輪に加わった。それはもう得意なものだ。だが、得意でない紳士淑女がどこにいよう？　社交の場で歓談する能力は、貴族階級に不可欠のものだ。

ただ、歓談していて困るのは、いつしか心が自由にさまよって、気の赴くままに考えごとや観察を始めてしまうことだ。

ヴァネッサはすてきな年のとりかたをしていた。もう三十代になっているはずだ。姉や妹のような美貌には恵まれていないが、温かな人柄で、陽気で、楽しいことが大好きで、単なる美貌よりこうした資質のほうが人を惹きつけるものだ。コンは初めて会ったときからヴァネッサに好感を抱《いだ》いた。ジョンの死後ほどなく、スティーヴンや姉妹と一緒にヴァネッサがウォレン館に到着したとき、コンの心は憎しみと怒りに満ちていた。一行が到着するまで屋敷にとどまっていたのは、エリオットにそう命じられたからに過ぎなかった。しかし、ジョンが亡くなったあとに不思議なことが起きていた。遺体が墓地に埋葬されても、ジョンの魂は去ろうとしなかった。コンのハートのすぐそばに棲みついた。そのため、コンはさまざまなものや人を前にしたときに、ジョンの目でそれらを見るようになった。

ジョンなら大喜びしただろう。新たな身内ができたことを。愛する人々に新たに出会えたことを。

とくに、ヴァネッサはあとの三人以上に好きにならずにはいられないタイプで、彼女を嫌いになることなどできるはずもなかった。

コンは長いあいだヴァネッサのことを考えないようにしてきた。何年も前に彼女を傷つけてしまった。ヴァネッサが結婚したばかりのある夜、劇場でエリオットのかつての愛人をわざと彼女に紹介し、また、エリオットとヴァネッサが開いた舞踏会にその愛人をエスコートしたこともあった。貴族社会の全員が愛人を目にした。コンがそんなことをしたのは、もちろん、エリオットへの嫌がらせだった。だが、ヴァネッサにも屈辱と計り知れない苦悩を与えてしまった。その後、エリオットがコンの悪口を吹きこんだため、人生の問題すべてに真正面からぶつかることにしているヴァネッサは、ある夜、ヴォクソール・ガーデンズでコンを脇へひっぱっていき、コンへの怒りを率直にぶつけて、二度と会わずにすむよう願っている、進んで話をすることは二度とないだろう、とつけくわえた。以来、ヴァネッサはその言葉を守りつづけている。

思いだしただけで、コンの良心が疼いた。修復しようにももう無理だ。ヴォクソール・ガーデンズのときは、故意にひどい侮辱を与えたことをヴァネッサに謝った。ヴァネッサは許さないと答えた。話はそこでおしまいだった。

公爵夫人はなぜ、コンとエリオット夫妻が仲違いしていることを知りながら、この午後、両方を屋敷に招いたのだろう？　どういうゲームをする気だろう。自分はいつまで黙って見ていればいいのだ？

このままではいけない。あとで公園へ出かけたときに、彼女にきっぱりとそう言おう。もっとも、二人だけで話す機会はほとんどないだろうが。なんとか機会を作らなくては。

公爵夫人はエリオットとヴァネッサだけと話しこんでいたわけではなかった。客のあいだをまわって、細やかなもてなしのできる女主人であることを示していた。コンはこれまで、彼女が主催する舞踏会に二、三回出たことがあるが、こういう内輪の集まりに顔を出したのは初めてだった。

エンダービー卿が、このあと馬車で公園へ出かけるのにつきあってもらえないかと、公爵夫人に尋ねた。

「まあ、残念ですけど、お断わりするしかありませんわ、エンダービー卿。ハクスタブルさまのお誘いに応じてしまいましたの」

すべての目が自分に向いたのをコンは察知した。一週間ほど前からささやかれているゴシップを真に受けていなかった者がいたとしても、たぶん、今後はもう疑いを持たないことだろう。コンスタンティンはこの席で一度も公爵夫人を誘っていないのだから。ならば、あらかじめ約束してあったに違いない。

「またの機会によろしくね」公爵夫人はエンダービー卿に言った。

この言葉が合図となって、全員が暇《いとま》を告げた。公爵夫人がみんなに別れの挨拶をするあいだ、コンは窓辺に立ち、両手を背中で組んで窓の外を眺めていた。

「ボンネットをとってきますから、外の歩道で待っていて」二人きりになったところで、公爵夫人が言った。

そして、コンがふりむく間もなく行ってしまった。

いまの声が少し冷ややかに感じられたのは、こちらの気のせいだったのだろうか。

いったい、どういうことなんだ？

だが、不意に気づいた。というか、ほぼ確信した。こんなに鈍感でなければ、もっと早く気づいていたはずだ。けさ、そっけない文面の短い手紙が届いたときに。もしくは、ゆうべ、彼女が黙って姿を消してしまったときに。

コンはあのとき、公爵夫人の親友につぎつぎと無遠慮な質問をした。それを彼女に知られてしまったのだ。

ところで、この午後、ミス・レヴンワースはどこにいるのだろう？

階下に下りた。彼の二輪馬車がすでに玄関先にまわされているのが目に入った。

「ミス・レヴンワースはどちらに？」ハンナに手を貸して二輪馬車の高い座席にすわらせ、反対側へまわって自分もその横にすわってから、コンスタンティンはすぐに尋ねた。両手で手綱を握った。

ハンナは二輪馬車でドライブするのが大好きだ。しかし、この午後のドライブは楽しむためではなかった。ひどく不機嫌だった。日傘を開いてさした。

「朝食のとき、婚約者のニューカム牧師さまの親戚から手紙が届いたの。何日かロンドンに滞在中で、今日は子供たちを連れてキュー・ガーデンズへ出かけるので、ぜひ一緒にというお誘いの手紙」

「それは楽しそうだね。しかも、今日の天気はそういう遠出にうってつけだ。暑すぎないし、風もそれほど強くない」

二輪馬車の向きを変えて広場を出ていくコンスタンティンに、ハンナは言った。「公園に着くまでは、和やかにお天気の話をするのがふつうでしょうね、ハクスタブルさま。でも、わたしは違う。あなたにとても腹を立てていることをはっきり言っておきたいの」

「なるほど」コンスタンティンは彼女のほうを向いた。「怒っているのは薄々わかっていた」

「ゆうべ、婦人用の休憩室でバーバラが涙ぐんでたわ」

「そうか……」コンは前方へ視線を戻した。

「わたしの信頼を裏切ったと思いこんで。絶交されるんじゃないかと怯えてたわ。でも、呆れるほど倫理観が強くてまっすぐな人だから、自分のしたことを隠すのではなく、正直に白状せずにはいられなかったの」

コンスタンティンはなんの話かと尋ねたりはしなかった。かわりに、馬を巧みに御して、のろのろ走っている前方の馬車のへりをまわった。

「わたしはリンカーンシャーのマークルという村で生まれ育ったのよ。父親はジョゼフ・デルモント。紳士階級だけど、たいした身分じゃないし、財産もなかった。妹が一人いて、名前はドーン。サー・コリン・ヤングという準男爵と結婚して、いまはレディ・ヤングになってるわ。わたしがダンバートン公爵に出会ったのは、その準男爵のいとこの結婚式のときだった。その人、いまはもう故人だけど。そして、その五日後にわたしは公爵と結婚したの。それ以来、マークルには一度も帰っていないし、家族の誰とも連絡をとってないわ。ほかにも何か知りたいことがあるかしら、ハクスタブルさま」

コンスタンティンは前方をじっと見ていた。古めかしい大型馬車がやってくる。ほかの馬車の連中からぼうっとした御者に向かって辛辣な言葉が投げつけられるのもかまわず、道路の中央をガラガラと走ってくる。正面衝突を避けるため、コンスタンティンは二輪馬車を道路脇へ寄せなくてはならなかった。

「わたしが二度と故郷に戻らなかった理由を知りたくない？」ハンナのほうから言った。

心臓が胸の奥で動悸を打っているのを感じた。耳のなかでドクドク言っているのが聞こえた。そのとき、相手の馬車がブラックウェル公爵未亡人のもので、馬車の窓から未亡人が王族のごとく会釈をよこしていることに気づいた。ハンナは微笑して片手を上げた。

「教えてあげる」コンスタンティンが黙ったままなので、ハンナは自分で自分の質問に答えた。「その結婚式のときに、わたし、婚約者だったコリン・ヤングが妹と二人でバラの東屋の陰にいるのを見つけたの。あまり露骨な表現だと、聞いた人がショックを受けるでしょうから、控えめな言い方にすると〝体面を汚すような〟状況でね。そして、二人は……離れて、服の乱れを直したあとで、わたしに見つかったことを恥じもせず、謝りもせず、すくみあがりもせずに、喧嘩腰で自己弁護を始めたわ。ドーンはこう言った。〝いつも姉さんの陰にいるのも、みんなが姉さんしか見ないから誰にも気づいてもらえないのも、自分のことをブスだって思いつづけるのも、もう死ぬほどうんざり。わたしはコリンを愛してて、コリンもわたしを愛してる。何か文句がある？〟って。コリンも言ったわ。〝ドーンの言うとおりだ。ぼくはこの村に来て日が浅かったから、最初はきみの美貌に目がくらんだが、やがてドーンを知るようになり、性格が何より大切だと悟った。それに、愛も。本当にすまないと思っているが、ぼくはただの美しい人形じゃなくて、本物の女がほしいんだ。もちろん、きみを非難してるわけではない。きみはたしかにきれいだ。どうかぼくの気持ちを理解して、うんざりする義務からぼくを解放してほしい〟と。

それじゃまるで、わたしが生身の人間じゃないみたい。人を愛することも、人と心を通わせることもできないというの？　美人だから傷つく心配はないとでも？

父を書斎にひっぱっていき、慰めと支えがほしくて抱きついたら、父はため息をついて、こう言ったわ。〝おまえが生まれたときから、いや、おまえが十三のときに母さんが亡くなってから、その美貌は父さんにとって苦労の種以外の何物でもなかった。母さんはいつもおまえだけを溺愛していたが、父さんとしては、娘が二人いるという事実を心に留めておかねばならなかった。女の子はみな、おまえに憧れて友達になりたがり、ドーンには目もくれない。そして、若い男はみな、おまえの周囲に群がって注意を惹こうと競いあい、妹の存在には気づきもしない。その妹がようやく愛を見つけたというのに、おまえときたら、妹の幸せを妬まずにはいられないのかね？　少しでも姉らしい気持ちがあれば、どういう事態になっているかぐらい、何週間も前に見てとれたはずだ。おまえはいつものようにわがままを通して、コリン・ヤングとの婚約解消を拒むつもりかね？　コリンは焦っておまえに求婚したあと、すぐさま後悔したそうだよ。おまえもたまには、ほかの者のためを思ってはどうだね？その気になればすぐに相手が見つかるじゃないか〟って。

でも、わたしは生まれてからずっと、ほかのみんなと同じようになろうと努力してたのよ。

それに、ドーンのことが可愛かったから、ほかの人にもドーンを好きになってもらおうとしたのよ。あの子がどうして人に好かれないのか、わたしにはどうしてもわからなかった。わたしがドーンを陰へ押しやったわけじゃないわ。あの子ったら、ときどき、わたしの友達や崇拝者を遠ざけて、あとでほくそ笑んでたことがあった。あまり仲のいい姉妹じゃなくて、ときには大喧嘩もしたわ。わたしもけっこう意地悪だった。でも、あの子は実の妹なのよ。可愛がってたつもりよ。まさか婚約者を奪われるなんて夢にも思わなかった。わたしが婚約してた人なのに。

でも、もしかしたら、妹たちのほうが正しかったのかもしれない。すべてわたしが悪かったのかもしれない。もしかしたら……」

ハンナは空気を求めて黙りこんだ。息苦しくなっていた。すぐ前方に公園のゲートが見えてきた。

「公爵夫人」コンスタンティンは言った。

しかし、ハンナは片手を上げて黙らせた。話はまだ終わっていない。

「わたしはコリンを愛していた。全身全霊で愛していた。コリン以外の男性は目に入らなかった。美貌がしばしば災いの種になることはわかってたわ。若い男がそばにいると、ほかの女の子たちがわたしにツンケンすることもわかってた。だから、きれいに見えないようにしようと必死だった。子供のころからそうだった。だって、ドーンやほかの女の子のいる前で母がわたしの容貌を褒めたり、うれしそうにわたしを見たり、小さな巻毛の乱れを直したりするたびに、身の縮む思いをしたんですもの。やがて、自分で服が選べる年になると、地味な服を着て、地味な髪型にしようと努めたわ。人前ではうなだれて、おとなしくすることにした。うぬぼれてはいないことを知ってもらおうとした。でも、コリンに出会ってようやく、自由に人を愛し、ありのままの自分でいられるようになったの。

気をとりなおして明るい顔をするよう、父がわたしに言い聞かせて書斎を出ていったときのわたしの気持ちは、とても言葉にできないわ――虚しさ、孤独、恐怖。書斎にいたのが父とわたしだけじゃなかったことを知ったのはそのときだった。ダンバートン公爵が最初からずっとそこにいたの。公爵はお祝いの宴にうんざりして書斎に逃げこみ、ウィングチェアを窓際へ持っていって、部屋に背を向けてすわっていたの。わたし、そんなこととは知らずに、死んでしまうんじゃないかと思うぐらい泣きじゃくったわ」

コンスタンティンは二輪馬車で公園のゲートを通り抜けたが、速度はゆるめなかった。

「公爵がかけてくれた最初の言葉は一生忘れられない」ハンナはそう言って目を閉じた。

「〝ミス・デルモント〟って、ささやきかけるような、あの独特の物憂げな声で公爵は言ったわ。〝どんな女性も美しすぎて困ることはない。わたしがきみと結婚して、それを教えてあげるしかないようだね。きみが心からそう信じられるようになるまで〟って。不思議なことに、いまでも信じられないけど、わたし、泣き笑いになってしまった。公爵が結婚式にやってきたというだけで、みんな、朝からビクビクしてたのよ。公爵のことをできるだけ避けてたわ。不届きにも公爵の行く手をさえぎったり、高貴なその姿に目を向けたりしたら、公爵のひとにらみで殺されてしまいそうで、怖くてたまらなかった。なのに、公爵は、わたしと結婚するしかない、わたしの教育を自分の人生最後の仕事にしなくてはならない、って言うんですもの。そして、痛ましそうな表情で、上等の麻のハンカチを渡してくれたわ」

コンスタンティンは馬を止めようとするところだった。

「これで満足なさった？」ハンナは訊いた。

「ああ」コンスタンティンはため息をついた。「心から申しわけないと思っている、公爵夫人。ぼくはゆうべ、思いやりと気遣いがあればできるはずのない質問をしてしまったが、あなたはそれにいちいち答えるよりも効果的な方法を見つけてぼくを懲らしめた。無礼な質問をしたものだとつくづく反省している。許してほしい。もっとも、謝罪というのは、だいたいにおいて不充分なものだが。きみに気づかれずにすんだとしても、いまこうして許しを請うことになっていただろうか。ぼくにはわからない。ただ、あのとき早くも後悔していたのは事実だ。あれこれ質問されてミス・レヴンワースが困った顔をしていたし、ぼく自身、きみじゃなくて彼女に質問するのは卑怯だと思ったからね」

謝罪の言葉としては上出来だとハンナは思った。

「許されるなら、明日、ミス・レヴンワースを訪ねて直接謝罪をしたい」

馬車の歩みはカタツムリのようにのろかったが、それでも、上流社会の午後の混雑がすぐ目の前まで来ていた。

「さて、どうしよう？　このまま家まで送ろうか。二人の関係はこれ以上続けないほうがいいだろうか」

最後の質問にハンナはギクッとした。どうなの？　ゆうべなら、あるいは、けさなら、たぶんイエスと答えていただろう。あるいは、午後の早い時間でも。でも、よくよく考えてみれば、コンスタンティンがハンナに関して少し質問しただけのこと。わたしとどう違うというの？　わたしだって彼のことが知りたい。ただ、わたしのほうはいつも、本人の口からじかに聞こうとしてきた。

「そうね」勢いよく日傘をまわして、ハンナは答えた。「わたしには恋愛ごっこが必要だわ。結婚は必要ない。とりあえず、いまのところは。ずっとそうかもしれない。公爵が亡くなって一年以上になるけど、いまも公爵の妻だという思いを捨てることができないの」

「愛してたんだね」

ハンナは彼のほうを向き、皮肉かどうかを探ろうとした。しかし、コンスタンティンの表情に皮肉の色はいっさいなく、声にも皮肉の響きはなかった。

「愛していたわ、心から。十年のあいだ、公爵がわたしを支え、守ってくれた。何も言わずに、深く深く愛してくれた。わたしを崇拝してくれて、わたしも公爵を崇拝していた。もちろん、誰も信じないでしょうけど、それはべつにかまわないわ」

自分の声がかすかに震えているのに気づいて、ハンナは気恥ずかしくなった。

「ぼくは信じる」コンスタンティンが静かに言った。

「ありがとう。わたしに必要なのは愛人なのよ、コンスタンティン。それ以外はまだ早すぎる。愛も、結婚も。でも、公爵との結婚生活で欠けていたものが一つあるの。一つだけ。いまあなたと別れたら、ほかの男を見つけるためにまた一からやりなおさなきゃならない。面倒だわ」

「それじゃあ、許してくれるか？　二度と詮索しないことにする、公爵夫人。ほかにも秘密があるのなら、そのままにしておいてくれ。ぼくも無理に探りだそうとはしない」

「あら、わたしのことを知りたくないの？　わたしのすべてを知りたいとは思わないの？」

「ぼくもきみと同じでね、公爵夫人、ほしいのは愛人だ。妻ではない。好奇心に負けることは今後二度とないようにする」

「あら、わたしはいまも、あなたに関することならすべて知りたいわ。愛人っていうのは、生命のない物体ではないのよ。あるいは、ただの肉体でもない。それがどんなにすばらしい肉体であっても。愛の行為で満足させてくれるとしても」

コンスタンティンにちらっと目をやると、微笑が浮かんでいた。めったにないことだ。その笑顔を見たとたん、ハンナは呼吸が苦しくなった。

「許しを得たければ、高くつくわよ。わたしに借りを作ったんだから。今夜、愛しあったあとで、わたしの質問に答えてちょうだい」

「いますぐ、ぼくの家に帰ろう」コンはハンナのほうを向いた。

「バーバラと家で晩餐をとる約束なの。今夜は誰の招待にも応じてないのよ。夜のひとときを自宅でのんびりくつろいで、バーバラと二人でおしゃべりを楽しむことにしたの。公爵が亡くなったいま、わたしにとってバーバラは世界で誰よりも大切な友達よ。十一時に迎えの馬車をよこしてちょうだい」

「きみの命令に背く者はいるのかい、公爵夫人」

ハンナは彼に軽く笑ってみせた。「今夜、わたしに会う気はないとおっしゃるの？　愛しあう気もないの？」

コンは思わず笑みを洩らした。

「十一時に馬車を行かせよう。支度をしておいてくれ。十五分過ぎまでに来なかったら、ぼくがこの手で玄関に錠をおろす」

ハンナは笑いだした。

そして、二人の馬車は混雑のなかに呑みこまれた。

ハンナは突然、息も止まりそうな幸せに包まれた。


バーバラはキュー・ガーデンズで一日を過ごし、疲れて帰ってきたが、とても楽しかったようで、ハンナにあれこれと話をした。とくに印象に残っているのはパゴダで、あんな美しい塔は見たことがないと言った。また、サイモンの親戚に会うのは今日が初めてだったが、好感の持てる人たちだったという。バーバラのことを身内同然に扱ってくれたし、彼らとサイモンの似たところを見つけようとするバーバラを見て、楽しそうに笑っていたそうだ。子供たちはもう十二歳だったが、一緒にかくれんぼをして遊んだ。男の子と女の子の双子だった。

バーバラはまた、ハンナが開いたお茶会のことを聞きたがった。けさ、ハンナが朝食のあとで急に決めたのだ。そして、コンスタンティンがゆうべの件を謝りたくて明日の午前中に訪ねてくることをハンナに告げられると、困惑の表情になった。

「あなたの口から〝許す〟と言ってあげて」バーバラは言った。「そのほうがいいわ。ハクスタブルさまも悪気はなかったと思うの。あなたのことをもっと知りたかっただけ。あなたを一人の人間として見てるという意味だから、その点は立派だと思うわ。たぶん、あなたに恋をしてるのね。たぶん――」

しかし、ハンナは笑っていた。

「あなたが自分のことを干からびたオールドミスだと思いこんでも、それはかまわないわ、バーバラ。だけど、わたしに恋がどうのって思いこませるのはやめて。あなたってロマンティックな人ね。昔からそうだった。人生の伴侶を選ぶのに、三十歳の誕生日がすぐ目の前に来るまでぐずぐずするような人が、あなた以外にいるかしら。コンスタンティン・ハクスタブルのわたしに対する気持ちは、ロマンスとは無関係よ。ええ、そうですとも。でも、それでいいの。わたしも同じ気持ちだから」

「明日の朝ハクスタブルさまが会いにいらっしゃるのを、お願いだからやめさせて」バーバラが懇願した。「恥ずかしくていたたまれない」

「なんとか止めてみるわ」ハンナは約束した。

バーバラは十時をまわったころ、ベッドに入った。

十一時五分前に迎えの馬車がやってきた。十時半にはすでに身支度を終えていたハンナだが、屋敷を出るのは十五分たってからにした。十一時十五分を少し過ぎてから馬車がコンスタンティンの住まいに到着すると、玄関ドアには錠がおりていた。いつもなら、到着すれば玄関があくのだが、ハンナが手で押してもドアは開かず、御者が遠慮がちにノックしても返事はなかった。

「まあ」ハンナは困惑したが、心の隅ではこれを楽しんでいた。

まるでいまのが魔法の言葉だったかのように、ドアが大きく開いた。ハンナがさっとなかに入ると、コンスタンティンが彼女の背後のドアを閉めた。彼のほうを向いたハンナは、その指に大きな鍵がぶら下がっているのを見た。

「暴君！」

「生意気女！」

二人とも笑いだした。ハンナは彼との距離を詰めて首に腕をまわし、熱いキスをした。彼の腕がハンナのウエストをきつく抱きしめ、キスを返してきた。もっと熱いキスを。

キスが終わったとき、ハンナの爪先は床すれすれに浮きあがっていた。いえ、愛の前奏曲が終わったとき、と言うべきかしら。

「あなたの作戦ミスだったわね。主導権をとりたいのなら、玄関ドアをあけるべきじゃなかったわ」

「きみだって、自分が主導権をとるつもりでいたのなら、馬車を降りて、石段をこそこそのぼって、玄関の取っ手をいじるようなまねはしなかったはずだ」

「こそこそなんてしてないわ」ハンナは抗議した。「すべるようにのぼったのよ」

「だとしても、どんなにぼくに飛びついてきたかったかを示すいい証拠だ」

「だったら、あなたが鍵を用意してドアの奥にこっそり立っていたのはなぜ？　わたしに飛びつかれるのはいやだった？　だったら、どうして玄関をあけたりしたの？」

「きみを哀れに思ったから」

「まっ！」

そして、ふたたびキスが始まり、ハンナの爪先は床を離れた。

「いくつか質問があるの」ひと息ついたところで、ハンナは言った。「全部メモしてこようと思ったけど、そこまで長い紙が見つからなくて」

「おやおや」ハンナの足を床に下ろして、コンスタンティンは言った。「では、質問してもらおうか、公爵夫人」

彼の黒い瞳にかすかな警戒の色が浮かんだ。

「いまはだめ。あとにしましょう」

「あと？」コンスタンティンは眉を上げた。

「あなたがわたしを愛したあとで」ハンナは言った。「わたしがあなたを愛したあとで。わたしたちが愛しあったあとで」

「三回も？　明日、ぼくがどんな顔になると思う？　休憩時間が必要だ」

「休憩なしでがんばれば、男っぽさと魅力がぐっと増すわよ」

コンスタンティンは鍵を玄関ホールのテーブルに置き、手を差しだした。ハンナがそこに手をのせると、彼の指がハンナの指を包み、階段のほうへ導いた。

ああ――ハンナは思った――いまも幸せな気分が続いている。それを喜んでいいはずなのに。冬のあいだ、この春の情事に大きな期待を寄せていた。そして、肉体の点から言えば、期待以上のものを得た。

だったら、なぜ喜べないの？　口論や、からかいや、嘲笑のせい？　単純な愛人関係の壁を越えて心のつながりのようなものが生まれたという、奇妙な落ち着かない気分になっているから？

幸せを感じているから？

幸せを感じると同時に、それを喜ぶことはできないの？

でも、考えるのはあとにしよう。ほのかな明かりに照らされた彼の寝室に入り、二人の背後のドアを彼が閉めたとき、ハンナはそう決心した。

ときには、考えるよりはるかに楽しいことがあるものだ。

11

一回目は情熱の嵐のなかで、二回目は気怠さのなかでゆっくりと、二人は愛を交わした。愛の行為に気怠さを持ちこめるとすればだが。いずれにしても、終わったときは二人とも疲れはてていた。

ハンナは彼に背を向けて、横向きに丸くなり、コンは背後からぴったり寄り添って片腕を彼女の頭の下にすべりこませ、反対の腕で抱きしめた。ハンナはコンに身をすり寄せると、彼の手をとり、手の甲に頬を押しつけた。

そして、眠りに落ちた。

コンは眠れなかった。良心の呵責に苛《さいな》まれたら、どうしても眠れないものだ。

人間とはみな、こういうものなのだろうか。そんな思いが浮かんだ。誰もが何年かに一度はとんでもない過ちを犯し、後悔のなかで残りの生涯を送るのだろうか。誰の人生もみな、罪悪と無垢、憎悪と愛、関心と無関心など、正反対の要素からなる混乱と矛盾に満ちているのだろうか。それとも、ほとんどの人間は、善もしくは悪、快活もしくは偏屈、寛大もしくは狭量といったように、どちらか一方の存在なのだろうか。

少年のころ、コンは末の弟のジョンを憎んでいた。世界でいちばん愛している弟だったのに。なぜ憎んでいたかというと、ジョンが不幸な人生にもかかわらず、太陽のように明るくて、温かくて、無邪気だったから。太りすぎで、不格好で、顔立ちのせいでイングランド人というよりアジア人のように見えたから。頭の回転が遅かったから。そして、若くして死ぬ運命にあったから。コンが弟を憎んでいたのは、自分がいくらあがいても弟の運命を変えることはできなかったから。そして、コンには望みようのないものを弟が持っていたから。相続権というものを。

相手を猛烈に憎む一方、苦しいほどに愛するなどということが、どうしてできたのだろう？　コンは一人前になると同時に家を飛びだし、放蕩三昧の日々を送った。たいていエリオットが一緒だった。自分が不運な星のもとに生まれたことも、故郷に置き去りにした人々のことも、気にしなかった。気にする必要がどこにある？　しかし、ジョンが自分を恋しがっていることはわかっていたので、それまで以上に弟を憎むようになった。だが、故郷に戻ることにした。命よりも弟を愛し、弟の命が長くないことを知っていたからだ。

誰の人生もこんなふうに矛盾のかたまりなのだろうか。いや、そんなわけはない。だったら誰も平静ではいられなくなる。

父親が亡くなり、ジョンが十三歳でマートン伯爵になったとき、コンは弟にかわって領地の管理やその他の事柄に有能な手腕を発揮するようになった。ただ、ジョンの正式な後見人には、どういうわけか、亡き父の意向により、その義理の兄、つまりエリオットの父親が指名されていた。そして、その二年後にエリオットの父親が亡くなると、エリオットがあとをひきついでジョンの後見人になった。そこからコンの親友だったエリオットとの対立が始まった。というのも、エリオットがその役目に真剣にとりくみ、彼の父親がコンに一任していたことまで自分でやるようになったからだ。

そして、ひどい敵意が生まれた。以来、冷淡な間柄になって今日に至っている。エリオットは、コンなら領地を効率よく管理し、ジョンのために最上の道を選ぶだろうという信頼の心を持ちあわせていなかった。自分で管理に乗りだし、ほどなく、財産のひとつである莫大な価値を持つ宝石類が消えていることを知った。ただし、厳密に言うと、宝石は限嗣相続財産ではなかったが。そして、わかりきった結論に達し、コンに非難をぶつけた。

コンはなんの説明もせず、真実を打ち明けようともしなかった。真実を告げるほうがずっと簡単だっただろうに。おまけにエリオットのほうも、親友に事情を尋ねることも、説明を求めることもしなかった。すべてわかったつもりでいたのだ。そして、コンを泥棒呼ばわりした。エリオットから見れば、コンを慕い、無条件に信頼するだけで、分別を働かせることもできない知的障害者の弟から、財産を奪いとった最低の泥棒というわけだ。

コンは〝とっとと失せろ〟とエリオットに言った。

じつを言うと、コンは宝石の件で罵倒される前からすでに、エリオットに反感を持ちはじめていた。というのも、父親の死によって爵位を継ぎ、リンゲイト子爵となったエリオットを見ていると、どちらも長男だというのに、コンのほうは父親が亡くなってもマートン伯爵になれなかったことを、冷酷に思い知らされるからだった。

とにかく、〝とっとと失せろ〟とエリオットに言ってしまった。

若さゆえに口論となったこれまでの場合と違って、こぶしをふりあげて徹底的に殴りあうには至らなかった。いつもなら、殴りあったあとでニッと笑みを交わし、楽しかったと言ったものだが。たとえ血だらけの鼻をハンカチで拭き、腫れた目を指で慎重にさすっていようとも。

だが、そういうたぐいの喧嘩ではなかった。仲直りは無理だった。

コンは殴りあいをするかわりに、エリオットがウォレン館を訪ねてくるたびに嫌がらせをするようになった。しかも、エリオットはひんぱんにやってきた。コンがジョンをそそのかしてエリオットと遊ばせる。その遊びはエリオットにとって迷惑と苛立ちの種で、屈辱を感じることさえあったが、ジョンはいつも大喜びだったため、遊びのせいでエリオットとコンの亀裂がさらに深まることとなった。例えば、エリオットがやってくると、コンがジョンに耳打ちをしてどこかに隠れさせ、エリオットはジョンを見つけるために貴重な時間を無駄にする。コンはたいてい傍観者となり、ドアの枠に片方の肩をもたせかけ、軽蔑の笑みを浮かべていた。

喧嘩というのはつねに、人の最悪の面をひきだすものだ。とにかく、コンの場合はそうだった。

かつての自分の子供じみた振舞いを、本当なら申しわけなく思うべきだが、コンはいまだにそういう気持ちになれなかった。生涯の友であったはずのエリオットに、実の弟を食い物にして財産を奪うことのできる男だと思われたからだ。いまもそう思われている。不意にエリオットの信頼を失ったことで、コンの心は痛んだ。その痛みを憎悪に変えなければ、いまも痛みつづけていただろう。

だが、コンにもエリオットに劣らず非難されるべき点がいくつもあった。いま、ハンナの温かくしなやかな身体を抱きしめてベッドの向こう側の壁を見つめながら、コンはその事実を否定できなくなっていた。二十代の男二人なら、しかも友人どうしなら、後見人の役割について冷静に議論できたはずなのに、エリオットと二人で腰を下ろしてじっくり話をするかわりに、冷淡で、よそよそしくて、皮肉っぽい態度をとるようになった。しかも、宝石の紛失が露見する以前からすでにそうだった。エリオットのほうも、冷淡で、よそよそしくて、高慢な態度をとりはじめた。

まるで子供の喧嘩だ。どちらの側も。悪夢のような宝石の一件がなければ、仲直りできたかもしれない。しかし、宝石が消えたのは紛れもない事実で、それゆえ、二人の仲は修復不能になってしまった。

責任は双方にある。

それがわかっていても、エリオットに対するコンの憎しみが薄れることはなかった。

コンはハンナの髪に鼻を埋めた。柔らかくて、温かで、いい香りがした。ハンナ自身と同じように。気を紛らわせるためにキスをして起こそうかと思ったが、ハンナは熟睡していた。

ゆうべ、ハンナにいやな思いをさせた。けさもまだ気分を害していたようだ。なんの罪もないミス・レヴンワースにまでいやな思いをさせてしまった。エリオットと結婚して間もないヴァネッサにいやな思いをさせたのと同じように。こんなことをする人間がほかにいるだろうか。誰もがこうした恥ずべき、忌まわしい、不快な秘密を心の奥に隠しているのだろうか。

自分はやはり怪物だ。悪魔の化身だ。人から悪魔と呼ばれても仕方がない。

自分の罪のなかでいちばん重いのは、つい最近のことだが、ある人の本質を全面的に否定してしまったことだ。人というものは——誰であろうと——生まれながらの基本的な性格と個性に加えて、遺伝、環境、育ち、教育、人生経験などが複雑にからみあって作られていく。誰もがバラの花で、一般の花に比べれば複雑な構造をしている。花びらが無限に重なりあい、その中心部に、言葉にできないほど貴重なものが秘められている。

薄っぺらな人間などどこにもいない。

ところが、ダンバートン公爵夫人に関しては、ほかの人間とは違うと思いこんでしまった。うわべの美貌と虚栄心と傲慢さをはぎとれば、その下には何もないと思いこんでいた。空っぽの容器のようなものだ、本当の意味での人間ではない。そう思っていた。

ずっと昔から、誰もが公爵夫人のことをそういう目で見てきたのだ。亡き夫の公爵だけは別として。

自分も彼女の実家の連中となんら変わりはない。実家の人々もそれなりに彼女を愛していたのだろうが、美貌の姉は平凡な顔立ちの妹ほど繊細でもなければ、愛情を必要としてもいないと思っていた。父親は、姉のほうは人生の浮き沈みにうまく対処していけると考え、妹ばかりを大事にした。人はなぜ、美人が幸せになるにはその美貌さえあればいいと思っているのだろう？　美貌の奥には空虚で無神経な抜け殻しか存在しないと思っているのだろう？

自分はなぜそうきめつけたのだろう？

美しすぎる人ゆえに、その人間性を正当に認識できなかったのだろうか。

頭痛がしてきた。ハンナのために腕枕をしていたが、その腕が痺《しび》れてきた。裸の肩がむず痒くて、掻きたくなった。眠れそうにない。それは明らかだ。かといって、もう一度愛しあうつもりもなかった。その前に、もっとじっくり考えてみなくては。

ハンナの頬の下からそっと手をはずし、頭の下からゆっくりと腕をひきぬいた。彼女は眠そうな声でもごもご言うと、枕に顔を埋めた。

「コンスタンティン」とつぶやいたが、目をさましはしなかった。

コンはベッドを出て、自分の化粧室に入った。服を着た。ただし、上着は省略し、シャツの裾をズボンにたくしこむのも省略した。ベッドのそばに立ってハンナを見おろした。ハンナはまだ半分夢のなかで、まぶしそうに彼を見あげた。

「寝ててくれ。すぐ戻ってくる」

そう言うと、身をかがめて唇を重ねた。ハンナは温かな唇で気怠そうにキスを返した。

「どこへ行くの？」

「すぐ戻ってくる」コンはふたたびそう言うと、階段を下りて厨房へ行った。

ゆうべの燃えさしの薪で火をおこし、ずっしり重い鋳鉄《ちゅうてつ》のやかんに半分ほど水を入れて火にかけた。何か食べるものはないかと食料貯蔵室を調べて、ビスケットを何枚か皿にのせた。しばらくしてから、トレイを手にして階段をのぼった。トレイにのっているのは、お茶が冷めないように分厚いティーコゼーをかぶせた大きなポット、ミルク入れと砂糖壺、ティーカップと受け皿とスプーン、そして、ビスケットの皿。寝室の隣の居間にトレイを持って入り、それからハンナを呼びに行った。

ハンナはまだ夢と現《うつつ》のあいだをさまよっていた。コンはふたたび化粧室へ行き、ウールの大きなガウンを持って出てきた。自宅で過ごす肌寒い夜、好きな本を読みながら気楽な格好でくつろぎたいとき、このガウンを着ることにしている。

「おいで」コンは言った。

「どこへ?」

しかし、コンがガウンを差しだすと、ハンナは身体を起こし、ベッドの脇へ両脚を下ろして立ちあがった。彼女が袖に手を通したので、コンはガウンの前を合わせてサッシュベルトを結んでやった。ガウンに顔が半分埋もれそうだった。

「ん……」ガウンの襟に鼻を埋めて、ハンナは言った。「あなたの匂いがする」

「いい匂いかい?」

「ん……」ハンナがふたたびつぶやき、コンはまたしても罪悪感に襲われた。

燭台を手にとり、先に立って居間のほうへ行った。この部屋の家具はすべてどっしりしている。彼の好みでそうしたのだ。大きくて、柔らかくて、快適。優美さや気どった雰囲気はどこにもない。椅子にだらしなくもたれ、背骨に回復不能の損傷を負いかねないような格好ができる部屋。コンがくつろぐための部屋。

妙なことだが、この部屋には誰も入れたことがなかった。これまでの愛人のなかに、ここに入った者は一人もいない。

ハンナはガウンに包まれたまま、大きな革椅子にすわって、脚を身体の下に折りこみ、頭を椅子の背にもたせかけた。お茶を注ぐ彼を軽く伏せたまぶたの下から見ていたが、いつものような視線ではなかった。いまは本当に眠そうだった。満ち足りた視線。コンにはそのように思われた。

「ミルクは？　砂糖は？」コンは訊いた。

「両方」

コンは彼女の横のテーブルにカップと受け皿を置き、ビスケットの皿を差しだした。ハンナはビスケットをとってかじった。

「すばらしいおもてなしね、コンスタンティン。気が利いてて、気前のいい人。カップの縁までなみなみと注いでくれたのね。手でしっかり支えていないと、こぼれてしまいそう」

お茶を控えめに注ぐのはコンの好みに合わない。そもそも、ティーカップ自体が小さすぎる。

コンはハンナと向かいあった椅子に、少し距離を空けてすわった。片手にビスケット、もう一方の手にティーカップ。椅子にもたれ、片方のくるぶしを反対の脚の膝にのせた。くつろいだふり。

「では、言ってくれ、公爵夫人。何が知りたいのか」

コンは突然、胸の奥深くに黒い大きな穴が空いたように感じた。ひどく無防備になった気がした。

しかし、罪を贖《あがな》うにはこうするしかない。

ハンナは感心していた。ほとんどの男は問題をできるだけ先延ばしにしようとするだろう。しかも、彼がベッドを出たとき、ハンナは熟睡していた。たぶん、朝まで眠りつづけたことだろう。ところが、彼はハンナを起こして、彼について質問する権利と返事を聞く権利が彼女にあることを告げた。

ハンナの見たところ、コンスタンティンは秘密に満ちた男で、もっとも身近な親しい相手にさえ、自分から進んで秘密を打ち明けるかどうかは疑問だった。他人を寄せつけない男だ。ところで、もっとも身近な親しい相手とは？　またいとこたち？　本当はこの人がもらうはずだったものを横から奪った人たち？

この人、孤独なの？　不意にそんな気がした。

また、名誉を重んじる人物でもあるようだ。哀れなバーバラを苦しめ、それに気づいて後悔している。いま、彼にできるただ一つの方法で罪を贖おうとしている。ハンナのどんな質問にも正直に答えるつもりでいる。こんな状況で彼に質問し、これまで極秘にしてきた事柄を明かすよう強引に迫るのは、酷なことかもしれない。

いまの彼は、暗くてエレガントで危険な匂いのする男ではなかった。だらしない格好ですわっていた。その点はハンナも同じだが。彼のだらしなさがかえって魅力だった。

何かがハンナの心の琴線に触れた。だが、ハンナはそれを受け入れるのを拒んだ。

ビスケットを食べおえた。

「予測しておくべきだった」コンスタンティンが言った。「すべてを正直に話そうというぼくの申し出に、きみが思いもよらぬ賢明な方法で応えることを」

ハンナは眉を上げた。

「沈黙という方法で」

ハンナは悟った。初めての愛人としてコンスタンティン・ハクスタブルを選んだのは、肉体的な魅力だけが理由ではなかったことを。もちろん、すばらしく魅力的ではあるが。心を閉ざしたような表情にも惹かれたのだ。その表情からは深みのある人間性が感じられた。表情の奥にあるのは闇だけかもしれないが、光の世界を隠している可能性もあるような気がした。彼の謎めいたところに魅力を覚えた。もっとも、本当に謎を秘めていることを示す証拠は何もないが。

もちろん、こうしたことは最初からわかっていた。関係を持つ前に〝あなたに関することならすべて知りたい〟と、ハンナのほうから言った。だが、自分で言っておきながら、その意味がじつはよくわかっていなかった。彼に興味を持ったのは肉体に惹かれたからだと、そのときもまだ思っていた。

でも、そうじゃなかったの？

愛人として比較できるような男を、ハンナはほかに誰も知らない。しかし、ここまで完璧に満足させてくれる男はどこにもいないに決まっている。そう考えると、これからの年月のことが心配になった。初めに最高の男を選んでしまった。このあとどうなるの？

肉体的な満足だけでは充分じゃないの？

彼のことを知りたいという強い思い――手遅れになる前に、その点に注意を向けるべきだったのでは？

手遅れって何が？

「エインズリー・パークというのは」空《から》になったティーカップを受け皿ごと横に置いて、不意にコンスタンティンが言った。「グロースターシャーにあるぼくの領地の名前だ。屋敷も庭園もウォレン館に比べれば小規模だが、なかなか立派なところだ。寡婦の住居だってけっこう広い。それから、自作農場も広大だ。小作農場が二区画空いたとき、それを貸しだすのをやめて、自作農場をさらに大きくした。どの農場にも作物が豊かに実って、大きな収益をもたらしている」

「お父さまの領地だったの？」

「いや」コンスタンティンは首をふった。「父の領地はすべて、限嗣相続財産として代々の伯爵に受け継がれていく。いまはマートンのものだ」

「では、エインズリーの購入資金はどこから？」

コンスタンティンはゆっくりと微笑した。

「エインズリーがぼくのものになって以来、周囲の親しい連中がみんな、その答えをほしがった。とくに、モアランドが。あいつは自分が真相を見抜いたつもりでいる」

「それで？」ハンナは自分のカップを置き、はおっているガウンの左右の袖に反対側の手をすべりこませた。

「購入したのではない。賭けで手に入れたんだ」

「賭け？」

「初めて家を出たころ、ぼくは怠惰な若者の例に洩れず、ずいぶんギャンブルをやったものだった。いつも負けて最後はすっからかん。ただ、手持ちの金以外は賭けないという分別だけはあった。たいした金額じゃなかったけどね。月々の小遣いはもらっていたが、父親が贅沢を許してくれなかった。だが、エインズリーを手に入れたときの賭けは、父が亡くなり、ジョンが伯爵位を継いだあとのことだった。人々が大金を注ぎこんで徹底的に勝負をくりひろげるという賭博場を見つけだした。そこでぼくが賭けた金は、厳密に言うと自分のものではなく、宝石を売って手に入れたものだった。その点では、ぼくらは似た者どうしだね、公爵夫人。それはともかく、自分の金ではないから、失うわけにいかなかった。席につき、周囲の連中に合わせて大金を賭けたあのときぐらい、大きな恐怖に襲われたことはなかった」

ハンナは目を閉じた。

「十分もしないうちに、エインズリー・パークがぼくのものになった。賭けに負けた男のほうは、自分の本邸ではないということで、ひいたカードが悪かったために屋敷を失っても、とくに気にする様子はなかった。ただ、勝負に勝ってぼくが帰ろうとしたら、そいつも仲間も機嫌を損ねた。自分たちの神聖なるグループには二度と入れてやらないなどと、脅迫じみたことを言いだした。連中がその脅しを実行に移すことになったかどうかはわからない。まあ、あの調子だと、おそらく実行しただろう。ぼくのほうは以後、ギャンブルから遠ざかった。舞踏会や内輪のパーティのときに、遊び半分でやるぐらいだ」

「で、宝石を売ったお金の残りは？」

「ある目的のために使った」

「あなたがエインズリー・パークをどうやって手に入れたのか、誰も知らないのね？」

「勝手に憶測させておけばいい」

「で、世間一般の憶測は？」

「不正な手段で得た金で購入したと思っているだろう」コンは肩をすくめた。「当たっていなくもない」

「そこに一人で住んでるの？」ハンナは尋ねた。身内からも友人からもそうやって遠ざかってしまうなんて、ずいぶん悲しいことね。

コンスタンティンは低く笑った。

「いや、それが違うんだ。じつを言うと、家には——屋敷には——人があふれていて、ぼくの居場所もないほどだ。だから、寡婦の住居で寝起きしているが、そちらにまでじわじわと人が入りこんできている」

ハンナは脚を折り曲げて足の裏を椅子につけた。折った膝を抱きかかえ、そこに顎をのせた。

「ねえ、早く説明して、コンスタンティン。でないと、気になって一週間ほど眠れなくなってしまう。すべて話すって約束だったでしょ。誰なの、その人たちって？」

「最初は女たちだった。人格と評判をズタズタにされた女たち。雇い主や身分の高い連中が、自分には神から授かった特権があり、気に入った女がいれば手を出してもかまわないと思いこんでいたせいだった。未婚の女から生まれた子供たち。そうした母子をエインズリー・パークにひきとり、邸内や農場でまじめに働いてもらうことにした。また、住まいと食事とほどほどの給料を条件に、教師となってくれる人材を見つけだし、屋敷で暮らす者たちに、服作りや、帽子作りや、料理を教えてもらうことにした。彼女たちはやがて、世間の評判や婚外子の存在を気にせず雇ってくれる人がいれば、そちらで仕事につけるようになった」

「どうして？　なぜその人たちをひきとったの？」

コンスタンティンは暗い顔で考えこんでいる様子だった。

「簡単に言えば、そうした女の何人かと、彼女たちから命以外のものをすべて奪い去った男女を、ぼくが知っていたからだ。女たちが何を失ったのか、ぼくは知っていた――仕事、家族、周囲から寄せられていた敬意。どんな苦しみを味わったのかも知っていた――社会からの排斥だ。ぼくがたまにわずかな金を渡したところで、なんの解決にもならないこともわかっていた。おおっぴらに親しくしてはならないこともわかっていた。でないと、あらぬことを勘ぐられて、女たちがよけい辛い思いをすることになる。その元凶となった男をぼくは知っていた。その男は女たちを一人また一人と解雇しても、良心の咎めを感じることはなく、すぐに忘れてしまい、やがて、かわりの女が雇われて同じ運命をたどることになった」

ハンナはいっそう強く膝を抱きかかえた。

もしかして……この人のお父さま？　思わず質問しそうになったが、訊いてはならないことだと思った。

「エリオットなら――モアランド公爵なら――ぼくがその男だったと言うだろう」

「そう非難されたことがあるの？」

「ある」

「否定しなかったの？」

「うん」

「なぜ？」ハンナは訊いた。この人から話をひきだすのは、石から血を絞りとろうとするようなものね。

コンスタンティンはまっすぐに彼女を見つめた。「あいつはぼくの親友だった。ぼくのいとこで、兄弟も同然だった。母親どうしが姉妹なんだ。ぼくを問いただす必要はなかったはずだ。立場が逆なら、ぼくは何も訊かなかっただろう。否定の返事がくることを信じていただろうから。青二才のころは二人でずいぶん無茶をやったが、いやがる女性を力ずくで奪ったことは一度もなかった」

「でも、モアランド公爵に尋ねられたとき、あなたは否定しなかった」

「あいつは尋ねたんじゃない。きめつけたんだ。悲惨な目にあった女性とその子供たちのことを知った。そして、ぼくに食ってかかった。人を非難しようという者が最初に礼儀正しく質問するとはかぎらないんだよ、公爵夫人」

「呆れた。それが仲違いの原因だったの？」

「ほかにもまだある」

ハンナは質問しないことにした。

「きっぱり否定すれば、ゴタゴタせずにすんだでしょうに、プライドの高いあなたにはできなかったのね」

「否定しても無駄だったと思う。モアランドは尊大なロバだった。いまもそうだ」

「そして、あなたは頑固なラバ。前にもそう言ってたけど、たしかにそのとおりね」

コンスタンティンは立ちあがり、ポットのティーコゼーをはずして、二人のカップにおかわりを注いだ。腰を下ろしたが、ハンナがミルクと砂糖を入れることを思いだし、ふたたび立って彼女のカップに入れた。お茶がカップの縁すれすれまで来ている。一杯目のときより多い。ビスケットを勧めたが、ハンナは首を横にふった。

「さっきの話だと、まず女性たちをエインズリーにひきとったわけね」

「つぎに、ロンドンの肉屋で一人の少年を見かけた。ぼくは歩道で足を止めて、その子をじっと見た。ジョンに驚くほど似ていたからだ。顔立ちも身体つきも同じだった。その子の両親もたぶん、子供が誕生したときに、十二歳ぐらいまでしか生きられないと言われていただろう。ぼくはそのまま立ち去ろうとしたが、そこに立っていたわずか一分ほどのあいだに二つのことに気づいてしまった。少年が人に喜んでもらおうと必死なことと、少しもうまくいかないことに。二回もひっぱたかれていた。一回は客から、もう一回は客の機嫌を損じたと言って肉屋の主人から。ぼくは店に入っていき、金を払って少年をもらい受けた。肉屋はどうせ、その子を無料《ただ》同然の値段で孤児院からひきとったんだろうが。数日後、エインズリー・パークへ出かけたときに、そのフランシスという名前の子も連れていった。厨房と農場の仕事をさせたところ、エインズリーで暮らす女性たちのお気に入りになった。とくに可愛がってくれたのが料理番だった。少年はそれから一年ほどして亡くなった。たぶん十三歳ぐらいかな。正確な年齢は本人も知らなかった。その子にとっては幸せな一年だったと思いたい」

コンスタンティンはお茶を飲もうとして言葉を切った。カップのなかをじっと見つめた。ハンナは、この人には心を落ち着ける時間が必要だと思い、自分もお茶を飲むのに気をとられているふりをした。彼の目に涙が光ったのも、声が震えたのも、自分の想像ではないことを承知していた。

肉屋の少年の死を、コンスタンティンはずっと悲しんでいたのだ。フランシス。弟によく似た少年。

「その子との出会いをきっかけに、ぼくは悟った。エインズリーの経営を黒字にして、限りあるぼくの資産がどんどん減っていくのを防ぐためには、農場をふたたびフル回転させなくてはだめだ、と。農場をフル回転させて収益を上げるためには労働者が必要だ。重労働をやってくれる男たちが。男を雇い入れるなら、仕事がなくて困っている連中を雇ったほうがいい。そういう男がいかに多いかを知ったら、きみもきっと驚くと思うよ、公爵夫人。肉体や精神に障害のある人々、戦争で手足や視力や心を失って平和な社会では誰の役にも立てなくなった退役軍人や除隊した兵士、浮浪者、さらには、仕事の口がなくても食べなくてはならないから盗みに走ってしまった連中。そういう人々を集めたら、エインズリーが二十あっても足りないだろう」

いいえ、わたしは驚かない。

「なかには農場の単純労働より高度な仕事をこなせる連中もいて、そういう仕事につきたがっている。鍛冶屋や大工や煉瓦職人の修業をする者、簿記係や秘書の訓練を受ける者までいる。そういう連中には、いずれどこかよそで働き口を見つけてもらう。そうすれば、エインズリーに新しい人々を受け入れる余裕ができるからね。また、結婚してよそで新たな人生を始める男女もいる」

「そういうことをこれまでずっと内緒にしてたの？　わたし以外の人には話したことがなかったの？」

コンはうなずき、ニッと笑った。

「いや、じつは、国王陛下に話した」

「陛下に？」

「即位される前のことだけどね。当時はまだ皇太子のご身分だった。ある日の深夜、ブライトンにあるあの奇抜な宮殿で、ほかのみんながベッドに入ったあと、二人きりになった。どうしてそうなったのかは思いだせないが、二人ともずいぶん飲んでいて、つぎからつぎへと話が続き、ぼくはエインズリーのことを話していた。そこで陛下に抱きしめられたような記憶がある――いや、たしかにそうだった――陛下の巨体に強く押されて、ぼくは危うく骨折し、窒息するところだった。陛下の感動の涙のなかで溺れそうになった。陛下は、聖人だ、殉教者だとぼくを称え――なぜ殉教者なのかという説明はなかったが――ほかにもおおげさな褒め言葉をどっさり羅列なさった。そして、余も援助をしよう、褒美をとらせよう、王国全土に触れまわろうなどと、身震いするほど恐ろしいことを仰せられた。幸い、酔いがさめると同時にすべてを忘れ、ぼくのことも忘れてしまわれたが」

「陛下のことは、わたしもよく存じあげているわ。公爵が親しくさせていただいてたの。皇太子時代にいつも公爵を怒らせてらしたけど。愚かなまねばかりなさるけど、誰もが好きにならずにはいられない方よね。陛下が何より望んでらっしゃるのは、人から愛されることだわ。前の国王ご夫妻に幼いころから可愛がられていれば、もう少し違う方におなりになったでしょうに。いまよりずっと安定した性格になってらしたはずだわ」

「そして、もっと細い人に？ 食べることへの執着も薄れていたかな？」

ハンナは彼を見て微笑した。それから笑いだした。

コンも微笑し、眉を動かした。

不思議な瞬間だった。

ハンナは十一年かけて聡明さと自制心を身につけた。そのうち十年は、長い人生経験によって二つの資質のすべてを心得ていた男性に助けてもらった。聡明さと自制心。本来の貴重な自己は、無数の仮面に包まれた静謐《せいひつ》な繭《まゆ》のなかに大切にしまいこんだ。

生き方そのものが秘密になった。仮面の奥でハンナがどんな生き方をしているのか、知る者は誰もいなかった。周囲の人々にとっては仮面がすべてだった。人々が目にするのは仮面だけだ。ハンナにとってはその奥の現実がすべてだった。

ところが、突然、その繭が危険にさらされた。官能の喜びだけを目的に男を選び、そして……ああ、その男がいまのわたしにとってどういう存在になったかを、どんな言葉で表せばいいの？ 彼に恋をしたわけではない。でも――。

そう、どういうわけか、深く関わりあってしまった。愛人として。それは事実だ。でも、愛人というのは、捨てることも、忘れることも、とりかえることもできる。のめりこまないよう安全な距離を保っておける。快楽のため、遊びのための相手。

でも、いまの彼は愛人以上の存在だ。

ハンナは最初から、今年は愛と永遠の幸せではなく、快楽だけを追い求めようと自分に言い聞かせていた。社交シーズンが終わったら、彼を捨てて忘れてしまおうと言い聞かせていた。もちろん、そのつもりだった。どっちみち、それしか選択肢はない。彼が毎年違う愛人を選ぶことはハンナもよく知っている。

でも——。

でも、純粋に肉体だけの関係にするつもりだったのに、なぜか感情が入りこんでいる。静謐な繭に包まれていたはずの心が波立っている。

公爵の言葉は正しかった。公爵が教えてくれた。いつかそんな日がくるだろう、繭は新たな人生の脆さを守るためのものに過ぎず、輝かしい人生を満喫する準備ができたときに不要になるのだ、と。

人の好奇心を掻き立てる謎めいた男を選んだことを、ハンナは後悔した。

なにしろ、彼の個性は幾重にも重なりあっている。なかには感心できないものもある。例えば、キタリッジ家の舞踏会でバーバラにずる賢く質問をして探りを入れたこととか、愚かなプライドゆえに、大親友だったいとこと無益な喧嘩をして何年も対立したままだとか。でも、その一方で……そう、恵まれない者への深い哀れみから、プライバシーと安らぎの核となるべき自宅を人々に解放するような男なら、わたしは愛していける。しかも、彼がそうしたのは、正しいおこないによって充足感を得たいという、それだけの理由からだった。世間の称賛を求める気などさらさらなく、自宅のことも、そこで何をしているのかも、誰にも話していない。

話した相手は国王陛下だけ。両方が酔っぱらっていたときに。

そして、いま、わたしに話してくれた。そういう約束だったから。

ああ、わたしはいま、一生後悔することになりかねない愚かな行為に危険なほど近づいている。コンスタンティン・ハクスタブルは永遠を求めることのできる相手ではない。このとき不意に、公爵を亡くして心に大きな穴が空いていることを実感した。屋敷に戻って公爵と冗談を言いあい、関節炎を患っている公爵の年老いた手に自分の手を重ね、ふたたび安心に包まれることができたら、どんなに幸せだろう。そして、公爵の助言を求めることができたら。いま自分の身に起きていることを公爵に説明してもらえたら。

でも、公爵に自制心を教えこまれ、自分ではそれを完璧に身につけたつもりでいた。いつまでも人を頼りにすることは、公爵もきっと望まないだろう。わたしだって望まない。

コンスタンティンとじっと見つめあっていたことに気づいた。おたがいに唇の笑みが消えていた。

「陛下について、さっきみたいなことを言ったら、たぶん、二人とも反逆罪で絞首刑ね」

「もしくは、首をはねられるか。そうそう、首と言えば、ミス・レヴンワースがまだロンドン塔を見物していないそうだ。ぼくがきみたち二人を案内しようと彼女に約束したんだった。

つきあってもらえるかな？」

「わたしももうずいぶん行ってないわ。ところで、コープランドでささやかなハウスパーティを計画したら、二、三日つきあってくださる？」

「頼んでるのかい、公爵夫人。命令ではなしに？」

「だって、あなたがロンドン塔の件を丁寧に頼んでらしたんですもの。礼儀作法の点で負けるわけにはいかないわ」

「まさか、モアランド公爵夫妻も招待する気じゃないだろうね？」

「いいえ」ハンナは首をふった。「でも、近いうちに一度、モアランド公爵と話をしたほうがいいんじゃない？」

「キスして仲直り？　それは無理だ」

「そして、不幸な一生を送るわけね。ちっぽけなプライドに邪魔されて」

「ぼくが不幸だというのか？」

ハンナは答えようとして口を開いたが、すぐまた閉じてしまった。

「では、きみのほうは？　ミス・レヴンワースの結婚式に出るため故郷のマークルに帰り、父上や、妹さんや、その夫と話をする気はあるのかい？　プライドに邪魔されて無理なのでは？」

「それとこれとは話が別よ」

「そうかな」

二人は無言で見つめあった——いや、にらみあったと言うべきか。どちらも沈黙を破る気はなさそうだった。ついに口を開いたのはコンスタンティンのほうだった。

「そして、きみも不幸な一生を送るわけだね」コンスタンティンはそっと言った。「ちっぽけなプライドに邪魔されて」

鋭い指摘。

でも、この人にはわかっていない。自分が何を言ってるのかわかっていない。

「そろそろダンバートン邸に戻りたいわ。ずいぶん遅い時刻だから」

早い時刻とも言える。

コンスタンティンが立ちあがり、二人のあいだの距離を詰めた。ハンナがすわっている椅子の腕に手を置き、身をかがめて、唇を重ねた。

怖くなるほど穏やかな、優しいと言ってもいいキスだった。

なぜ怖くなるかというと、いまは真夜中、彼と愛を交わして二人で眠ったあとでこうしてすわり、彼と話をしているうちに、身を守るための鎧がどこへ行ったのかわからなくなってしまったから。どこにあるかわかれば、それをまとって、ふたたび安全になれるのに。

でも——何から安全になろうというの？

コンスタンティンが顔を上げて、ハンナの目をじっと見た。彼自身の目は影に包まれ、漆黒を帯びていた。

「では、着替えをしたほうがいい。そんな格好のきみを見たら、いくら顎から爪先までガウンに包まれていても、御者がショックを受けるだろうから」

「この格好で出ていっても、御者の目に映るのは、公爵夫人そのものという姿だけだわ。ほんとよ。人はわたしが意図したとおりの姿しか見ることができないの」

「それもダンバートン公爵から教わったことかい？」

「ええ。じっくり教えてもらったわ」

「そのようだね。この何年間か、きみと出会うたびにぼくの目に映ったのは、公爵夫人という姿だけだった。美貌と富に恵まれた公爵夫人。その先入観が間違っていたことに、いまようやく気づきはじめた」

「それはいいこと？　それとも、悪いこと？」

コンは身体を起こした。

「まだどちらとも言えない。ぼくはこれまで、きみのことを複雑な花弁の重なりを持たないバラだと思っていた。だが、それが誤りだったことがようやくわかってきた。きみの場合は、このうえなく複雑なバラよりさらに多くの花弁が重なりあっている。バラの中心部分はまだ見えてこないが、きっと姿を見せてくれるだろう。そう信じている。着替えてきてくれ、公爵夫人。屋敷まで送る時間だ」

屋敷に戻りたいと自分から言いだしておいて矛盾した話だが、ハンナは見捨てられたような気がした。一緒にいたくないと言われたような気がした。動揺した。この人はわたしをバラに喩え、花びらをかきわけて、ゆっくりではあるけど着実に中心部分に向かっている。もしわたしがそれを許すなら。どうしてこの人を止められるだろう？十一年もかけて習得と鍛練を重ねてきた成果が、一人で人生に踏みだして数週間もしないうちに崩壊の危機にさらされている。

いいえ、そんなことが起きるはずはない。だって、ぜったいこの人じゃないもの。いつかめぐり合えると公爵が約束してくれた相手は、この人じゃない。その相手とめぐり合ったとき、わたしはきっと、ひたむきにその人を愛するだろう。もしかしたら、こういう官能の喜びには浸らないほうがよかったのかもしれない。

ハンナは椅子から立ち、ドアのほうを向いた。

「手をつないでもらわなきゃいけない子供みたいに？」高慢な口調で言った。「わたしはあなたの馬車に乗って一人でここに来たのよ。一人でちゃんと帰れるわ。十分後に馬車を玄関先にまわしてちょうだい」

威厳たっぷりに部屋を出るつもりだったのに、低くクスッと笑う声で、その威厳がいささか損なわれてしまった。

12

翌日は雨だったので、コンは昼までゆっくり時間をかけて、エインズリーの管理人ハーヴィ・ウェクスフォードに手紙を書いた。いくつかの質問に答え、いくつかの細かい点について意見を述べなくてはならなかった。それ以上に大事な用件もあった。毎週やっていることだが、エインズリーで暮らす一人一人に宛てて短いメッセージを書くのだ。エインズリーの管理運営と、職業訓練と、環境改善については、ウェクスフォードに全幅の信頼を寄せ、その有能かつ熱意あふれる手腕にすべてを委ねているが、住人たちのことは離れていてもけっして忘れず、一人一人にそれを伝えようと努めている。

例えば、フィービ・ペンの幼い娘ミーガンには五歳の誕生日を祝うカードを書き、午餐の前に、母親と一緒に字を習いはじめたミーガンのためにプレゼントの本を買いに出かけた。また、かつて泥棒だったウィンフォード・ジョーンズという若者には、祝福のメッセージを書いた。鍛冶仕事を器用にこなせるようになったため、手伝いの男を探していたドーセットシャーの鍛冶屋で働けることになったのだ。また、ジョーンズ・ハインドとブリジットのカップルには結婚祝いのメッセージを書いた。この二人はエインズリーで挙式したのち、ブリジットの息子の幼いバーナードを連れてよそへ移ることになっている。七歳ですでに字が読めるようになったバーナードのためにも本を買ってある。それから、屋根裏の干し草置場から落ちて足首をくじいたロビー・アトキンソンには見舞状を書いた。また、ひどい鼻風邪をひいてまる二日ベッドから出られなかったという、前例のない災難にあった料理番には、快復を祈るメッセージを書いた。もっとも、料理番は不屈の意志を発揮して、ベッドから厨房へ指令を出していたのだが。

午後から天気が持ちなおしたため、コンは男性の仲間何人かと競馬場へ出かけ、夜はマーガレットの姑にあたるレディ・カーリングがカーゾン通りの屋敷で開いた夜会に出席した。こういう集まりにはヴァネッサとエリオットも出席するため、いやでも顔を合わせることになるが、レディ・カーリングが招待客のために複数の部屋を用意してくれていたので、おたがい別々の部屋に腰を据えて、相手の存在をうまく無視することができた。

ハンナからゆうべ、そろそろエリオットと話しあったほうがいい、不幸な一生を送らずにすむように、と言われたことを思いだした。自分からエリオットに声をかけ、いまこの場でじっくり話をしてこれまでの不和を解消してはどうかと提案したら、エリオットはどんな顔をするだろう。そんな想像をしただけで愉快になった。

だが、話すことは何もない。エリオットはコンを最低の男だと思いこんでいるし、そう思われてもコンは気にしていない。

ロバとラバ。

一枚のコインの表と裏。

それだけの単純なことだ。

ハンナは夜会に来ていなかった。

コンは〈ホワイツ〉にちょっと顔を出そうと思って早めに夜会を抜けたが、結局そのまま帰宅した。愛人ができると、男はそうなりがちだ——友人か睡眠かの選択を前にしたときは、睡眠を選ぶようになる。

翌朝、ダンバートン邸を訪ねた。レディたちはまだベッドのなかか、買物に出かけたあとかもしれないと心配したが、二人とも家にいた。間違いなく在宅かどうかを公爵家の執事が確認しに行き、そのあとで書斎へ案内してくれた。書斎とは意外だったが、開いた本を膝にのせた公爵夫人の姿がそこにあり、友人のミス・レヴンワースはデスクの前にすわっていた。たぶん、婚約者の牧師に手紙を書いているのだろう。

公爵夫人が本を閉じ、脇に置いてから立ちあがった。

「コンスタンティン」彼に近づいて片手を差しだした。

「公爵夫人」コンがその手の上に身をかがめると、珍しいことに、公爵夫人は彼が唇に手を持っていくのを許した。「ミス・レヴンワース」

ミス・レヴンワースはペンを置いてコンのほうを向いた。頬が不自然なピンクに染まった。

「ハクスタブルさま」硬い声で言った。

「ミス・レヴンワース、ぜひともわかっていただきたいのですが、キタリッジ邸の舞踏会でダンスを申しこんだのはあなたと踊りたかったからです。公爵夫人のご出身について不作法にも探ろうとしたのは、そのあとで思いついたことですが、まことに卑劣な振舞いでした。不快な思いをさせてしまったことを心からお詫びします」

「恐れ入ります、ハクスタブルさま。ご一緒に踊れて光栄でした」

「それから、故郷のマークルへ戻る前にロンドン塔を見たいと思っておられることも、公爵夫人が長いあいだロンドン塔へおいでになっていないことも、ぼくは忘れておりません。今日は天気もずいぶん回復しました。もうじき太陽が雲間から顔を出すに違いありません。午後からおつきあいいただけないでしょうか。よろしければ、そのあと〈ガンターの店〉で氷菓などいかがでしょう?」

「氷菓?」ミス・レヴンワースの目が丸くなった。「まあ、一度も食べたことがありませんけど、噂によると天国のような味だそうですね」

「では、あとでぜひ〈ガンターの店〉へ」コンは言って、公爵夫人のほうを見た。

彼女のことだから、午後は先約があると答えるに決まっている。

「十二時半までに支度をしておきますわ」公爵夫人はかわりにそう答えた。

たぶん、十二時四十五分までにという意味だろう。

「ならば、これ以上のお邪魔はご遠慮しましょう」コンは言った。「読書と手紙の続きをどうぞ」

そして、二人に向かって頭を下げると、あとは何も言わずに辞去した。

あの人は水色の木綿の地味なドレスを着ていた。瞳より少し明るい色だった――広場を大股であとにしながら、コンは思いかえした。宝石はなし。髪はうなじでシンプルなシニョンに結ってあった。

地味で飾り気なし。

胸がズキンと痛くなるほど可憐な姿だった。

それが本当の公爵夫人なのだ。

コンが十二時半きっかりにふたたびダンバートン邸の玄関に到着したとき、彼女はいつもの公爵夫人のイメージに戻っていた。今日は二輪馬車をやめて四輪馬車にした。三人で乗るならそのほうが楽だし、ロンドン塔まではけっこう距離がある。

レディ二人はすでに身支度をすませていた。一緒に出かけるのが公爵夫人だけなら、例によって待たされたのだろうが、今日は待たされずにすみ、ミス・レヴンワースの顔は熱い期待に輝いていた。ダンバートン公爵夫人がこの友人を大切にしていることを、コンはあらためて感じた。

ロンドン塔には見るべきものがたくさんあった。だが、古い地下牢や、拷問室や、処刑場や、処刑具は、どちらの女性も見たがらなかった。館内の展示を楽しんでくるよう衛兵に言われたとき、公爵夫人は心から恐ろしそうに身を震わせたほどだった。

かわりに三人は動物園を訪れ、珍しい野生動物を見物してゆっくり時間を過ごした。とくに目を惹いたのがライオンだった。

「なんて立派なのかしら」ミス・レヴンワースが言った。「ジャングルの王者と言われるのも納得ね。そう思わない、ハンナ？」

しかし、公爵夫人はそう単純に喜びはしなかった。

「でも、どこにジャングルがあるの？　かわいそうに。檻に閉じこめられて、どうやって王者になれるというの？　弱いウサギか、亀か、モグラになって、自由に生きたほうが幸せだわ」

「でも、餌には不自由しないわ」ミス・レヴンワースが言った。「苛酷な環境から保護されてるし。それに、みんなの称賛の的なのよ」

「それもそうね」公爵夫人は言った。「称賛を浴びれば、ライオンも檻に入れられた恨みを忘れられるかもしれない」

「わたしは見てよかったと思ってるわ」ミス・レヴンワースは友の皮肉に影響されることなく、きっぱりと言った。「これまでは、本で読むか、絵で見るしかなかったのよ。しかも、本には臭いのことなんか出ていない。そうでしょ？　すごい臭いだわ！」

「クラウン・ジュエルを見に行きましょうか」コンは提案した。

ミス・レヴンワースは宝石にすっかり魅了された。そのとき、なんという偶然か、婚約者の親戚にあたる夫妻が子供たちを連れてやってきた。驚きの叫びと歓声が上がり、抱擁が交わされ、ミス・レヴンワースがニューカム夫妻と子供のパメラとピーターをコンに紹介した。

ハンナのほうは二日前の朝、夫妻がキュー・ガーデンズへ出かけるためにミス・レヴンワースを迎えに来たとき、すでに顔を合わせている。

「新鮮な空気が吸いたくなったわ」数分してから、公爵夫人が言った。「コンスタンティンと一緒にホワイト・タワーの屋上に上がってくるわね、バーバラ。あなたは高いところが苦手でしょ。いまなら安心してあなたを置いていけるわ。すぐ戻ってくるから」

「バーバラにはわたしたちがついていますから、心ゆくまで景色を楽しんでらしてください、公爵夫人」ニューカム夫人が言ってくれた。「どうぞごゆっくり。わたしたちはこのあと、地下牢を見学するだけですから。子供たちがどうしても見たいと言うんです。お急ぎになる必要はありませんよ」

公爵夫人がコンの腕をとり、二人でホワイト・タワーの屋上にのぼった。四隅の小塔を別にすれば、ロンドン塔のなかでいちばん高い場所だ。

「今夜は？」のぼる途中でコンは訊いた。

「ええ。ぜひ。夕方からセント・ジェームズ宮殿の晩餐会とレセプションに出ることになってるけど。きっと死ぬほど退屈だわ。でも、王室からお招きを受けたら、都合が悪いので欠席したいなんて返事はできないでしょ。いくらダンバートン公爵夫人でも。バーバラはパークご夫妻と食事の約束なの。十一時に迎えの馬車をお願いね」

胸壁がめぐらされたロンドン塔の屋上に出ると、雲がすっかり消えて、青空と日射しに変わっていた。

公爵夫人は日傘を開いてさした。今日はボンネットをかぶっていて、顎の下でリボンをしっかり結んでいる。そのほうがいい。高い屋上はかなり風がある。

二人は胸壁に沿って歩きながら、ロンドンの街の景色やその彼方に広がる田園風景を眺め、やがてテムズ川に面した場所で足を止めた。

公爵夫人が日傘をうしろへ傾け、空のほうへ顔を向けた。ロンドン塔の名物になっているワタリガラスが一羽、羽ばたきをしていた。

「空を飛べたらすてきだろうって思ったことはない？　広い空と風のなかにたった一人」

「人間がいまだ体験したことのない世界？」コンは言った。「鳥の視点から世界を見るのは興味深い体験だろうな。もちろん、飛行船というものがあるけどね」

「でも、飛行船でもやっぱり束縛された状態だわ。わたしは翼がほしい。いえ、気にしないで。この屋上でも充分に高いから。すてきな場所だと思わない？」

コンは公爵夫人のほうを向いて微笑した。彼女の口からこんな無防備な熱っぽい言葉が出るのはめったにないことだ。また、これほど生き生きと輝く顔を見るのも。彼女はいま、手すりに腕をかけて川のほうを眺めていた。日傘は壁に立てかけてあった。

「それとも、船に乗って遠い異国へ出かけていくほうがいいかしら。エジプト、インド、中国。そういう憧れを持ったことはない？」

「自分自身から逃げだすために？」

「ううん、自分自身からじゃない。自分と一緒に。どこへ行こうと、自分を置き去りにすることはできないわ。公爵と結婚して最初に教わったことの一つがそれだった。少女時代の自分から逃げることはできないって、公爵が教えてくれたの。わたしにできるのは、その少女を大人に成長させ、自分が幸せでいられる外見と心を作りあげることだけだった」

なのに、公爵夫人はその少女時代から逃げているように見える。故郷に戻ろうとしないし、ダンバートン公爵との結婚で縁を切った人々にはもう会おうとしない。

「若かったころは、ぼくも海に出ようかとちらっと考えたことがある」コンは言った。「だが、何カ月も、もしかしたら、何年も戻ってこられなくなる。そんなに長くジョンを放っておくことはできなかった」

「あなたが憎んでいた弟さん？」

「いや、それは――」コンは言いかけた。

「そうよね。憎んでいなかったことはわかってる。あなたは弟さんをこの世の誰よりも深く愛していた。でも、憎んでもいた。弟さんの命をつなぎとめられなかったから」

コンも公爵夫人と並んで手すりに腕をかけた。薄っぺらい女だと思ったのはとんでもない間違いだった。どこでこんな鋭い洞察力を身につけたのだろう？

「いまでもよく、弟を見捨てたような気分になる。まる一日――ときには何日も――弟のことを考えないときもある。ぼくがときたまウォレン館へ出かけるのは、弟に会うためなんだ。庭園の小さなチャペルのそばに埋葬されている。安らぎに満ちた場所だ。ありがたいと思っている。そこへ行って弟に語りかけるんだ」

「そして、弟さんの話にも耳を傾けるの？」

「それはばかげている」

「そんなことないわ。語りかけるのもばかげたことじゃないでしょ」公爵夫人が指摘した。「弟さんはあなたの心のなかで生きているのよ、コンスタンティン。たとえ、弟さんのことを考えていないときでも。つねに心のなかにいるはずだわ。あなたの心のなかで善なる存在になっているのよ」

コンスタンティンは手すりから身を乗りだして下を眺め、それから川のほうへ視線を戻した。

「くだらない。ジョンの話題は避けてきたのに、なぜきみにこんな話をしてるんだろう？」

「ジョンは知ってたの？　エインズリーのことを」

なんなんだ、この女は？　エインズリーのことだって、誰にも話したことはなかったのに……。コンは深いため息をついた。

「知っていた。そもそも、ジョンの思いつきだったんだ。いや、ギャンブルのことではなく、行くあてのない女性や子供のために安全な住まいを購入しようというのが。そんな場所があれば、雑用をこなしながら将来に備えて手に職をつけることができる。ジョンはその思いつきに興奮して、ときには夜も眠れなくなることがあった。それが実現するのを自分の目で見届けたいと願っていた。だが、具体的な成果が出ないうちに、この世を去ってしまった」

コンがふと気づくと、手すりにのせた彼の手に公爵夫人が手を重ねていた。しかも手袋をはずしていた。

「死ぬときに苦しみはしなかった？」

「眠りに落ちて、それきり目をさまさなかった。十六歳の誕生日を迎えた夜だった。二人で二時間ほどかくれんぼをして遊んだ。笑いすぎたせいで、ジョンの心臓が弱ったのかもしれない。寝る時間になってぼくがロウソクを吹き消したとき、あの子はこの広い世界の誰よりもぼくを愛していると言った。〝永遠に愛してる。アーメン〟と言ってくれた。いつも冗談半分に〝アーメン〟をくっつけて、おもしろがっていた子だった。そして、〝永遠に〟は数時間で終わってしまった」

「いいえ。永遠はずっと続いていくのよ。公爵がわたしを愛してくれたように、弟さんもあなたを永遠に愛していくわ。その人が亡くなっても、愛が消えることはない。残された者がどれだけ悲しもうとも」

なぜこんな話になってしまったんだ？　コンは不思議に思った。だが、人目のある場所にいて助かった。もっとも、胸壁のところにいるのは自分たち二人だけのようだが。これがどこか人目のない場所だったら、きっと彼女に抱きつき、肩にもたれて泣き崩れていただろう。考えただけで身がすくんだ。気恥ずかしくなったのは言うまでもない。

公爵夫人に目を向けた。向こうも見つめかえしていた。大きな目、にこりともせず、いつもの仮面はかぶっていない。

コンはその瞬間、彼女に好意を抱いた。

天地がひっくりかえるような出来事ではない。だが、彼にとってはそうだった。

ダンバートン公爵夫人と愛人関係になったとき、たぶんさまざまな感情が湧くだろうと予想していた。しかし、単純な〝好意〟は含まれていなかった。

彼女の手を自分の手で包みこんだ。

「ミス・レヴンワースと婚約者の親戚の人々はきっと、さまざまな話題を出し尽くしてしまったことだろう。そして、子供たちはクラウン・ジュエルのケースによじのぼろうとしているに違いない。救出に行ったほうがよさそうだ。そして、ミス・レヴンワースを〈ガンターの店〉へ案内して人生初の氷菓をご馳走してあげなくては」

「ええ」公爵夫人も同意した。「でも、お店まで行って、お休みだったりしたら困るわね。バーバラがきっとがっかりするわ。もちろん、口が裂けてもそんなことは言わないでしょうけど。〝気にしないで。氷菓が食べられなくても、この午後は最高に楽しかったわ〟って、明るい口調でわたしたちに言うはずよ。バーバラは聖女ですもの」

コンが腕を差しだすと、公爵夫人は手袋をもとどおりにはめ、大粒のダイヤの指輪を――模造かもしれないが――人差し指にはめて、日傘を手にした。

ハンナがコンスタンティンの家に着いたときは真夜中近くになっていた。わざと遅れる気はなかった。コンスタンティンを相手にゲームをするのはもうおしまい。自分でそう決めた。しかし、セント・ジェームズ宮殿に招かれたとなれば、十一時過ぎに愛人と会う約束ですので、などと言って早めに抜けるわけにはいかない。時計の針がその時刻にじわじわと近づいているときに、国王と二人だけで十分間も話しこんでいたとなればとくに。

コンスタンティンの家の玄関に錠は下りていなかった。馬車が玄関先で止まると、コンスタンティン本人がドアをあけた。召使いの姿はなかった。彼がみんなを下がらせたに違いない。ハンナは遅れた言い訳はしなかった。するつもりもなかった。コンスタンティンの首に腕をまわして唇を重ねただけだった。そのまま彼の手でベッドに運ばれた。

一時間近くたったとき、二人はまたコンスタンティンの居間で腰を下ろしていた。彼はシャツとズボン。ハンナは彼のガウン。二人のあいだの低いテーブルにお茶のトレイが置かれ、トレイにはほかに、パンとバターとチーズの皿ものっていた。

夜ごとに馴染んでいきそうだわ――ハンナは思った――愛の行為に溺れ、悦楽に浸ったあとで、こうして心地よいひとときを過ごすことに。

この人にもますます馴染んでいきそう。

来年のいまごろは、この人に新しい愛人ができ、わたしもたぶん新しい愛人を作っているだろう。もっとも、こんな経験をくりかえす気があるのかどうか、自分でもよくわからないけど。無意識にそんな思いが浮かんできた。ここに別の女性がすわるのだろう。たぶん、このガウンに身を包んで。そして、そこの椅子にはコンスタンティン。ちょっと眠そうな目で、髪は乱れていて、くつろいだ格好でその人を見つめるのだろう。

ハンナは顔を曇らせ――それから微笑した。

「陛下はエインズリー・パークのことを忘れてらっしゃらなかったわ。あなたのことも」

いだろうね？」

「えっ」コンスタンティンは眉をひそめた。「まさか、きみのほうから切りだしたんじゃな
「陛下はセント・ジェームズ宮殿がほんとにお嫌いみたいで、いろいろと不満を並べて、バッキンガム・ハウスをもっと豪華に改装して王家の住まいにできないものかとおっしゃったの。わたしはロンドン塔をお勧めして、ついでに、今日親友と一緒にロンドン塔見物に出かけて、あなたにエスコート役をお願いしたことを申しあげたのよ」

「陛下がロンドン塔の主《あるじ》か……。みんな、仰天するだろうな。陛下のことだから、反逆者の門をふたたび開いて、政敵すべてを地下牢へ送りこむだろう」

「そんなことをしたら、イングランドは空虚な国家になってしまうわ。政治をおこなう者が陛下のほかに誰もいなくなる。議会はコウモリと亡霊の住処になり、ロンドン塔は人であふれかえる」

その光景を想像して二人とも笑いだした。バターを塗ったパンとチーズを食べ、お茶を飲みおえたハンナは、ガウンの袖に手をすべりこませて自分の腕をしっかり抱いた。冬のあいだ、さまざまな夢と計画を心に描いてきたが、反逆者のことで冗談を言って二人で笑うことになろうとは想像もしなかった。

笑ったときのコンスタンティンはほんとにハンサム――眠そうな顔だととくに。

「で、ロンドン塔からエインズリーへどうやって話が飛んだんだい？」

「あなたの名前を出したら、陛下が考えこむ表情になり、そのあとで誰のことかを思いだし

たご様子だった。あなたがマートン伯爵になれなかったのを遺憾に思うっておっしゃったわ。もっとも、現在の伯爵のこともすごくお気に入りのようね。で、何か思いださなきゃいけないことがあったはずだとおっしゃって、記憶を奥深くまでたどり、エインズリー・パークという名前を出してらしたの。わたしからはひと言も申しあげてないのに。クリスマスプディングのなかからプラムの実を見つけだしたときみたいに、得意げなお顔だったわ。すばらしい男だとお褒めになり――あ、あなたのことよ、コンスタンティン――あなたの慈善事業に力を貸したい、あなた個人にも何か褒美をとらせたいと仰せだったわ」

コンスタンティンは首をふった。

「泥酔してたとか？」

「人前で大恥をかくような酔い方ではなかったわ。でも、わたしが見ているあいだだけでも、驚くほどの量をお飲みになったわね。その前もたぶん、同じぐらい飲んでらしたんじゃないかしら」

「では、陛下が――今回もまた、記憶をなくされることを期待しよう」

「話が終わると、陛下はよく太った野暮ったい年配のご婦人をご覧になって、たちまち目を輝かせ、あとはそちらを追うのに夢中で、わたしはすっかり忘れられてしまった。存在しないも同然だったわ。ひどい話でしょ、コンスタンティン」

「陛下の女性のお好みはいつも独特だからね。好意的な言い方をするなら。あまり好意的でない言い方に変えると、風変わりだ。率直に言うなら、奇々怪々だ。ほかの連中はきみの存在を無視したのかい？」

「するわけないでしょ。わたしはダンバートン公爵夫人ですもの」

「その意気だ、公爵夫人」コンの漆黒の目がハンナに笑いかけた。

ハンナはひどく心を乱され、膝の力が抜けてしまった。微笑しているのは彼の目だけだった。だが、嘲笑されている気はしなかった。焦らされているのを感じた。彼の好意を感じた。

この人、わたしに好意を持ってくれてるの？

わたしもこの人に好意を持っているの？　好意。官能とは対照的な言葉。

「今日の午後、あなたがクラウン・ジュエルを盗みだしてバーバラに捧げたとしても、バーバラは、〈ガンターの店〉で氷菓をご馳走されたときの半分も喜ばなかったでしょうね」

「氷菓を気に入ってくれたみたいだね。きみ、相手の牧師に会ったことはある？　ミス・レヴンワースにふさわしい男なのかな」

「なんでも、バーバラにしか見せない特別の微笑があって、バーバラはそれにハートを射貫かれてしまったんですって」

二人は低いテーブルの両側から見つめあった。

「あなたは愛を信じる人？」ハンナは彼に訊いた。「そういう種類の愛を」

「信じる」コンスタンティンは答えた。「昔ならノーと答えていただろう。シニカルになるのは簡単だ。自分に正直であろうとすればシニカルになるしかないことを、人生が多くの証拠を通じて教えてくれている。だが、ぼくには四人のいとこがいて――正確にはまたいとこだが——四人は田舎で貧しく育ち、ジョンの死をきっかけに、いきなり貴族社会に入ることになった。ぼくは四人のことを、どうせ田舎者だから、野蛮で、礼儀知らずで、俗悪な連中だろうと思っていた。会う前から敵意を持っていた。とくに、新たなマートン伯爵となる若者に。だが、ぼくの予想は大きくはずれた。やがて、一人ずつ結婚していった。いずれも一歩間違えば悲劇になりかねない結婚だったが、いまでは傍から見ても、それぞれの結婚が愛に満ちたものになったことがよくわかる。四人ともそうなんだ。紛れもない事実で、すばらしいことだ」

「モアランド公爵と結婚した方も？」ハンナは訊いた。

「うん。ヴァネッサも。そうだね、ぼくは愛を信じている」

「でも、あなた自身のための愛は信じてないの？」

コンスタンティンは肩をすくめた。

「愛を見つけ、育てていくには、努力が必要なのだろうか」ハンナに訊いた。「あの四人の体験を見るかぎりでは、やはり必要だと思う。ぼくの場合、それだけの努力ができるかどうか自信がない。すべてが無駄にならないという保証がどこにある？　いつの日か、大きく花開いた愛がぼくのもとに届いたら、大喜びで受けとるだろう。だが、届かなくても不幸だとは思わない。いまの人生に満足しているから」

だが、そう言いつつも彼の表情に暗いものが潜んでいるように、ハンナには思われた。この人の心には、自分にふさわしい女性に捧げるための愛があふれている――そう思うと、なんだかせつなくなった。山や宇宙をも動かすことのできる愛。

「きみはどうなんだ、公爵夫人。娘時代に人を愛して、ひどく傷ついた。ダンバートン公爵を愛していたが、それは男女の愛ではなかった。ミス・レヴンワースが見つけたような愛をきみは信じているのかい？」

「十九歳のときは、たぶん、恋に恋してただけでしょうね。そして、その恋がどこまで深くなるかを――もしくは、浅いままなのかを――確かめる機会が持てなかった。人生で出会うことにはすべて意味がある。公爵がそう教えてくれたわ。わたしもそう信じている。コリンとドーンが一緒にいるところを見つけたのは、もしかしたら、わたしにとってとても幸いなことだったのかもしれない」

不思議なものだ。そんなふうに考えたことは一度もなかった。結婚後まで本当のことを知らずにいたとしたら？　わたしの人生はいまごろどうなっていただろう？　コリンがドーンに心を奪われていなかったら？　わたしはいまもコリンを愛していただろうか。コリンとの結婚生活に満足していただろうか。それは誰にもわからない。でも、コリンを失った痛みをいまはもう感じていない。たぶん、かなり前からその痛みは消えていたのだろう。裏切りと拒絶の痛みだけが残っていたのだろう。

「でも、バーバラの例を見なくても、真実の愛が存在することはわかったでしょうね。一生に一度の、魂を揺さぶる本物の愛。それに出会える人はごくわずかで、ほとんどの人は知らずに終わってしまう。公爵はそんな愛を知っていて、わたしに話してくれたわ」

「ダンバートンが過去の愛をきみの前で自慢したというのか。本当に過去のことになってたのかい？」

「わたしが公爵と出会って結婚したとき、公爵は一年間の喪に服していたの。身も世もなく嘆き悲しむ時期はもう過ぎていたでしょうね。でも、公爵の悲しみが癒えることはなかった。一瞬たりとも。愛は五十年以上も続き、その愛が公爵の人生を作ってくれたの。だから、わたしを愛することもできたんだわ」

コンスタンティンは腕組みをして、しばらくじっとハンナを見つめた。

「だが、公爵はその女とは結婚しなかったんだね。厳重に秘密を守っていたから、女がいるらしいという噂が貴族社会に届くこともなかったわけだ」

「男よ。公爵の秘書をしていた人。長年にわたってずっと秘書だったの。だから、いつも一緒にいて、同じ屋敷に住んでいても、人の噂になることはなかったの。でも、きっと屋敷のなかでも極秘にしてたんだわ。召使いたちでさえ、本当のことは知らなかったみたい。あるいは、公爵に忠誠を誓っていたから、自分たちの知っていることを屋敷の外で話すようなことはなかったのかしら。忠義者ぞろいだったもの。いまもそうよ」

「ダンバートンがそういったことをきみに話したのか」

「結婚する前にね。公爵はそのとき断言したわ——わたしと結婚するのは、わたしを実家から救いだし、どうすれば本物の公爵夫人になれるか、誇り高き自立した美女になれるかを残されたわずかな年月のなかで教えたいからで、それ以外の動機はいっさいない、と。結婚式に参列したとき、公爵はわたしから目を離すことができなかったんですって。〝好色な思いを抱いたからではなく、きみがまるで天使のようで、とうてい生身の人間とは思えなかったからだ。しかし、天使だったら、つまらない田舎者に失恋してめそめそするものではない〟――公爵はそう言ったわ。公爵の恋の話を聞かされたとき、わたしはショックで呆然としてしまった。そういうものが世の中にあることも知らなかった。でも、公爵の優しさを信じることにしたの。愚かだったかもしれない。きっとそうね。でも、ときには愚かなほうがいい場合もあるのよ。公爵はわたしと暮らすあいだに、生涯をかけて愛した人のことを心ゆくまで話してくれたわ。長年秘密にしてきただけに、ようやく話せてホッとしたんでしょうね。そして、わたしに約束してくれたの。いつかきっとそんな愛が見つかるって。わたしの場合は同性ではないでしょうけど」

「それで、公爵の言葉を信じたのかい？」

「その可能性を信じたの。大きな可能性ではないにしても。わたしの世界は技巧で成り立ってるわ。わたし自身も。いえ、とくにわたし自身が。公爵夫人らしい公爵夫人になり、難攻不落の砦になり、自分自身のハートの守護者になること。でも、砦がいつどんなふうに落とされるのか、わたしのハートがいつどんなふうに盗まれるのかは教えられないって、公爵は言ったわ。自然に起きることなんですって。いつかその日が訪れると約束してくれた。でも、そんな人が本当に現われると思う？」

ハンナは苦笑した。愛人を相手に、なんて奇妙な会話をしてるのかしら。立ちあがってテーブルのへりをまわった。

「だけど、永遠に起きないかもしれないことを黙って待つつもりはないわ。あなたを愛人にしたのはわたしが望んだこと。いえ、一年間の喪が明けたらすぐ実行しようと自分で決めたことなの。そして、わたしはこの春、あなたが差しだしてくれたものに充分満足してるわ」

「ロンドンに出てくる前からすでに決めていたのかい？」眉を上げて、コンスタンティンが訊いた。「ぼくを愛人にしようと」

「そうよ。光栄だと思わない？」

ハンナはガウンのサッシュベルトをほどいて前をはだけ、コンスタンティンがすわっている大きな革椅子にのぼって彼の膝にまたがり、うつむいて唇にキスをした。

「じゃ、ダンバートンから教わったのかい？」ハンナの肩からガウンをはずして脱がせ、床に落としながら、彼が訊いた。「自分のほしいものはかならず手に入れることを」

「ええ。そして、あなたを手に入れた」

ハンナは彼の目をじっと見つめ、輝くような笑みを浮かべた。

「操り人形を」コンスタンティンは言った。

「いいえ」ハンナは首をふった。「あなたもほしいと思ったはずよ。いまもほしがってる。正直におっしゃい」

「態度で示すだけじゃだめかな？」コンスタンティンが訊いた。その目にふたたび微笑が浮かんでいた。

「言うのよ」

「誘惑に弱いのかい、公爵夫人」唇のすぐそばでささやかれて、ハンナは思わず身を震わせた。「ほしい。とても。きみがほしい。とても」

コンスタンティンはウェストのボタンをはずしてズボンの前をあけ、ハンナのヒップをつかんで抱きあげると、自分の上に勢いよく下ろした。

ハンナにとって、彼のベッドでの交わりはつねに苦しいほどの快楽だった。今夜はそれがまた一段と強烈だった。椅子に膝を突き、彼の身体の左右に脚を広げ、彼のリズムに合わせて激しく腰を動かすと、身体の奥深くに彼の硬いものが感じられ、密着した部分が濡れた音を立て、浅黒い肌ときびしい表情をした彼の顔が見えた。椅子の背に頭を預け、目を閉じ、髪を乱している。

苦悶が限界に近づき、いつもなら彼がハンナをきつく抱いて欲望を解き放った瞬間に終わるはずのその苦悶が、今夜はさらに高まる一方で、ついに耐えきれなくなった。そのとき不意に苦悶が消え失せ、めくるめく輝きに変わった。言葉を探したとしても、とうてい表現できないような輝きだった。

言葉もなく叫ぶしかなかった。

彼の胸と肩に身をすり寄せて頭をもたせかけると、興奮の波が小刻みにひいていった。眠くてたまらなくなった。

コンスタンティンはハンナの興奮がひくまでしっかり抱きしめ、やがて身体を離してハンナを抱えあげると、ガウンで器用に彼女をくるんで寝室へ運んだ。キスをしてから、ハンナをベッドに下ろした。

「すごくよかったと言ってくれ」

「褒めてほしいの？」眠そうな声でハンナは言った。「よかったわよ。コンスタンティン、すごくよかった」

彼はクスッと笑った。

ハンナがベッドで丸くなり、ふたたびとろとろと眠りかけると、彼が寄り添い、自分たち二人を毛布で包みこんだ。

眠りに落ちる直前に、ハンナは宝石のことを思い浮かべた。

クラウン・ジュエル。バーバラのために盗んではどうかと彼に冗談を言った。

わたしの宝石。心からの願いを実現する資金を作りたくて売却した。

コンスタンティンのものではなかった宝石。彼はそれを現金に換えて、ギャンブルに注ぎこみ、エインズリー・パークを手に入れた。

誰の宝石だったの？　ジョナサンのもの？

なんのために売ったの？　ジョナサンの希望どおり、未婚の母と子供たちのためのホームを作るため？

ジョナサンとコンスタンティンもわたしと同じことをしようとしていたの？　売った宝石は一個じゃなくて、もしかしたら、もっとたくさん？

わたしとコンスタンティンにはそこまで共通点があったの？

偶然などというものはないのだよ。公爵から何度か聞かされた。わたしは心から信じる気にはなれなかった。

いつの日か、愛する人にめぐり合えるだろう。思いがけないときに。公爵はそう言った。そんな期待はしていなかった。期待するのが怖かった。

なんの脈絡もない事柄がいくつも心のなかに浮かんできて、整理しきれなくなった。

コンスタンティンの腕が伸びてきて抱き寄せられると同時に、ハンナは眠りに落ちた。

13

ダンバートン公爵夫人のいちばん新しい愛人はコンスタンティン・ハクスタブル氏だと、貴族社会の面々がとっくに結論を出していることは、ハンナにもよくわかっていた。たとえ事実でなくても、みんな、そう信じこんでいるだろう。これまでに登場した多くの男たちのときと同じように。じつは、男たちのほとんどがハンナもしくは公爵の友人に過ぎなかったのだが。また、公爵夫人が一週間か二週間で飽きてしまってコンスタンティンを捨て、ほかの誰かに乗り換えるだろう、と周囲から期待されていることもハンナにはわかっていた。

そんな噂は気にもならなかった。それどころか、十年間の結婚生活のあいだ、そういう噂が立つよう故意に仕向けてきた。そうやって繭のなかに身を潜め、本当の自分を育ててきたのだ。

貴族社会全体から敵意を持たれているとは思えなかった。たとえ相手が貴婦人たちであろうと。あちこちから招待を受け、ハンナのほうから招待すれば、ほぼ誰もが応じてくれる。社交の場に出たときは、自分が選んだグループの会話の輪に入ることができる。

だから、コープランド荘園で開くささやかなハウスパーティの招待状に拒絶の返事が来たときは愕然とした。まず、マートン伯爵夫妻から。つぎにモントフォード男爵夫妻から。そして、最後にシェリングフォード伯爵夫妻から。断わってこなかったのはモアランド公爵夫妻だけだが、それは最初から招待していないからだ。

偶然を信じるのは禁物だ。公爵がいつも言っていた。今回のことが偶然だなどと信じたら、わたしはよほど鈍い人間ということになる。

コンスタンティンはまたいとこたちが好きだと正直に言っていた。向こうもコンスタンティンに好意を持っているように見える。だから招待状を出したのだが、よく考えてみると、たとえ向こうが招待に応じてくれたとしても、いい思いつきではなかったかもしれない。いえ、招待に応じてくれたら、よけいまずかったかもしれない。コンスタンティンに求婚されているわけではないのだから。愛人に過ぎないのだから。

たぶん、そのせいで全員が断わってきたに違いない。みんなが額を寄せあってこんな招待は不作法だと言っている光景が、目に見えるようだった。いえ、わたしのことを不作法だと言っているかもしれない。わたしのせいでコンスタンティンが堕落することを心配しているのだろう。あるいは、彼が傷つくことを。あるいは、弄ばれることを。

最後の点かもしれない。

相手にどう思われようと気にしてはならない。ハンナはそう教えられてきた。自分にもそう言い聞かせてきた。もちろん、〝相手〟のなかに公爵は入っていない。十年間の結婚生活のなかで、公爵がハンナに向かって声を荒らげたことは一度もなかったが、眉をひそめたことは二、三度あり、ハンナはそのたびに世界の終わりが来たように感じたものだった。それから、ロンドンのダンバートン邸や田舎の領地にあるいくつかの屋敷で働く召使いも、〝相手〟のなかには入っていない。召使いというのはつねに、雇い主の本当の姿を知っているものだ。召使いには好かれたいとハンナは思っている。好かれている自信はあった。

なのに、いま――困ったことに――コンスタンティンと愛人関係になるまでは気にしたこともなかった三つの家族から拒絶されて、落胆している自分に気がついた。

なぜ落胆したのか、ハンナ自身にもわからなかった。その穴を埋めるために、ほかに招待する人を考えなくてはならないからだろうか。

「三度目の拒絶よ」ハンナは朝食の席で、シェリングフォード伯爵夫人からの手紙をかざしてみせた。「これでコープランドには誰も来てくれないことになったわ、バーバラ。すっかりのけ者にされてしまった。いつも白ばかり着てるのがいけないの？　変人だと思われてるの？」

バーバラがきょとんとして、自分の手紙から目を上げた。長い手紙だ。ニューカム牧師からに違いない。

「誰も来ないの？　でも、もう何人か承諾の返事をくださったんじゃなかった？」

「コンスタンティンの身内が誰も来てくれないの」ハンナは説明した。「とにかく、父方の身内は誰も。いちばん親しくしているように見えたのに。ところが、全員に断わられてしまった」

「がっかりね。じゃ、かわりの人を誰か招待する？　時間はまだあるでしょ？」

「コンスタンティンとわたしが愛人関係にあるから、コープランドに招待されるのがいやなのかしら」ハンナは手にした拒絶の返事を渋い顔で見ながら言った。「わたし、昔から愛人がいるって噂されてたけど——ほんとは違うのに——人から避けられたことはなかったわ。結婚していたときでも」

バーバラは自分の手紙を下に置き、ハンナの相手をすることにした。

「ショックだった？」

「ショックなんか受けないわ」ハンナは言った。それから、手紙を置いて、友に悲しげな笑みを向けた。「そうね、少しはショックかしら。みなさんに来てもらえるのを楽しみにしてたのに」

「どうして？　ハウスパーティに愛人を招くときに、どうしてその身内まで呼ぼうとするの？」

鋭い質問だ。ハンナ自身もついさっきまで自分にそう問いかけていた。

「ハネムーンに家族まで連れていくようなものかしら」

二人とも笑いだした。

「でも、もちろん、コンスタンティンもわたしもうんとお行儀よくするつもりよ」ハンナは言った。「でないと、大変なことになってしまう。あなたが目を光らせてるし、ほかにも立派なお客さまが何人もいるんですもの」

「じゃ、またいとこの方たちは、田舎で何日か楽しく過ごす機会を逃すわけね」バーバラはそう言いながら、彼女の手紙にふたたび手を伸ばした。「その人たちが損をするだけだわ」

「でも、来てほしかったの」ハンナは自分の声にかすかな苛立ちが出ていることに気づいたが、もう遅かった。しかも、使わないようにと公爵から注意されていた表現を使ってしまった。望んだのに手に入らなかったことを意味する表現を。

〝でもね、ほしいものがつねに手に入るとはかぎらないのよ〟――牧師からの愛の手紙に注意を戻す前にバーバラがそう言うだろうと、ハンナは予想していた。ところが、バーバラが口にしたのは別のことだった。

「ハンナ、いまのあなたは、新しい愛人を作った物憂げな貴婦人という雰囲気じゃないわね。まさに恋する女だわ」

「ええっ？」ハンナの声が裏返った。

「ちょっと変じゃないかしら」バーバラは言った。不意に、いかにも牧師の娘という感じになった。「愛人の親戚からの評判を気にするなんて」

「べつに気にしてなんか――」ハンナは言いかけて、そこで言葉を切った。「わたしは恋する女じゃないわ、バーバラ。ばかなこと言わないで。自分が恋をしてるものだから、わたしまでそうだと思うんでしょ？」

「あなた、さっき言ったわね。〝わたしは昔から愛人がいると噂されてた、ほんとは違うのに〟って。やっぱりそうだったのね。あなたに愛人だなんて、わたしはぜったい信じなかった。わたしの知ってるハンナは結婚の誓いを踏みにじることのできるような人じゃないもの。たとえ、その結婚生活が……ふつうではなかったにしても」

ハンナはため息をついた。「ええ、もちろん、噂には真実のかけらもなかったわ」

「じゃ、ハクスタブルさまが初めての男性なのね」バーバラは言った。質問ではなく、断定だった。「わたしが昔知ってたハンナや、いま知ってるハンナが、その事実を軽くあしらうとは思えない。それに、わたし、ロンドン塔や〈ガンターの店〉で二人が一緒にいる姿を見たのよ。あなたはハクスタブルさまに好意を抱いている」

「あら、当然だわ。好意ぐらい抱くわよ」ハンナは不機嫌な声で言った。いけない、機嫌の悪さを表に出したのはいつ以来だろう？　「愛人になった男性を嫌ったり、軽蔑したり、まったくの無関心でいたりなんて無理でしょ？」

でも、少なくとも無関心でいることはできるんじゃない？　そのつもりだった。そうでしょ？

「わたし、貴族階級の男性のことはほとんど知らないし、ハクスタブルさまに関してはそれこそ何も知らないけど、ロンドン塔へ案内してもらったとき、思ったよりずっといい人だという印象を受けたわ。あなたに好意を抱いているようにも見えた。よくわからないけどね。ただ、わたしはあなたのことが心配なの。結局は傷つくんじゃないか、辛い思いをするんじゃないかと思って」

「わたしは傷ついたりしないわ、バーバラ。辛い思いをすることもない」

「どちらのあなたも見たくない。でも、傷つきもせず、辛い思いもしないなんてことは、ぜったい信じたくない。ダンバートン公爵があなたと結婚し、愛してくれた意味を、あなたがまったく理解していないことになるもの」

ハンナはこの友に視線を据えた。不意に寒気を覚えた。怖くて身じろぎもできなかった。

「意味？」低いつぶやきになった。

「あなたが本来の自分に戻れるように」バーバラは言った。「そして、愛が——真実の愛が訪れたときに——それを受け入れられるように。公爵さまはあなたの美貌だけに目を奪われたんじゃないのよ。あなたのことを〝天使〟と呼んでらしたでしょ。あなたがドーンとコリンのことを知ったあの日、公爵さまはあなたの優しい人柄と、粉々にされてしまった喜びを目になさったんだわ。自分がどれほどすばらしい人間か、あなたはまだ気づいていない。公爵さまはそれを見抜いてらしたというのに」

突然バーバラの姿がぼやけて、ハンナは涙があふれてきたことに気づいた。急に立ちあがった。あわてて椅子をうしろへ押したため、椅子が倒れそうになった。

「出かけてくるわ」ハンナは言った。「シェリングフォード伯爵夫人に会いに行ってくる。一人で行きたいんだけど、かまわない？」

「きのうは手紙を書く暇がなくてね。父にも、母にも、サイモンにも。朝のうちに長い手紙を書くことにするわ。自分が利己的で冷たい人間のような気がしてきたの」

ハンナは小走りで部屋を出ていった。

シェリングフォード伯爵夫人に会いに行く？　なんのために？

トビアス・ペネソーンは愛称トビー、シェリングフォードの息子で今年八歳になる。世界地理に飽くなき興味を持っているので、コンはオクスフォード通りの店のウィンドーでトビーにぴったりの贈物を見つけた。もっとも、誕生日はずっと先のことだが。いやいや、関係ない。とにかく、大きな地球儀を買った。

そして、シェリングフォード家には子供が三人いるのに一人だけ贔屓《ひいき》するわけにはいかないと思い、三歳のサラには鮮やかな色の独楽《こま》を、一歳のアレグザンダーにはやたらと音の大きな木製のガラガラを買った。

贈物を持ってグローヴナー広場のクレイヴァーブルック侯爵邸を訪ねた。マーガレットとシェリングフォードがロンドンに出てきたときは、ここを住まいにしている。シェリーは侯爵の孫で、跡継ぎでもある。シェリーが留守だったため、コンは子供部屋でマーガレットと侯一緒に子供たちの相手をして、一時間ほど楽しく過ごした。ただ、ガラガラを買ってきたことを後悔しはじめた。サラがガラガラをすっかり気に入ってしまい、自分も含めた全員の鼓膜を破るのをこの午前中の遊びにしようと決めたのだ。一方、赤ん坊のアレグザンダーは独楽に夢中になった。ただし、誰かが独楽《こま》をまわすと、自然に止まる前に手でつかんで、愛らしい回転とブーンという音を止めてしまう。そして、独楽が止まるたびに不機嫌に泣きわめくのだった。

トビーは南極北極、等高線、緯線、経線はもちろんのこと、大陸、国、川、海、都市なども見つけだし、発見のたびに母親とコンおじさんを呼んで見せようとした。地球儀が拷問具に見えてきた。

これに比べれば、エインズリー・パークの温室でのお茶会ごっこなど静かなものだ。コンはそんなことを考えて苦笑した。自分が意外にも子供好きだったことに気づいた。

だが、考えてみれば、ジョンと何時間もかくれんぼをして遊んだではないか。あの永遠の子供と。

子供部屋にノックが響いて、騒音のなかで奇跡的にコンたちの耳に届き、それから従僕が姿を見せてダンバートン公爵夫人の来訪を告げた。レディ・シェリングフォードにお目にかかりたいとのことで、侯爵閣下のご指示により、すでに客間へお通しいたしました。

公爵夫人が？　ここに？

「まあ、どうしましょう」マーガレットが言った。「いつもなら、お祖父さまが来客をお通しになることはぜったいないのに。まあ、具合の悪いこと」

「具合が悪い？」コンが眉を上げたので、マーガレットは赤くなった。コンと目を合わせることができなかった。

「公爵夫人から、ケント州のお屋敷へ三泊でお招きを受けたんだけど、残念ながら伺えませんってお返事したの」

「理由は――？」ガラガラがすさまじい音を立て、サラが至福の表情になり、独楽がまたしても回転をやめたためにアレグザンダーが不満そうに泣きわめき、マダガスカル島を見に来るようトビーが興奮の叫びを上げるなかで、コンは尋ねた。

「子供たちを三日も放っておくわけにいかないでしょ」マーガレットはそう言いながら、独楽をふたたびまわしてやった。サラがガラガラを脇に置き、マダガスカル島を見に行った。

すると、招待を断わられた公爵夫人が自らこちらに出向いてきたわけか。やはり拒絶を受け入れることのできない性格だったのか。たしかに、断わられてひきさがるような人ではない。マーガレットを説得するつもりだろうか。ここにきたのはそのためなのか。

監視の目を光らせるトビーの前で、サラが地球儀をまわしていた。赤ん坊はおもちゃにできそうなものをほかに見つけて、家具につかまりながらよちよちそちらへ向かっていた。不機嫌だったことも、独楽のことも、すっかり忘れている。

「コンスタンティン」マーガレットはようやくコンと視線を合わせた。「わたしたちがあなたの人生を生きることはできないわ。その気もないし。でも、冷酷非情な……捕食動物みたいな女性との交際など認めませんと言うことはできるのよ」

コンは背中で手を組んだ。

「ずいぶんきびしい言葉だね」

「ええ」マーガレットは認めた。「そうよ」

「ぼくの記憶では、たしか、シェリーも同じようにきびしい批判を浴びていたはずだ。だが、あなたはそれには耳も貸さずにシェリーと交際を始めて婚約し、ついには結婚するに至った」

「それは事情が違うわ。いろいろ批判されてはいたけど、真相はそうじゃなかったんですもの」

「もしかしたら、ダンバートン公爵夫人の場合も同じで、批判は的はずれかもしれない」

「ちょっと、落ち着いて」

コンは冷静さを失いかけていた自分に気がついた。マーガレットから顔を背けた。赤ん坊がトビーの本をつかんでかじろうとしていた。コンはあわてて部屋を横切ると、本を救いだし、赤ん坊が泣きわめかないように肩車をした。

「そんなふうに思いこんでるのなら、よほど公爵夫人に夢中なのね」マーガレットは言った。

「みんながあなたのことを心配するのも当然だわ」

「みんな？　ほかの連中もコープランドに招待されてるのかい？」

「ネシーとエリオットは別にして、あとは全員」

「で、全員が招待を断わったというのか」

マーガレットにはふたたび視線をそらすだけのたしなみがあった。

「ええ」

アレックスがコンの髪をひっぱって楽しげに金切り声を上げた。

「では、言わせてもらおう」コンは赤ん坊の手から髪をはずし、積木の箱のそばに赤ん坊をすわらせながら言った。「モンティはイングランドでもっとも悪名高き放蕩者だった。ぼくが断言できる。古くからの知りあいだから。キャサリンがそのモンティと結婚した。シェリーのことはすでに言ったね。きみがシェリーと結婚した。カッサンドラは最初の夫を殺したという噂だった。斧で。ただし、パジェットの遺体に残っていたのは斧の傷ではなく銃創だったが。スティーヴンが彼女と結婚した。それなのに、きみたち全員、ダンバートン公爵夫人に関する噂をすべて信じているというのか。客観的な証拠は何もないのに」

「証拠がないってどうしてわかるの？」

「どこにもないからだ。公爵夫人はダンバートンを愛していた。ロマンティックな意味ではないとしても。夫が亡くなる日まで結婚の誓いに忠実だった。そして、一年間の喪に服するあいだ、未亡人にふさわしい日々を送った。ぼくは知ってるんだ、マーガレット。証拠もある」

怒りのあまり、コンは軽率な発言をしてしまった。

マーガレットは上唇を嚙んでいた。

「まあ、コンスタンティン。公爵夫人を本気で好きになったのね。みんながいちばん恐れていたことだわ。でも――公爵夫人の魔力のとりこにはなっていないって、自信を持って言える？」

コンは何も答えなかった。目をそらしもしなかった。

「証拠がある」

マーガレットは目を閉じた。目をあけたときには、彼女らしい表情に戻っていた。昔から長女として責任を負い、弟妹をほぼ独力で育てあげ、しかも立派に一人前にして、そののちに自分自身の幸せを手に入れた。

「客間へ行って公爵夫人にお目にかかったほうがよさそうね。お祖父さまの格好の餌食にされてるかもしれない。ああいう軽薄な人はお祖父さまを不愉快にさせるに決まってるもの。ねえ、それも誤解なの？　軽薄ではないと言うの？」

「あなた自身に判断してもらったほうがいいだろう」

マーガレットが呼鈴の紐をひくと、すぐさま乳母がやってきた。トビーがインドを見に来るようにと乳母にせがみ、サラがガラガラを乳母のほうへ向けて思いきりふりまわし、アレックスが積木と積木をぶつけて笑いころげた。

コンはマーガレットと一緒に子供部屋を出た。暇を告げようかとちらっと考えたが、イングランド全土でもっとも近づきがたく無愛想と言われ、しかも隠遁《いんとん》生活を続けている老貴族に公爵夫人がどのように立ち向かうのかを見てみたい誘惑には勝てなかった。

公爵夫人が餌食になっていないことを願った。しかし、どう考えても分が悪そうだ。


どうしてここに来てしまったの？　従僕の案内でクレイヴァーブルック邸に入りながら、ハンナは自分に問いかけた。彼女の名前を聞いて年老いた執事が現われ、従僕をどかせようと焦るあまり、その気の毒な従僕のみぞおちに危うく肘をぶつけそうになった。執事がハンナに向かってお辞儀をすると、なんと、ギーッという音が聞こえた。なんてこと。もう七十歳を超えてるでしょうに、その年でコルセットを着けてるなんて。どうしてここに来てしまったの？　へつらうため？　説明を求めるため？　考えなおしてくれるようレディ・シェリングフォードを説得するため？

長く待たされずにすんだ。みぞおちを肘で突かれる運命をかろうじて免れた従僕が、レディ・シェリングフォードが在宅かどうかを確認するために二階へ行くよう命じられ、その役目を敏捷《びんしょう》にこなした。姿を消したと思ったらすぐまた戻ってきて、公爵夫人を二階の客間へ案内してほしいと執事に耳打ちした。

ハンナは執事のあとから、亀の半分ぐらいと思われるスピードで階段をのぼった。

白いモスリンのドレス、白い短めの上着、白いボンネットで完全武装してきて正解だったと思った。耳と指には本物のダイヤが光っていた。自分自身を隠すための装いだった。だが、伯爵夫人を圧倒したければ、もっとシンプルで色彩のある服装をすべきだったかもしれない。

いえ、いまさらそんなことを考えても遅すぎる。

執事が何千もの人々に告げるかのような朗々たる声でおごそかに彼女の名前を告げた。客間に通されたハンナは、部屋のなかに一人しかいないことに気づいた。しかも、それはシェリングフォード伯爵夫人ではなかった。

「うん、うん、フォーブズ」暖炉のそばのウィングチェアにすわっている老紳士がいらだたしげに言った。「その女性が誰かはわかっておる。ビンドルから聞いた。どこにいるのだ？」

ハンナは伯爵夫人に立ち向かう覚悟で、いつもの有名な威厳を思いきりかき集めてここまでやってきた。しかし、老紳士の声を聞いたとたん威厳を捨て去り、小走りで部屋を横切ってクレイヴァーブルック侯爵の椅子の前に立った。手袋に包まれた両手を侯爵に差しだし、にこやかに微笑した。

「ここですわ。そして、侯爵さまはそこに。お久しぶりでございます」

クレイヴァーブルック侯爵は公爵の友人の一人だった。孫息子がひきおこした大スキャンダルのせいで、侯爵がこの屋敷に閉じこもり、外へ出ることも客を迎えることもしなくなり、世捨て人になってしまう前に、ハンナは何回か侯爵に会ったことがある。無愛想で気の短い人だったが、ハンナの前ではけっしてそんなことはなかった。ハンナと顔を合わせ、声をかけてくるときは、いつも目を輝かせていた。侯爵に気に入られていることを、ハンナはいつも感じていた。ハンナのほうも侯爵が好きだった。

侯爵は銀の握りのついた杖から手を離し、ハンナの手をとった。その指がねじ曲がって関節が腫れていることに、ハンナは気がついた。そっと侯爵の手を包んだが、きつく握らないよう気をつけた。指輪が侯爵の手に触れないようにした。

「ハンナ」侯爵が言った。「本当にあんたなんだね。ダンバートンのじいさんがどこかの辺鄙な田舎からさらってきて結婚したときの、まだ少女だったあんたより、いまのほうがさらに美しい。あの老いぼれめ。やつには求婚した女はそれまで一人もいなかったのに、よぼよぼのじいさんになったころ、あんたが現われた」

「運命というものがありますもの」

「ふむ」侯爵はハンナの手を軽く上下にふった。「あんたがダンバートンと結婚したのは、金が目当てだったんだろう？　やつめ、腐るほど金を持っておった」

「それに、公爵ですから、わたしは公爵夫人になることができますもの。それをお忘れにならないでね」

「ならば、わしのほうが先にあんたと出会ったとしても、とうてい勝ち目はなかったわけだ。わしはただの侯爵だからな」

「そして、たぶん、ダンバートン公爵ほどお金持ちではいらっしゃらないでしょうし」

ハンナは侯爵に笑みを向けた。侯爵の白髪は薄くなっていた。眉はふさふさしていた。眉間に深い縦じわが刻まれ、目は鋭い光を湛え、鼻は鳥のくちばしのよう。どこからどう見ても気むずかしい老人そのものだ。

「わたしは公爵を愛していました。いまもその死を悲しんでいます。祖父を持つとすれば、まさに公爵のような人が理想ですわ。でも、わたし、祖父はいませんし、幸運にも公爵に出会うことができたので結婚しましたの」

「ふむ」侯爵はふたたび言った。「そして、あいつをひきずりまわしたわけだ」

「ええ、さんざん」ハンナはうなずいた。「ただ、七十八歳のお誕生日のあとは、ひきずりまわせなくなってしまいました。つまらないでしょ。でも、毎日、何かしら笑いの種を見つけてましたのよ。笑いはお薬より健康にいいんですもの」

「ふむ。だが、結局は死んでしまった」

「噂によると、侯爵さまにとっては、お孫さんの奥さまがお薬のかわりだそうですね。わがままを許してくれない人で、侯爵さまのお気に入りだとか。それに、侯爵さまは曾孫の方たちを溺愛してらっしゃるという噂だし。社交シーズンのあいだは、みなさん、ここにお住まいなんでしょう？ それのどこが隠遁生活ですの？ わたしに言わせれば、詐欺のようなものだわ」

「ダンバートンと結婚したばかりのころは、おどおどしていたくせに、ハンナ。いつからそう生意気になったんだね？」

「公爵と結婚したあとで。侯爵さまのような方々はライオンのふりをする子猫に過ぎないって、公爵が教えてくれましたの」

侯爵が爆笑し、彼を見つめるハンナの目がきらめいた。

「若いころのダンバートンは悪魔のように魅力的な男だった。やつの逸話を聞いたことがあるかね？ 子猫とは無縁の話だ。ウォルシュという男がいて、亡くなってもうずいぶんになるが、そいつがある朝、〈ホワイツ〉の読書室の真ん中でダンバートンの顔に手袋を叩きつけ、決闘を申しこんだんだ。妻を寝とられたと言ってな。二人はヒースが茂るどこかの荒野で対決した。正確な場所は思いだせんが。年をとると記憶があいまいになるものだ。だが、わしもその場にいたのはたしかだ。ウォルシュの手は嵐に翻弄される木の葉のように震え、弾丸は大きくそれてしまった。ダンバートンは正確に狙いをつけていて、その手は岩のごとく不動だった。ところが、最後の瞬間に肘を曲げ、虚空に向かって発砲した。その鮮やかな手並みを見なかったら、誰もが大いに落胆していたことだろう。ウォルシュは情けないことに、その後三年ぐらい田舎にひきこもったままだった。ダンバートンの拳銃で肩を撃たれるか、耳たぶにかすり傷を負うかしたほうが、幸せだっただろう。ダンバートンにはそれもできたはずだ。百発百中の男だったから」

「優しすぎて、人を撃つことができなかったのね」

「優しい？」侯爵の口調が熱を帯びた。「やつがやったのは、誰にもまねのできない残酷なことだったのだよ、ハンナ。ウォルシュへの軽蔑を示したのだ。侮辱したのだ。ウォルシュを草の上に横たえて気付け薬を嗅がせるよう、医者に勧めさえした。また、レディ・ウォルシュを弄んだのはジャックマンで、ダンバートンではないことぐらい、誰もが知っていた。その当のウォルシュも知っていたはずだが、ジャックマンはひょろひょろの小男だったから、そいつの顔に手袋を叩きつけたりしたら、みんなの笑いものになってしまう。そこで、ある晩、ダンバートンが自分の妻と踊ったのをいいことに、翌朝〈ホワイツ〉で決闘を申しこんだというわけだ。死の願望があったのかもしれん。もしくは、脳みそのかわりに石が詰まっていたとか。たぶん、後者だろう」

ハンナは侯爵に向けた笑みを絶やさなかった。

「ああ、なつかしい日々だ」侯爵はため息をついた。「ダンバートンは男のなかの男。惚れ惚れするような男だった。娘はみな、やつに夢中になった。なにしろ公爵という身分だし、とんでもない金持ちだからな。だが、それだけが理由ではない。なのに、やつは娘たちに目もくれなかった。あのころのダンバートンをあんたにも見せてやりたかったな」

「でも、そのころ、うちの父と母はまだ出会ってもいませんでしたわ」

侯爵はふたたび爆笑した。

「だが、結局、あんたはダンバートンをつかまえた。そして手なずけた。やつはあんたに夢中だった」

「ええ」ハンナはうなずいた。「そうでしたわ。ところで、八十歳を過ぎた方は昔の決闘の場所だけじゃなくて、礼儀作法もお忘れになってしまうのかしら。椅子とお茶を勧めてはいただけませんの？」

侯爵はふたたびハンナの手を軽く上下にふった。

「好きな椅子にすわってくれ。だが、お茶がほしいなら、まず呼鈴の紐をひっぱってもらわねばならん。わしが立ちあがって紐をひくのを待っていたら、たぶん、午餐の時間になってしまうだろう」

「お茶を運んでくるよう、すでに命じてありますわ、お祖父さま」ドアのところで声がして、レディ・シェリングフォードが入ってきた。

そのうしろにコンスタンティンが立っていた。二人がいつからそこにいたのか、ハンナにはまったくわからなかった。ソファに腰を下ろした。

「お待たせして失礼いたしました、公爵夫人」レディ・シェリングフォードがハンナに向かって言った。「子供部屋で子供たちを遊ばせていたものですから」

「そのお子さんたちのことで、こうしてお邪魔いたしましたの」ハンナは言った。「数日前にお送りした招待状に、お子さま方もご一緒にどうぞ、と書き添えるのを忘れたような気がしたものですから。お招きした方すべてにそうしていただこうと思っております。たとえわずか三日でも、親と子を離れ離れにさせては申しわけありませんもの。コープランドの上の階にはロング・ギャラリーがあります。雨の日はきっと、子供たちの遊び場にできるでしょう。それから、雨の降らない日は、起伏に富んだ庭園や森や川が子供の楽園になってくれます。近隣のご家庭にもお子さんがいますから、コープランドに子供たちがやってくれば、一緒になって大喜びで遊ぶでしょう。じつは、あちらに滞在中に子供のためのパーティを開こうと思い、計画を立てるのに忙しくしておりますの。きっと楽しいパーティになるでしょう。考えなおしてくださいとお願いするつもりはありません。どうしても変更できないご予定がおありでしょうから。でも、もしお子さまたちのことがご心配だったのなら、もう一度お考えになってはいかがでしょう？」

「コープランド……」侯爵が言った。「わしの記憶にはないが、ハンナ」

「ケント州にありますの。公爵がわたしのために買ってくれました。自分が亡くなったあとも、わたしが住むところに困らないようにと」

「ご親切にありがとうございます」レディ・シェリングフォードが言った。「夫に相談してもよろしいかしら」

「ついでに、キャサリンとモンティ、スティーヴンとカッサンドラにも」コンスタンティンが部屋に入ってきて言った。ハンナから少し離れた椅子にすわった。「さっき言ってただろ、マーガレット、みんな、子供たちを置いていくのをためらってるって」

「相談してみるわ」お茶のトレイが運ばれてきたところで、レディ・シェリングフォードは言った。「コンスタンティンのことはご存じでいらっしゃいますわね、お祖父さま」

「ハクスタブル？　マートンの孫かね？　わしはきみのお祖父さんとつきあいがあった。立派な男だった。もっとも、その息子にはあまりいい印象を持っておらんのだが。あ、きみの父上のことだ。父上には似ていないようだな。いいことだ。きっと母上に似たのだろう。たしか、ギリシャの人ではなかったかね？　大使の令嬢だったのでは？」

「はい、そうです」コンスタンティンは言った。

「ギリシャは若いころに行ったことがある」侯爵は言った。「それから、イタリアへも、その他さまざまな国へも。戦争ですべてがだめになる前は、若いうちにそういう国々へ出かけるのが一般的だった。いわゆる、大旅行《グランド・ツアー》というやつだ。パンテオンがよかったなあ。あとは、青い大海原のほかは何も覚えていない。ああ、もちろん、ワインがあった。それから女も。だが、レディたちの前だから、そういう話題は控えるとしよう」

三人はそれから三十分ほど和やかに歓談し、やがて、ハンナが立ちあがって暇を告げた。

「ぜひまた遊びに来てくれ、ハンナ」侯爵が言った。「あんたの愛らしい顔を見ると、わしの心臓が元気になる。あのばかな老いぼれ執事に、わしは留守だなどと言わせるようなことは二度とないからな」

「執事がそんな愚かなことをしようとしたら」ハンナは侯爵の片方の手を自分の両手で包みながら言った。「わたしの手で執事を押しのけて階段を駆けあがり、侯爵さまのお部屋に飛びこむことにします。で、侯爵さまはわたしが帰ったあとで、心ゆくまで執事を叱りつけ、解雇すると脅してやってくださいませ」

「それがなあ、どうしても出ていこうとせんのだ。充分すぎる年金に住まいまでつけて、引退を勧めているのだが。ダンカンも勧めている。マーガレットも勧めている。だが、解雇しようとするだけ無駄だ。ぜったいやめようとせん」

「お祖父さまのお世話をして、このお屋敷を賊から守るのが、あの執事の生き甲斐ですのよ」レディ・シェリングフォードが言った。「公爵夫人、わざわざお出ましいただいたことにお礼を申しあげます。明朝までにお返事を差しあげるということでよろしいでしょうか。全員からお返事をいたします」

ハンナは老侯爵の椅子のほうへ身をかがめて頬にキスをし、それから身体を起こして侯爵の手を離した。

「ありがとうございます」レディ・シェリングフォードに言った。

「よろしければ、お宅までお送りしましょう、公爵夫人」コンスタンティンが言った。「もっとも、今日は馬車ではないのですが」

なんの用でここに？　伯爵夫人は子供部屋で子供たちを遊ばせていたという。この人もそこにいたの？　子供たちと一緒に？

「ありがとうございます。わたしも馬車じゃありませんのよ」ハンナはそう言うと、コンスタンティンよりも先に部屋を出ていった。

二人で外の歩道に出てから、彼の腕をとり、しばらくは無言で歩きつづけた。なんて奇妙な朝かしら。なぜ出かけてきたのか、いまもよくわからない。でも、クレイヴァーブルック侯爵に再会できたのは感激だった。公爵と同じ時代を生きた人だもの。

「侯爵さまから伺ったんだけど、ずっと昔、公爵が決闘を申しこまれたんですって。ほかの人の奥さんを寝とったと非難されたらしいの。笑えるでしょ？　侯爵さまがおっしゃるには、そのころの公爵は悪魔のように魅力的だったそうよ」

「だが、きみが手なずけてしまった。前にそう言ったね」

「それも笑えるわ。わたし、あなたを愛人にしようと決めたときに、自分に言い聞かせたの。あの悪魔を手なずけてやろうって。前にも手なずけたことがあったなんて気づかなかった。ほかの悪魔を」

ハンナは笑った。

「で、ぼくを手なずけることにも成功した？」

「それがね、とても腹立たしいことに、よくよく調べたら、あなたは悪魔じゃなかったの。悪魔でもない人を手なずけることはできないわ」

ハンナは彼のほうを向いて微笑した。

「がっかりさせたかな？」コンスタンティンが訊いた。

がっかり？　この人がわたしの思っていたとおり、冷酷で危険で官能的な悪魔だったなら、人生はどんなに楽だっただろう。計画どおり楽々と運んだだろうに。この人と機知を競いあい、この人を征服し、楽しむことに挑戦できただろう。そして、夏が来たときにこの人を捨て、忘れ去ってしまうのは、この世でいちばん簡単なことだっただろう。

でも、わたし、がっかりしてる？　それとも、別のことに挑戦しようとしてる？　やはりこの人を征服しようという挑戦。そして、自分自身と、自分で築きあげた人格を征服しようという挑戦。

自分が誰なのか、ハンナにはもうわからなくなっていた。少女のころの自分ではない。それだけはたしかだ。少女の自分はとうの昔に消えた。しかし、自分で築きあげた公爵夫人という存在でもない。公爵夫人として一人で人生を歩んでいくことはもうできない。

本当のハンナは公爵夫人ほど強い性格ではない。自分の運命や、成功するためにとるべき道を、公爵夫人のように確信してはいない。公爵が教えてくれたのは、自分自身を好きになること、自分の人生に責任を持つこと、どこまでもついてまわるひどい嫉妬とゴシップをさらりと受け流すこと、そして……。

そして、自分の人生の核となる相手が現われるのを待つこと。

コンスタンティンがその人なの？

ハンナは困惑を覚えて、その思いから目を背けた。十一年たってもまだ、自分を守るのは下手なままらしい。

でも、この人は悪魔じゃなかったのよ。

頭のなかで何かが激しく渦巻いているように感じた。

「イエスという意味かい？」コンスタンティンが返事を催促した。

がっかりしたかどうかを尋ねられたのだった。

「ううん、ちっとも。イングランド中で最高の愛人を見つけてみせるって自分に約束したの。どうやら、思いどおりの相手が見つかったようよ。とにかく、このシーズンはね」

「その意気だ、公爵夫人」笑みを含んだコンスタンティンの目がふたたびハンナに向いた。落ち着いた表情のままだ。嘲っているのではない。そこに浮かんでいるのは……。

愛情？

そうかしら。

でも……愛情？

またもや頭のなかが渦巻いた。

「ところで」コンスタンティンが訊いた。「コープランドで子供のパーティをするって、どういうことだい？」

そうそう、それがあった。完全にその場の思いつきだったけど、こうなったら実現させるしかない。

わたし、衝動的な発言はけっしてしない人間だったのに。その場の思いつきで行動するなんてぜったいなかったのに。

でも、シェリングフォード伯爵夫人を訪ねたのはその場の思いつきだった。
コープランドで子供のパーティを開くことも。
コンスタンティンが優しく笑った。
「公爵夫人、いまのその顔をきみに見せてあげたいよ」
「最高のパーティにしてみせるわ」ハンナは横柄な口調で言った。
コンスタンティンはまたしても笑った。

14

ハンナは招待客の到着予定日の三日前に、バーバラとともにコープランドへ旅立った。もっとも、コープランドでは誰も二人を必要としていなかったが。驚くほど有能な家政婦がいて、召使いたちをきちんと管理し、屋敷内のことをとりしきっている。人好きのする性格で、召使い全員から慕われている。

ハンナは自分が召使いたちの邪魔をしていることや、彼らを苛立たせている可能性もあることを充分に承知しつつ、三日のあいだ、邸内を落ち着きなくうろつきまわった。ハウスパーティの準備を大至急進めなくてはならないという重圧のもとでも、屋敷ではすべてが円滑に進められ、ハンナが必要とされていないことを知るのは、少しばかり癪にさわることだった。自分も膝を突いて床磨きができれば幸せなのに——ときどき、そう思った。

ダンバートン公爵夫人が神経をぴりぴりさせていることを貴族社会の面々が知ったら。みんな、どれほど驚き、愉快に思うことだろう。

そして、どれほど興奮することだろう。

公爵がハンナのためにコープランドを購入したのは、ずいぶん老齢になってからだった。

二人でときたまここに来て、何日か過ごしたものだ。近隣の人々をお茶に招いたこともあった。ハンナは喪に服していたあいだも何回か人々を招いたが、ひんぱんではなかったし、派手にやることもなかった。悲しみに沈んでいたため、孤独のなかにいるほうが楽だった。

今回がコープランドで開く初めてのハウスパーティになる。何から何まで完璧にしたかった。

にこやかで冷静なバーバラの態度がハンナには羨ましかった。そして、少々いらだたしかった。バーバラはハンナと一緒に戸外を散策し、雨になった三日目は邸内を歩きまわった。招待客が到着する日の前日だ。バーバラはそのあと、何時間も腰を下ろして刺繡をしたり、本を読んだり、手紙を書いたりした。

「明日も雨だったらどうしよう？」この日、ギャラリーをゆっくり歩いていたときに、ハンナは言った。両端の窓を雨が叩いていた。

「馬車を降りたみなさんが大急ぎで玄関に駆けこんでくるでしょうね」バーバラはきわめて常識的な返事をした。「大雨で道路が通れなくなるようなことはないと思うわ」

「でも、わたし、コープランドの最高の姿を見てもらいたいの」

「だったら、到着の翌日に太陽が顔を出せば、誰もが大感激よ。もしくは、その翌日に」

「毎日雨だったら？」

バーバラは向きを変えてハンナをしげしげと見つめ、ハンナの腕に手を通した。

「ハンナ、コープランドはどんなときでも美しいのよ。そして、あなたも、どんなときでも美しい。あでやかで、魅力的で、ウィットに富んでいる。これまでも数えきれないぐらいハウスパーティを開いてきたでしょ」

「でも、ここで開くのは初めてなの。しかも、子供たちも一緒だなんて、どうすればいいの？　子供を招いた経験がないのに」

「みんな、大はしゃぎだと思うわ。それに、子供のことは、最終的には親の責任よ。あなたの責任じゃないのよ」

「でも、パーティが」ハンナはいまにもべそをかきそうだった。「子供のパーティなんて、一度も開いたことがないのよ」

「あら、わたしたち、子供のころによく出てたじゃない」すでに何回か言ったことだが、バーバラはあらためてハンナに言って聞かせた。「それに、父が牧師だったころ、母の都合がつかなかったりすると、このわたしが子供のパーティを主催したこともよくあったわ。今回はあなたのほうで充分すぎるぐらい遊びを用意したんだから、一分一秒に至るまで楽しんでもらえるわよ」

「頭のなかがぐちゃぐちゃなの」ハンナは言った。

バーバラは窓辺のベンチへハンナを連れていき、二人で腰を下ろして、ハンナの手をとった。

「その不安そうな顔を見てると気の毒になるけど、ハンナ、不思議なことに、うれしい気もするわ。だって、わたしの目の前で、あなたが理想の姿に変わりつつあるんですもの。わたしがロンドンに来て以来、あなたの頰がバラ色になり、目がきらめき、表情が生き生きしはじめている。あなたがもてなそうとしているのは少数の選ばれた名門貴族ではなく、いくつもの家族で、みんなに楽しんでもらい、幸せな時間を過ごしてもらうために心を砕いている。それに、わたしが思うに――」

ハンナは眉を上げた。

バーバラはため息をついた。

「こんなこと、言っちゃいけないけど……。あなたを困惑させそうだから。自分でも言いたいのかどうかわからない。あなたは恋に落ちようとしてるのよ。もしくは、すでに落ちてしまったか」

ハンナは手をひっこめた。

「やめてよ！」そっけなく言った。「あら、見て。ここにすわってるあいだに、雨がやんだわ。ほら、雲を透かして太陽の明るい輪が見える。明日はきっと太陽が輝いて、雨に洗われた草と木々と花が鮮やかなみずみずしい姿を見せてくれるわ」

ハンナは立ちあがって窓辺に行った。

バーバラに指摘された自分の変化を一笑に付すつもりだったが、そこでふと思った。公爵は最初から、わたしがこの瞬間を迎えてヴェールを脱ぎ、本当の自分を見せるときを待っていたのだ。そして、本当の自分になるときを。

ようやく、公爵が望んだとおりの人間になる勇気が湧いてきた。まだ不安はあるし、自分に自信が持てないが、公爵夫人という仮面の奥でわが身を守るのはやめて、人生と向かいあい、楽しもうという心構えと熱意が持てるようになった。ようやく、自分で選んだ人間になりつつあるのだ。

「バーバラ、明日は何を着ればいいかしら。どんな色がいいと思う？　白？　それとも、もっと……華やかな色？」

どうして尋ねたりするの？　自分で決めなきゃいけないことなのに。この三日間、いえ、もっと前から心のなかで議論していたことなのに。まるで、わたしが正しい決断をすることに世界情勢がかかってでもいるみたい。

ハンナは笑った。

「ううん、返事はいらない。自分で決めるから。あなたは何を着るの？　新調のドレスのどれか？」

「そちらはまずサイモンに見てもらいたいけど……」バーバラはせつない表情で言った。

「やっぱり、着たほうがいいわね。名門のお客さまがたくさんいらっしゃるんですもの」

「いいえ、牧師さまに最初に見せるべきだわ」ハンナは愛情に満ちた視線を友に向けた。

「ほかにもすてきなドレスがたくさんあるじゃない」

さっきのバーバラの言葉は忘れることにしよう、とハンナは決めた。何も考えないようにしよう。

しかし、彼の顔を最後に見てから三日三晩たっていた。すべての客のために完璧に準備しておきたい、明日到着する客にコープランドの最高の姿を見てもらいたい。そう思っているのは事実だが、コンスタンティンのために、それ以上に完璧にしておきたかった。

完璧よりさらに完璧なものを望むのは無理なこと。

しかし、ハンナが望んだのはそれだった。コンスタンティンのために。

理由を考えるのはやめることにした。

「おなかがぺこぺこよ」ハンナは言った。「お茶にしましょう」

コープランドはケント州のターンブリッジ・ウェルズから数キロ北へ行ったところにある。馬車は田園地帯を走り、窓の外を、愛らしい果樹園や、ホップの畑や、草を食む牛の群れが通りすぎていった。コンはスティーヴンとカッサンドラの馬車に同乗させてもらい、景色をぼんやり眺めながら馬車に揺られていた。乳母が別の馬車に乗っているので、赤ん坊だけそちらへ預けてもよさそうなものだが、生まれたばかりの大切な子なので、スティーヴンも、カッサンドラも、よほどのことがないかぎり、自分たちの目の届かないところへやるつもりはないようだ。

道中ずっと、スティーヴンが赤ん坊を抱き、小さな大人を相手にするような口調で話しかけていた。赤ん坊はまぶたをとろんとさせて眠りこむとき以外は、生真面目な目でスティーヴンを見つめかえしていた。赤ん坊をくるんだ毛布をカッサンドラが直し、赤ん坊のボンネットの歪みを直して、スティーヴンに笑いかけた。

コンの心が揺れた。夫と妻のあいだに気恥ずかしくなるほど露骨な愛情表現があったからではなく、たぶん、なかったからだろう。スティーヴンとカッサンドラは心を許しあっていて、幼いジョナサンが二人の世界の中心にいることは明らかだった。癪にさわるほど家庭的な雰囲気だ。しかも、スティーヴンはたしか二十六歳。コンより九歳も下だ。

なんだか落ち着かなくなった。羨ましい気がした。

自分にふさわしい妻を見つけることを、そろそろ真剣に考えなくては。たぶん来年あたり。今年は公爵夫人のことしか考えられない。だが、子供を持つ気なら――生まれて初めてのことだが、今年になってから、自分の息子と娘がほしいという衝動を覚えた――四十歳になる前に作ったほうがいい。いまでさえ遅すぎる。

気を紛らわそうとして雑談に興じ、エインズリーのハーヴィ・ウェクスフォードから届いた最新の報告書を朝食のときよりも丹念に読んだ。

子羊が一頭死んだ。だが、その子羊は生まれたときから病弱だった。あとはみんな元気に育っている。子牛も死産だった二頭以外は元気。穀物の生育も順調だ。この一カ月、暖かな陽気が続いたし、ほどよい降雨もあった。もっとも、ここらでもうひと雨ほしいところだ。かつてロンドンの売春宿にいて、現在はエインズリーで教師をしているロザンヌ・サーグッドが、教室用に新しい本を一ダース購入した。生徒たちが――大人も子供も含めて――去年購入した初歩読本をすらすら読めるようになったからだ。ケヴィン・ハードルは虫歯を抜かれ、頭から顎の下までを大判のハンカチで縛って邸内と農場を歩きまわっている。ハンカチはどす黒くなるばかりだ。ウィニフレッド・ベイカーの末娘ドッティは〝そそっかしい〟という意味もあるその名前にぴったりの子で、ある朝、卵が三個入ったバスケットを大きくふりながら鶏小屋から厨房に戻ってきたため、ベティ・アルマーが磨いたばかりの厨房の床一面に卵の黄身と白身か飛び散り、バスケットは汚れて使いものにならなくなった。夜になると農場の庭にやってくる狐がいる。ただし、これまでのところ、そのたびに空腹のまま追い払われている。農耕馬の一頭が脚をひきずっていたが、その原因だったトゲが蹄鉄の奥に見つかり、とりのぞいたので、いまはよくなってきている。ジョーンズ・ハインドと新婚の妻が、先日ハクスタブルから贈られた結婚祝いの品に心からの感謝を述べている。

コンは目を閉じ、赤ん坊と同じく、しばらく眠りこんだ。

そして、ついに到着した。馬車が急に曲がって石の門柱のあいだを通り抜けたため、全員がビクッと目をさました。赤ん坊を抱くことに全神経を集中し、カッサンドラの右頬を自分の肩の支えにしていたスティーヴンだけはずっと起きていたが。

馬車は一直線に延びる馬車道をガラガラと走っていった。道の両側にはニレの木々が閲兵式の兵隊のように並んでいる。しばらく平坦な道が続いたが、やがて上り坂となり、丘の上に建つ灰色の石造りの館へ向かった。荘園館だが、豪壮な大邸宅と言ってもいい。大きさはエインズリーと同じぐらいで、形は四角、正面中央に柱廊式の玄関があり、玄関の上の部分が三角形のペディメントになっている。屋上は華麗な彫刻を施した石の手すりに囲まれている。窓はすべて細長く、一階から二階へ、二階から三階へ行くにつれて小さくなっている。

ジャコビアン様式とジョージ王朝様式が混ざりあった独特の心地よい設計だ。外壁は蔦《つた》に覆われている。

屋敷を中心として庭園が四方へ広がり、芝生や木立を越えて鬱蒼たる森まで続いている。遠くに水がちらっと見える。コンの見たところ、庭園のなかで正式な造りになっているのは、ニレの木々に縁どられた馬車道だけのようだ。

心地よい光景だとコンは思った。

「なんて楽しそうなところかしら」カッサンドラが言っていた。「安らぎに満ちてるわね」

「子供の楽園だ」スティーヴンが言った。「公爵夫人がメグにそう言った意味が、ぼくにもわかってきた。大人にとっても楽園だね。ロンドンが大好きなぼくだけど、たまに田舎へ逃げだすとホッとする。今回のハウスパーティを思いついた公爵夫人はたいしたものだ。そう思わないかい、コン」

「もちろん。大気の香りが爽やかだ」コンは同意した。「馬車の窓を閉めたままでもよくわかる」

馬車道は正方形の砂利敷きの中庭まで続いていた。そこから上へ向かって広い外階段があり、堂々たる柱が並んでいる。中庭の片側の芝生にミス・レヴンワースが立っていた。その横にパーク夫妻、そして、コンがロンドン塔で紹介されたニューカム夫妻。

反対側の芝生にキャサリンとモンティが立っていた。幼いハルがモンティに肩車をされている。少し離れたところにシェリー。よちよち歩きのアレックス坊やがどこへ行くかわからないので、両手を万歳させてシェリーがしっかり握っている。水辺のほうから、コンの知らない何人かがマーガレットとゆっくりやってきた。いや、なかの一人はマーガレットの娘のサラだ。マーガレットとシェリーの長男トビーは、ニューカム家の双子の片方の大柄な少年と一緒に木登りをしている。

コンたち一行がどうやら最後の到着だったようだ。

外階段のなかほどに公爵夫人が立っていた。ドレスは太陽の光のような黄色。高く結いあげた髪のカールがいまにも落ちてきそうだ。だが、ぜったい落ちないほうに賭けてもいいとコンは思った。にこやかな笑み、ピンクに染まった頬、きらめくブルーの瞳。

コンは思わず息を呑み、その音が誰にも聞こえていないよう願った。

彼女の顔を見るのは三日ぶりだった。客を迎える準備が整っているかどうかを確認するため、彼女だけ早めにこちらに来たのだ。コンにはその三日が三週間にも感じられた。

公爵夫人の姿は少女のようだった。いや、社交界に出たばかりのうら若き令嬢で、未来への夢と希望と喜びにあふれているように見えた。

御者が馬車の扉をあけてステップを用意し、カッサンドラに手を貸して馬車から降ろすと、公爵夫人が外階段から中庭に下りてきた。

「レディ・マートン、コープランドにようこそ。赤ちゃんをお連れになっているため、途中でほかの方々よりひんぱんに止まらなくてはならないと、レディ・モントフォードからご説明いただいて、心配するのはやめることにしましたの。それでも、最後のお客さまたちが無事に到着なさったのを見て安堵いたしました」

公爵夫人が右手を差しだすと、カッサンドラがその手をとった。

「こちらにお邪魔できて、とてもうれしく思っております。ここに館を建てた人はすばらしい天才ね。これ以上すてきな場所は想像できませんもの」

「ええ、ほんとに」公爵夫人は同意し、スティーヴンのほうを向いた。「それから、マートン卿。ようこそ。そうそう、赤ちゃんも」

一歩近づいて、そっと赤ん坊を見た。

「まあ、愛らしいこと」お義理でよその赤ん坊を褒めちぎっているのではなさそうだ。

「抱っこすると、もっと可愛いですよ」スティーヴンが笑顔で言って、毛布にくるまれた息子をハンナの腕に抱かせた。

公爵夫人の顔に驚きが浮かび、動揺し、そして……。

そして、突然、真剣な表情になった。その表情をどんな言葉で表せばいいのか、コンにはわからなかった。公爵夫人の顔から笑みが消えていた。

やがて、ふたたび笑みが浮かんだ……ゆっくりと。

「まるで天使だわ。わたし、恋をしてしまったみたい。お名前は？」

「ジョナサンです」スティーヴンが答えた。

「まあ」公爵夫人はスティーヴンを見あげ、それからコンに目を向けた。

「コンの許可をもらいました」スティーヴンはそう言って、公爵夫人から赤ん坊を受けとった。「先代の伯爵はコンの弟で、やはりジョナサンという名前でした。コンからお聞きになっていますか」

「ええ」公爵夫人はついにコンのほうを向き、両手を差しだした。「コンスタンティン。ようこそ」

「公爵夫人。お招きありがとうございます」

コンは彼女の両手を握りしめ、頬の片側にキスをした。そして笑顔になった。

公爵夫人も笑みを返した。

ああ、なんとすばらしい。

コンは手をひき、周囲に目をやった。ゆっくりと息を吸った。

「なぜあなたがコープランドを愛しているのか、見せびらかしたがっていたのか、わかってきました。すばらしいところだ」

「ええ」柔らかな口調で公爵夫人は言った。そこににじんでいたのは、せつない思いだろうか。

サラがマーガレットとその一行から離れて飛んできた。片手にデイジーの束を握りしめていた。

「コンおじちゃま」と叫んだ。「はい、これ、公爵夫人に」公爵夫人の手にデイジーを押しつけた。「スティーヴンおじちゃま。赤ちゃん見せて」

コンは公爵夫人に視線を戻した。公爵夫人はデイジーに笑みを向けていた。いつも着けているダイヤより、公爵夫人にはこういう花束のほうが似合う。彼女が視線を上げ、ふたたびコンと目を合わせた。両方が笑顔になった。

これはやはり、あまりいい案ではないのかもしれない――コンは思った。

〝これ〟が何を指すのか、自分に問うのはやめておいた。

この前コンスタンティンに会ってから、永遠にも等しい長い時間がたったような気がしていた。

そして、やっと再会できたいま、彼のイメージがずいぶん変わったように思った。暗く謎めいた雰囲気に包まれた、危険な匂いのする、すばらしく魅力的な男だと何年間も思ってきたし、彼を最初の愛人にしようと冬のあいだに決め、春の初めにハイドパークでモントフォード卿と一緒に馬に乗っている彼を見かけたときは、よそよそしく侮蔑に満ちた表情の男だと思ったが、そんなイメージはもうすっかり消えていた。コンスタンティンと近しい間柄になったころ、最初の二回はハンナが彼を弄び、三回目に向こうが主導権をとって、その夜のうちに、ハンナが予定していたよりずっと早く関係を持つことになったのだが、いまの彼はもう、そのころのような刺激的でむずかしい挑戦相手ではなくなっていた。

ロンドンで毎日のようにコンスタンティンに会っていたため、あの夜から彼のイメージが自分の心のなかでどれだけ変わったかに、ハンナは気づいていなかった。今日、マートン伯爵の馬車を迎えに出たとき、コンスタンティンもその馬車に乗っているのだと思っただけで、心臓の鼓動が速まるのを感じた。まずマートン伯爵夫人に、それから、伯爵に挨拶をし、生まれたばかりの赤ん坊を見せてもらい、抱かせてもらうあいだも、コンスタンティンの存在がほのぼのと意識された。

そしてようやく、彼のほうを向き、顔を見つめ、両手を差しだすことができた。

目の前にいるのはただのコンスタンティンだった。

なぜそんな単純なことを考えたのか、よくわからなかった。わかりたいとも思わなかった。

だが、涙をこらえたときのように、胸と喉が痛くなった。

コンスタンティンにようこそと挨拶し、笑顔を見せ、深く考えなくてよかった、彼が冷静に向きを変えてコープランドについて礼儀正しい感想を述べたときに涙をこぼさなくてよかった、と思った。

ほんの一瞬、白いドレスをまとい、ダイヤで飾り立て、ダンバートン公爵夫人という仮面の奥で安全に生きている人間に戻ればよかったと思った。だが、それは本心ではない。この四日間、安全な繭を出て本来の自分になろうとしてきた。コンスタンティンの身内の人々にいい印象を与えるのが、なぜか大切なことに思えてきた。ダンバートン公爵夫人としてではなく、ハンナとして。本来の自分として。

最初に招待を断わられたときは傷ついたが、自分ではなかなかそれが認められなかった。なぜなら、他人の行動や意見に――もしくは拒絶に――傷つくことが二度とあってはならないと、ずっと昔に決めたからだ。でも、今回は多少傷ついたような気がしていた。自分でも理由がよくわからなかった。

断わりの返事をよこした人々も考えなおし、こうして来てくれた。わたしがクレイヴァーブルック邸を訪ねたから？　きっとそうね。大人だけでなく子供も招待したいと言ったから、みんなが考えなおしてくれたの？　わたしが帰ったあとで、侯爵さまが何かおっしゃったの？　コンスタンティンが何か言ってくれたの？　いえ、それは違う。わたしが嫌われたのは、コンスタンティンにはこんな悪評のつきまとう女ではなく、もっといい相手を、とみんなが願っているからだ。

でも、とにかく二度目のチャンスを与えられたからには、彼の家族に見直してもらいたかった。わかってもらいたかった。自分が……まともな人間であることを。傲慢で冷酷で思いやりのない成り上がり者と噂されているのは知っているが、本当はそうでないことを知ってほしかった。温かなもてなしのできる女主人であることを知ってほしかった。

マートン伯爵は到着していくらもたたないうちに、赤ちゃんを抱かせてくれた。シェリングフォード卿のところの小さな女の子は、草刈りがまだすんでいない湖畔の草地でデイジーを摘んだあと、生まれたばかりのいとこを見たくて飛んできたが、ハンナの横を通りすぎるさいに、その手に花束を押しつけた。ハンナのことを特別な人だとは思っていない様子だった。

特別扱いされずにすんで、ハンナの心は軽くなった。

子供が恐れおののいて立ちすくむようなことにならなくてホッとした。

デイジーをグラスに活けて、ベッドの横のテーブルに飾っておこう。バラの花より、あるいは、ダイヤより貴重に思えた。

「お部屋へご案内させます」ハンナはマートン伯爵夫妻とコンスタンティンに言った。「そのあとで西側のテラスに集まってお茶にしましょう。いいお天気ですし、お子さんたちも一緒に軽く食べて、それから、子供部屋に閉じこめるかわりに芝生で遊ばせてあげましょうね」

コンスタンティンが差しだした腕に手をかけ、二人でみんなの先に立って屋敷への外階段をのぼった。これまでのハウスパーティや田舎での催しに、どうして子供たちを呼ぶことを考えなかったのだろう。三十歳になるまで、子供を持たなかっただけでなく、子供と触れあった経験がまったくなかった。

とくに意識したことはなかったものの、子供のいる生活に何年ものあいだ憧れてきた自分に、ハンナはいま初めて気がついた。でも、意識したところで、どうなるものでもない。ハンナが結婚した相手は老人で、生涯ただ一人の恋人しか持たなかった。しかも、相手は男性だった。

ハンナはコンスタンティンに話しかけた。「ロンドンからの旅は快適でした?」

「おかげさまでとても快適でした、公爵夫人」

まるで礼儀正しい他人どうしみたい。

来年この人に会ったとき、どんな顔をすればいいの？　でも、それは来年になってから考えよう。いまはまだ今年だもの。

「そう伺ってホッとしましたわ」

最後に会ってから三日のあいだに、この人は十歳も若返ったように見える——コンは思った。

そして、少なくとも十枚の鎧と仮面をはずしたように見える。

ドレスの黄色が陽光のようだった。そして、彼女の微笑も陽光のようだった。田園風景のなかに身を置いた彼女は、意外にも、ロンドンにいるときよりはるかにくつろいだ様子だった。

彼女がこれまで以上に美しくなれるはずはないと思っていた。が、最高の美貌を誇る人だが、いまはさらに美しい。

お茶を飲むため、客間の外のテラスに全員が集まった。客をもてなす女主人として、公爵夫人は輝きを放っていた。みんなが心ゆくまで食べたり飲んだりしたあと、マーガレットの息子トビーと、近所に住んでいるヒュー・フィンチ夫妻の真ん中の息子トマスが、ボール遊びをしようと言いだした。ボールなら持ってきた。トビーの両親の荷物に入っている。

子供はたくさんいた。スティーヴンとカッサンドラのあいだに生まれたばかりの赤ん坊から、ニューカム家の十二歳になる双子まで、さまざまな年齢の子供たちが。しかし、子供どうしで遊ぶだけでは、もちろん満足しなかった。なにしろ、健康で丈夫な身体を持った暇そうな大人がたくさんいて、戸外で腰を下ろし、何か楽しいことをしたがっている様子なのだから。少なくとも、父親たちは遊びに参加すべきだ。

そして、父親たちのほうは、何年か前の分別もなかった時代に子供を作ってしまったばかりに自分たちだけが犠牲にされる、というのが納得できず、あとの男性にもボール遊びに参加して走りまわるよう要求した。コンスタンティン、サー・ブラッドリー・ベントリー、ローレンス・アストリー。みんな、一日の大半を馬車に閉じこめられて過ごし、ここでもまた、ほかに何もすることがないため、椅子にすわって暇を持て余しているだけだ。

すると、母親たちの何人かが、女がボールを投げれば下手くそで恥をかくに決まっていると思われていることに気分を害した。それから、サー・ブラッドリーの妹のジュリアナ・ベントリーが、今日は自分も男性たちと同じくずっと馬車に乗っていたのだと、みんなに向かって言った。アストリーの妹のミス・マリアンが同意の言葉をつぶやいた。ミス・レヴンワースが公爵夫人に、子供のころに村の緑地でやったクリケット試合のことを思いださせた。ミス・レヴンワースのチームが守備にまわったときは、ボールをキャッチするのも投げるのも得意だった彼女がいつも道路のほうで守備をさせられたという。すると、公爵夫人が自分もボールを投げるのは得意だったと言いだした。腕白坊主たちがときたま投手をやらせてくれたからだ。

「そうよね」ミス・レヴンワースがうなずいた。「あなたの投げるボールってひょろひょろすぎて、誰にもぜったい打てなかったわ。ボールのスピードがすごく遅いから、六点は確実だと思ってバットをふると、つぎの瞬間、ボールはひょろひょろ通りすぎてウィケットを倒したものだった」

「じゃ、やりましょう」公爵夫人は立ちあがった。「ボール遊びに参加よ」

ダンバートン公爵夫人が？

ボール遊びに？

コンはキャサリンとシェリーが公爵夫人に驚きの表情を向け、つぎに彼に視線をよこしたことに気づいた。

全員がテラスの向こうの傾斜した芝地を下りていき、やがて、試合ができそうな平らな場所に出た。ボールをとりに行ったトビーとトマスが走ってきて追いついた。見物人がいなくてはゲームにならないと主張する何人かを残して、全員が大きな輪になった。輪の中心の誰もいない場所にトビーが立った。なにしろ、トビーのボールなのだ。輪を作った人々がボールを投げあって、トビーの膝から下にぶつけようとした。うまくぶつけた者がトビーと交代して輪の中心に立ち、ふたたびゲームが始まった。

こんな無意味なゲームはどこを探してもないだろうとコンは思ったが、あたりは歓声と野次と笑い声に満ちていた。サラがなぜか中心に立つことになっていきなりボールをぶつけられたときは、そこに泣き声も加わった。泣きわめくサラのところに公爵夫人が駆け寄り、両腕で抱きあげた。

「いまのはファウルだわ」公爵夫人らしからぬ声で叫んだ。「サラの膝の下じゃなくて、膝にぶつかったんですもの。さあ、やりなおしよ」

泣きわめくサラが公爵夫人の首に力いっぱいしがみついているにもかかわらず、そして、夫人自身も笑いすぎて息ができるだけでも奇跡だというのに、ゲームが再開すると、すばらしく敏捷なところを見せた。ローレンス・アストリーの投げたボールを足首にぶつけられるまで、巧みにジャンプしてかわしつづけた。

コンはさっき、公爵夫人の髪のカールがぜったい落ちないほうに賭けてもいいと思ったが、賭けていればコンの負けになっただろう。公爵夫人がサラを輪の外に下ろし、輪の真ん中でアストリーが飛びはねていたとき、カールの一つがヘアピンからはずれて、金色の乱れた縦ロールが肩で揺れた。カールを髪の下に押しこんだが、すぐまた落ちてきた。

公爵夫人は顔を上気させていた。

見物人を除く全員の顔がそうだった。

たったいまボールをぶつけられたサー・ブラッドリー・ベントリーが円陣の真ん中で芝生の上に大の字に倒れ、誰かが〝ボール遊び〟という言葉を一度でもささやいたら、このままベッドに入って、明後日まではぜったい出てこない、と宣言したため、ゲームは自然と終わりになった。

モンティの息子のハル坊やがベントリーの上に飛び乗った。五歳になるヴァレリー・フィンチがあとに続き、ほどなく、金切り声を上げて群がった子供たちのために、ベントリーの姿は見えなくなってしまった。

公爵夫人が言った。「客間のほうでもう一度お茶にしましょうか。それとも、もっと強いもののほうがいいかしら。ええ、そのほうがよさそうね。バーバラ、わたしのかわりに用意させてくれない？　わたしは髪を直さなきゃ」

全員が屋敷へ続く斜面をのぼっていった。公爵夫人だけがその場に残り、髪を不器用にいじりながら、みんなが歩き去るのを見送っていた。

もう一人、コンスタンティンもその場に残って、彼女を見つめていた。

公爵夫人が彼のほうを向いた。

「ひどい格好でしょ」

「たしかに」コンはうなずいた。

公爵夫人は微笑した。「騎士道精神に欠けた方ね」

「褒め言葉のつもりだったが」

「まあ」公爵夫人は手を下ろして小首をかしげた。「じゃ、騎士道精神に富んだ方だわ。わたし、客間では必要としてもらえそうにないのよ。バーバラが飲みものを用意してくれるでしょうし、そのあとは、みなさん、晩餐の着替えをする前にお部屋に戻ってしばらく休みたいでしょうから。湖へご案内するわ」

「会えなくて寂しかった」コンはそっと言った。

その寂しさは彼自身にも意外だった。

「わたしも。愛人を持つのがこんなに……楽しいなんて夢にも思わなかった。いつもそうなの？」

コンは彼女に笑みを向けた。

「もっと褒め言葉を求めているのか、もしくは、答えようのない質問をよこしたのか、どちらかだな」

「湖を見に行きましょう」公爵夫人が言って、コンが腕を差しだす暇もないうちに、その腕をとった。

よりによってダンバートン公爵夫人がこんな無邪気な振舞いをするとは、いったい誰に想像できただろう？

〝愛人を持つのがこんなに……楽しいなんて夢にも思わなかった。いつもそうなの？〟

そうなのか？

楽しい？　これまでも楽しかった？　コンには愛人を比較する習慣はなかった。肉体の快楽に過ぎないものを分析する習慣もなかった。

「わたしの言う意味、わかるかしら」老木の幹のあいだを抜けて湖へ向かいながら、公爵夫人が言った。「わたしは木々を自由に茂らせることにしているの。ほんとは一部を切り倒して、屋敷から湖まで一直線に延びる並木道を作ったほうがいいんでしょうけど。道の両側をシャクナゲの茂みにすれば、家のなかから絵のような景色が楽しめるわ。まっすぐ前方には舟遊びのための桟橋。もちろん、小舟が水に浮かんで揺れている。それから、湖の中央に愛らしい島を造る。湖そのものもハート形とか、楕円形とか、そういった趣きのある形に変える」

「そして、湖の向こう岸に飾りものの神殿か飾りものの小さなコテージを造る。そうすれば、屋敷から見たとき、湖面にきれいに映る景色と、中央に延びる並木道を眺めることができる」

「そうね」

「だが、きみはそういうことをしなかった」

「ええ」公爵夫人は悲しげに言った。「コンスタンティン、わたしは自然のままが好きなの。三百年から四百年の樹齢を持つオークの木を、屋敷から絵のような景色を眺めるのに邪魔だというだけの理由で、どうして切り倒さなきゃいけないの？」

「まったくだ」コンも同意した。「木に比べたら、屋敷のほうが新参者なのにね」

「それに、どうして飾りものの建物を造らなきゃいけないの？　どういう意味があるの？　わたし、昔から理解できなかったわ。あまりにも……」

「くだらない？」彼女の手が宙に円を描いたが、求める言葉が浮かんでこない様子だったので、コンが横から言った。

「ええ、それだわ。飾りものなんてくだらない。わたしのこと、笑ってるんでしょ、コンスタンティン」

「まあね」コンがうなずくうちに二人は湖の岸辺に着き、足を止めた。

公爵夫人は笑った。

「ねえ、わたしの意見は正しい？　それとも、間違ってる？」

「いまのままのコープランドが好きなんだね？」

「そうなの。野生的で規律のないコープランドがわたしは好き。それから、地形も景色も自然歩道を造るのにうってつけだけど、わざわざ設計して造ることには断固反対したわ。人工のものと野生のものがどうやって共存できるの？　矛盾してるわ」

「そして、野生と人工のどちらかを選べと言われたら、きみは野生を選ぶわけだね」

「そうよ。間違ってる？」

「頭が混乱してきた。ダンバートン公爵夫人ともあろう人が、ほかの人間に――正確に言うとぼくのことだが――自分が間違ってるかどうかを尋ねるなんて」

公爵夫人はため息をついた。

「でもね、コンスタンティン、わたしの人生には野生的な何かが必要なの。だったら、庭園を野生のままにしておけばいい。そう決めたの。コープランドには、並木道も、飾りものの建物も、見晴らしのいい景色も、自然歩道もいらない。あなたの意見と助言にお礼を言うわ」

コンは公爵夫人を自分のほうに向かせて、両腕で抱きしめ、熱い濃厚なキスをした。彼女もコンの首に腕をまわしてキスを返した。

驚くほど心が癒された。ふたたび彼女を抱きしめることができたから。彼女を味わい、彼女の香りに包まれたから。

「ねえ」顔を上げてから、コンは言った。「屋敷から一直線に延びる並木道があったら、ぼくらはその景色のなかにすっぽり収まり、泊まり客全員が客間の窓辺に集まってその光景に見とれることになるだろう」

「ほんとね」公爵夫人はそう言って、コンに満面の笑みを向けた。「でも、並木道はどこにもないから……」

コンはふたたびキスをして、公爵夫人の口に舌を差し入れた。彼女の指が髪にからみつき、コンがウェストに腕をまわして抱き寄せると、彼女が背を反らせて密着してきた。

ふと思った――ハンナに、ダンバートン公爵夫人に恋をしたら、いったいどうなるのか。予測がつかなかった。人生に混沌を招き入れることになるかもしれない。

もしくは、楽園を。

自分のハートがどんな影響を受けるかは、言うまでもないことだ。

あまり真剣にならないほうがやはり賢明だろう。

15

ハンナが招待した客たちは、まる三日間ここに滞在する。ハンナは予定を詰めこみすぎないよう気をつけた。華やかな催しがびっしり詰まった社交シーズン真っ盛りのロンドンからやってきた人々だ。わずか三日ではあるが、静かな田舎でゆったりした時間を楽しんでもらいたかった。

と思いつつも、一日目はいくつか予定を入れた。教会を見学して軽く身体を動かしたい人々のために、朝のうちに村まで散歩。午後から湖のほとりでのんびりとピクニック。夜は近隣の人々を招いてカード遊び、何人かの客による歌や楽器演奏。幸いなことに、晴天に恵まれた暖かな一日だった。

大成功の一日だった――夜になり、近隣の人々がみんなに見送られて家路についたとき、ハンナはそう感じた。サー・ブラッドリー・ベントリーは、彼の祖父が公爵の友人だった関係からハンナとも親しくなり、たびたびエスコート役を務めてくれる男性だが、今日は朝からずっとマリアン・アストリーの歓心を買おうとしていた。妹のジュリアアナ・ベントリーはローレンス・アストリーとずいぶん長い時間を過ごしていた。ハンナの思惑どおりになっている。無理に縁結びをする気はなかったが、ある朝、バーバラと二人でボンド通りへ出かけ、サー・ブラッドリーと出会ってお茶を飲んだあと、彼を招待しようと決めたのだ。そして、彼には、去年社交界にデビューしたがまだ縁談のまとまっていない妹がいる。そして、妹の親しい友がマリアン・アストリーで、マリアンには二十代半ばの兄がいるというわけだ。

ハウスパーティには若い人々も必要だとハンナは思っていた。婚約者のいない若い人々が。そこで、四人とも招待することにした。

ほかの客たちも、何人かは初対面だったものの、和気藹々《あいあい》とした雰囲気だった。パーク夫妻、ニューカム夫妻、コープランドの近くの住人で両親の時代から公爵家と親しくしているフィンチ夫妻、そして、先ほど述べた若い人々。もちろん、バーバラも。それから、コンスタンティンと、またいとこたちと、その配偶者。そして、十人の子供と赤ん坊。

三日目は午後から子供のパーティなので忙しくなりそうだったが、二日目は予定を入れず、客が自由に過ごせるようにしてあった。午前中、ハンナは屋敷の東側と北側に広がる花園へ散歩に出かけた。同行したのは、フィンチ夫人、マートン伯爵夫人、そして、少々顔色の悪いレディ・モントフォード。ハンナが心配になって具合を尋ねると、レディ・モントフォードは申しわけなさそうに笑った。

「ご心配には及びませんのよ、公爵夫人。顔色が悪いのは体調を崩しているせいではなく、体調がいいからなの。二人目の赤ちゃんができたんです」

「まあ」ハンナは羨望の大きな波に襲われた。

「ハルが生まれたあとで、二年以内にもう一人作ろうって相談しましたの」レディ・モントフォードは言った。「でも、神さまは反対だったみたい。ようやく折れてくださったようでホッとしています」

「お年はきっと、わたしと同じか、もう少しお若いでしょうね。それなのに、二番目のお子さんができるまでにずいぶんかかったことを嘆いてらっしゃるの？」

思わず声に出してしまったことに気づいて、ハンナはきまりが悪くなった。

フィンチ夫人がバラの蕾の上に身をかがめ、両手で優しく蕾を包んだ。レディ・マートンとレディ・モントフォードがハンナのほうを向いた。二人とも同じ表情を浮かべている……同情？

「わたしは三十歳なの」ハンナは言った。なおさらきまりが悪くなった。

「去年、スティーヴンと結婚したとき、わたしは二十八でした」レディ・マートンが言った。その一方、レディ・モントフォードがハンナの腕に手をすべりこませて、ハンナをひどく驚かせた。「わたしも未亡人でしたのよ、公爵夫人。子供もいなかった。過去に四回流産の経験がありました。その子たちの死を永遠に悼みつづけるでしょうが、いまはジョナサンを授かりましたし、わたしが四十になる前に子供部屋をいっぱいにしたいと思っています。絶望のなかで暗黒の瞬間を迎え、希望を失いそうになったときでも、希望はつねにあるものです」

フィンチ夫人が身体を起こした。

「わたしは十七歳で結婚し、十八歳でミシェルを産みました。その二年後にトマスが、そして、さらに二年後にヴァレリーが生まれました。いまのわたしはまだ二十七歳。子供たちのことが可愛くてたまらないし、夫のことも愛していますが、ときどき、青春を失うのが早すぎたんじゃないかと後悔することがあります。たぶん、人生には楽な道などないのでしょうね。一人一人が自分の道を歩み、精一杯生きていくしかないんだと思います」

「聡明なご意見ね」レディ・モントフォードが言って、ハンナの腕を軽く叩いた。

一行はゆっくり歩きながら花々の姿と香りを楽しみ、花園はさほど広くないが、そこでたっぷり一時間を過ごした。

そして、ハンナの胸には……ああ、この胸に生まれた感情は何なの？　至福の思い？　女性たちの仲間に加えてもらい、妻の立場や母親の立場からの苦労と喜び、過ぎ去った年月について語りあった。短時間のおしゃべりだったが、仲間になれたことを実感した。公爵と結婚していたあいだ、ハンナは社交界でもてはやされ、つねに多数の崇拝者に囲まれていた。崇拝者はほとんどが男性だった。女どうしで腕を組んで花園を散策した記憶は、バーバラと以外はまったくなかった。

しかも、この貴婦人たちのうち二人は、ハンナの招待に最初は断わりの返事をよこしたのだ。

屋敷に入る一歩手前で、レディ・マートンが深呼吸をした。「最高だわ。大舞踏会が続く合間に二、三日ゆっくりするとしたら、まさに最高の方法ね」

「少しはご気分がよくなりまして？」ハンナはレディ・モントフォードに尋ねた。

「おかげさまで。外に出たときは、花のあいだを歩いて香りを吸いこむなんて軽率かと思ったのよ。でも、爽やかな空気のおかげで楽になりました。今日は元気でいられそう。明日の朝までね。でも、すべては赤ちゃんのためですもの。それに、つわりももうじき終わるでしょうし」

二人が邸内に戻ると、レディ・シェリングフォードが二階から下りてきた。

「アレックスにお昼寝をさせようと思って、寝かしつけてたんです。あの子ったら、ころんで膝をすりむいたものだから、泣きやまなくて。傷を消毒してキスしてやり、涙を拭いて頬にもキスしてやったら、ぐっすり眠ってくれました。あら、頬に赤みがさしてきたわね、ケイト。少しは気分がよくなった？」

「ええ」レディ・モントフォードは答えた。「公爵夫人に花園へ案内していただいて、すっかり元気になったわ」

レディ・シェリングフォードの視線がハンナに向いた。ハンナはちょうど、すりむいた膝と涙に濡れた頬にキスできたらどんなに幸せだろうと考えていたところだった。

「色彩のあるものをもっとお召しになったほうがいいわ」レディ・シェリングフォードが言った。「もちろん、白の装いのときも、ため息が出るほどすてきでしてよ。でも、今日のようなドレスのほうが……そうね、どう表現すればいいかしら」

「親しみやすい？」フィンチ夫人が言った。気遣いの行き届いた意見とは言えないかもしれない。「きのう、あの華やかな黄色いドレスを拝見して以来、わたしもずっとそう思っていましたわ、公爵夫人」

「いえ」レディ・シェリングフォードは言った。「もっと別の何か。善良な感じとでも言うのかしら。いまお召しのセージグリーンなども、金色のおぐしにぴったりね」

「わたしたち、コーヒーが飲みたくて戻ってきましたの」ハンナは笑顔で言った。「ご一緒にいかがでしょう？」

幸せに包まれているのを感じた。これまでは、女友達というのがバーバラのほかに一人もいなかったし、そのバーバラもたいてい遠く離れていた。女友達がほしいとか、必要だと思ったことは一度もなかった。でも、今日だけは、このレディたちが自分の友達だという幻想に浸ることができる。

昼近くなると空が雲に覆われ、冷たい風が吹きはじめたため、誰もが予定より早く邸内に戻ってきた。突然の雨のせいで、午餐を終えても屋敷に閉じこもっているしかなかったが、みんな、それほど落胆した様子ではなかった。幼い子たちは昼寝のために子供部屋へ連れていかれたが、あとの子はギャラリーへ行き、ニューカム氏とシェリングフォード伯爵が考えだしたゲームに熱中した。

何人かの大人は客間で雑談をしたり、書斎で本を読んだり、手紙を書いたりしていた。一人か二人、まったく姿を見せない者もいた。たぶん、自分の部屋で休んでいるのだろう。いちばん人が集まっているのはビリヤード室だった。ハンナはコンスタンティンを捜してそちらへ行った。

コンスタンティンはゲームには参加していなかった。ドアを一歩入ったところに立ち、腕を組んで見物していた。

「申しわけないわ」ハンナは言った。「ビリヤード台が一つしかなくて」

「お気になさることはありませんよ、公爵夫人」パーク氏が言った。「わたしは自分でやるより、ほかの人のプレイを見物するほうが得意でしてね。見ているだけなら、ショットをミスする心配はないし、惚れ惚れするようなプレイも思いのままだ」

あちこちで笑い声が上がった。

「わたしがここに来たのは」レディ・モントフォードが言った。「ゲームはどうだったかってあとでジャスパーに訊いたら本人は自慢するでしょうけど、そのショットがじつは想像の産物に過ぎなかったのかどうかを、この目で確認しておくためなの」

「こらこら！」少し離れたところからモントフォード卿が反論した。「ぼくがこれまで誇張したことがあったかい？　自慢したことがあったかい？」

「シーッ、ケイト」キューの先端にチョークを塗りながらマートン卿が姉に声をかけ、それから、ビリヤード台に身をかがめてショットに神経を集中させた。「〝沈黙は金なり〟の瞬間だからね」

「ふふん、自慢できるようなものじゃなかったな、スティーヴン」一瞬ののち、ミスをしたマートン卿にモントフォード卿が言った。「ぼくのショットがいまのよりひどかったら、ケイトにぶつけられる軽蔑の言葉をすべて甘受するとしよう」

ハンナはコンスタンティンの袖にそっと手をかけた。

「馬でちょっと出かけない？」小声で訊いた。

「いま？　雨が降っているのでは？」コンスタンティンは眉を上げたが、窓のほうを見るとすでにやんでいたので、ハンナのあとからビリヤード室を出た。

「ここの廏《うまや》にはいつも、乗馬用の馬が置いてあるの」背後のドアを閉めたコンスタンティンに、ハンナは言った。「ほかの人にも声をかければよかったんだけど、みなさん、それぞれ何かに熱中してる様子だったから。それに、あなたに見せたいものがあるのよ」

「ぼくだけに？」コンスタンティンの目に笑みが浮かんだ。

「あとでみなさんにお茶をお出しするよう、バーバラに頼んでおくわ」コンスタンティンの質問には答えずに、ハンナは言った。

「ぼくだけなんだね」コンスタンティンは自分で自分の質問に答えて、ハンナに顔を近づけた。「光栄だ」

「着替えてくるわ」ハンナは言った。「十五分後に廏で会いましょう」

向きを変え、足早に立ち去った。

いちばん古くて地味な乗馬服に着替えた。じつを言うと、これがいちばんのお気に入りだった。新品のころは薄い水色だった。いまはさらに薄い色になっている。帽子が脱げてしまわないよう、アデルに命じて、髪をうなじでシンプルなシニョンに結わせた。乗馬用の手袋をはめてから、化粧室の鏡に全身を映し、これでいいと思った。宝石はただの一個も着けなかった。

この午後は、どうしても、ごく平凡な格好をしたかった。ダンバートン公爵夫人という外見は捨てたかった。公爵夫人の前に出れば、誰もがついぺこぺこしてしまう。平凡な人間に戻りたいという思いがハンナの心に芽生えていた。ただし、自信と、自制心と、自分を肯定する心を持って。

いまから見せようとしているものにコンスタンティンが関心を持ってくれるよう、退屈されたり不快に思われたりしないよう願った。どうか誤解されませんように。世間知らずな女の道楽だとか、格好をつけたがっているだけだなんて思われませんように。

コンスタンティンがそんな誤解をするはずはない。きっとわかってくれる。しかし、ハンナはひどく神経質になっていた。つかつかとテラスを横切って厩への砂利道を進むあいだも、胃がむかついていて、午餐のときにあんなに食べなければよかったと後悔した。

じつを言うと、コンスタンティンを招いた理由はここにあった。招いても変に思われないよう、ハウスパーティを計画したのだ。

ハンナにとって重要なことだった。コンスタンティンの反応が重要だった。

彼のほうが先に厩に着き、いつもはハンナが乗っている馬に鞍をつけているところだった。そのそばで、馬番がハンナの片鞍を別の馬につけていた。コンスタンティンが乗っても大丈夫そうな大きな馬はジェットだけ――ハンナは譲歩することにした。コンスタンティンは黄褐色の乗馬ズボンと黒の上着に着替え、黒の乗馬ブーツをはき、シルクハットをかぶっていた。

ハンナがこの春、初めてハイドパークで出会ったときとまったく同じ姿だった。だが、違いがあった。いまの彼はコンスタンティン。ハンナの愛人。もっとも、残念ながら、この一週間肌を合わせていない。そして、ロンドンに戻るまで、あと数日は無理だろう。自分が所有する屋敷で愛人との関係に溺れて泊まり客をないがしろにするようなまねは、ハンナにはできないからだ。果てしなく待たなくてはならないような気がした。ただ、ありがたいことに、ロンドンを出たその日に月のものの訪れがあった。すでに一カ月ほど遅れていたのだ。

「公爵夫人？」

コンスタンティンがふりむいて、ハンナを頭から爪先まで見つめた。彼の目とすぼめた唇に称賛が浮かんでいることに、ハンナは気づいた。いやだわ、こんなみすぼらしい格好なのに。ハンナも同じ表情を浮かべ、すぼめた唇までまねしてみせると、コンスタンティンはニッと笑った。

「生意気女」

数分後、二人は廏の前庭を出て屋敷の裏へまわった。これがもし馬車だったら、馬車道を通ってその先の道路へ出ただろうが、そうはせず、田園地帯を抜けていくことにした。雨はもう大丈夫そうだ。少なくともしばらくのあいだは。雲が消えて青空が広がっていた。

「いまからどこへ？　もう決めてあるのかい？」

「ランズ・エンドよ。いえ、イングランド南部をはるばる馬で走り抜けて、デヴォンを通りすぎ、コーンウォールまで行くわけじゃないから、安心してね。ランズ・エンドというのは、わたしが数年前に購入した古いあばら家につけられた名前なの。そこをきちんとしたホームに改造し、自然な庭より人工的な庭を擁護したがるうるさ型でも満足してくれそうな、正式な庭園を造ったのよ。最初は、人生の終わりを意味する〝ライフス・エンド〟という案を出したんだけど、誰も賛成してくれなかった。最初の入居者全員の同意がほしかったのに。でも、入居者の一人が〝ランズ・エンド〟を提案して、コーンウォールにあるランズ・エンド岬の向こうには永遠の深さを持つ永遠の安らぎがあるって説明すると、全員が納得したの。わたし自身はそういう目で海を見たことがあまりなかったけど。どうしても泳ぎがマスターできなかったんですもの。でも、わたしには投票権がなかったから、結局、ランズ・エンドに決まったのよ」

「つまり、そこは老人ホーム？」

「ええ」

二人はしばらく無言で馬を走らせた。

「そのために宝石を売り払ったのかい？」

「そうよ」

「老人たちを愛してるの？」

ハンナは微笑した。「ええ。わたしはある老紳士を心から愛していた。その人は長い人生の終わりにさしかかったとき、快適な生活を送るのに必要なものをすべて持っていた。でも、世の中にはそうじゃない人が何千人もいるわ」

「きみは詐欺師みたいな人だな、公爵夫人」

「違うわよ」ハンナはきっぱり言った。「宝石がたくさんあったところで、なんの役に立つというの？　十年のあいだ深く愛されたことを思いださせてくれるだけ。思いだすための宝石なら、まだ充分すぎるほど持ってるわ。もっとも、公爵との思い出さえあれば、あとは何もいらない」

二人は広々とした田園地帯に出た。平坦な土地が広がっていて、ハンナはランズ・エンドまで馬を走らせるたびに、この光景を目にするのを楽しみにしている。

コンスタンティンがハンナのほうに顔を向けた。ハンナは視線を返さなかった。世間知らずな女の道楽ではない。わたしはあそこに住む人々を愛している。復活祭のあとでロンドンに出るまでは、この一年間、二、三日おきにここに来て悲しみを癒していた。今回こちらに戻ったあとは、五日前にここを訪ねた。称賛やお世辞がほしいからではなく、ここに来たかったから。来ずにはいられなかったからだ。ええ、称賛なんていらない！

「ここから先は、歩きだとうんざりしてしまうけど、馬を思いきり走らせると気分爽快よ。向こうのほうに高い松の木が見えるでしょ？」

ハンナは乗馬鞭でそちらを指した。

「梢が曲がってる木？」コンスタンティンが言った。

「あそこまで競走しましょう」言いおわる前にハンナは馬をスタートさせていた。

これが愛馬のジェットなら、片鞍という不利な条件でも勝てたかもしれない。ところが、ハンナがいま乗っているのはクローバーで、優美に走るのは好きだが、競争心のまったくない馬だった。屈辱的な敗北を喫した。

ハンナが追いつくと、コンスタンティンがうれしそうに笑っていた。

「今度ぼくにレースを挑む気になったときは、その前によく考えたほうがいい、公爵夫人。賞品を決めていなかったね。決める暇もないうちに、勝つためには手段を選ばないきみが勝手にスタートしてしまったから。となると、国際法からすれば、ぼくに自分の商品を決める権利ができたわけだ」

「国際法なんてものがあるの？」ハンナはコンスタンティンに笑いかけながら言った。「その法律が本当にあなたの味方なら、何を選ぶおつもり？」

「黙っててくれ。しばらく考えるから」

そう言うと、ハンナのそばへ馬を進め、膝が彼女の腿に密着したところで身を乗りだして、ハンナの唇にキスをした。ジェットが鼻を鳴らして横歩きをした。

こんなに短い中途半端なキスは、たぶん初めてだっただろう。しかし、ハンナはこのキスのおかげで、しばらく前から気づいてはいたが認めようとしなかったことをはっきり悟らされた。

わたしは恋をしている。

なんて不注意で軽率なことをしてしまったの。社交シーズンが終わるまでにこの恋心を消しておかないと、辛い思いをすることになる。

しかし、まずいことになったと思いつつも、ハンナの心に後悔はなかった。十一年の歳月がいつのまにか消え去って、若さと幸せをとりもどし、恋する乙女に戻っていた。今回は恋に恋しているのではなく、相手は生身の男性だ。好きになってしまった。このまま行けば愛が芽生えるかもしれない。彼に心を奪われ、全身全霊で愛してしまうかもしれない。

そんな愚かなまねをしてはならない。

でも、ああ、春のあいだだけは愛人関係を続けて、逢瀬を楽しむことができる。そう思っただけで、クローバーから飛びおりて、顔と腕を太陽のほうに向け、松の木の下に広がる草地で踊りたくなった。

若さをとりもどすって、なんてすてきなの。

「笑うがいい」コンスタンティンが言った。「競馬の勝者に与えられる賞品としては、あれでは粗末すぎる。今日の終わりまでに、はるかに満足のいくキスを要求するとしよう」

ハンナは公爵夫人にふさわしく、このうえなく傲慢な表情をコンスタンティンに向けた。「その前にわたしをつかまえなくては、ハクスタブルさま」と言った。「でも、ほら見て。ここからランズ・エンドがちらっと見えるわ」

ハンナが前方を指さし、二人は馬を並べて進みはじめた。今度はゆっくりしたペースだった。木々のあいだに建物が見えてきた。がっしりした、とても地味な感じの荘園館だが、ハンナにとってはさまざまな点でコープランドに劣らず大切なものだった。

「エインズリーにかかるお金はどうやって工面したの？」ハンナは尋ねた。

「ぼくは金に困っているわけじゃない」コンスタンティンは肩をすくめた。「親から充分な遺産をもらった」

「でも、運営資金には足りないはずよ。賭けてもいいわ。そういう施設の運営にどれだけお金がかかるものか、わたしも多少は知ってるもの。弟さんが援助してくれたの？　あなたの話だと、もともとは弟さんの思いつきだったわけでしょ」

返事はもらえないだろうと思った。コンスタンティンはしばらくのあいだ、暗く沈んだ表情に戻っていた。やがて、低く笑った。

「じつにおもしろいことに、ぼくたちもきみと同じ方法をとったんだ、公爵夫人。ただ、きみはダンバートンに話を通して、しぶしぶながらも承諾を得た。ぼくたちはジョンの後見人に何も相談しなかった。したところで、承諾してもらえるはずがない。後見人というのはぼくたちの伯父で、伯父が亡くなったあとはエリオットが後見人になった。伯父よりはるかに責任感が強く、鋭い観察眼を備えたやつだった」

「〝ぼくたち〟って言ったわね。でも、高価な品々を売ることにしたのはジョナサンの考えだったの？　それとも、あなた？」

コンスタンティンはハンナのほうに顔を向けてじっと見た。

「ハクスタブル家の宝石類は、ぼくが勝手に売却できる品ではなかった。売却の提案すら許されないことだった。ジョンが相続した財産だからね。それに、ぼくは正式な後見人ではなかったが、ジョンに対して大きな責任を感じていた。けっして頭の悪い子ではないのだが、ときどき、世間の連中とは違うものの見方をすることがあった。あるとき、とんでもない事実を知って……それはぼくらの父親の……い、いや、忘れてくれ！　弟はある人物のことが大好きで、亡くなってからもずっとその死を悼んでたんだが、その人物に関する事実を知ってひどく落ちこみ、何日間も食事が喉を通らず、眠ることもできなくなった。弟のそんな姿を見たのは初めてだった。しかも、弟は自分の苦悩をぼくにけっして打ち明けようとしなかった。秘密を守るよう、ぼくに何度も誓わせるだけだった。父親の秘密を人に知られてはならなかった。だが、父親がひきおこした問題を放っておくわけにもいかなかった。そして、ジョンは自分が新たなマートン伯爵になった以上、問題を解決するのは自分の責任だと痛感していた。ジョンを思いとどまらせようとしたが、ぼくでは無理だった。もっとも、ぼく自身、何年も前から同じように感じていた。無力で何もできなかったが」

「会ってみたかったわ」ハンナは優しく言った。「ジョナサンに」

「やがて、ある朝、ジョンが寝室に駆けこんできてぼくを叩き起こした——文字どおりの意味で。ひどく興奮して、しきりにわめきたて、楽しそうに笑っていた。すごいことを思いついたんだ。その夢を実現する方法が見つからないかぎり、ぜったい納得しそうになかった。実行役に選ばれたのがこのぼくだった。ジョンがいったん重大な決心をすれば、説得しても無駄だったし、そのときの決心はジョンの人生で何より重要なものだった。ジョンは頑固な――」

「ラバだった？　もしかして、お兄さん譲りじゃない？」

「その十倍も頑固だった。ジョンを止めようとすれば、伯父にこっそり打ち明けるしかなかった。しかし、ぼくもジョンと同じことを望んでいたし、正しいとわかっていても自分が無力で何もできないのを歯がゆく思っていた。ジョンがようやく知った事実に、ぼくはもう何年も前からうんざりしていた。生まれたときからずっと知っていたような気がする。母が不幸な日々と何度かの流産でやつれていき、父が女遊びを続けるのを、ぼくは傍で見守ってきた。ろくでもない父親だった。しかも、ジョンに冷たくて、面と向かって〝グズ〟と呼ぶこともあった。すまない。実の親のことをそんなふうに言うなんて……。それはともかく、ジョンに頼まれて売った宝石は限嗣相続財産に含まれていないものばかりだった。ただ、その一部は先祖代々のもので、莫大な価値があり、正式な鑑定書もついていた。後見人の明確な許可もなしにそれらを処分する権利はジョンにはなかった――もし裁判になったら、その主張が通っていただろう。それに、たとえジョンが無事に成人年齢に達したとしても、独力でそうした決断を下す能力はないという宣告を受けたことだろう」

「じゃ、自分のものを盗んだことになるの？」

「自分のしていることを、ジョンはちゃんとわきまえていた。無能な子ではなかった。ときどき、本当に聡明なのは弟だけだったんじゃないかと思うことがある。どっちが大切だと思う？　ウォレン館の金庫にしまいこまれた昔の宝石か、それとも、エインズリーで暮らす人々か」

ハンナは笑った。「わたしがどう答えるか、あなた、見当がつかないっていうの？」

ランズ・エンドが近くなってきた。牧草地を一つ越えれば、館の片側に大きな芝地が広がっている。

「誰にも話してないの？」ハンナは訊いた。「わたし以外は誰にも？」

「うん。国王陛下にも話していない」

「だから、みんなから悪党だと思われてるのね。グロースターシャーに自分の屋敷を買うために、無力な弟の財産を盗み、その屋敷で贅沢三昧をしてるって」

コンスタンティンは肩をすくめた。

「エリオットもぼくに劣らず口の堅いやつだったに違いない。ヴァネッサにだけはたぶん話していると思うが。もしエリオットの口が軽かったら、スティーヴンも、その姉さんたちも、いまごろぼくとは話をしてくれなくなってただろう」

「あるいは、わたしからあなたを守ろうともしなかったでしょうね」

コンスタンティンはハンナを見て微笑すると、身をかがめ、牧草地から庭園に入るための門をあけた。二人は馬をゆっくり進めて通り抜け、コンスタンティンが背後の門を閉めた。

「いまの話、マートン伯爵にはしておいたほうがいいんじゃない？　あの方は名誉を重んじる紳士だと思うけど」

コンスタンティンは嘲るように片方の眉を上げ、ハンナをちらっと見た。

「あいつならぼくを許してくれるというのか」

「きっと、許しなんか必要ないって言うはずよ。マートンが許さなきゃいけない相手は、あなたじゃなくてジョナサンのほうだわ。違う？」

コンスタンティンは馬を急がせて先に行ってしまい、ハンナはあわててあとを追った。

「あなたがいちばん恐れていたのはそれ？　誰も弟さんを許してくれないだろうと思ってたの？　みんなをもっと信頼したほうがいいわよ」

コンスタンティンがふりむいて、ふたたびハンナをまじまじと見た。ひどくこわばった表情になり、目の色が漆黒を帯びていた。

「きみはここのことを誰かに話した？」館のほうを頭で示しながら、コンスタンティンが訊いた。「ぼく以外の誰かに」

「いいえ」

「なぜ？　この午後、泊まり客全員を誘ってここに来ればよかったのに」

「わたしには守るべき評判があるのよ、コンスタンティン」

「まさにそうだな。ぼくもだ。悪魔と公爵夫人。似合いのカップルだ」

世間から見て？　それとも……本気でそう思ってるの？

「館のすぐそばまで来ていなければ、きみが故郷に帰るべき理由を片っ端から挙げていきたいところだ、公爵夫人。あ、故郷というのはマークルのことだよ」

二人が廏の外で馬を止めると、馬番が手を貸そうと急いでやってきたので、ハンナは身を乗りだしてクローバーの首を軽く叩いてやった。

「おっしゃるとおりね」ハンナは言った。

16

それから一時間半のあいだ、コンはハンナを見守りながら、昔から知っていたダンバートン公爵夫人の姿と重ねあわせようとした。そして、春の初めにハイドパークで、メリウェザー邸の舞踏会で、ヒートン家の音楽会で、フォンテーン家のガーデンパーティで会ったときの姿と。どうしても重ならないことを知って当惑した。とうてい同じ人物とは思えなかった。

みすぼらしいと言ってもいいような、褪せた水色の乗馬服のせいではなかった。髪をシンプルに結っていて、家に入って帽子を脱いだときにその髪が少しばかり乱れたせいでもなかった。大きな白いエプロンをかけているせいでもなかった。エプロンは管理人が使っている事務室のドアの裏にかかっていたものだ。とにかく、外見とはなんの関係もないことだった。

そこにいたのは、殻のなかに潜んでいた女性、愛人関係になってコンがときおり垣間見るまで一度も目にすることのなかった女性だった。ランズ・エンドに来て、その女性が完全な姿を現わした。さなぎが蝶になり、羽ばたいていた。美しく、生気にあふれ、喜びに輝き、その喜びを周囲の人々に分け与えていた。

コンはすっかり魅了された。

そして、危険なことに、心に愛が芽生えていた。

公爵夫人の美しさと生気と喜びはコンに向けられたものではなかったが、コンのほうを見るたびに彼女の顔に微笑が浮かび、人を惹きつけてやまない魅力のオーラにコンまでが包みこまれてしまった。

管理人のブルーム夫人に紹介された。身ぎれいで物腰の柔らかな中年女性で、夫人の案内で館のなかを見学させてもらった。ところが長くは続かなかった。入居者用の客間にすわっていた老人が公爵夫人の腕をつかんで、みんなと同じように〝ミス・ハンナ〟と呼び、孫たちが最近どんなに立派なことをなしとげたかを長々と話しはじめた。

「孫というのはあの人の想像の産物なんです」公爵夫人をあとに残してコンをさらに先へ案内しながら、ブルーム夫人が説明した。「でも、その想像があの人に喜びをもたらし、耳を傾けてくれる相手がいれば嬉々として孫の話を始めるんです」

つぎに、二階の広い廊下の椅子に並んですわっていた老婦人二人が、コンに紹介されたあとで「ハクスタブルさまはミス・ハンナと一緒に来られたの？　ミス・ハンナがいらしてるそうだけど」と言った。コンがそうだと答えると、結婚するつもりなのかどうかを知りたがった。「ミス・ハンナには若くて悪魔のようにハンサムな人がお似合いだわ。ちょうどあなたのように」と言い、コンがニッと笑って片目をつぶってみせ、ミス・ハンナに尋ねてほしいと言うと、二人ははしゃいだ歓声を上げた。ブルーム夫人のほうは緊急の呼出しを受けて立ち去った。

そのあと、コンは一人で館のなかをうろつき、一階を中心に見てまわった。大部分の部屋が解放されて、入居者がみんなで使えるようになっている。ただし、ブルーム夫人の説明によると、全員が個室を与えられていて、一人の時間を持つことができ、ノックをして入室の許可を得ないかぎり誰も部屋に入ることはできないという。それがこの館の数少ない規則の一つなのだ。

「ここは〝家庭〟なんです」先ほど、夫人は言い添えた。「施設ではありません、ハクスタブルさま。規則はほとんどありませんし、新しい規則を作るときは、まずこちらから提案して、入居者自身の投票で決定します。混乱を招くと思われるかもしれませんね。わたしも公爵夫人からそう強く指示されたとき、正直なところ、いささか疑問に思いましたが、なぜか奇跡のようにうまくいっています。外部の権威者から押しつけられるのではなく、自分たちで規則を決めたほうが、破る気が起きないのかもしれませんね」

コンは館のなかをまわりながら、何度か足を止めて老人たちに声をかけ、入居者の世話に当たっている使用人の何人かと話をした。

一階に下りると、ハンナはまだ、老人が語る想像上の孫の話に耳を傾けていた。老人の手をとり、目を輝かせて、一心に聴き入っていた。つぎにコンが彼女を見かけたときは、植物が豊かに茂る温室にいて、前方にぼうっと視線を据えたままの老女のために忍耐強く食事の介添えをしていた。今回はハンナがしゃべる側にまわり、笑顔で生き生きと話をしていた。老女が理解して反応してくれるかのように。いや、そんな言い方はよくない。もしかしたら、理解しているかもしれない。そのあとしばらくしてから、温室の外のテラスでハンナの姿を見かけた。痩せた老人が彼女の腕にすがり、二人で歩いていた。ハンナは老人に顔を向けて笑っていた。老人が立ち止まってハンナを見あげた。同じように笑っていた。

コンは思った。年を重ねるにつれて、すなおに信じられるようになるものだ――人生はそれぞれ独自の道をたどるものであり、人生で遭遇することにはすべて意味があるのだ、と。運命に左右されるということではない。運命は人の自由な意志を奪い、人生を惨めにする。だが、人は目に見えない何かの力によって試練にひきよせられ、そこから教訓を得て、たどるべき人生を見つけ、なすべきことに出会う。そして、たぶん、究極の幸せを手に入れる。人生の悲劇も、あとで考えてみれば、最高の恵みだったことがわかるだろう。

ハンナは十九歳のときに残酷きわまりない裏切りにあった。愛した男と、二人で夢見た未来と、ただ一人の妹への信頼を一度に失ってしまった。しかも、父親からも冷たく突き放された。父親がむずかしい立場に立たされていたのは事実だとしても。そこでハンナは祖父と言ってもいい年齢の老人と結婚し、夫はそれから十年間生き永らえて、ハンナの若さは消え去った。

ハンナはそうした日々のなかで、彼女の真実の姿を見もせずに美貌だけを目当てに寄ってくる連中や、美貌に嫉妬する連中から身を守る方法を学び、ハンナに近づいたあとであまりに美しく無防備だと言って非難するような連中に頼るのをやめて、自分で自分の人生に責任を持つことを学んだが、彼女が学んだのはそれだけではなかった。人生の真の目的と言えるものを見いだした。それは自分より弱い人々を――とくに年老いた人々を――愛すること。おかげでハンナの一部が伸びやかに解放された。サー・コリン・ヤングと結婚していたら、美貌と、その美貌が周囲に及ぼす影響の下にずっと埋もれたままだっただろう。ヤングと婚約した当時の彼女に比べたら、いまの彼女のほうがはるかに温かな人間になり、生気にあふれているのは間違いない。

この十一年間にハンナがたどった人生というのは、十二年前には予測も計画もできなかったものだ。それは人生の幕間《まくあい》などではないし、若さを失った日々でもない。人生の重要な一部分で、若さをうまく活用した日々だったのだ。

あの結婚式があった日、ハンナが婚約者と妹の関係を知ったのも、ダンバートンが式に参列し、ハンナが父親に悩みを打ち明けたまさにその部屋に逃げこんでいたのも、けっして偶然ではない。そこから壮大な舞台が始まったのだ。ただ、舞台監督が用意したのはその場面だけだった。脚本はまだできていなかった。

もちろん、ハンナはいまも不安に苛まれている。ダンバートン公爵夫人というセイレーンのような仮面の奥に身を隠している。しかし、それもまた人生のめぐり合わせだ。ハンナはいまも傷つきやすい。燃える建物に閉じこめられて、上階の窓枠にしがみついたまま、下に広げられた安全な毛布めがけて飛びおりたいのに、怖くて何もできずにいる。いまは時間が必要だ。いずれ心の準備ができたときに、自分なりの方法で飛びおりることができるはずだ。

いいや、この自分にそんな偉そうなことを言う資格があるだろうか。

それに、ダンバートン公爵夫人という存在が完全に消えてしまうのも惜しいことだ。魅力あふれるあでやかな存在なのに。

ハンナが老人と一緒に温室に入ろうとして、そこに立っているコンに気づき、温かな微笑を浮かべた。

「温室で腰を下ろして日光浴でもしましょうか、ウォードさん」ハンナが訊いた。

「部屋に戻ってしばらく休むことにする」老人は言った。「あんたのおかげで疲れたよ、ミス・ハンナ。昼寝をして、あんたの夢を見て、そこにいる人のような若者に戻る夢を見るとしよう」

「ハクスタブルさまをご紹介したかしら。今日、わたしと一緒に来た方なの。わたしのお友達よ」

「初めまして」コンは軽く頭を下げた。「お部屋までお送りしましょうか」

「一人で戻れるから大丈夫だよ、お若いの」ウォードは言った。「そこの椅子に立てかけてある杖をとってくれんかね。親切はありがたいが、やれるあいだは自分一人でやっていきたい。杖さえあれば、外を歩くのも平気さ。ただ、貴婦人と腕を組んで歩くチャンスまで捨てるつもりはない。そうだろう？　わしゃ、しがない港湾労働者だったんだが」

ウォードが楽しげに笑ったので、コンも微笑した。

「そろそろ帰りましょうか」老人がゆっくり歩き去るのを見送りながら、ハンナが言った。「退屈なさらなかったのならいいけど」

「ぜんぜん」コンはきっぱり答えた。

十分後、二人はふたたび馬にまたがり、コープランドへの帰途についた。ようやく言葉を交わしたのは、門をあけて芝地の向こうの牧草地に入り、背後の門を閉め、牧草地のなかほどまで馬を進めたときだった。

「公爵夫人、あの館には幸福な人があふれているようだね」

公爵夫人は彼のほうを見て微笑した。

「ブルーム夫人が行き届いた管理をしてくれてるから。それに、使用人にも恵まれてるし」

そして、彼女自身もあの館にいると幸せそうだ――コンは思った。老公爵との結婚が彼女をここに導いたのだ。

人生のめぐり合わせ。

そして、ジョンも人生のめぐり合わせによってエインズリーにたどり着いた。生きてそれを見ることは叶わなかったが。

では、このぼくは？　二日早く――両親が正式に結婚する二日前に――生まれたのは、非嫡出子となり、爵位を継げない立場になるためだったのではないだろうか。マートン伯爵となっていた場合に比べて、いまのほうが人生に有意義な目的を見つけることができたのではないだろうか。いまの自分のほうが幸せな人生を送っているのではないだろうか。

そう思ったら、頭がくらくらしてきた。

誕生時の状況によって、人生が破壊されたわけではなかったのかもしれない。ジョンの夢をひそかに実現したおかげで、自分の人生が豊かになったのかもしれない。

エインズリーを通りすぎていった者たちと同じく、自分もエインズリーの恩恵をこうむっていたのかもしれない。

「ずいぶん考えこんでるようだけど」

「いや、ぜんぜん」コンは答えた。「地中海人種っぽい容貌のせいさ」

「地中海的な容貌って、言うまでもなく、すばらしく魅力的よ」以前の公爵夫人を思わせる口調で、彼女は言った。「そういう容貌を持たない男性は、考えこんだところで、あなたの半分の魅力もないわ」

コンは笑った。

二人は心地よい沈黙のなかで馬を進め、やがて、コープランドの近くまで戻ってきた。

「違う道へ案内するわ。見てもらいたいものがあるの」

「ほかにも慈善事業を？」

「いいえ、正反対のもの。自分へのご褒美」

そして、庭園に馬を乗り入れて屋敷までの最短距離を行くかわりに、庭園のへりに沿って樹木の生い茂る地帯を進んでいった。コンの推測だと、屋敷の裏手のかなり遠くまで来ているはずだ。公爵夫人が手綱をひいて馬を止めた。

「ここからは歩きにして、馬をひいていくほうが楽よ」

コンが馬から降りて公爵夫人に手を貸す暇もないうちに、彼女は一人でひらりと地面に降り立った。馬の鼻面を軽く叩き、片手に手綱を巻きつけてから、木々のあいだを歩きはじめた。コンもあとを追い、ほどなく、文明から遠く離れた野生の世界に深く入りこんだような気がしてきた。

ようやく彼女が足を止めて、頭上の木々の高い枝のほうへ顔を向けた。沈黙のなかで、五分ほど、いや、もっと長い時間が過ぎた。

「耳をすませて」彼女がいった。「何が聞こえるか言ってみて」

「静寂？」しばらくしてから、コンは答えた。

「ううん、違う。本物の静寂なんてどこにもないのよ、コンスタンティン。もしあったとしても、ほとんどの人間は歓迎しないと思うわ。本物の闇と同じく、人は静寂にも恐怖を感じるものよ。そこにあるのは無だけですもの。もう一度、耳をすませてみて」

すると、コンの耳にありとあらゆる音が聞こえてきた――馬の息遣い、小鳥のさえずり、虫の音、そよ風に揺れる葉のざわめき、遠くにいる牛の鳴き声、ほかにも説明しえぬ自然の物音がいろいろ。

しばらくしてから、彼女が声をひそめて言った。「それは安らぎの音なのよ」

「ほんとだ」

「もし自然歩道を造るとすれば、ここを通すことになるでしょうね。そういう構想にぴったりですもの。ベンチ、飾りものの建物、色とりどりの花、並木道、その他いろいろ。屋敷から楽に来られるようになり、絵のような景色が楽しめる。でも、安らぎはなくなる。いまのような安らぎは消えてしまうわ。わたしたちもこの自然の一部なのよ、コンスタンティン。人間が優位に立ってるわけではない。自然を支配してるわけでもない。人生には支配関係がつきものでしょ。だから、わたしは安らぎがほしくてここに来るの」

コンスタンティンは自分の馬の手綱を低い枝にゆるく結びつけ、つぎに公爵夫人の手から手綱をとってそれも結びつけた。腕をとって向きを変えさせ、彼女が別の木の幹にもたれられるようにした。両手で彼女の顔をはさんで唇を重ねた。

弱ったな。彼女に恋をしてしまった。

彼女が相手なら安全だと思っていたのに。過去の愛人たち以上に。虚栄心の強い薄っぺらな女だと思っていた。彼女に期待したのは生々しい官能の喜びだけだった。

官能の喜びはたしかに存在した。

しかも、驚くほど生々しかった。

だが、少しも安全ではなかった。

官能をうわまわる何かがあったからだ。

強烈な何かがあるかもしれないということが、自分では怖くて認められなかった。

彼女がコンの首に腕をまわしてキスを返し、しばらくすると木の幹から離れて彼に身をすり寄せた。キスが激しさを増し、熱を帯びてきた。コンは森の地面にちらっと視線を落としたが、開墾して畑にするのが無理なのと同じく、ベッドにするのも無理だった。彼女のヒップを両手で包みこみ、硬くなった自分のものを押しつけけた。コンの口元で彼女が吐息を洩らし、頭をひいた。

「コープランドの敷地内であなたと愛を交わすのは、お客さまたちに失礼だからやめておくわ」

「愛を交わす？」わざとらしく地面に目を向けてコンは言った。「このマットレスの上で？いや、やめておこう。いまのキスはさっき獲得した賞品の残りを要求しただけなんだ。おかげで堪能させてもらった。今週中ならいつでもレースのお相手をしよう、公爵夫人」

「じゃ、今度はわたしがジェットに乗るわ。あなたはクローバー。そしたら、勝敗は逆転だわ」

「百万年たっても無理だな。もしきみが勝ったら、つまり、ぼくが勝たせてあげたら、どんな賞品を要求するつもりだい？」

コンは物憂げな笑みを浮かべた。

「勝たせてあげるですって？」彼女は不意に、傲慢な公爵夫人そのものになった。「勝たせてあげると言いたいの、コンスタンティン？」

「い、いや、忘れてくれ。どんな賞品がほしい？」

「じゃ、ロンドンのすべての新聞に広告を出してもらうわ。貴族社会に知らせてちょうだい――馬で競走してダンバートン公爵夫人に敗北を喫した、わざと負けたわけではない、と」

「ぼくを笑いものにする気かい？」

「女に負かされるのを怖がるような男は、とうていその女にふさわしいとは言えないわ。愛人としても」

「きみの屋敷の料理番は、今日、臓物《ハンブル》パイを焼いてるかなあ」コンは彼女に尋ねた。「もし焼いてあったら、屋敷に戻りしだい、ぼくが丸ごと食べて謙虚《ハンブル》に謝るとしよう。それで許してくれるかな」

公爵夫人は笑いだし、彼の首にまわした腕に力をこめてふたたびキスをした。

「こちらに来てよかったわ。田舎にいると、ロンドンでは味わえないような幸せな思いがどんどん高まってくるの。この何日か、すごく楽しいのよ。あなたはどう？」

「うーん、ベッドを共にできないのが残念だ、公爵夫人。とはいえ、楽しい毎日だ」

コンは彼女のウエストをしっかり支えて地面から抱きあげると、一回、二回とまわしてから、ふたたび地面に下ろし、彼女の目に笑みを向けた。

ベッドを共にできない残念な日々。だったら、なぜこんなに浮き浮きしているのだろう？なぜこんなに……幸せなんだろう？

二人はじっと見つめあった。突然、口にしなかった言葉の数々が二人の周囲で脈打ちはじめた。深夜になってから無謀な自分を後悔するのが怖くて、コンが口に出せなかった言葉。彼女が口にしたかもしれないが、現実にはしなかった言葉。彼女が何か言いかけたように見えたのは、こちらの錯覚だったのだろうか。

恋する者が単純に陶酔しているだけなのだろうか。

自分にはわからない。恋をした経験がないから。

陶酔をうわまわる恋というものを、自分はもちろん知らない。永遠の幸せなどというハッピーエンドも知らない。

どうすれば知ることができるのだろう？

だから何も言えなかった。もちろん、自分に言えるはずがない。そして、たぶん、彼女のほうも。

ふたたび馬をひき、木々のあいだを縫って進むと、湖の端の開けた場所に出た。縦一列で歩くほうが楽だろうが、二人は横に並んで歩きつづけた。手をつないでいた。指をからめていた。

抱きあうより、このほうが親密な感じがした。

その夜の予定はべつに立てていなかった。静かな時間を作って好きなように過ごしてもらえば、泊まり客も喜ぶのではないかと思っていた。ところが、晩餐のあとで客間へ移ったレディたちに紳士が合流してほどなく、マリアン・アストリーがジェスチャーゲームを提案し、誰もが大喜びで参加した。

みんなで二時間ほど続けたが、やがて、何人かがゲームを抜け、見物だけにしておくと言いだした。

ハンナはレディ・マートンに脇のほうへひっぱっていかれた。

「新鮮な空気を吸いに、テラスに出ようかと思うんですけど」レディ・マートンは開いたフレンチドアのほうを示した。「ご一緒にいかが？」

ハンナはあたりに目をやった。しばらくは自分がいなくても大丈夫だろう。頬を上気させたバーバラが味方チームのために身振り手振りで奮闘している最中で、チームの面々は大声で解答しようとして、敵チームに笑われ、野次を浴びていた。

「たしかに部屋のなかは暑いわね」ハンナは言った。

外に出るとひんやりしていたが、むきだしの腕に空気が冷たすぎてあわててショールをとりに戻る、というほどではなかった。

レディ・マートンがハンナの腕に手を通し、二人はテラスをゆっくり横切ると、芝生のほうへ出ていった。客間の明かりが二人のところまで届き、行く手をうっすら照らしてくれた。

「ミス・レヴンワースっていい方ね」レディ・マートンが言った。「あなたとは幼いころからの仲良しだって、先ほど話してくださったわ」

「ええ。バーバラが友達でいてくれて、とても幸運でした」

「でも、ほとんど遠く離れて暮らしてらっしゃるんでしょ。残念ね。わたしにも親しい友がいますのよ。アリスといって、かつて家庭教師をしてくれて、そのあとわたしのコンパニオンになった人なの。でも、最初から気が合って、アリスにならどんなことでも打ち明けられたわ。彼女も去年結婚しました。スティーヴンとわたしが結婚する少し前に。うれしいことに、円満な結婚生活を送っていて、ほぼ一年中、ご主人のゴールディング氏とロンドンで暮らしています。それでも、わたし、会えなくて寂しいわ。親しい友は近くに住むべきね」

「わたしはいつも感謝しています」ハンナは言った。「誰かが紙とインクとペンを――そして、文字を――発明してくれたことに」

「そうね」レディ・マートンも同意した。「でも、去年の春、アリスがずっとそばについててくれなかったら、わたしは恐ろしく孤独だったでしょう。未亡人になり、夫を殺したと世間で広く噂され、夫の一族から縁を切られ、一時は弟とも疎遠でした」

ここでハンナは気がついた。暇つぶしのおしゃべりをするために誘われたのではない。

「アリスがいてくれても、わたしはいつも孤独に苦しんでいました。でも、やがてスティーヴンとめぐり合い、身内の方々にも受け入れてもらえるようになりました。ただ、ご想像はつくでしょうけど、簡単にはいかなかったわ。だけど、すばらしい方たちよ。スティーヴンの三人のお姉さまは。つつましい環境でお金の苦労をしながら育った方たちだから、貴族社会の多くの人に比べて、物事の本質をはるかに鋭く見極める能力がおありみたい。それに、思いやりと理解力と真の友情にあふれているし」

「そんな方たちの弟さんと結婚できて幸運でしたわね、レディ・マートン」

「よかったら、カッサンドラとお呼びになって」

「カッサンドラ。すてきなお名前。わたしはハンナよ」

二人は足を止めて、雲間から顔を出したばかりの月を見あげた。満月をやや過ぎたところで、斜めに傾いているように見える。

「ハンナ」カッサンドラが言った。「わたしたち、間違ったことをしてしまったわ」

「わたしたち？」

「スティーヴンとお姉さまたちはね、ウォレン館に初めて到着してコンスタンティンに会うまで、その存在を知らずにいたの。みんな、すぐにコンスタンティンに好意を持ち、当然ながら、ひどく申しわけない気持ちになったそうよ。コンスタンティンはたった一人の弟さんを亡くしたばかりだったんですもの。屋敷を奪われ、つい最近まで弟さんのものだった爵位をスティーヴンに奪われるのが、コンスタンティンにとってどれだけ辛いことだったか、スティーヴンたちにはよくわかっていたでしょうね。コンスタンティンが二日早く生まれたせいで、相続権を得られなかったからなのよ。コンスタンティンは心の内をあまり見せない秘密主義の人で、昔からエリオットと対立していて、いまではヴァネッサとも気まずくなってるけど、あとの者はコンスタンティンのことが大好きで、心から彼の幸せを願っているのよ」

「わたし、コンスタンティンとの結婚なんて考えてないわ」月を見あげたまま、ハンナは言った。「彼の心を傷つけるつもりもないし。愛人関係にあるのは事実よ、カッサンドラ。みなさんもはっきりお気づきのように。でも、心まで奪われたわけじゃないわ」

自分が真実を語っているのかどうか、ハンナにはよくわからなかったが、コンスタンティンからすれば、たぶん真実だろう。彼の一族にとって大切なのはその点だけだ。でも、今日の午後は……。

「でも、そこが問題なの」カッサンドラはため息をついた。「みんな、とても心配してたのよ、ハンナ。コンスタンティンはもう三十代だし、まわりに頼らずになんでもできる人だけど、でも、あなたはほかの女性たちとは違っている。コンスタンティンの心を弄び、侮辱し、もしかしたら、傷つけることも充分にありうるって、みんなが思ったの。コンスタンティンをあなたから守る必要があるとは思わなかったけど——そんなの、ばかげてますものね——こちらの非難の気持ちを示すべきだと思いこんだの」

「だから、招待状に断わりの返事をお出しになったのね。それはみなさんの権利だわ。気の進まない招待を無理に受けることはありませんもの。わたしならぜったい受けません。そういう妥協はしないようにと公爵が教えてくれたから。お義理で無用な退屈を我慢するのも、ばかな人の相手をするのもやめるよう、教えてくれたわ。そんな義務はないって。なぜ招待をお断わりになったのか、なぜ気が変わってこちらにいらしたのか、わたしに説明なさる必要はないのよ」

「ハンナ、わたしが去年ロンドンに出てきたときは、周囲からひどく誤解されていて、村八分の扱いだったのよ。気になんかしてないって、いくら自分に言い聞かせても、あんなに辛いことはなかったわ。あなたは社交界から排斥されてるわけじゃなくて、まさにその逆。でも、誤解されてる点は同じね」

「じつは」ハンナは近くのオークの木の下に置かれたベンチのほうへカッサンドラを連れていった。「わたし、自分でわざと周囲に誤解させてるの。社交の場に顔を出しても自分だけの世界があるとわかっていれば、人々の視線を浴びても巧みに身を隠すことができるとわかっていれば、心穏やかでいられますもの」

二人はベンチに腰を下ろし、カッサンドラが穏やかに笑った。「去年ロンドンに出てきたときのわたしは、さまざまな悩みに加えてお金にも困っていたし、自分だけじゃなくて、身近な者たちの生活も支えなきゃいけなかったの。そこで、食べていくためにはお金持ちのパトロンを見つけるしかないと決心したの。だから、舞踏会に出かけていってスティーヴンを誘惑したのよ。まるで天使みたいな人だった。わたしったら愚かにも、天使のような男なら軟弱なはず、すぐ思いどおりにできるだろうって思いこんでしまった。でも、その話はまた別のときにね。とにかく、わたしはその舞踏室に立ち、周囲には無人のスペースができ、招待状もなしに押しかけたわたしに誰もが呆れはて、小さく丸まってそのまま消えてくれないものかと思ってたみたい。そのときわたしを支えてくれたのは、わたしのことなんて誰もわかってない、本当のわたしは、みんなの目に映っている図々しい赤毛の斧殺人鬼という仮面の陰に安全に隠れている、という思いだったわ」

「ところが、マートン伯爵があなたと踊ってくれた」ハンナは言った。

「その話もまた別のときにね。そんな経験をしたわたしだから、この春の初めにあなたと会ったとき、目の前にいるのが真実のダンバートン公爵夫人じゃないことぐらい、ちゃんと悟るべきだったんだわ」

「あら、それも真実の姿なのよ。このわたしがダンバートン公爵夫人なの。十九のときに公爵と結婚し、公爵はわたしの若さと美貌に、わたしは爵位と財産に目がくらんで結婚したんだと、世間はいつまでも信じつづけるでしょうけど、とにかく、正式な妻になったの。そして、いまは公爵未亡人。公爵夫人らしくふるまい、毅然たる態度をとり、自分の人生は自分で管理し、美貌やその他の資質を他人に利用されるようなことはけっしてしない。公爵の力を借りて作りあげた自分が、わたしは好きなの、カッサンドラ。ダンバートン公爵夫人でいるのは快適よ」

「わたしの言い方がまずかったわね」カッサンドラが言った。「ほんとはこう言いたかったの。あなたを目の前にしたとき、それがあなたの完全な姿だと思いこんだのは間違いだったって。生意気にも、あなたのことがわかっているつもりだった。ところが、マーガレットから、クレイヴァーブルック邸を訪れたあなたがダンカンのお祖父さまに優しく接し、帰る前にお祖父さまの頰にキスまでしたことを聞かされたの。しかも、わたしたち全員が招待状にお断わりの返事を出したのに、あなたはわざわざマーガレットを訪ねて子供たちまでこのハウスパーティに呼んでくださった。そして、わたしはこの二日間、ロンドンではけっして見られない一面を見せてもらったわ。温かくて、もてなし上手で、楽しいことが好きな人だったのね。だから、あなたを誤解していたことを謝りたかったの。みんなも同じ思いよ」

「すると、あなたがみんなの代表に選ばれて、こうしてわたしと話をしているわけ?」ハンナは訊いた。おもしろがっているのか、少しばかり傷ついたのか、自分でもわからなかった。

「いいえ、そうじゃないのよ。ただ、今日の午後、あなたがコンスタンティンとどこかへ出かけて、子供たちがお昼寝をしたり、よその部屋で遊んだりしているあいだに、お姉さまたちとゆっくり話しあったの。そして、何も知らないままあなたを排斥しようとしてしまったことをどんなに申しわけなく思っているか、ぜひともあなたに伝えなきゃってことで、全員の意見が一致したの」

「謝る必要なんてないわ」

「そうおっしゃると思ってました」カッサンドラはうなずいた。「でも、友達づきあいをしていただきたいの。最初にぎくしゃくしてしまったのを許してもらえるなら」

「わたしがコンスタンティンを傷つけないことを条件に?」

「コンスタンティンはこれとは無関係よ。自分のことには自分で責任を持てる人ですもの。そして、あなたがコンスタンティンを勝手にひきずりまわして傷つけるような人じゃないことは、わたしたちにもよくわかったの。社交シーズンが終わったときに、コンスタンティンが二人の関係を終わらせる気なら、もしくは、あなたのほうから終わらせる気なら、もしくは、おたがいの合意のもとで別れる気なら、それは完全に二人の問題だわ。でも、わたし、あなたとお友達になりたいの。マーガレットとキャサリンも同じ気持ちよ。それから、あなたの気持ちが楽になるならついでに言っておくけど、先週、ヴァネッサが言ってたわ。昔からあなたに好感を抱き、崇拝していた、コンスタンティンにはもったいない人だ、って」

カッサンドラはふたたび、穏やかに笑った。

ほんとにもう終わりにすべきだわ、あんな対立は——ハンナは思った。自分のいとこで、親友でもあった男について早まった結論を下し、最低の犯罪者だと非難したモアランド公爵はたしかに咎められるべきだ。しかし、コンスタンティンにも同じく責任がある。ムッとするあまり、大きな誤解であることを弁明しようともしなかったのだから。

誤解。またしても、この言葉だ。

三人のレディから友達になってほしいと頼まれた。つきあえばとても親しくなれそうな人たちだ。いえ、もしかしたら四人になるかも。モアランド公爵夫人がわたしに好感を抱き、崇拝していたと言ってくれている。

しかも、差しだされた友情にはなんの条件もついていない。

「あら、見つかってしまった」カッサンドラの言葉にハンナが顔を上げると、マートン伯爵とコンスタンティンが芝生の向こうからやってくるところだった。「天使と悪魔。去年のある日の午後、ハイドパークで初めて二人を見たとき、わたしはそう思ったわ。そして、スティーヴンはまさに本物の天使なの」

ハンナの胸がときめいた。十五分ほど前に客間でコンスタンティンの顔を見たばかりだというのに。しばらくベッドを共にしていないため、つい感情が昂ってしまう。彼に抱かれたくてたまらないということだけが理由ではない――その思いもあるけれど――禁欲の日々のなかで、二人の関係について考えてみたのだ。自分の思いがどちらへ向かおうとしているかを知って、それはまずいと思った。

ううん、まずくなんかない。でも……。

でも、今日の午後、森にいたときにコンスタンティンは何を言おうとしたの？　結局、何も言わずに黙りこんでしまった。それまでは彼の口から言葉があふれでていたのに。

そして、わたしの口からも。

わたしは結局、立ち直れないほど傷つくだろう。火を弄んでも火傷はしないなどと信じてはいけなかったのだ。

それとも、もしかしたら傷つかずにすむだろうか。もしかしたら……。

「わがチームの勝利を祝ってほしくて出てきたんだ」声の届く範囲まで来て、伯爵が大声で言った。「きみたちは途中で出ていったから、見てもらえなかったけど」

コンスタンティンが言った。「もちろん、敵チームからは、ミス・レヴンワースのおかげで勝てただけだと難癖をつけられた。だが、ぼくに言わせれば、そんなのは向こうの負け惜しみだ」

「敵チームというと、わたしのチームね」カッサンドラが言った。「チームメイトのなかに、負け惜しみを言いそうな人なんて誰もいないわよ。それに、ミス・レヴンワースがいれば、それだけでチームにとっては有利だわ」

「おやおや、またそんなことを、キャス」マートン伯爵が言った。「それは偏見というものだ。殴りあいになる前に話題を変えたほうがよさそうだ」

マートン伯爵は妻の横のベンチに片足をのせ、腕を膝に垂らした。コンスタンティンはハンナのかたわらの木の幹に片方の肩を預け、胸の前で腕を組んだ。

「ここまで来ると、静かで気持ちがいいね」しばらくして伯爵が言った。

「そんなことはない」コンスタンティンが言った。「じっと耳をすませば、木々を渡る風の音や、ナイチンゲールのさえずりや、客間の笑い声などが聞こえてくる。そのすべてから静かな安らぎが生まれる。今日の午後、森を散策していたときにハンナが教えてくれたんだ」

全員が耳をすませた。

ハンナをのぞいて。

たったいま、コンスタンティンが名前を呼んでくれた。初めてのことだ。

そして、わたしは気さくなこのグループに加わって、みんなの温かさと、仲間にしてもらえた喜びに浸っている。いつものようにグループの中心にいてちやほやされるのではない。グループの一部になっている。

防御の壁を跡形もなく消すことができれば、自分はいま二組のカップルの一部になれた、と信じることができるだろう。

ハンナは膝の上で両手を強く握りあわせた。ゆるめることができなかった。ハートの痛みが強くなってきて、もう耐えられそうになかった。ハートが破れたら、もちろん、耐えられないに決まっている。もう一組のカップルは結婚している。子供部屋で眠る赤ちゃんがいる。このハウスパーティが終われば、二人は一緒にロンドンに戻っていく。春の終わりには、一緒に田舎の本邸に戻っていく。今夜だって、たぶん、おたがいの腕のなかで眠りにつくのだろう。

「ほんとだね、コン」数分してから、驚きの声で伯爵が言った。

コンスタンティンがハンナの肩に軽く片手を置いた。
ハンナは涙ぐみそうになった。
もしくは、勢いよく立ちあがり、月光のもとで踊りだしたくなった。

17

午後から開かれる子供のパーティへの期待で、子供のいない客まで含めて誰もが興奮しているように見えた。朝食がすむと、男性何人かがパーク氏に率いられて、クリケットの試合場のラインをひくために、湖からそう遠くないところへ出かけていった。ジュリアナ・ベントリーとマリアン・アストリーは、けさは顔色がそれほど悪くないキャサリンと一緒に、さまざまな競走がおこなわれる会場へ場所とりに向かった。バーバラ・レヴンワースは自発的に協力を申しでたメンバーの先頭に立って、宝探しの準備にとりかかった。ローレンス・アストリーとサー・ブラッドリー・ベントリーはボートの具合を調べるために乗ってみると申しでた。修理も塗装も去年のうちにすませてあるが、じっさいに漕いだことはまだ一度もない。モントフォード卿ジャスパーは年上の子供たちがみんなの邪魔にならないよう、乗馬に連れていった。何人かの母親は子供部屋に残って幼い子たちをあやし、そこにスティーヴンとフィンチ氏も加わった。

午餐がすんでしばらくすると、近隣からさまざまな年齢の子供が全部で二十二人やってくる予定だ。その親たちも、湖畔の芝生でのピクニックに招かれている。

ハンナは厨房で料理番と打ち合わせの最中だった。コンに言わせれば、打ち合わせなど不要だろうに。しかし、ハンナはほかの誰よりも興奮していた。朝食の席では顔が生き生きと輝いていた。頰がピンクに染まり、目がきらめいていた。

コンはアストリーとベントリーにつきあってボートを調べにいくつもりだったが、エインズリーのハーヴィ・ウェクスフォードから手紙が届いたため、二人には先に行ってもらった。手紙はロンドンから転送されてきていた。読むのはあとまわしにしてもよかったが、二、三日前に報告書が届いたばかりなのに、つぎの手紙がこんなに早く来るとは思っていなかった。好奇心を抑えきれず、テラスに残って読みはじめた。

湖へみんなの様子を見に行こうとして、客間を抜けてフレンチドアからテラスに出てきたハンナが、コンの姿に気づいた。

コンは彼女に笑顔を向けて手紙をたたんだ。

「料理の準備はすべて整ったのかな？」

「もちろん。わたしが料理番の縄張りに踏みこんで邪魔をしたりしなければ、客人として大歓迎してもらえることがわかってきたわ」

ハンナは笑いながらコンを見て、つぎに、屋敷から離れたところで動きまわっている人々に目を向けた。コンの手紙をちらっと見た。

「どうかしたの？」

「いや、べつに」コンはふたたび微笑した。

ハンナは彼のそばのベンチにすわった。

「コンスタンティン、どうしたの？　正直に話してちょうだい」

「命令かい、公爵夫人」コンは不機嫌に目を細めて彼女を見た。

ハンナはすわったままじっと待った。

「こんな関係って、ふつうはないでしょ」ついに言った。

「そもそも、関係というものがあるのかな？　一緒に寝ている。喜びを分かちあっている。そういうのは〝関係〟とは言えない」

ハンナは長いあいだ無表情に彼を見つめた。

「一緒に寝たわ」ようやく言った。「喜びを分かちあったわ。もう過去のことよ、コンスタンティン」

そして、立ちあがると、それ以上ひと言も言わず、ふりかえることもなく、湖のほうへ歩き去った。

ぼくのなかに刻みつけられているのだろうか。自分のなかに深く逃げこむことで、わが身が傷つくのを避けたいという強い欲求が。物心ついてからずっと、自分は落伍者《らくごしゃ》だという思いに苛まれてきた。予定日より二週間早く生まれてしまった。父親が特別許可証を手に入れて母親と結婚する二日前のことだった。母親はたぶん、幼い息子には何も理解できないと思ったのだろうが、式を挙げたあとで生まれてきてくれれば、わたしも毎年のように妊娠して流産や死産をくりかえしたりしなくてすんだのよ、とコンに愚痴を言ったものだった。父親のほうは、息子が意味を理解できる年齢になったのが充分にわかってからでも、おまえがあと数日待って、正式な跡継ぎとして生まれてくれれば、妻が不感症でもこんなにうんざりせずにすんだのに、と愚痴を言いつづけた。コンは自分の健康にまで引け目を感じるようになった。健康な跡継ぎを作ろうと努力する両親にとって、健やかに成長していくコンを見るのは苦々しいことだった。

やがてジョンが生まれ、コンはこの弟を憎んだ。父親の死後に自分が爵位を継いだなら、弟よりはるかに立派な伯爵になれただろう。だが一方、苦しいぐらいにジョンを愛していた。ひたすら自分を愛してくれる弟に憎しみを抱くという罪悪感。弟の心にあるのは愛だけなのに。

やがて、ジョンがエインズリーのために立てた壮大な計画を、コンが守っていくことになった。世間の目には、ジョンは愚鈍な子として映っているかもしれないが、たとえ何があろうと、誰に知られようと、そんな理由で計画が阻止されることのないよう、コンが目を光らせていなくてはならなかった。エリオットにすら秘密を打ち明けることはできなかった。エリオット自身が突然爵位を継ぐことになり、責任の重さにあえいでいたところだったから、ジョンの無謀な試みを知ればやめさせようとしたに決まっている。

そして、冷静に問いただすかわりに痛烈な非難をぶつけてきたエリオットの態度に、コンはひどく裏切られた気がした。

だが、問いただされたなら、こちらは正直に答えていただろうか。答えなかったかもしれない。いや、おそらく答えなかっただろう。エリオットはジョンの望みにストップをかけるのが自分の義務だと考えただろうから。領地を無傷で守る必要があると思っただろう。それが後見人の役目だ。エリオットに優しい心がないわけではないが、父親が急逝したあと、義務を優先させるようになった。少なくとも、あの当時はそうだった。ヴァネッサと結婚してから、優しい心を思いだしたようだが、すでに手遅れだった。ジョンは亡くなり、幼いころからの友情はこわれて、もうもとには戻せなかった。

そういうわけで、秘密主義が、自分自身のなかに身を隠すことが、コンの個性の一部になっていた。つい先ほども、辛く当たってはならない相手に辛く当たってしまった。

ああ、彼女を愛している！

なのに、ひどい態度をとってしまった。残酷さも、冷たさも、ぼくの性格の一部なのだろうか。父親にそっくりなのだろうか。

彼女を追いかけようと思って立ちあがった。しかし、向こうがひきかえしてきたことに気づいていなかった。彼女が近づいてきて、コンの前に立った。

「悪かった」コンは言った。

「わたしたち、一緒に寝てるだけじゃないのよ。喜びを分かちあってるだけでもない。あなたが認めようと、認めまいと、それ以上のものがあるのよ。それに名前をつけるつもりはないわ。つけられる自信もないし。でも、何かがあるのは間違いないわ、コンスタンティン。あなたの深い苦悩を打ち明けてもらえないなんて耐えられない。あなたはわたしの苦悩を知っているというのに。いえ、うまく伝えられなかったかもしれないから、もう一度よく聞いてね。わたしは自分の美貌を憎みながら大きくなったの。だって、仲良くしたい相手からも距離を置かれるんですもの。妹にいやな思いをさせないよう、わたしがいくら気をつけていても、妹は嫉妬してばかりで、ついには、わたしを手ひどく傷つけた。たぶん、自分のほうがわたしに傷つけられたと思ってたでしょうね。あの子は昔からコリンを愛してたのかもしれない。あるいは、わたしがコリンを愛して婚約したというだけの理由で、あの子もコリンを愛したのかもしれない。父はそんなわたしたちの板挟みになり、母が亡くなってからはどう対処していいかわからずに、結局はドーンの側に立ち、わたしを絶望へと追いやった。でも、仕方ないわね。根っからの悪人なんて一人もいなかったと思う。コリンだって悪人じゃないわ。みんな、自分の言動を正当化してたのかもしれない。だけど、わたしにも感情があり、ほかの女の子と同じように深く傷つくこともあり、美貌が痛みや喪失を和らげてはくれるわけではないことを、みんなにわかってもらいたかった。バーバラには感謝してるわ。わたしを理解し、これまでずっと仲良くしてくれた親友。それから、公爵にも感謝してる。わたしの外見に惑わされることなく、打ちひしがれ、怯えている子供の姿に気づいてくれた人ですもの。わたし、あの部屋で無様に泣きじゃくって、公爵の静かな時間をめちゃめちゃにしてしまったのよ」

「公爵夫人」

「公爵のおかげで――もっと正確に言うなら、公爵の愛のおかげで――わたしは自分を愛せるようになったの。うぬぼれることなく、自分自身を受け入れることができるようになった。うわすべりな形で多くの人を惹きつけてきた外見の奥に、本当の自分が隠れていたのね。まだ自信はあまり持てないけど、羽ばたく準備はできたわ。これがわたしの経験してきた苦しみよ、コンスタンティン。その苦しみはいまも消えていない。わたしはダンバートン公爵夫人という鉄壁の鎧の陰に隠れ、不安を抱えてさまよってるの」

コンは喉の奥から嗚咽《おえつ》が洩れそうになり、あわてて唾を呑みこんだ。

「ジョンの夢が悪夢に変わりそうなんだ」手にしたままだった手紙をかざした。「エインズリーで働く者たちのなかに、ジェス・バーンズという知的障害者がいるんだが、ある晩、そいつが鶏小屋の扉の掛け金をかけ忘れたものだから、狐が一匹忍びこんで、ニワトリを十羽以上食い殺してしまった。管理人のウェクスフォードはそんなにきつく叱ってはいないと言っている。ジェスは人に喜んでもらおうと一生懸命だし、農場でいちばんの働き者だからね。ただ、ぼくが落胆するだろうと、ジェスに言ってしまった。翌日の夜、ジェスは外に出て、すぐ近くに住む隣人の鶏小屋からニワトリを十四羽、勝手にとってきた。いまは牢屋で落ちこんでいる。ニワトリは全部無事に返したし、代金も払ったし、ジェスも涙ながらに謝ったのだが。その隣人はぼくがエインズリーの事業にとりかかったときから、ぼくのことと事業を非難しつづけてきた。文句を言うチャンスがあれば、すかさず飛びつくやつだ。これは無謀な事業だ、失敗するのは目に見えている、と主張するのに必要な証拠を、隣人はついに手に入れたわけだ」

ハンナは手紙を受けとると、テーブルに置いてから、コンの手を両手で包んだ。彼女の手の温もりに包まれて、コンはいま初めて、自分の手が冷えきっていたことを知った。

「その哀れな子はどうなるの？」

「〝哀れな子〟というのは、じつは四十歳ぐらいだけどね。ウェクスフォードがなんとか話をつけてくれるだろう。ジェスに盗みを働くつもりはなく、失敗の埋めあわせをしてぼくを喜ばせたかっただけなのは明白だ。しかも、隣人のキンケイドには充分すぎるほど金を払ったんだし。まあ、やつが怒るのも非難できないが。好ましいとは言いがたい連中が近所にたくさん住みついたら自分たちの身に危険が及ぶんじゃないかというのが、近隣の人々の最大の悩みだからね。ただ、哀れなジェスが牢屋にいることを思うと不憫《ふびん》でならないし、なぜ牢屋に入らなきゃならないのか、いくら考えてもわからない。来週ロンドンに戻ってから、エインズリーへ行ってみたほうがよさそうだ」

「今日のうちに行きたいんじゃない？」

コンは彼女の目を見つめた。「急に帰るなんて言ったら、みんなから質問攻めにされてしまう。それに、今日はここできみと一緒に過ごしたい。たとえ、きみに……喜びを控えるよう命じられてても」

コンは彼女に笑いかけた。

ハンナは笑みを返さなかった。

「ありがとう、コンスタンティン。打ち明けてくれてありがとう」

恥ずかしいことに、コンは涙があふれてくるのを感じた。あわてて両手をひっこめ、横を向いてウェクスフォードからの手紙をとった。彼女に気づかれていないよう願った。ふっと心が弱くなって誰かに悩みを打ち明けたりすると、こうなってしまうのはわかっていたのに。自分の問題で彼女を悩ませたりしてはいけなかった。パーティの準備で大忙しの最中だ。

「愛してるわ」ハンナが言った。

コンは涙のことも忘れてハッとふりむき、彼女を凝視した。愕然とした。

「愛してる」ハンナは優しく言った。「怯えなくてもいいのよ。愛は相手を鎖で縛りつけるものじゃないわ。ただそこにあるだけ」

そして、向きを変え、きびきびした足どりでふたたび芝生を遠ざかっていった。今度は戻ってこなかった。

なんてことだ！

愚かなことに、コンは怯えていた。悪魔と呼ばれた男が愛に怯えていることを知ったら、貴族仲間が大喜びするのではないだろうか。もっとも、神学的には意味のあることかもしれない。苦いユーモアを交えて、コンは思った。

〝愛してるよ、コン。この広い世界の誰よりも、ぼくはコンを愛してる。永遠に愛してる、アーメン〟

そう言ったのはジョン。十六歳の誕生日を迎えた夜のことだった。

翌朝、ジョンは亡くなっていた。

〝愛してるわ〟たったいま、ハンナがコンに言った。

コンは目を閉じた。どうかウェクスフォードがジェスを牢屋から無事に出してくれていますように。本物の祈りだった。長い長い歳月を経たのちの、久しぶりの祈りだった。


子供のパーティは延々と続き、ドタバタと大騒ぎだった。どの子もはしゃぎまわっていた。例外はカッサンドラの赤ん坊ともう一人別の赤ん坊だけで、二人とも母親の腕に抱かれて、特別なことなど何も起きていないかのように、すやすや眠りつづけていた。

隣人たちが自分の子供を呼び集めて家に連れて帰り、屋敷の泊まり客が遊び道具とゴミを片づけ、あとの子供たちを連れて屋敷によたよたと戻るころには、どの大人もくたびれはてた顔をしていた。

「子供のパーティが大成功だったことを実感するのは」フィンチ夫人が言った。「終わったときにどっと疲れが出て、片足ずつ前へ出すのも大変というときだわ。今日はまさにそういうパーティでしたわね、公爵夫人」

誰もが笑い――少々疲れた笑い声ではあったが――同意した。

一時間ほどたって、晩餐のための着替えを始めたハンナは幸せに浸り、自分を誇らしく感じていた。これまでのハンナなら、ほかの人々から離れて立ち、優雅な公爵夫人の役を演じただろうが、今日は午後からずっと子供たちのなかに入って遊びつづけた。十歳の少女と組んで二人三脚までやった。少女はスタートからゴールまで金切り声を上げどおしだったので、ハンナは片耳がじんじんしていたし、数えきれないぐらい転倒したため身体のあちこちが痛かった。

でも、とても幸せだった。

コンスタンティンに〝愛している〟と告げたことを後悔してはいなかった。本当の気持ちだし、どうしても言っておきたかった。愛の言葉が返ってくることは期待していなかった――少なくとも、期待しないよう自分に言い聞かせていた。だが、人生には言わずに終わることがたくさんあり、言わなかったばかりに残りの人生が大きく変わってしまうことがある。

〝愛している〟と彼に告げた。

午後からはほとんど言葉を交わさなかった。避けていたからではない。子供たちと遊んだり、隣人たちと話しこんだりするのに忙しくて、おたがいに近づく機会がなかったのだ。

もちろん、ハンナのほうからわざわざ近づこうという努力もしなかった。じつを言うと、少々照れくさかったのだ。愛を告げたハンナを笑うようなコンスタンティンでないことはわかっていたが、それでも……。

笑われたらどうしよう？

いえ、くよくよ考えるのはやめよう。今宵ひと夜、ハウスパーティの時間が残っている。みんながくたくたに疲れているのはたしかだけど、客間に集まってのんびりできるひとときを楽しんでくれるに違いない。わたしもみんなとのんびりできるのを楽しみにしている。

ハンナはまた、ロンドンに戻ってからも仲良くしていけそうな女友達が何人もできたことを確信した。バーバラ以外にという意味だ。この午後、友情というものを実感した。カッサンドラ、その義理の姉二人、さらには、パーク夫人とフィンチ夫人まで。モントフォード男爵夫人も、シェリングフォード伯爵夫人も、ファーストネームで呼んでほしいと言ってくれた。キャサリン、マーガレット。

ロンドンではダンバートン公爵夫人にふさわしい態度をとってきたが、いまは本当の自分をさらけだす勇気がほしいと思った。

人生は複雑。そして刺激的。そして不安定。そして……。

そう、生きる価値がある。

「すてきな仕上がりよ、アデル」ハンナは首を左右にまわして、鏡に映った髪をよく見ようとした。カールさせて可憐な感じに結いあげてあるが、凝りすぎてはいない。

ドレスは濃いローズピンクだった。宝石は着けないつもりだったが、襟ぐりが大きいため、何もないのは寂しかった。そこで、ダイヤを――本物のダイヤを――銀の鎖に一粒だけ通して首にかけることにした。そして、結婚指輪と一緒に、いちばん大切な指輪を左手にはめた。結婚のときに贈られたものだ。

「それでいいわ、ありがとう」ハンナはそう言うと、メイドを下がらせてから、鏡のなかの自分をしばらく見つめた。ときどきやるように、他人の目で自分の姿を見てみた。もちろん、ロンドンではいつも、公爵夫人としての自分を印象づけようとしている。でも、ここでは？

ここに来てから友情を実感した。客をもてなす女主人の立場ではあったが、ほかの女性とは違う特別な存在という目で見ている者は誰もいないと感じていた。

理由はドレス？　こちらに来てから一度も白を着ていない。それとも髪？　今夜の髪型は田舎に来てからいちばんフォーマルな形に結いあげてあるが、それでも、ロンドンにいるときのような凝った形ではない。それとも、宝石をあまり着けていないから？

それとも何かほかに理由があるの？　わたしがいま鏡のなかに見ている姿を、お客さまたちもこの三日のあいだ見ていたのかしら。わたしの真実の姿を。わたしが呼びおこすことはできたのかしら。

愛を、あるいは、少なくとも好意と敬意を、真実のわたしが呼びおこすことはできたのかしら。

この世に美女はわたし一人ではない。カッサンドラも、その義理のお姉さんたちも、息を呑むほど美しい。フィンチ夫人は可憐だ。マリアン・アストリーも、ジュリアナ・ベントリーも。バーバラは愛らしい。

ハンナはため息をついて立ちあがった。ハウスパーティを開いてよかったとしみじみ思った。こんなに楽しく過ごしたのは本当に久しぶりだ。しかも、まだ今夜が残っている。明日はロンドンに帰る。コンスタンティンとの二人の夜が待っている。エインズリー・パークの農場で働く男の無事を確かめるため、まずは急いでそちらへ出かけるかもしれないけれど。

その男とコンスタンティンの両方のために、問題が早く解決するよう願った。

「明日の夜」無数の星を見あげて、コンは言った。「十一時にぼくの馬車を迎えにやる。馬車がぼくの家に着くのは十一時十五分。一秒たりとも遅れないように。そして十一時二十分にはベッドのなかだ。眠るためではない。最高に淫らな一夜を覚悟しておいてくれ」

ハンナはコンの腕に頭を預けたまま、優しく笑った。

二人はいま、湖の岸辺で横になっていた。ほかの人々は子供のパーティとピクニックのあとの心地よい疲れに浸りながら、晩餐がすむと客間に腰を下ろして雑談を始め、ピアノフォルテを弾いたり歌ったりする元気のある者がいれば耳を傾けていた。四人でカード遊びをしている者もいた。二人で外に出ようとコンがハンナを誘ったときには、泊まり客を放っておいても彼女が良心の咎めを感じることはなさそうだった。コンの身内の何人かが寛大な微笑を交わした。

身内の女性たちとカッサンドラが公爵夫人を〝ハンナ〟と呼んでいることに、コンは今日気がついた。

「わたしが反対意見を述べるなんて思わないでね。でも、あなたもそんな大見得を切ったからには、期待に応えなくてはいけないのよ。それだけは忘れないで」

「そのつぎの朝、ぼくはエインズリーへ出かけることにする。やはりどうしても行ってこなくては。すでになんとか和解できているとは思うが、キンケイドやその他の隣人のご機嫌をとっておくために、ぼくが直接出向かなくてはならない。ぼくのかわりに問題の処理に当たってくれたウェクスフォードに礼も言いたいし。それから、失望なんかしてないと言って、ジェスを安心させてやらないと。一週間ぐらい、きみに会えなくなると思う」

「退屈しそうだわ。でも、なんとか我慢する。あなたも我慢できるわよね。とにかく行ってきて」

コンは不意に、社交シーズンの終わりもそう遠い先のことではないと思った。公爵夫人との関係がなければ、たぶん、今年はもうロンドンに戻らないことにしていただろう。しかし、二人の関係に終止符を打つなど、コンにはまだ考えられなかった。ひょっとすると……。

いや、それはまたあらためて考えよう。

この朝、〝愛している〟と彼女が言った。厳密にはどういう意味だったのだろう？　そんなことを尋ねるわけにはいかないが、答えが知りたくてたまらなかった。

「それにしても……」ハンナの頭の下から腕を抜き、身を起こし、片肘を突いて彼女を見おろした。「明日の夜が遠い先のことに思える」

頭を低くして彼女にキスをした。最初は唇で物憂げに彼女の唇を探り、つぎに舌を深く差し入れた。

「ほんとね」顔を上げたコンに、ハンナはため息をついて同意した。

コンは鼻と鼻を軽くすりあわせた。

「きみの思いを尊重しよう、公爵夫人。もっとも、泊まり客の連中はぼくたちがここで何をしているかを、たぶん勝手に想像してると思うけどね。きみの思いを汚すことなく愛してあげよう」

「どうやって？」彼女は片手を上げ、わずかに曲がったコンの鼻を人差し指でなぞった。

「きみのなかには入らない。約束しよう」

「そうやって踏みとどまるわけね。愛撫してもなかには入らない。でも、みんなは最悪の想像をするに決まってる。わたしの人生ってずっとそうだったわ」

コンは身を起こして膝を突くと、ハンナの身体にまたがった。肩からドレスをはずして乳房の下まで押しさげ、両手を肌に這わせて愛撫し、親指と人差し指のあいだで乳首をころがし、頭を下げて片方ずつ吸い、つぎに彼女の髪を指にからめて、ふたたび唇にキスをした。舌を深く差し入れて、彼女の舌を自分のほうに誘いこみ、その舌を吸った。

ハンナの両手がコンの背中を這ってシャツの下に入りこみ、下穿きのなかへ伸びた。

情熱で彼女の全身が熱かった。

コンの身体は欲求に疼いていた。

愛撫だけにとどめておくのはやはり無理だ。彼女のなかに入って二人で喜びを極めたところで、なんの不都合もないではないか。両方が望んでいることだ。二人ともその喜びから遠ざけられたまま、ずいぶん多くの昼と夜を過ごしてきた。

コンは乳首を口に含み、彼女の脇へ身をずらすと、スカートの下に片手をすべりこませて、すべすべした絹のストッキングの上から内腿の熱い肌をなで、這いあがり……。

「だめだ」

驚いたことに、それはコン自身の声だった。

手をひっこめてスカートを下ろし、顔を上げた。

「ふざけないでよ、コンスタンティン」貴婦人らしからぬ物言いに、コンはいささかギョッとさせられた。「でも、ありがとう」

ハンナはそう言うと、コンの首に腕を巻きつけて、彼の顔を自分のほうにひきよせた。優しく温かなキスをした。彼女の胸のなかで心臓がドクドク打ち、興奮で全身が熱くなり、礼儀の枠内で愛撫を返そうと決めて努力しているのが、コンにも伝わってきた。

「ありがとう」一分か二分後、コンを抱きしめたまま、ハンナはふたたび言った。「ありがとう、コンスタンティン。あなたを拒みとおせたかどうかわからないわ。とっても魅惑的な人なんですもの。わたしが最初から思ってたとおりだわ」

ということは、あのまま強引に求めていれば……?

そうしなくてよかったとつくづく思った。

だが……名誉の勲章をもらってもいいはずだ。

コンが公爵夫人と二人であらゆる喜びをむさぼっている――そう思いこんでいない者は、客間にはたぶん一人もいないだろう。

公爵夫人には妙に――そして、感動的なほどに――名誉を重んじる心がある。

二人で腕を組んで屋敷に戻りながら、この午前中に彼女が口にした言葉をふたたび思いだした。あのとき一度きりだった。こちらが同じ言葉を返さなかったから？　返せるだろうか。返す気があるだろうか。

あれは英語という言語のなかでもっとも危険な言葉だ。いったん口にしたら、ぜったい撤回できない。

口にするときは、よくよく考えないと。

たぶん、明日の夜。

あるいは、エインズリーから戻ったときに。

あるいは、永遠に言わないかもしれない。

臆病者。

それとも、賢明なのか。

「客間に戻ってお茶の支度を命じる前に、わたし、寝室に寄ってくるわ。たぶん、頭から爪先まで草だらけだと思うの。髪の毛は鳥の巣みたいだし。草のなかをころがりまわったみたいに見えるでしょうね」

「だとよかったのに」コンは大きなため息をついた。

ハンナは笑った。

「明日の夜ね。約束どおりの淫らな一夜を」

コンはハンナを上階の寝室までエスコートし、彼自身も自分の部屋に寄った。髪に櫛を入れ、どこかの干し草のなかでころがりまわっていたみたいに見えないようにするために。

ハンナはドレスのしわを伸ばして胸元を整え、手を洗い、髪型を崩さないよう気をつけながら、乱れた髪をできるだけ直し、化粧台の鏡をおそるおそるのぞきこんだ。この頬はほんとにこんなピンクに染まっているの？　目はこんなに輝いてるの？

卑怯なことだが、彼が外で約束を破ってくれていればよかったのにと思った。そうすれば、疚しさを感じることなく喜びを堪能できただろうに。そのあとで彼に文句を言うこともできたのに。

でも、そんなことを考えるのはやっぱり卑怯だ。コンスタンティンが約束を守ってくれたことがうれしかった——心の底からうれしかった。

ああ、どんなに彼を愛していることか！

小走りで化粧室を横切り、ドアをあけようとして手を伸ばした。外から誰かがノックして、ハンナがあける暇もないうちにすぐさまドアが開いた。

まあ、せっかちな人！

ハンナは笑みを浮かべたが、つぎの瞬間、二つのことに気がついた。コンスタンティンが亡霊のように真っ青だ。そして、さっきドアの外で別れたあとのわずかな時間で着替えをすませている。長いマントにトップブーツという旅の装いになっている。片手にシルクハット。

「頼みがある、公爵夫人」部屋に入り、背後のドアを閉めながら、コンスタンティンは言った。「ぼくは馬車を持ってきていない。スティーヴンとカッサンドラの馬車に乗せてもらってここに来たから。ロンドンに戻るために馬を貸してもらいたい。できればジェットを。戻れば自分の馬車があるから、それで出かけることができる」

「グロースターシャーへ？　こんなに早く？　いますぐ？」

愚かなことに、ハンナの頭に浮かんだのは、約束の淫らな愛の一夜をコンスタンティンは望んでいなかったのだという思いだった。

「部屋に戻ったら、つぎの手紙が来ていた。絞首刑になるというんだ」

「な、なんですって？」ハンナは呆然と彼を見た。

「窃盗罪で。盗みを働こうとする者たちへの見せしめに。行かなくては」

「どうするの？」

「救いだす。筋道立てて誰かを説得する。ああ、ハンナ、どうすればいいのか自分でもよくわからない。とにかく行かなくては。ジェットを借りていいかな？」

片手の指を髪にすべらせながら、コンスタンティンの目は漆黒を帯び、荒々しい光を浮かべていた。

「一緒に行くわ」ハンナは言った。

「無茶言わないでくれ。馬は？」

「馬車になさい」ハンナはふたたびドアを開き、コンスタンティンの先に立って部屋を出た。「支度を命じてくるわ。わたしの馬車でエインズリー・パークへ直行するのよ。少なくとも半日ほど時間の節約になるわ」

ハンナは自ら厩と馬車置場まで行った。自分がいればコンスタンティンの出発を早めることができるかのように。馬と馬車が大急ぎで用意された。もっとも、ハンナにはじれったくてたまらなかったし、檻に閉じこめられた獣のように歩きまわるコンスタンティンも同じ思いだった。

馬車の支度がほぼ整い、お仕着せ姿の御者が急いでやってくるのを見て、ハンナはふたたび彼の手を握りしめた。

しかし、言うべき言葉が浮かんでこなかった。こんな状況のとき、人は何を言うのだろう?

〝道中、お気をつけて〟

〝間に合うよう祈ってるわ〟

でも、間に合うというのはどういう意味?

〝あなたの説得で哀れなジェスが絞首刑から救われますように〟

〝無理かもしれないわね〟

ハンナはコンスタンティンの手を自分の顔にひきよせて頬に当てた。それから、左右の手の甲に唇をつけた。喉がこわばっていた。でも、涙は見せないつもりだった。

彼を見あげた。うつろな視線が返ってきた。こちらの姿が彼の目に入っているかどうかもわからない。

「愛してるわ」ハンナはささやいた。

コンスタンティンの視線がハンナをとらえた。

「ハンナ」

ふたたび名前を呼んでくれた。愛の告白のように感じられた。もっとも、そんな細かいことを意識的に考えていたわけではないが。

コンスタンティンが向きを変えて馬車に乗りこみ、扉を閉め、ほどなく馬車は動きだした。

ハンナは片手を上げたが、彼は窓の外など見ていなかった。


あの人がエインズリーへ行ったところで無駄かもしれない――馬車がスピードを上げてまっすぐな馬車道の彼方へ消えていくのを見送るうちに、ハンナの心は重く沈んだ。

哀れな男が窃盗の罪で絞首刑になろうとしている。男をエインズリーにひきとっておきながら、男の身を守りきれなかったとしたら、コンスタンティンはけっして自分を許すことができないだろう。もちろん、コンスタンティンのせいではないが、この痛手から立ち直ることは二度とないだろう。

ジェス・バーンズを救う方法がかならずあるはずだ。隣人の鶏小屋からニワトリを十四羽盗みだし、そののちに、すべて返して謝罪した。しかも、荘園の管理人がニワトリの代金に相当する金を支払った。それなのに、ジェスは命を奪われようとしている。ほかの者への見せしめとして。

法制度というのは、ときとして頑迷で、恐るべき狂気をはらむものだ。

古い諺《ことわざ》が頭に浮かんだ。〝どうせ死刑になるなら、子羊を盗むより親羊を盗んだほうがいい〟でも、どちらを盗んでも、死刑になることに変わりはない。あるいは、わずかなニワトリを盗んでも。

助けてくれる人がどこかにいるはずだ。影響力を持つ人物。コンスタンティンは名門の出ではあるが、爵位のない平民だ。それより……。

ハンナは屋敷のほうへ目をやり、走る邪魔にならないようスカートの裾を持ちあげて、小走りでそちらへ急いだ。柱廊玄関の下の外階段を駆けあがりながら、横手へまわってフレンチドアから客間に入ったほうが早かったのにと思った。

どうしよう、もうずいぶん遅い時間だ。わたしがどこにいるのか、お茶のトレイはどこにあるのかと、みんながやきもきしているだろう。さぞ疲れているだろう。

従僕があわてて先に行き、客間のドアをあけてくれた。ハンナが部屋に飛びこむと、みんなまだそこに残っていた。全員がふりむいて物問いたげにハンナを見た。ハンナは自分の頰が上気し、服装が乱れているに違いないと、遅まきながら気がついた。何人かが椅子から立ちあがった。バーバラが急いでやってきた。

「ハンナ？　どうかしたの？　馬車の音が聞こえたけど」

バーバラに手を握られて、ハンナはきつく握りかえした。マートン伯爵を見つけだした。

「マートン卿、二人きりでお話ししたいの。お願い。お願いだから急いで」

幸いなことに、ハンナのすぐうしろに椅子があった。バーバラに握られた手をひっこめて、崩れるように椅子にすわりこんだ。身体の震えが止まらなかった。歯がガチガチ鳴っていた。頭のなかでさまざまな思いが渦を巻いていた。心も身体もバラバラになってしまいそうだと、困惑のなかで思った。

マートン伯爵が彼女の前に片膝を突き、ハンナの手は彼の手にしっかりと包まれた。

「公爵夫人、何があったのか話してください。コンのことですか。ひょっとして、コンが事故にでも？」

「あ、あの、出発しましたの」ハンナは一瞬目を閉じて、落ち着こうと努めた。「まだお茶もお出ししてなくて、ほんとにごめんなさい。こちらに運ぶよう言ってくれる、バーバラ、お願い。でも、お話は外でさせていただいてもよろしいかしら、マートン卿」伯爵の手を握りしめた。

誰も動こうとしなかった。

「ハンナ」バーバラが言った。「何があったのか教えて。みんな、心配してるのよ。ハクスタブルさまと喧嘩でもしたの？　いえ、違う。その程度のことじゃなさそうね」

伯爵の手は依然として温かく、安定していた。ハンナは伯爵のブルーの目を見つめた。

「ぼくで何かお役に立てるでしょうか」

この人は知らない。誰も知らない。ああ、愚かなコンスタンティン。何年ものあいだ、秘密主義を通してきたなんて。

自分の秘密でもないのに打ち明けるなんて、本来なら許されない。

でも、秘密にしておく時期は過ぎた。

「コンスタンティンはエインズリー・パークへ向かいました。グロースターシャーにある彼の屋敷。未婚の母や、障害のある人々や、更生した犯罪者など、社会から疎外された多くの人々が暮らすところです。障害のある人の一人が——コンスタンティンの弟さんに似たタイプではないかと思いますが——うっかりして鶏小屋に狐を入れてしまい、ニワトリが襲われたため、コンスタンティンをがっかりさせまいとして、隣人のニワトリを盗んできたのです。あとですべて返して謝ったし、荘園の管理人がお金まで払ったのに、哀れなジェスは絞首刑を宣告されてしまいました」

ハンナは苦しくなって息を吸いこんだ。説明するあいだ、一度でも息継ぎをしたかどうか、記憶になかった。

室内でいくつかあえぎ声が上がった。何人かの女性が口に手を当て、目を閉じた。しかし、ハンナはマートン伯爵の熱心な視線以外はほとんど意識していなかった。

「コンスタンティンはグロースターシャーでそういうことに関わっていたのね」半ばつぶやくように、レディ・シェリングフォードが言った。

ハンナは伯爵のほうへ身を乗りだした。

「コンスタンティンはわたしの馬車で出発しました。自分の力で哀れな男を救えると思っているようですが、おそらく無理でしょう。伯爵さまの馬車を使わせていただけませんか？そして、ロンドンまでエスコートしてくださいませんか？」

「エインズリー・パークがグロースターシャーのどこにあるのかわかれば、ぼくがそちらへ行きましょう。全力を挙げて——」

「わたしが頼ろうとしているのはモアランド公爵で……」ハンナは言った。

「エリオット？」伯爵はその目でハンナの目を探った。

「ああ」ハンナの口からむせび泣きに近い声が洩れた。「わたしの公爵が生きていればよかったのに。ひとにらみするだけで、ジェスを救ってくれたでしょう。でも、公爵はすでに亡き人。モアランド公爵のお言葉なら大きな力になるはずです」

「エリオットとコンは、ぼくが二人と出会う前から険悪な仲ですが」

「それはコンスタンティンが弟さんのたっての頼みで、計画の資金を作るために伯爵家の宝石を売り払ったことが原因だったのです。すべて弟さんが思いついたこと。もっとも、コンスタンティンも大賛成したそうですけど。ところが、実の弟の財産を盗んだうえに、近隣に住む女たちを誘惑して未婚の母にした、とモアランド公爵に非難されたのです。コンスタンティンはいっさい反論しなかった。一つには、弟さんの夢が公爵につぶされるのを恐れたからです。でも、主としてプライドの問題があったのでしょう。モアランド公爵から質問抜きでいきなり非難されたんですもの」

ハンナは伯爵が大きく息を吸って呼吸を止め、やがてゆっくり吐きだすのを見守った。

「エリオットが力になってくれるかどうか、ぼくには疑問です、公爵夫人。やはり、ぼくが――」

しかし、そこでレディ・シェリングフォードが立ちあがり、部屋を横切ってやってきた。

「なるに決まってるわ、スティーヴン」歯切れよく言った。「そうですとも。何年ものあいだエリオットの怒りが消えなかったのは、コンスタンティンのことを深く気にかけていたからよ。たとえエリオットが躊躇したとしても、ネシーが説得して協力させてくれるわ。ネシー自身はすぐ納得するでしょうし。人の最上の面に目を向けるのが好きなんですもの。わたし、何年も前から思ってたの。コンスタンティンに何をされてネシーが傷ついたのか知らないけど、許してほしいとコンスタンティンが言いさえすれば、ネシーのことだからすぐに許すだろうって」

「もう行かなくては」ハンナは立ちあがり、伯爵に握られていた手をひっこめた。「いますぐ出発しても、もう遅すぎるかもしれない」頬に両手を当てた。「でも、お客さまがまだいらっしゃるし」

突然、すべてがハンナの手を離れた。望みのままに行動していいのなら、客はみなロンドンとエインズリー・パークへ行くに決まっている――誰かが断言した。たぶん、モントフォード卿だろう。その声は続いた。だが、足手まといになるだけだ。全員ここに残ることにするから、スティーヴンは公爵夫人と一緒に出発してくれ、と。

そこで、シェリングフォード伯爵夫人が言った。「公爵夫人が綿密に計画を立ててくださったおかげで、コープランドではすべてが順調に運んでいるわ。だから、明日の朝全員が出発するまで公爵夫人がお待ちにならなくても支障はありません。それに、きのうのお茶の時間にはミス・レヴンワースが女主人の代理をみごとに務めてくださったし。明日の朝食の席でもきっとそうしてくださるでしょう」

「明日ロンドンに戻るとき、ミス・レヴンワースがわたしたちの馬車に乗ってくださるとうれしいわ」レディ・モントフォードが言った。

「それはすばらしいご提案ね」ニューカム夫人が言った。「もちろん、バーバラにはわが家の馬車に乗ってもらいたいところですが、わたしたち夫婦と双子と一緒に詰めこまれては、きっと窮屈でしょう」

「もちろん、ハンナは何も心配せずに出発できるわ」バーバラがつけくわえた。「ぜひ行ってちょうだい」

また、エインズリー・パークの正確な位置はニューカム氏が知っていた。「行ったことはありませんが、わが家からわずか三十キロほどのところにあり、そこで職業訓練をしているという好ましい噂を聞いています。エインズリーの所有者と、こちらで顔を合わせたハクスタブル氏が同一人物だとは夢にも思いませんでした。もしわかっていれば、その話題についてて率直な意見交換を楽しめたでしょうに」

カッサンドラが足早に部屋を出ていった。一緒に出発するため、乳母と赤ん坊もすぐに出られるように支度をしに行ったのだ。

「さあ、ハンナ」バーバラが言った。いつもの冷静できぱきした口調だった。「服を着替えて、かばんに荷物を詰めなきゃ。あとのことはわたしに任せて」

シェリングフォード卿がマートンの馬車の用意を命じるために出ていった。

一時間後、ハンナはロンドンへ向かっていた。馬車の向かいの座席にマートン伯爵がカッサンドラと並んですわっていた。伯爵が腕に抱いた赤ん坊はすやすや寝ている。出発前にカッサンドラがお乳をあげたのだろう。

コンスタンティンはいまどのあたり？　どこまで行ったの？

間に合うかしら。

モアランド公爵は行ってくれそう？

間に合うかしら。

公爵の権威をもってすれば、知的障害者を絞首刑にするという悪夢を阻止できるかしら。

その人は自分の不注意が招いた事態を正そうとしただけなのに。

わたしの公爵が生きてくれてさえいれば……。公爵に逆らえる者は一人もいなかった。ダンバートン老公爵以上の権力を持つ人をわたしはほかに知らない。例外と言えば、国王陛下ぐらいかしら。

国王陛下。

そうだわ、陛下がいらっしゃる。

ハンナは座席の角にもたれて、目をきつく閉じた。

できる？

わたしにできる？　わたしはダンバートン公爵夫人。そうでしょ？

18

モアランド公爵がキャヴェンディッシュ広場にあるロンドンの邸宅で朝食をとっていると、ダンバートン公爵夫人とマートン伯爵が応接間で待っていることを召使いが知らせてきた。緊急の用件なので時間を割いてほしいという。公爵の妻もいましがた食卓についたところだった。

まだ早い時刻だった。公爵は貴族院に出る予定になっていて、出かける前はかならず、その日の用件について秘書と一時間ほど打ち合わせをすることにしている。夫人のほうは毎朝とんでもない時間に、空腹を訴える八カ月の息子にベッドからひきずりだされている。朝食を要求するならもっと洗練された時間帯があることを、この息子はまだ学んでいないのだ。

ハンナが室内を行きつ戻りつしはじめるよりも早く、公爵夫妻が応接間に姿を見せた。ハンナは数時間前にロンドンに到着して一応の着替えはすませたが、睡眠はとっていない。礼儀作法が骨の髄までしみこんでいなければ、すぐさま公爵邸に押しかけて玄関をガンガン叩いていただろう。マートン伯爵は親切にも、約束の時間より十分も早くダンバートン邸に迎えに来てくれた。

「スティーヴン」モアランド公爵夫人が弟を温かく抱きしめた。だが、弟に向けた視線にも、ハンナにちらっと向けた視線にも、好奇心がのぞいていた。

「公爵夫人。スティーヴン。おはよう」モアランド公爵が二人に鋭い視線をよこした。

ハンナはそれ以上の挨拶を待たずに切りだした。

「コンスタンティンを助けてください」公爵に二、三歩近づいて言った。「お願いです。助けていただけませんか」

「コンを？」公爵の目がまっすぐハンナに向けられた。ほっそりした浅黒い顔にブルーの目。いかにも貴族といった感じのいかめしい表情。コンスタンティンとよく似ているが、ずいぶん違うとも言える。

「コンスタンティン？」同時に夫人が言った。「何か困ったことに？」「このわたしが？」

「グロースターシャーで男の人が絞首刑にされようとしています」ハンナは言った。呼吸が苦しくて、伯爵の馬車に乗るかわりにここまでずっと走ってきたような気がする。「それで、コンスタンティンが助けに飛んでいったのです。でも、無理だと思います。なんの権力もありません。でも、あなたにはあります。モアランド公爵というご身分ですもの。いますぐそちらへ出向いてコンスタンティンの力になってください。どうかお願いします」

ハンナにしてみれば、まことに筋の通った説明だった。

「エリオット」マートン伯爵が口をはさもうとしたが、公爵は片手を上げてそれを制した。

「ヴァネッサ」ハンナに視線を据えたまま、公爵は言った。「公爵夫人のためにコーヒーを用意させてくれないか。それから、スティーヴンにも。二人ともケント州から戻ってきたばかりで、朝食もとっていないようだ」

「トーストも用意させるわ」夫人はそう言って部屋を出ていった。

公爵はハンナの肘に手を添えて、近くの椅子を示した。ハンナは崩れるようにすわりこんだ。

「絞首刑にされようとしている男のことを説明してください。それから、その男とコンの関係についても」

わたし、どこまで話したかしら。まだまだ説明が足りなかったのかもしれない。なるべく短くまとめようとしたのだ。モアランド公爵が一刻も早くエインズリーへ向かえるように。

「その男はニワトリを何羽か盗んだのです。鶏小屋の掛け金をかけ忘れたせいで狐が入りこんだものだから。それで、コンスタンティンをがっかりさせたくなくて。でも、本人には盗みを働いたという意識はまったくなくて、叱られてようやく気がつき、謝罪してニワトリを返し、お金まで払ったんですけど、どこかの愚かな判事が見せしめにしなくてはと考え、絞首刑を宣告したんです。ああ、どうか助けに行っていただけませんか？」

冷静沈着なダンバートン公爵夫人の人格はどこへ行ってしまったの？　いまこそそれが必要なときなのに。

公爵はハンナの手の片方をとって握りしめ、ハンナを仰天させるのと同時に、伯爵に視線を向けた。

「スティーヴン」呼びかけた。

モアランド公爵夫人が応接間に戻ってきた。

マートン伯爵が説明を補った。

「コンがグロースターシャーに持っている荘園館は、ジョナサンの頼みで購入したものらしい。未婚の母親とその子供たちを住まわせるために。以来、規模がどんどん大きくなり、心身両面の障害を抱えた者や、社会から疎外された者まで受け入れるようになった。屋敷で仕事の訓練を受け、よそでちゃんとした働き口を見つけてもらうらしい。問題のその男は知的障害者で、コンをとても慕っている。ついうっかりして、狐にニワトリを食い殺されてしまったため、近所から別のニワトリを何羽かとってきた。その男にしてみれば、きわめて筋の通ったことだったわけだ。しかし、逮捕されてしまい、いくらニワトリを返し、金を払い、詫びを入れても、死刑判決を免れることはできなかった」

「そんなことってあるの？」衝撃で目を大きくして、モアランド公爵夫人が訊いた。「そんな些細なことで絞首刑になるというの？」

「法律が厳格に適用されないことはけっこうある」公爵は言った。「だが、ときに厳格な場合もあり、その判事は当然の判決を下したまでだ」

みんな、どうして、そんな話で時間を無駄にしてるの？

ハンナは残っていた威厳をかき集めた。こんなに疲れていなければいいのに。頭がこんなに混乱していなければいいのに。

「コンスタンティンはその人々を愛しています。人生の多くをその人々に捧げてきました。男が絞首刑になったら、コンスタンティン自身もだめになってしまいます。自分を責めつづけることでしょう。わたしにはわかるんです。もっとも、あなたの前では、自分のことなどどうでもいい、大切なのは死刑を宣告された哀れな男のことだけだ、と言うに決まってますけど。コンスタンティンと仲違いしておいでですわね、公爵さま。でも、このようなときに仲違いなど些末なことです。一人の男の命がかかっているのですよ。公爵さまのご威光をもってすれば、男を救うことができます。かならずできるはずです。亡き夫の威光があれば男は救われたでしょうし、公爵さまを見ていると、夫のことが思いだされてなりません。夫と同じく、公爵さまにも風格がおありです。どうか、どうか、エインズリー・パークへ行ってくださいませんか？」

公爵はハンナをじっと見据えた。

「わたしには、国家の法律を作ることも、変えることもできない」

「でも、そのような犯罪に対する判決は、判事の裁量で決まるものです。公爵さまも先ほど、そうおっしゃいましたわね。わずかなニワトリを盗んだぐらいで死刑だなんてあんまりです。しかも、盗みであることを本人は自覚していなかったのに」

「おそらく、いかなる判事もつぎのように述べるだろう」公爵は言った。「自覚もなしに盗みを働くような男は危険人物で、再犯の可能性が高く、犯行のさいに人に危害を加える危険もある、と」

「男がそんなことをしたのはコンスタンティンを愛しているからです。狐の騒動でコンスタンティンを落胆させることに耐えられなかったからです。それでも死に値するとおっしゃるのですか」

「そうでないことはよくわかっている。だが――」

「コンスタンティンのために行こうとはお思いにならないのですか。公爵さまのいとこなのに。仲のいい友達でもあった。公爵さまが尊大なロバに、コンスタンティンが頑固なラバになるまでは。あ、これはコンスタンティンが使った表現ですけど」

公爵は両方の眉を上げた。

「感謝すべきでしょうな。コンがわたしだけでなく、自分自身についても、そうした好ましくない表現をしていることに」

「エリオット」夫人が部屋の向こうからやってきて、公爵の腕に手をかけた。「行かなくては。ご自分でもおわかりでしょ。あなたが行かないなら、わたしが行きます。念のために言っておくと、わたしが行くとしたら、リチャードが飢え死にしないよう一緒に連れていかなくては。それから、ベルとサムも連れていきます。母親に捨てられたなどと思わせずにすむように。でも、わたしにはダンバートン公爵夫人ぐらいの力しかない。いえ、それ以下ね。ダンバートン公爵夫人のほうがわたしよりはるかに果敢な方ですもの」

公爵は夫人の手をとって唇に持っていった。「ばかなことを言う人だね。だが、たしかにそのとおりだ。ようやくコンに必要とされるときが来た。ならば駆けつけよう。恩知らずなやつだから、きっとぼくの鼻にパンチをよこすだろう。その結果、ぼくらはますますそっくりになる」

「ぼくも一緒に行きます、エリオット」マートン伯爵が言った。

ハンナは驚いて伯爵を見た。

「ぼくが出かけても気にしないかとカッサンドラに訊こうとしたら、その暇もないうちに、カッサンドラのほうから勧めてくれたんです」マートン伯爵は説明した。

従僕が大きなトレイを持って部屋に入ってきたので、ハンナはあわてて立ちあがった。ああ、みんなでゆっくり朝食をとりましょうなんて、お願いだから言わないで。

「ぼくはこのまま家に帰って」伯爵が言った。「旅支度をしてきます」

「一時間後にそちらへ迎えに行く」公爵は伯爵に言った。

そして、二人で部屋を出ていった。

「たぶん、何も喉を通らないでしょうけど」モアランド公爵夫人が言った。「せめてトーストだけでも召しあがってね。わたしもお相伴しますから。あなたがいらしたとき、ちょうど朝食の席にすわったところでしたの」

夫人はそう言いながら、二個のカップにコーヒーを注いでいた。

「ほんとに申しわけございません」ハンナは言った。「ご迷惑をおかけしてしまって」

「迷惑だなんて、少しも思っていませんことよ」夫人はハンナのそばにコーヒーを置くと、トレイのところに戻り、真ん中でカットしたバタートーストの皿をとった。「コンスタンテインを愛してらっしゃるの？」

「あの――」ハンナは言いかけた。

「不躾な質問でしたわね」夫人は笑顔で言った。「表現を変えて、質問ではない形にしましょう。あなたはコンスタンティンを愛してらっしゃる。社交シーズンが始まってからずっと、わたしはその様子を見てきました。あなたをいささかお気の毒に思ったほどよ」

ハンナはトーストをかじりながら、夫人を凝視した。

「愛しています」ついに認めた。「あなたがコンスタンティンを嫌ってらっしゃるのが残念です。彼から聞きましたけど、知りあってほどなく、何かあなたを傷つけることをしたそうですね」

「そのとおりよ」夫人は言った。「ひどい嫌がらせだったわ。エリオットへの当てつけだったらしいけど、かわりに、わたしが侮辱される結果になったの。まったく子供っぽい人だわ。でも、男性って、ときどき子供っぽいことをするのね。あ、その点は女性も同じだけど。わたしはコンの謝罪を受け入れようとしなかった。許せないと思ったから。それ以来、罪悪感につきまとわれてきました。でも、コンが謝罪してくれた時点では、わたし、彼がその嫌がらせよりはるかに大きな悪事に手を染めていると思いこんでいたの。それは結局、エリオットの誤解だったわけかしら」

「そうなんです」ハンナは言った。「でも、変にプライドが高くて頑固なコンスタンティンが説明を拒んだのが、そもそもいけなかったんです」

「男性というのは簡単な解決法をとることがめったにないわね。でも、たまにあるのよ。文明社会の人間らしく話しあうかわりに、こぶしをふりあげて、相手の鼻と目にパンチを見舞うの。ときどき思うんだけど、男性には言語能力がないんじゃないかしら。あらあら、いけない。ふだんから男性の悪口ばかり言ってるわけじゃないのよ。コーヒーのおかわりはいかが？」

ハンナは自分のカップが空になっていたことに気づいた。飲んだ記憶はないのに、口のなかにコーヒーの味が残っていた。

「いえ」そう言って立ちあがった。「充分にいただきました。そろそろ失礼しなくては。午前中に緊急の用件を片づけなくてはなりませんし、公爵さまが出発なさる前の短いひとときに、奥さまのお邪魔をしては申しわけありませんもの。ああ、わたしも公爵さまとマートン伯爵さまについていければどんなにいいでしょう。でも、足手まといになるだけですものね」

「そうね」モアランド公爵夫人は微笑した。「それに、さすがのダンバートン公爵夫人にも荷が重すぎるでしょう。エリオットはね、いざというときはきわめて傲慢な貴族になれる人なのよ、公爵夫人。グロースターシャーで誰を相手にしようと、負けはしません。スティーヴンもそうよ。愛想がよくて天使みたいな顔をしてるから、おとなしい男だ、さらには、弱虫だなどと誤解されることもあるけど、いざというときは、復讐の天使にもなれる子なの。かならずコンスタンティンの力になってくれるでしょう」

「ありがとうございます」

夫人はハンナを玄関まで送ってくれ、弟が馬車に乗っていってしまったことを知った。しかし、別の馬車を用意させようとすると、ハンナは固辞した。

「歩いて帰ることにします。新鮮な空気を吸えば気分も落ち着くでしょう。心地よいそよ風も吹いていますし」

出ていこうとすると、夫人にしっかり抱きしめられて、ハンナは驚いた。

「近いうちに午後のお茶にいらしてね」夫人が言った。「招待状をお送りしますから。来てくださる？ あなたと親しくなりたいと以前から思っていました」

「ありがとうございます。心強いお言葉です」

コンスタンティンはいまどのあたり？ 急いで自宅へ向かいながら、ハンナは思った。夜を徹して旅を続けたに違いない。馬車を止めたのはきっと、料金所を通るときと馬を替えるときだけだっただろう。休憩なしで走りつづけることを覚悟しておくよう、ハンナから御者に言ってある。もう着いただろうか。それとも、まだ街道を走っている最中で、間に合うかどうか、自分の庇護下にある男を救うことができるかどうか、やきもきしているのだろうか。わたしが身支度を整えてセント・ジェームズ宮殿に伺候《しこう》し、国王陛下への拝謁を願いでるのに、どれぐらいかかるだろう？

陛下は会ってくださるかしら。

わたしが伺候したことが、そもそも陛下に伝わるかしら。

いえ、大丈夫、拝謁を許してくださるに決まっている。わたしはダンバートン公爵夫人、ダンバートン公爵の未亡人ですもの。

〝そうなるのが当然だと思いなさい〟かつて公爵が教えてくれた。〝そうすれば、かならず実現する〟と。

二、三時間以内に、ぜったい陛下に拝謁してみせる。でも、最高の鎧に身を固めるため、まず急いで屋敷に戻らなくては。

この午前中だけは、偽のダイヤを身に着けてはならない。それから、白以外の色はいっさい禁止。

コンがエインズリー・パークに到着したのは雨の午後も半ばになってからで、骨の髄まで疲れはて、無精髭が伸びていた。荘園管理人のハーヴィ・ウェクスフォードを始めとして、台所で下働きをしている十二歳のミリー・カーヴァーに至るまで、屋敷の全員が顔色を失い、悲しみに沈んでいた。ミリーはロンドンの娼館にいた少女で、二年近く前、いちばん高い金額を提示した男に差しだされて花を散らされる直前に、コンが救いだしたのだった。

ジェス・バーンズに残された命はあと一週間。

コンは入浴と髭剃りと着替えをすませると、一睡もしないまま、六キロほど離れた町の監獄まで馬を走らせた。ジェスは汚れた格好だったが、それを別にすれば、まともな待遇を受けているようだった。コンの顔を見たとたん、わっと泣きだした。自分が死ぬ運命だからではなく、恩人を裏切ったという思いがあり、叱責を覚悟していたからだった。コンは虱《しらみ》にたかられている薄汚いジェスを両腕で包みこみ、何があろうと、どこにいようと、どんなときでも、ジェスを愛していると告げた。

すると、ジェスはコンに太陽のような笑顔を見せ、安堵の表情になった。

「ジェスによろしくとみんなが言っていた」コンはジェスに言った。「それから、料理番がおまえの好きなものをどっさり持たせてくれた。残らず平らげたらデブになってしまうぞ。かならずここから出して、家に連れて帰ってやるからな、ジェス。ただ、今日は無理だ。我慢して待っててくれ。できるか?」

ハクスタブルさまが言うなら待てる――ジェスはそう思ったようだった。

もっとも、ほかに選択肢はないのだが。

翌日は、虚しい努力ではあったが、ジェスに対する告発をとりさげてもらおう、判事の心変わりを促そう、減刑を嘆願しよう、心神喪失の訴えを認めてもらおう、など、ジェスの命を救い、できればエインズリー・パークへ連れ帰るために、あらゆる手を尽くした。

被害にあった隣人はキンケイドといって、ニワトリは返ってきたし、その分の金まで受けとっているため、コンと目を合わせようとしなかったが、この界隈から邪悪なものをとりのぞくためにも、エインズリー・パークで暮らす連中が村の平和と安全を脅かすのを防ぐためにもきびしい処罰が必要だ、という意見だけは変えなかった。村人を無謀にも危険にさらした罪で、もしくは、ほかに何か似たような罪でハクスタブル本人を訴える方法があるなら、キンケイドはそうするつもりだという。いまも今回の件で弁護士に相談しているらしい。あとの村人はほとんどが穏やかにコンを迎えてくれたし、なかには同情してくれる者もいたが、キンケイドを敵にまわそうという者はいなかった。コンの見たところ、少数ではあるが、ひそかに喝采を送っている者もいるようだ。

コンが助言を求めた弁護士は、専門家として、心神喪失を主張しても無駄だと言った。なぜなら、ジェス・バーンズにはそうした面が見られないからだ。盗みを働いたことは否定していない。盗みは悪いことだとわかっていることも否定していない。弁護のしようがない。温情判決を求めるしかない。

判事自身はコンを丁重に迎え、上機嫌な応対までしてくれた。しかし、ジェス・バーンズの件については頑として譲らなかった。

「あの男は社会にとって脅威です。絞首刑に処せば、この郡の人々が、いや、国中の人々が安堵するでしょう。ジェス・バーンズに知的障害がなければ、数年の重労働を課すだけでよかったのですが、なにしろ、こういう状況ですので……。

しかし、まあ、あなたもなかなか利口な方ですな。農場と屋敷のために安い労働力を確保し、その男たちとあなた自身を満足させるために、身持ちの悪い女たちを雇い入れておいでだ。だが、ときとしてこういう騒ぎになるのは覚悟しておかれるべきでしたな。わたしもあなたと同じく、世事に疎い人間ではありませんから、こうしたことはよく理解しております」

屋敷のほうでは、ウェクスフォードが仕事も手につかない有様だった。ジェスの身代わりになれるものなら喜んでなりたい、とコンに訴えた。

「すべてわたしの責任です。ハクスタブルさまが落胆するだろうとジェスに言ってしまったものですから。そう言っておけば、今後はジェスも気をつけてくれるだろうと思って。ところが、こんな騒ぎになってしまった。しかも、わたしの言葉は真実ではなかった。エインズリーの誰に対しても、ハクスタブルさまが落胆なさったことはない。例外は、自分で食い扶持を稼ぐのも、わずかな規則を守るのもいやがって自分から去っていった少数の連中だけです。この共同体でみんなが幸せに暮らし、収益を生みだすには、そうした規則が必要だというのに」

コンはウェクスフォードの肩を抱いたが、ほかに慰める方法が見つからなかった。ほかの者もみな、ウェクスフォードに劣らず動揺していた。ジェスは誰からも好かれているのだ。

翌朝になると、コンは絶望に陥っていた。最後に食事をしたのがいつか、眠ったのがいつか、まったく思いだせなかった。今日もまた馬を走らせてジェスに面会に行き、ふたたび馬で帰ってきた。ほかにどうすればいいのかわからなかった。これほどの無力感に襲われたのは生まれて初めてのような気がした。

かならず何か方法があるはずだ。

コンは廏の前庭に残って愛馬にブラシをかけていた。馬車の近づく音が聞こえてきた。姿はまだ見えない。苦しいほどの希望で胃がよじれた。もしかして、キンケイドが？　考えなおしたとか？　ならば、判事の考えも変わるだろうか。

門のところまで行き、馬車が近づくのを待ってのぞいてみた。よけいな期待はしないようにした。

その馬車は見間違えようのないものだった。車体に公爵家の紋章がついている。御者も、その横に立った従僕も、公爵家のお仕着せを着ている。田園地帯を走り抜けるあいだも、村を通ってここまで来るあいだも、ずいぶんとざわめきをひきおこしたに違いない。

それはモアランド公爵家の馬車だった。

エリオットの馬車。

コンは疲れきっていて驚きを感じる余裕もなかった。鈍い怒りを覚えただけだった。

エリオットが嘲笑するためにやってきたのだ。

もっとも、それだけのためになぜわざわざ出かけてきたのか、コンは考えようともしなかった。

大股で屋敷へ向かい、馬車の背後に近づいた。馬車はちょうど、砂利の上で車輪をザクッと言わせて、玄関扉の前で停止したところだった。

従僕が御者台からひらりと飛びおり、玄関に続く外階段のほうへ向かった。

「必要ない」コンは従僕に声をかけた。「ぼくはここだ」

従僕はふりむき、お辞儀をしてから、馬車まで戻って扉をあけ、ステップを用意した。

テラスに降り立ったエリオットを見て、コンの怒りが爆発した。

「道に迷ったのか」コンは不愛想に言った。「御者が曲がるところを間違えたのだろう。村の宿で道を尋ねるといい」

エリオットがコンのほうを向き、二人はにらみあった。

「ぼくが捜しているのはコン・ハクスタブルだ」エリオットは言った。「コンがげっそりやつれて、だらしない格好になると、ちょうどきみのような感じだ」

馬車からほかにも誰か降りてきた。

スティーヴンだ。

コンはそちらへ目を向けた。

「ハンナめ、口を閉じておけなかったわけだな」苦々しく言った。

「ダンバートン公爵夫人は」スティーヴンは言った。「心配でいてもたってもいられなかったんだ。きみのことだけじゃなくて、死刑判決を受けた哀れな男のことも心配していた。コープランドからロンドンまで一緒に帰ってほしいとぼくに頼みこんだ。エリオットに助けを求めるために。エリオットの力があれば大丈夫だと公爵夫人は信じていた。やはりぼくたちの協力が必要なんじゃないかな。それとも、ぼくたちがいなくても、理不尽な判決を覆すことができたのかい？」

「まだだめだ」コンは言った。「だが、協力は必要ない、スティーヴン。きみの協力も、モアランドの協力も。屋敷は人でいっぱいだ。泊まってもらえる部屋がない。村の宿屋に泊まるのはやめて、もう少し先まで行き、もっと立派な宿に部屋をとってはどうだ？」

自分が無礼な態度をとっているのはわかっていた。わかっていてもやめられなかった。疲れがひどい。怒りも。そして、恐怖も。

「頑固なラバだな」エリオットが言った。「コンが自分につけたあだ名だ、スティーヴン。まさにそうだと思わないか。しかし、尊大なロバであるこのぼくは、近くの立派な宿へ追い払われるためにロンドンからわざわざ出かけてきたのではない。権力をふりかざすためにやってきたのだ――それだけの価値のあることに対して」

頑固なラバ。尊大なロバ。やっぱりハンナがしゃべったわけだ。

「よけいなお世話だ、モアランド」コンは言った。「それに、ここはぼくの土地だ。出てってくれ」

「きみがぼくを必要としていないことはわかっている、コン」エリオットが言った。「だが、ジェス・バーンズには必要だ。もっとも、力になれるかどうかは約束できない。だが、とにかく役に立ちたくてやってきた。役に立てるまで、ここに居すわるつもりだ。きみの土地のすぐ外に馬車を置いて、そこで寝泊まりしなくてはならないとしても」

「コン」スティーヴンが言った。「心配なんだ。みんなが心配している。それに、ぼくが初めてウォレン館に来たとき、なぜここのことを教えてくれなかったんだ？　なぜ秘密にしてたんだ？」

コンは答えた。「きみの宝石を、と言うか、きみのものになるはずだった宝石を売ったおかげでこの場所が誕生したんだ、スティーヴン。いまのきみが君主のごとく金持ちだとすると、その宝石をべつの投資にまわしていれば、ギリシャ神話のクロイソスのごとき大金持ちになっていただろう」

「ぼくがそんなことを気にするとでも？」スティーヴンは言った。「本気でそう思ってるのかい、コン。メグが気にすると思う？　あるいは、ネシーやケイトが？　弟さんを追悼するためにも、ぼくたちに打ち明けるべきじゃなかったのかい？」

「いや」コンは言った。「ジョンがこういうことをしたのは、人に褒めてもらいたかったからではない。自分がそうしたかったからだし、それが正しいことだったからだ。もし、きみに打ち明けていれば、エリオットにも知られることになり、エリオットはきっと、ぼくたちがやったことを全力で阻止しようとしただろう。当時、ここはまだ崩れやすい初期の段階だった」

「きちんと説明すれば、エリオットもわかってくれたさ」スティーヴンは言った。「そうだよね、エリオット」

二人はエリオットを見た。エリオットは地面をじっと見ていた。きびしい表情だった。長い沈黙が続いた。

ぼくのいとこ。コンは思った。小さいときから親友だった。青年時代、二人でロンドンに出て遊びまわったころは、悪いことをする仲間だった。

やがて、エリオットの父親が急逝した。ジョンがぼくらの亡き父の生前の行状《ぎょうじょう》を知ってシヨックを受け、エインズリーの夢を膨らませ、ぜったい口外しないことをぼくに約束させてからほどなくだった。宝石はすでに売ったあとで、エリオットは宝石がないことに気づき、ほぼ同時に、近隣に住む何人もの女性と子供のことを知った。そして、ぼくと大喧嘩になった。

ラバとロバ。

エリオットがスティーヴンの質問に答えるのを待つあいだに、コンの胸に苦いものが広がった。

「ぼくはジョナサンを愛していた」地面を見つめたまま、エリオットが言った。「苦しいぐらいに。やがて、父が亡くなり、ぼくがジョナサンの後見人を務めることになった。ジョナサンのことも、財産管理のことも、きみに任せておけば大丈夫だとわかってはいた。ところが、当時のぼくはまだ若くて、新たに背負いこんだ義務に押しつぶされそうだったし、すべてをきちんと調査し、父がやってきたことを完全に把握したうえで、父のやり方に倣ってぼくは手をひき、きみにすべてを委ねるつもりでいた。ところが、多数の宝石が紛失していることが判明したので質問したところ、きみは説明を拒み、〝とっとと失せろ〟と言っただけで——」

「質問された覚えはない」コンは感情のこもらない声で言った。

エリオットが顔を上げた。じれったそうな渋い表情だった。

「したに決まってるだろ。そんなことを放っておくわけにはいかなかった」

「質問された覚えはない」コンはふたたび言った。「きみはぼくを泥棒だときめつけた」

「してない」

「した」コンはおもしろくもなさそうに笑った。「した、してない、した、してない。なつかしいな、エリオット。きっと、したとか、してないとか言いあって少年時代の半分を過ごしたに違いない。しばしば、最後は殴りあいになり、笑って終わったものだった。だが、あのときは違った。まあ、どうでもいいけどな。たとえ、きみが質問してぼくが答え、きみが信じてくれたとしても、計画を続行することは許してくれなかっただろう。ジョンを止めて、生涯をかけたジョンの夢をだめにしていただろう。せっかくのジョンの遺産を」

「そんなことはぜったい――」スティーヴンが口をはさもうとした。

しかし、エリオットは底知れぬ光を湛えた目でコンを見ていた。

「たぶん、そうしただろう」率直に認めた。「ぼくがまず考えるべきはジョナサンを守ることだった。たとえ本人の意思に反していようとも。きみがジョナサンをごくふつうの人間として扱い、低いレベルに合わせた扱いは不要という信念を貫き通していることに、ぼくはいつも感銘を受けていた。また、ジョナサンの子供時代が終わっても、きみが何時間も遊び相手をしてやることに感銘を受けていた。ぼくもジョナサンへの義務を真剣に果たさなくてはと思った。ところが、きみはそれすら遊びに変えてしまい、ぼくを激怒させたものだった。しかも、あれは故意にやったことだ。人の気持ちなどおかまいなしに――」

エリオットは急に黙りこみ、両手を脇で握ったりゆるめたりしながら首をふった。

「きみの言うとおりだ、コン。ぼくはジョナサンを止めただろう。自分が何をしているか、ジョナサンにはわかっていないと思ったことだろう。だが、あの子にはちゃんとわかっていた。そうなんだね？　きみはいつも言っていた、ジョナサンは愛だと。単に愛にあふれているだけではなく、愛そのものだと。それもきみが正しかった。そして、ぼくの質問への返事を拒んだのも正しかった。質問などされていないときみは言うが、ぼくはしたと確信している。秘密を守りつづけたきみは正しかった。頑固なラバで押しとおしたのも正しかった」

「ぼくたちを追い払わないでほしい、コン」スティーヴンが言った。「エリオットなら力になれると思う。たぶん、ぼくも。ひょっとすると、だめかもしれないけどね。でも、追い払わないでほしい。身内なんだ。自分で意識してなくても、コンはぼくたちを必要としてるんだよ。それに、ぼくたちはダンバートン公爵夫人に頼まれてここに来たんだ。コンがけんもほろろにぼくたちを追い払ったら、公爵夫人が嘆き悲しむに違いない」

コンは思い悩む表情でスティーヴンを見つめた。

ハンナに頼まれて二人はここにやってきた。

ハンナ。

胸の痛みがひどくなった。

「寡婦の住居の部屋がいくつか空いている」コンは東のほうを指さした。以前の持ち主が造らせた人造湖からあまり離れていない木立のあいだに、一軒の家が見える。「ぼくはあそこで寝起きしている。粗末すぎて好みに合わないというのでなければ、きみらもそちらに泊まってくれ」

しぶしぶの招待だった。二人に会えて自分が喜んでいるのかどうか、コンにはわからなかった。いや、自分の気持ちなどどうでもいい。いま気にかけるべきは自分のことではない。ジェスのことだ。エリオットが救ってくれるだろうか。公爵という身分と、いかにも貴族的な態度で。

そして、誠意で。

「ゆっくり泊まっていってくれ」二人が返事をよこす前に、コンは言った。「行動に移る前に、風呂と休息と充分な食事が必要だ。さあ、こちらに」

「いつ――」エリオットが訊こうとした。

「あと四日」コンはぶっきらぼうに言った。「時間は充分にある」

そして、二人の先に立って、寡婦の住居に続く砂利道を大股で歩いていった。

あと四日。

時間が背後から追ってくるのが聞こえるようだった。

19

翌日の午前中、エリオットとスティーヴンは判事に会いに出かけた。二人とも、一分の隙もないエレガントな装いだった。コンも一緒に行こうとしたが、エリオットが許さなかった。頑固に行くと言いはれば、スティーヴンもエリオットも止めるわけにはいかなかっただろうが、あとに残ったほうがよさそうだと、不承不承ながらコンは認めた。

スティーヴンと二人で出かける前に、エリオットがコン一人を脇へ連れていった。

「邸内を見せてもらった、コン。そして、何人かと話をした。すばらしい仕事をしてるじゃないか。がんばってきたんだな」

コンは唇を固く閉じたまま、エリオットを見た。

「偉そうな言い方になってしまったかな」エリオットはため息をついた。「そんなつもりはなかったんだが。感動している。そして、大いに悔やんでいる。恥ずかしく思っている。あの女性たちに手を出したのはきみじゃなかったんだね？　それは――ぼくの叔父上？　つまり、きみの父上？」

コンは無言だった。

「うちの父も似たようなものだった」エリオットは言った。「ぼくは父のことを理想的な父親で、母と妹たちとぼくに愛情を注いでくれていると思っていた。父が亡くなって初めて、長年の愛人がいて、そちらにも子供がたくさんいることを知った。きみ、知ってたか？　みんな、知ってたみたいなんだ。母も含めて」

「いや、知らなかった」コンは言った。

「その前の数年間、ぼくはずいぶん遊びまわっていた」エリオットは話を続けた。「自分も父みたいになるんじゃないかと急に怖くなった。ろくでもない男になり、母と妹たちを悲しませるんじゃないかと。だから、面白味のない男になり、バランス感覚をなくしてしまった。ジョンのことに干渉しすぎると言ってきみがぼくに腹を立て、思いきり嫌がらせを始めたものだから、ぼくは苛立った。ウォレン館の状況に不審な点が見つかり、父がこの方面でも義務をなおざりにしていたことを知って、苛立ちはよけいひどくなった」

エリオットなりに謝罪しようとしているのだ――コンは思った。

「ジョナサンは父親の真実の姿を知っていたのかい」エリオットは尋ねた。

「うん。ある日、ぼくが留守をしたときに、二人の女性が――姉妹だったが――話があると言ってジョナサンに会いに来た。あんなに動揺し、落ちこんだジョナサンを見たのは初めてだった。それから、ジョナサンが壮大な計画を立てた日は、あれほど興奮した姿を見たのも初めてだった。たとえぼく自身は計画に反対だったとしても、実現のための協力を拒むことはとうていできなかっただろう。だが、じつを言うと反対ではなかった。ぼくはその何年も前から父のことを知っていた。ずっと嫌悪感を抱いていた。だが、ぼくにできる小さな協力など、腹部の裂傷に小さな包帯を巻く程度のことでしかなかった」

「コン」短い沈黙ののちに、エリオットは言った。「ぼくらの仲違いについては、きみに責任がなかったとは言わせないぞ。ぼくはきちんと質問したつもりだった。しかし、万が一質問していなかったとしても、きみが罪状を否定し、真実に耳を傾けるようぼくを強引に説得すればよかったじゃないか。ぼくはきっと、きみを信じただろう。いいか、きみは大事な友達だったんだぞ。兄弟同然だった。ところが、きみはぼくに知られまいとした。ぼくの信頼を求めようとしなかった。きのう、きみ自身もそう認めたじゃないか。なぜなら、当時は狂気の沙汰としか思えなかった計画のせいでジョナサンが財産をどんどん失っていくのを、新たな後見人となったぼくが黙って見ているわけにはいかなかっただろうから。ぼくのその判断はたぶん正しいと思う。ジョナサンにそんな無謀なことを許すわけにはいかない。だが、間違っているとも言える。大きな間違いかもしれない。しかし、あの時点では、未来は誰にも予測できなかった。ぼくも簡単には賛成できなかったと思う。きみは真実を隠しとおすことで、ジョナサンと二人で正しいことをなしとげたわけだが、そのためにぼくとの友情を捨て、ぼく一人を悪者にした。尊大なロバにした」

「事実だろ」コンは言った。

「そして、きみは頑固なラバだった」

二人はにらみあった。視線が険悪なものに変わろうとしたとき、エリオットの唇が微笑で歪み、緊張がいっきにほぐれた。

「誰かにこの場面を描いてもらうべきだな。みごとな風刺画になるだろう」

「ジェスのためにここまでしてくれるのか」コンは訊いた。

「ダンバートン公爵夫人のためでもある」エリオットは言った。「そして、ヴァネッサのためでもある。ヴァネッサはきみを許し、きみに許されたいと思ってるんだ、コン」

「許されたい？」コンは眉をひそめて言った。「ぼくがヴァネッサに不当なことをしたというのに。ひどいことをしてしまった」

「だが、きみは謝罪した。ところが、ヴァネッサは許そうとしなかった。以来、それをうしろめたく思っている。公爵夫人がスティーヴンと一緒に訪ねてきたとき、ヴァネッサは償いをする機会だと考えた。たぶん、われわれ全員にとって。ここまで来たのは誰のためかと尋ねられ、一人だけ挙げるように言われたら、ぼくはヴァネッサのためだと答えるだろう。妻を愛している」

「知ってるとも」コンは言った。

「そして、ここに来たのはきみのためでもある」エリオットはそう言って、あわてて顔を背けた。「いろいろあったにせよ、きみはかつて大切な友だった。たぶん、いまもそうだと思う。なあ、コン、きみを失って寂しかった。わかるか、その気持ちが。きみのことを悪人だと信じ、それなのに、その一方で寂しく思っていた」

「そんなこと言われたら、照れるじゃないか」コンは言った。

「まったくだ」エリオットも同意した。「スティーヴンが待ちくたびれているだろう。あいつのところへ行く前に、コン、握手してくれないか」

「キスして仲直りか」コンは言った。

「せっかくだが、キスは省略させてほしい」エリオットは右手を差しだした。

コンはその手を見つめ、自分の手をのせた。

「ぼくの記憶では、きみは質問などしなかった、エリオット。最初からきめつけていた。しかし、きみの記憶では、きみが質問し、ぼくが〝とっとと失せろ〟と言ったことになっている。どっちが正しいのかはわからない。それでいいのかもしれない。だが、きみは父上への信頼をなくし、ぼくはジョンの夢を守ろうと必死だった。おたがい、自分の苦悩を口にするのは得意じゃなかった。そうだろう？」

「紳士たるもの、自分が苦悩を抱えていることは認めないものだ」固い握手を交わしながら、エリオットは言った。「いまから、尊大さを最大限に発揮してこなくてはならない。だが、ロバにはならないよう気をつける。ジェス・バーンズを死刑から救うため、全力を尽くす覚悟だ。いい結果が出るとうれしいのだが」

「同じ気持ちだ」コンは熱をこめて言った。

自分だけがエインズリーに残り、何もできずにやきもきするしかないことが、コンはやはり不満だった。しかし、いまは、いとこたちに出向いてもらい、自分にできなかったことをしてもらうのが、もしくは、そのために努力してもらうのがいちばんだ。

二人の力でもうまくいかなかったら？

そのときはそのときで、また考えよう。

〝そのときは〟？　〝もし〟ではなくて？

農場へ出かけることにした。過酷な肉体労働が待っていてくれるよう、そして、それに没頭できるよう願いながら。

コンがほどなく気づいたように、それから三時間半のあいだ、彼はエインズリーの人々の注目の的だった。廏のそばで薪割りを始め、上半身裸になって全力を集中し、体力とエネルギーのすべてを注ぎこんだ。いまのコンの頭にあるのは、今年の冬のあいだ――そして、たぶん、翌年の冬のあいだも――充分に使える量の薪を積みあげることだけだった。

廏では、馬番と下働きの連中が総出で作業をしていた。正午になっても、休憩をとる者はいなかった。しかし、一人一人が何かもっともな理由を見つけては、一定の時間ごとに廏の前庭の門まで出てきた。厨房の庭では、三人もの女性が草むしりをしていた。二日前にコンが見たときは、雑草などどこにも生えていなかったが。たぶん、新しく生えてきた草を探すのに時間がかかっているのだろう。コンに薪割り用の木を渡す役目は一人で充分なはずなのに、少年二人がその役を買って出ていた。ミリーが飲みものとオートミールビスケットののったトレイを二回運んできて、二回目のときはそのまま居残り、廏の外壁のところに薪を積みあげている少年の手伝いをした。料理番が横手のドアのところにやってきた。たぶん、ミリーの様子を見にきたのだろう。しかし、戻ってくるようミリーに声をかけることも、ミリーが忙しそうにしているのを見て自分だけ厨房に戻っていくこともせず、その場にしばらく立ったまま、エプロンで手を拭いていた。その手はきっと、イングランドでいちばん乾燥した手になったことだろう。ロザンヌ・サーグッドは講読クラスの生徒たちに戸外で授業をしていた。うららかな日で、風も優しいため、二本の手だけで本のページを押さえておけるからだろう。また、別の女性は二、三分おきに横手の窓のところではたきの埃を払い、埃がどこに落ちたかを見るために身体を乗りださなくてはいられない様子だった。

　コンは誰にも何も言わなかったが、エリオットとスティーヴンが判事に会いに行ったことは、もちろん全員が知っていた。そして、コンが猛烈な勢いで薪割りをしている理由も知っていた。誰も声をかけようとしなかった。ついでに言うなら、おたがいに言葉を交わすこともなかった。ロザンヌだけは生徒に話をしているはずだが、生徒の声はまったく聞こえてこなかった。

　やがて、何分か姿を消していた人々がみな戻ってきた。忙しく——もしくは忙しいふりを——していた人々は作業の手を止め、草むしりの女性たちは背を伸ばし、ミリーは手にしていた二本の薪を落とした。料理番はエプロンを落とした。コンは斧を肩の上で構えたまま薪割りを中断した。

　馬の蹄《ひづめ》の音。

　そして、馬車の車輪の音。

コンは斧をゆっくり下ろして向きを変えた。

きのうと同じ公爵家の馬車。同じ御者と従僕。お仕着せはブラシをかけて新品同様にパリッとしている。

コンは一瞬、息をするのも忘れた。考える余裕があったなら、ほかのみんなも呼吸を忘れているほうに喜んで賭けたことだろう。

馬車は玄関の前まで直行せずに、廏の外で止まった。たぶん、あたりに散らばった者たちを馬車のなかの二人が目にして、その真ん中にコンがいることに気づいたのだろう。ステップが下ろされるのも待たずに、最初にスティーヴンが飛びおりた。あたりを見まわし、その場に根が生えたように立ちつくしているコンに目を向けた。コンは馬車のほうへ一歩も近づいていなかった。

「宙ぶらりんの状態だ」スティーヴンが全員に聞こえるように言った。

不吉な言葉を選んだものだ。

エリオットもステップを使わずに馬車を降りた。

「判事はこの件を再考してくれるそうだ」全員に聞こえるよう、同じく大きな声で言った。「最終的な判決が有罪であることは確実だが、ジェス・バーンズの刑が軽減されれば、わたしが身柄を預かることになる。ジェスを遠くへ追放し、グロースターシャーには二度と戻らせない、という条件のもとで」

コンは全員がいっせいに安堵の息をつくのを聞いたように思った。いや、コンが聞いたのは彼自身の吐息だけだったかもしれない。

薪になる前の木材の山に斧を立てかけて、いとこたちに歩み寄った。向こうも彼のほうに歩み寄っていた。

「エリオットはすごい貫禄だったよ、コン」スティーヴンが言った。「ぼくまで怖くて震えてしまった」

「こら、違うだろ」エリオットが言った。「伝説的な魅力をふりまくのに忙しかったじゃないか、スティーヴン。ぼくもくらくらしそうだった」

「だが、判事を説得するには至らなかったんだな」コンは言った。

「敵ながらあっぱれというか」エリオットはコンに言った。「気骨のある人物だ。ぼくが見たところ、処刑の日が近づくにつれて過酷な判決を後悔しはじめたものの、面目を失わずに撤回する方法が見つからなくて困っているようだった。きみの説得でずいぶん軟化したに違いない。こちらの希望を聞き入れたいが、その一方、爵位のある男性二人に威圧されたなどと世間に思われては困る、といった感じだな。こっちは判事に対してなんの権限もないわけだし」

「判事はジェスを釈放してくれるだろうか？」コンは訊いた。

「そう思うかと訊かれれば、答えはイエス。確信があるかとなると、ノーだ」

「いつ最終決断を下すか、判事から聞いたかい？」

「明日だ」スティーヴンが言った。

「だが、どちらにしても」エリオットが言った。「ジェスはここには戻れない。気の毒だが。ジェスを遠くへ追放するというのが、ぼくに出せる精一杯の条件だった」

コンはうなずいた。その視線がエリオットの肩を通りすぎ、馬車を通りすぎ、その向こうの馬車道へ向いた。馬が一頭、誰かを乗せて駆けてくる。

ほかの者もみな、その音を耳にした。全員がそちらを向いた。

判事が最終決断を下したのか。

たまたま誰かが訪ねてきたのか。

しかし、馬が近づいてくるにつれて、馬上の人物が鮮やかな色のお仕着せを着ていて、それがややくたびれた感じなのを、誰もが見てとった。かなりの距離を走ってきたに違いない。おそらく、馬を替えて急いで食事をとるほかは、休憩もとらずに走りつづけたのだろう。

「あ、あれは」スティーヴンが言った。「王室のお仕着せだ」

誰の目にも明らかだった。馬で駆けてきたのは国王の使者だ。

使者は馬車のうしろで馬を止めると、いささか横柄な表情であたりを見まわし、エリオットに目を留めた。

「コンスタンティン・ハクスタブル氏に伝言を届けるよう命じられた」使者は言った。

「わたしがハクスタブルです」コンは片腕——木屑が点々とついているむきだしの腕——を上げ、前に出た。

使者はなおさら横柄な表情になった。

「身元はわたしが保証します」スティーヴンが言った。おもしろがっている。「わたしはマートン伯爵です」

使者は鞍袋に手を伸ばし、王室の紋章で封印された巻物を二つとりだした。

「まずこれをあなたにお渡しするよう言われている。国王陛下じきじきのご命令だ」

そう言うと、巻物の片方をコンに渡した。コンは見るだけで内容が明らかになるかのように、じっと見つめるだけだった。エリオット、スティーヴンと視線を交わし、封印をはずして巻物を広げた。

頭から血の気がひくのを感じた。唇をなめた。手のなかで羊皮紙が震えた。視線を上げた。

「赦免状だ」つぶやきに近い声で言った。顔を上げて周囲に目をやってから、声をはりあげた。「ジェスに対する王室の赦免状。陛下が判決を無効にしてくださった」

「本件に関わった判事のところへ案内してもらえれば」使者は言った。「赦免状の写しをただちに判事の手に渡そう」

誰も聞いていなかった。喝采と笑い声、拍手が湧きあがっていた。全員がいちどきにしゃべりだし、誰も相手の言葉を聞いていないとわかると、声がどんどん大きくなった。しゃべっていない者もわずかにいた。草むしりをしていた二人は手をとって踊りだし、歓声を上げていた。料理番はエプロンを顔に押しあてていた。ミリーは人目もはばからず号泣し、涙の粒がつぎつぎと頬を伝い落ちていた。

コンは目をきつく閉じ、空へ顔を向けた。

「生意気女」愛情をこめてつぶやいた。

「さて」エリオットが言った。「ぼくはもう必要なくなったな、コン」

しかし、コンが彼に目を向け、そばまで行き、思いきり抱きしめると、エリオットはうれしそうに笑った。

「きみが必要だった」コンは言った。「必要だったんだ、エリオット。これからもずっと必要だ」

そして、自分でも気恥ずかしくなったことに、エリオットの肩に額をつけて、泣きじゃくった。

エリオットが空いたほうの手でうなじをなでてくれるのを感じた。

「くそっ」コンは一歩下がり、涙に濡れた顔を手の甲で拭った。「くそっ」

エリオットが真っ白な麻のハンカチを渡してくれた。

「仲直りしよう、コン」

スティーヴンも自分のハンカチで洟をかんでいた。

国王の使者が咳払いをしていた。

「つぎにこれをお渡しするよう命じられている」そう言って、もう一つの巻物を差しだした。

コンはそれを受けとるさいに使者を見あげた。しかし、相手は伝言を運んできた使者に過ぎない。伝言そのものではない。

陛下はほかに何を仰せになりたいのだ？　〝ハッハッハ、いまのは冗談だ。ジェス・バーンズはやはり死刑に処すこととする〃とか？

コンは封印をはずし、巻物を広げて読んだ。

そして、読みなおした。

そして、ククッと笑った。ますます大きな声で笑いながら、エリオットに巻物を渡した。エリオットが目を通した——二回も——そして、スティーヴンのほうへまわしたあとでコンを見て、一緒に笑いだした。

「うわ」しばらくして、スティーヴンが叫んだ。「すごい！」

そして、三人そろって笑いだし、あとの者は呆然と三人を見て、何がそんなにおかしいのかと訝った。


「時間というのは不思議なものね」自分専用の居間でお気に入りの窓辺のベンチに腰を下ろして、ハンナは言った。「楽しい時間は、長い冬を越したあとで巣作りの場所へ急ごうとする鳥に似て、飛ぶように過ぎていく。そして、鳥と同じように、止めるすべがない。そうかと思うと、アヘンチンキを呑まされた亀みたいにのろのろ過ぎていくこともある」

バーバラは刺繍に余念がなかった。

「時間なんて存在しないのよ。そこにあるのは、容赦なく過ぎていく人生に対するわたしたちの反応だけ」

ハンナはバーバラの頭のてっぺんを見つめた。

「何が起きているのかわからなくても、楽しくやってるふりをすると、たちまち知らせが飛びこんでくる」ハンナは言った。「そういう単純なことなの？　お願いだから、そうだと言って」

バーバラは顔を上げて微笑した。

「悪いけど、そうじゃないと思うわ。時間という幻覚が時間そのものを生みだすんですもの。わたしたちはそれに強く反応するあまり、幻覚を止められなくなってしまう。嘆かわしいほど人間的ね。同時に、すばらしく人間的でもあるけど」

「それってまさか、婚約者の牧師さまから学んだことじゃないでしょうね？」ハンナは疑わしげに尋ねた。

「サイモンと議論して学んだのよ、ええ」バーバラは認めた。「それから、自分でいろいろ考えたり、サイモンに勧められた本を読んだりして」

「わたしが現実を止められないのと同じように、幻覚を止めることもできないとしたら、それが幻覚だと知ってもなんの役にも立たないわけね？　あるいは、その幻覚はじつは現実なんだと判断しても。ねえ、わたしの頭が肩の上でぐるぐるまわってるのかしら。それとも、それも幻覚に過ぎないの？」

バーバラは笑っただけで、うつむいて刺繍に戻った。

「陛下が力になろうと約束してくださったんでしょ、ハンナ」バーバラは言った。

「でも、陛下の記憶力は信頼できないことで有名なの。善意の方ではあるけど、すぐにお忘れになってしまうの。あの朝、嘆願に伺候したのはわたしだけじゃなかったし、わたしが最後の一人でもなかった。わたしの話に涙ぐんでらしたけど、それにはなんの意味もないのよ。少しでも感傷的な話をすれば、いつだって涙ぐむ方ですもの」

「陛下を信じなくては」バーバラは言った。「そして、モアランド公爵とマートン伯爵を。そして、ハクスタブルさまご自身のことも」

ハンナはため息をつくと、クッションをとって胸に抱きしめた。

「自分以外の誰かを信じるって、むずかしいことね」

「できることはすべてやったじゃない」バーバラは言った。「いえ、できる以上のことを」

ハンナはふたたび、バーバラの頭頂部をしばらく見つめた。立ちあがって、室内を――またしても――歩きまわろうかと思った。外に出て足早に散歩しようかとも思った。しかし、雨降りで風も強いし、バーバラが一緒に行くと言うに決まっている。そして、たぶんひどい風邪をひき、これから一週間ほど、生死の境をさまようことになるだろう。

もうっ、ときどき、バーバラはひどく鬱陶しい存在になる。

「ケント州から戻ったら、あなたはすぐ故郷に帰ると思ってた」ハンナは言った。「礼儀正しい人だから、口に出すのは遠慮してても、故郷が恋しくてたまらなかったはずよ。それなのに、いまもこうしてすわっている。静かに、忍耐強く。わたしだったら、帰りたいって大騒ぎしそうよ」

「ううん、しない」バーバラはふたたびハンナを見あげた。「人前では演技をしてるだけで、ほんとのあなたはもっとずっといい人ですもの。立場が逆だったら、わたしがあなたを必要とするかぎり、あなたはきっとそばについていてくれる。わたしたち、友達なのよ。大の仲良しなのよ」

ハンナは嗚咽がこみあげるのを感じ、唾を呑みこんだ。涙があふれてこないよう、目を大きく開いた。近ごろ、ひどく涙もろくなっている。また、セント・ジェームズ宮殿に伺候した日以来、世捨て人同然の日々を送っている。ただ、きのうの午後は、新しい友人たちが親切にも訪ねてきてくれた。ハクスタブル家の三人姉妹と義理の妹がそろってやってきて、一時間半ほどゆっくりしていった。単なる儀礼的な午後の訪問よりもはるかに長い時間だった。ハンナと同じく、みんなも連絡を待ってうずうずしていた。

「牧師さまを愛してるのなら」ハンナは言った。「牧師さまと一緒にいるべきよ、バーバラ」

「そうするわ」バーバラは言った。「八月に式を挙げたら、一生、夫婦として寄り添っていくの。サイモンから手紙が来たら、きっと、わたしがハンナのそばに残ることにしたのは正しい判断だって書いてあるでしょうね。今日あたり配達されると思ってたんだけど。明日は間違いなく届くわ」

バーバラは刺繍に戻り、ハンナは大きなため息をついた。

その息をハッと止めた。バーバラは針を持つ手を布の上で静止させた。

通りに面した玄関ドアにノッカーの打ちつけられる音が、階下から二人の耳に届いた。

「お客さまだわ」ハンナはさりげない口調を装おうとした。「執事がわたしは留守だと言ってくれて、お客さまはそのまま帰るでしょう」

しかし、ドアの外に足音がしないかと耳をそばだて、現実に足音が近づいてきたときには身をこわばらせ、クッションを胸に押しつけた。それで自分の命を守ろうとするかのように。

「紳士がミス・レヴンワースを訪ねておいでです、奥さま」ドアをあけて執事が言った。

「留守だと——え、バーバラを？」ハンナは言った。

「ニューカム牧師とおっしゃる方です」執事はバーバラにちらっと目を向けた。「お嬢さまはお留守だとお伝えしましょうか」

「サイモンが？」バーバラがつぶやいた。刺繡針は布の上で静止したままだ。ハンナは思った——バーバラったら、急に信じられないほどきれいになってる。

「こちらにお通ししてちょうだい」ハンナは言った。

自分専用の居間で客をもてなしたことは、これまで一度もなかった。

執事が出ていくと、ハンナは床に足を下ろし、クッションを脇へどけた。とっさに頭に浮かんだのは、自分も急いで部屋を出て、恋人たちを水入らずで再会させてあげようという思いだった。しかし、自分の目で見届けたい、バーバラの婚約者に会ってみたい、という気持ちには抵抗できなかった。

バーバラは落ち着きはらって丁寧に刺繡道具を片づけ、それから、髪が乱れていないか、お茶のときのケーキの屑がドレスについていないかを鏡で確認した。ハンナを見た。

「だから今日は手紙が届かなかったんだわ。本人が訪ねてきたんですもの」

輝くように美しかった。目が大きくきらめいていた。愛の表情だわ——ハンナは思った。最近は、鏡に映った自分の顔にも同じ表情が浮かんでいる。とても生き生きした表情。

形ばかりのノックのあとで、ふたたびドアが開いた。

「ニューカム牧師さまがミス・レヴンワースを訪ねてこられました」執事が言った。

そして、これ以上平凡な人物は想像できないぐらい平凡な若い紳士が入ってきた。なるほど、バーバラが描写したとおりの外見だった。長身ではないし、たくましい体格ではないし、ハンサムでもない。服装も地味で控えめ、華やかさはまったくない。しかし、バーバラを見た瞬間、紳士は笑顔になった。若いころから理想的な求婚相手をつぎからつぎへと拒んできたバーバラが、ついにこの男性に心を奪われた理由が、ハンナもわかるような気がした。

バーバラは満面の笑みを彼に返していた。

あらあら——ハンナは思った——わたしだったら、騒々しい歓声を上げて飛ぶように部屋を横切り、彼に抱きついているでしょうに。

「バーブ」牧師が言った。

「サイモン」

恋人どうしにふさわしい熱い口調で名前を呼びあったあと、二人は礼儀作法をとりもどし、ハンナに視線を向けた。

「ハンナ、ニューカム牧師さまを紹介させてもらっていいかしら。サイモン、こちらはダンバートン公爵夫人よ」

牧師はお辞儀をした。ハンナも軽く頭を下げた。

「バーバラを家に連れて帰ろうと思って、わざわざ出向いていらしたのね。文句は言えませんわ、ニューカムさま。わたしったら、自分のことしか考えておりませんでした」

「こちらにお邪魔したのは」牧師は言った。「義理の父となる人が日曜のミサの説教を代わってくれて、ロンドンで短い休暇を楽しんでくるよう親切に言ってくれたからです。結婚式のあとも休暇をとる予定ではおりますが。こちらにお邪魔したのはまた、バーバラと最後に会ってから、数週間どころか数年もたったような気がしたからです。そして、公爵夫人が悲嘆に暮れておられることを知り、多少はお心の支えになれるのではないかと思ったものですから」

ハンナは下唇を噛んだ。笑っては失礼だと思った。心のどこかに、くすくす笑いだしたいという衝動があったが、心のなかの高潔な部分には深い感動が広がっていた。

「感謝いたします」ハンナは言った。「心配でなりませんの。一人の男性の命が奪われようとしています。わたしはその男性に会ったこともないし、たぶん今後も会う機会はないでしょうが、それでもやはり気がかりです。わたしの出会ったある人がこの件に感情的に深く関わっていて、わたしはその人に感情的に深く関わっているのです」

こんなことを言うつもりはなかった。しかし、口にしたその言葉は間違いなく真実だった。牧師の前に出たときは、人は真実を語らなくてはならない。

「わかりました、公爵夫人」牧師が言った。本当にわかってくれたのだとハンナは思った。「邸内でほかにちょっと急ぎの用がありますので、申しわけありませんが、おもてなしを省略してしばらく失礼させていただきます。でも、バーバラに残ってもらいますわね。わたしがいなくても、バーバラが行き届いたおもてなしをしてくれることでしょう」

「それは間違いありません、公爵夫人」

ハンナが彼に笑みを向けると、甘美な優しさのこもった微笑が返ってきた。ハンナの心に空虚な部分があったら、この牧師に恋をしていたかもしれない。

バーバラに笑みを向け、サイモン・ニューカム牧師から遠いほうの片目をつぶってみせてから、本当に用がどっさりあるかのように急ぎ足で部屋を出た。

グロースターシャーのほうはどんな様子？　どうして誰もわたしに手紙を書くことを思いついてくれないの？

20

はるばるロンドンにやってきたニューカム牧師が最初の日に予定していた楽しみは、学生時代の記憶にあるオクスフォード通りの古書店へ出かけることだった。

バーバラとハンナを誘うつもりで、こうしてダンバートン邸を訪ねてきたのだった。この誘いに、バーバラは熱っぽく顔を輝かせた。

みんなで客間に腰を下ろしてコーヒーを飲みながら、ハンナは二人をかわるがわる見つめた。なんとも風変わりな誘いだ。しかも、新刊書を扱う書店ではない。店内はたぶん、埃だらけだろう。乾燥しきった古い学術書がたくさん置いてあり、そのページがぼろぼろに崩れてさらに埃を生みだしているに違いない。

「ねえ、一緒に行きましょうよ、ハンナ」バーバラが懇願した。「この何日か、玄関から一歩も出てないでしょ。わたしたちの邪魔になるんじゃないかなんて心配はしないでね」バーバラは頬を染めた。

「するもんですか」ハンナは言った。「二人とも礼儀正しい人だから、わたしのことを邪魔者扱いする気がそもそもなさそうだし。わたし、今日は午後からハイドパークへ散歩に出かけて、崇拝者に囲まれて、最新のゴシップをあれこれ仕入れるつもりでいたのよ。晩餐のときに二人に披露して楽しませてあげる。晩餐においでくださいますわね、ニューカムさま」

「ありがとうございます、公爵夫人」牧師は軽く頭を下げた。「ぜひ――」

客間のドアにノックが響いて、牧師の言葉はさえぎられた。

「マートン伯爵さまご夫妻が、奥さまがご在宅かどうかを知りたがっておいでです」ドアをあけて、執事が言った。

ハンナは思わず立ちあがった。カッサンドラが？　伯爵と一緒に？

「こちらにお通しして」

執事を追って走りだし、階段で追い越し、玄関ホールに先に着いて、どうなったかを知りたいという思いを、ハンナは必死に抑えた。

「マートン伯爵というのは」バーバラが牧師に説明していた。「死刑判決を受けた男性を救うために何かできないかと、モアランド公爵と一緒にエインズリー・パークへ行っていた人なの」

「なるほど」ニューカム牧師は言った。「きみの手紙にその名前があったのを思いだしたよ、バーブ。そして、ようやく伯爵が戻ってこられた。おそらく何かの知らせを持って。いい知らせであるよう祈ろう。公爵夫人、誤解された哀れな男へのお気遣いに感心しております。しかし、意外な気はしませんでした。バーバラが話してくれたように――」

ハンナはもう何も聞いていなかった。わざと無礼な態度をとったわけではなく、頭が混乱として何も考えられなくなっていたのだ。ドアにできるだけ近づき、開いたときに突き飛ばされない程度の距離をあけて立った。腰のところで両手を握りあわせた。威厳をかき集めようとした。

モアランド公爵は伯爵と一緒に戻ってこなかったの？　コンスタンティンは？

ドアにノックが響き、ふたたび開いた。

「マートン伯爵さまご夫妻のお越しです、奥さま」執事が告げた。

伯爵は旅で疲れた様子だった。服がひどくよれよれとか、無精髭が伸びっぱなしというわけではないが、目のあたりに疲れがにじんでいた。ハンナが推測するに、いったんマートン邸に戻って、妻と一緒にすぐまた出てきたのだろう。そして、カッサンドラはというと——晴れやかな笑顔だった。

「すべてうまくいったわ」カッサンドラがさっと前に出て、ハンナを抱きしめた。「すべてうまくいったのよ、ハンナ」

抱擁に身を委ねたハンナは、安堵のあまり倒れそうになった。

「たぶん、それは予期しておられたでしょうね、公爵夫人」伯爵が言った。「あなたが国王陛下を説得なさったに違いない。でも、赦免状が間に合ったかどうかを知りたくて、やきもきなさっていたことでしょう。間に合いましたよ。しかも、三日も余裕があった」

わずか三日？

「申し分のない赦免状でした」伯爵はつけくわえた。「ジェス・バーンズは自由の身です。

ぼくは向こうを発つときに、コンに約束しました。ロンドンに戻ったら一時間以内にあなたに報告に行くことを。そして、あなたの馬車を勝手にお借りしてロンドンに戻ってきました。コンはあとからエリオットと一緒に戻ることになっています」

「モアランド公爵と？」ハンナは眉を上げた。「二人が同じ馬車で？」

伯爵はにやっとした。

「殴りあいになることはおそらくないでしょう。石のような沈黙を続けることも」

「あの愚かな対立をやめることにしたの？」ハンナは尋ねた。

「そうです。二人が仲良くしている姿を初めて見ました。ぼくが二人に出会う前はきっと、幼いころからそうだったのでしょうね。ひっきりなしに話をして、冗談を言って——口喧嘩もしています。そうそう、もっと安心材料がほしいとおっしゃるかもしれないから、もう一つ言っておきましょう。コンは陛下の赦免状を読んだとき、エリオットの肩にすがって泣いたんですよ。ぼくもそばにいて、いつでも肩を貸すつもりでいたのに」

「まあ」ハンナは両手を握りあわせ、うつむいて指先に唇をつけた。目を閉じて、コンスタンティンが泣いている姿を想像した。彼のことだから、あとでどんなに照れただろう。そして、スティーヴンがハンナにその話をしたと知ったら、どんなに憤慨するだろう。

こういうことになると、男はじつに愚かな生きものだ。

わたしは彼のことを、心のなかでずっと〝悪魔〟と呼んでいた。暗く危険な雰囲気で、そう呼ぶのがふさわしいと思っていた。でも、正反対の人だった。光と愛と思いやりにあふれている。いえ、少しだけ暗くて危険かもしれない。要するに、人間のさまざまな資質が魅力的に混ざりあった人。たいていの人がそうであるように。人のことをああまで誤解できるとは、なんて不思議なことだろう。

彼への愛で胸が痛いほどだ。わたしは愚かな女。

いいえ、いまはそんなことを考えているときではない。顔を上げて微笑し、ニューカム牧師のほうを向いて、訪ねてきた夫妻を紹介することにした。

牧師とバーバラも立ちあがった。バーバラの目が潤んできらめいていた。さっと進みでてハンナを抱きしめた。

「陛下がお忘れになるはずはないって、わたしにはわかってたわ」

そしてそのあと、カッサンドラが「長居をするつもりはないのよ。そろそろ失礼してヴァネッサを訪ね、向こうの様子を報告し、モアランド公爵の帰宅がいつごろになるのかを知らせてこなくては」と言って出ていった。

話はそれで終わり？　ハンナはふと心配になった。コンスタンティンはモアランド公爵と一緒にロンドンに戻る予定だと、さっき伯爵が言っていた。でも、社交シーズンもすでに半分以上終わっているから、気が変わってエインズリーに残ろうと決めはしないだろうか。哀れなジェスを元気づけ、近隣の人々をなだめるために、どっちにしても残る必要があるのではは？　わたしと離れ離れになったことを、関係を終わらせるのに好都合だと思うんじゃないかしら。

わたしは彼に愛していると言った。向こうはそれで怖気づいて、この先一年か二年はわたしと距離をおこうと決めたのかもしれない。

それとも、戻ってくるの？　なんの邪魔も入らなかったかのように、ふたたび関係を続けていくつもり？

わたしはどうなの？

これからは、昼間はここで過ごし、夜は愛しあうためにコンスタンティンの家へ出かける毎日になるのかしら。

愛の行為を求めて身体が疼いた。愛してほしかった。

わたしは彼の愛人。

でも、それだけでいいの？

そういう約束だった。自由を手にした最初の年に、わたし自身がそれを望んだのだ。それどころか、わたしのほうから彼をひきずりこんだのだ。

愛人関係が解消されることには耐えられない。

でも、愛人関係を続けることにも耐えられない。

真剣に彼を愛している。彼に告げた言葉は真実だった――もちろん、そんなことを言うなんて賢明ではなかった。

彼を愛することと、彼の愛人でいることが、相容れないように思えるのはなぜ？

ああ――いまのわたしは冷静さも自制心も失っている。十九のときに戻ったみたい。これまでの十一年がどこかへ消えてしまった。

ただ、昔と違って、ハンナには自分の前にある選択肢がはっきり見えていた。自分で選ぶしかないこともわかっていた。冷静に、理性的に。コンスタンティンがエインズリーに残ったことが、ハンナに対する意思表示ではないとすれば……。

社交シーズンが終わるまで愛人関係を続ける？

それとも、もうやめる？

「一緒に来る、ハンナ？」客間にふたたび三人だけになったところで、バーバラが訊いた。「家で知らせを待つ必要はもうないでしょ？　知らせが来て、しかも最高の知らせだったんだから」

「行くわ」ハンナは二人を交互に見ながら言った。「お祝いのために、古い本を見に行きましょう」

ニューカム牧師がにこやかな笑みを浮かべた。


ジェスが釈放され、スティーヴンが公爵夫人の馬車でロンドンに戻ったあとも、コンは四日間エインズリー・パークにとどまった。

エインズリーの人々が恐ろしい不安から立ち直り、平凡な日常が戻ってくるまで、一緒にいる必要があると思ったのだ。近隣の家々を一軒ずつまわって、エインズリーがどんなところかを率直に伝える必要があるとも思った。今回のような不祥事は二度と起こさないという約束はできなかったが、自分がここで暮らすようになってからの長い年月のあいだに今回のジェスのような事件が起きたのは初めてだったことを、人々に訴えて納得してもらうことはできた。そして、エインズリーに住む者たちは新たな人生のチャンスを与えられたことに感謝し、周囲に尊敬される人間、周囲の役に立つ人間になれるよう、精一杯がんばっているのだ、と説明した。エインズリーは泥棒の巣窟ではないし、売春宿でもない。ジェスももともと盗みを働くような男ではない。自分が何をやっているか深く考えもせずに、失敗の埋めあわせをしようとしたに過ぎない。それに、ジェスはこの土地を出ていく。エインズリーには二度と戻ってこない。

近隣の人々の大部分はコンの説明を礼儀正しく受け入れた。温かな思いやりを見せてくれた者もいた。判断を控えた者もいた。キンケイドは見るからに疑わしげな表情だったが、あからさまな敵意は見せなかった。時間がたてば、いずれわかってもらえる。コンはそう信じ、それに希望をかけることにした。

コンがエインズリーに四日間とどまったおかげで、ジェスは試練からある程度立ち直り、エインズリーでの職業訓練は終了した、ずっと夢に見てきた厩の下働きという仕事に就けることになった、という思いになじむようになった。モアランド公爵の田舎の本邸リグビー・アベイで働けることが決まったのだ。コンはジェスに言って聞かせた——おまえが行ってしまうのはみんなにとって辛いことだが、公爵はぼくのいとこで、おまえにいい働き口を見つけてやらなきゃならないのなら、赤の他人より、ぼくの身内に頼むほうがいいと思ったんだ。

それに今後は公爵を訪ねるたびに、おまえの顔を見ることができる。エインズリーの仲間の近況をおまえに伝えることができる、と。

じつを言うと、リグビー・アベイにはまだ一度も行ったことがないけれど。

コンを驚かせたのは、エリオットが妻子に会えなくて寂しい思いをしているのは明らかなのに、コンと一緒にエインズリーに残ると言いだしたことだった。友情を復活させるために残ったのだ。ほかに理由は考えられない。そして、現実に友情がよみがえりつつあった。最初はためらいがちだったが、日がたつにつれて、ぎこちなさが消えていった。

エリオットをとりもどせたことが、天からの贈物、魂を癒してくれる香油のように感じられた。エリオットがいなくてどんなに寂しかったか、コンはいま初めて気がついた。エリオットを失い、つぎにジョンを失ったことで、孤独で空虚な穴が心に大きくあいていたのだ。

ついにエリオットをとりもどすことができた。二人でジョンの話をした。二人のあいだにはジョンの共通の思い出がたくさんある。最後のころの悲しい記憶ではなく、それ以前の十五年にわたる数々の出来事。

その四日間はコンにとって癒しとくつろぎの時間だった。心の隅ではロンドンに戻りたくてうずうずしていたが、ハンナのことはなるべく考えないようにした。心の準備がまだできていない。

愛していると彼女が言ってくれた。

エリオットの贅沢な馬車でロンドンに戻るときには、ジェスが御者の隣に立ち、従僕は馬でうしろからついてきた。コンにとってほぼ二週間ぶりの帰宅だった。ハンナを訪ねて、ジェスのための仲介と――〝干渉〟などと言うのはあんまりだ。そうだろう？――馬車を使わせてもらったことに礼を言わなくてはならなかった。

ところが、妙なことに、行くのがためらわれた。これからどうなるんだ？　現状に復帰？　ふたたび彼女がぼくの愛人に？　ぼくが彼女の愛人に？

いや、本当にそれでいいのか。

なんだか、やけに……自分が探している言葉は何なんだ？　安っぽい？　薄汚い？　物足りない？　そうだ、最後のやつだ。たぶん、最初の二つも当てはまるだろう。だが、不思議なものだ。これまでは女性と関係を持っても、いまのように感じたことはなかった。そのときどきの関係を楽しみ、ときが来れば別れを告げて、そのまま忘れ去った。

だが、ハンナとの関係は、それだけでは物足りない。

彼女を愛している。

この十日ほど、ハンナのことはほとんど考えなかった。意識的に考えなかったのではない。だが、日々のあらゆる瞬間に彼女が存在していた。コンの一部になっていた。

とんでもないことだ。

いや、本当にそうだろうか。

自分がコープランドを発つ前に、愛していると彼女が言ってくれた。本心だったのだろうか。あんな場面で？　くそ、知るもんか。ぼくには人を愛した経験がほとんどない。とにかく、こういう形の愛は知らない。だが、愛が訪れて眉間にパンチをよこすまでは、愛のことなど、たぶん誰も知らないのだろう。彼女の行動から何が読みとれる？　愛の言葉を裏づけるものが何かあるだろうか。

ぼくが馬車を借りて出発したあと、彼女は何をしたのか。

スティーヴンをひきずって一緒にロンドンに戻り、エリオットの屋敷へ出向いてあいつを説得し、二人を馬車に押しこんでグロースターシャーへ送りだし、それから国王陛下に嘆願するために飛びだしていった。

そのすべてが知的障害を抱えた見知らぬ男のため？

いくら哀れみ深い彼女でも、そこまではしないだろう。

馬車の向かいの席に乗っているエリオットがあくびをした。

「ぼくがうとうとしかけたとき、きみは宙をにらんでいた。そして、ぼくが目をさましたときも、きみはまだ宙をにらんだままだった。ジェスのことが心配なのか？　エインズリーでの訓練をみごとに終了し、出世してリグビーで働けることになったときみに言われて、ジェスも納得してるじゃないか。それに、ぼくだって、横暴な公爵であることを忘れたときは、使用人にずいぶん優しくできるんだぞ」

コンはエリオットに目を向けた。

「大きな借りを作ってしまったな。あらゆる点で」

エリオットはニッと笑った。

「ぼくがそれをほんの一瞬でもきみに忘れさせると思っているのか」

コンは苦笑した。

「いや。昔からきみのことはよくわかっている」

「彼女と結婚するのか」エリオットが訊いた。

やはり訊かれたか。この数日、なるべく考えないようにしてきたのだが。

結婚したい気持ちはある。子供がほしい。何年も避けてきたものすべてがほしい。家庭を持って落ち着きたい。

しかし——ダンバートン公爵夫人と？

ハンナと？

別々の二人のことを考えているような気がした。だが、同一人物だ。コンが昔から知っている公爵夫人であり、愛人関係になってから本質を見せはじめたハンナだ。彼女を描写するには、一つの単語でも、一つの文章でも足りない。パラグラフ一つを使ってもまだ足りない。一冊の本でも、一つの図書館でも足りない。生気にあふれた複雑な人間で、ぼくはそんな彼女を愛している。

「考えたこともない」コンは言った。

「嘘つけ！」エリオットはまだニッと笑っていた。

「きみがヴァネッサとの結婚をなんの迷いもなく決めた理由は何だったんだ？」

「ぼくが決めたわけじゃない」エリオットは答えた。「ヴァネッサに求婚されて、ショックのあまり、何が何やらわからないうちにイエスと答えてしまい、以後その決断に縛られることになったんだ」

「言いたくないのなら、ひと言〝ノー〟と言ってくれればいいのに」

エリオットは右手を上げた。

「正真正銘の真実だ。ぼくがヴァネッサを命よりも深く愛するようになったのは結婚したあとだったから、いつ、どこで、どんなふうに求婚するのかを決める苦労も、そもそも求婚すべきかどうかという悩みも、経験せずにすんだ」

「彼女はぼくを嘲笑するかもしれない」コンは言った。

「その可能性は大いにある」エリオットはしばらく考えたあとで率直に言った。「手ごわい女性だからな。美人なのは言うまでもないし。たぶん、彼女が狙いをつければ、どんな独身男性でも手に入るだろう。きみの求婚を嘲笑するかもしれない。だが、泣きだす可能性もある。それなら見込みありだな」

「ダンバートン公爵夫人と結婚だなんて」コンは言った。「図々しすぎる」

「なぜだ？　きみはけっこう条件のいい男だぞ、コン。結婚相手としては、一週間前より理想的になっている」エリオットはまたしてもニッと笑った。

コンは肩をすくめた。

「ヴァネッサが断言している」エリオットは言った。「あのまばゆい純白の装いの下には情熱が潜んでいるし、心を捧げたい対象が見つかれば、公爵夫人は北極星に負けないぐらい揺るぎなき思いを注ぐ人だ、と。ヴァネッサはそういうことにくわしいんだ。その方面のことで妻と口論しようとは、ぼくは夢にも思わない。結局ぼくの間違いだと判明し、ヴァネッサは〝ほら見なさい〟と言うのを親切にも控え、ぼくは自分の愚かさを思い知らされることになる」

「ふむ」

「ご参考までに言っておくと」エリオットはつけくわえた。「ヴァネッサの見たところ、きみがその対象になったようだ。話は変わるが、ロンドンに戻ったら、ダンバートン邸を訪ねる前にまずモアランド邸に来て、ヴァネッサと仲直りしてほしい」

「わかった」コンはそういうと、座席の背に頭をもたせかけ、これ以上こんな話をせずにすむよう、眠るふりをした。

求婚したら、ハンナは嘲笑するだろうか、それとも泣きだすだろうか。そんなことを思っているうちに、とろとろと眠りに落ちていった。

いや、そもそも、求婚に踏み切る覚悟が自分にあるのだろうか。

21

ハンナは自分の不安が的中したに違いないと思った。コンスタンティンはエインズリーにとどまっている。二人の関係をどうするのかという問題も、わたしがコープランドで軽率にも口にしてしまった言葉の件も、避ける気でいるのだ。マートン伯爵が訪ねてきた翌日も、そのまた翌日も、コンスタンティンはロンドンに戻ってこなかった。

しかし、三日たったとき、モアランド公爵も戻っていないことを知った。二人ともまだ向こうに残ったままだ。ハンナがそれを知ったのは、キャサリンのつわりが治まったかどうか気になって、午後から彼女を訪ね、そこでモアランド公爵夫人と顔を合わせたときだった。

じゃ、たぶん、コンスタンティンもそのうち戻ってくるわね。公爵が戻ってくるのは間違いないもの。

二人の帰りを待つあいだ、新しいお気に入りの男性を見つけてみたが、周囲の予想どおりすぐに飽きてしまうことをハンナが悟るのに、長くはかからなかった。その男をすげなく追い払い、男は傷口をなめるために田舎にひっこんだ。ハンナは周囲を見まわして新しい相手を探したが、その相手もまた、いっときの至福ののちに捨てられるに決まっている。誰が選ばれるのかと皆が興味津々だった。熱心な候補者には事欠かなかった。

少なくとも、これがロンドン中のクラブと客間に流れている噂だった。自分が捨てられるのではないかという不安にハンナ自身が押しつぶされそうでなかったら、彼女もきっとおもしろがっていただろう。

しかし、待ちつづけるあいだは、周囲の期待どおりに行動するしかなかった。世捨て人みたいに屋敷に閉じこもるのは、もうやめにした。太陽が輝くある日の午後、まばゆいばかりの白いモスリンのドレスをまとい、ボンネットをかぶり、耳たぶと、手袋に包まれた指と、片方の手首にけばけばしいほど大粒のダイヤをつけ、白いレースの日傘をさして、上流階級の人々が姿を見せる時間帯にさっそうとハイドパークへ出かけていった。

バーバラとニューカム牧師も同行した。今日は二人がロンドンで過ごす最後の日だった。明日、マークルに帰ることになっている。バーバラはメイドと一緒に馬車で。牧師は馬に乗って馬車の横に。これなら婚約者としての礼儀作法は完璧だ。ハンナはロンドンでの最後の午後を二人だけでどこかへ出かけてほしくて、リッチモンド・パークを勧めてみたが、二人はハンナと一緒に過ごすと言いはった。

ほどなく、三人は人々に囲まれていた。ほとんどが男性、ただし全員ではない。マーガレットとキャサリンが幌《ほろ》を下ろしたバルーシュ型の馬車で通りかかり、馬車を止めてしばらく話しこんだ。バーバラが翌日ロンドンを離れることを知ったキャサリンは、明日の晩餐にぜひ来てほしいとハンナを誘った。マーガレットはその翌日のオペラに誘ってくれた。

「ダンカンのお祖父さまもお誘いしてるんだけど、なかなかうんと言ってくださらないの」マーガレットは言った。「あなたがご一緒だとわかれば、きっと来てくださるわ」

「でしたら、侯爵さまがおいでになればという条件つきで、わたしがご招待をお受けしたとお伝えくださいな」ハンナは言った。「万が一いらっしゃらなかったら、翌日の朝クレイヴァーブルック邸をお訪ねして、侯爵さまに説明を求めます、ともお伝えください」

バーバラとニューカム牧師はパーク夫妻や別のカップルと話をしていた。

バルーシュ型の馬車が遠ざかり、ハンナは古くからの男性の友人たちの輪に呑みこまれた。そのなかには求婚したがっている者も何人かいるし、ほかに新たな崇拝者も登場していた。やっぱり安心できるわね——何分かしてからハンナは思った——ふたたび古い鎧をまとい、ハンナ・リードという脆い人間を奥に隠して守りながら、ダンバートン公爵夫人の役を演じるというのは。

でも、永遠に演じつづけることはできない。いまようやくそれに気づいた。社交シーズンが始まったときには、もちろん気づいていなかった。公爵が生きていたころは、公爵夫人の役を演じるのは簡単だったし、楽しみでさえあった。いつも公爵がそばにいてエスコートしてくれたし、公の場に出ていないときは——そう——愛で包んでくれた。でも、いまは？屋敷に戻っても、孤独が待っているだけだ。しかも、明日になったら、バーバラもいなくなってしまう。

新旧とりまぜた友人たちがいれば、これからの日々を、年月を、満ち足りたものにできるだろうか。

ああ、コンスタンティン、いまどこなの？　ロンドンに戻ってきてもわたしを避けるつもり？

ムーディ卿が何か言ったので、ハンナが笑い声を上げ、彼の上着の袖をピシッと叩いたそのとき、取巻き連中が左右に分かれて一頭の馬を通した。奇妙な静けさが広がった。

真っ黒な馬だった。

コンスタンティンの馬。

ハンナは顔を上げ、猛烈な勢いで日傘をまわした。頭のまわりに軽い風が起きたほどだった。

コンスタンティン。シャツ以外は黒一色の装い。ほっそりした顔。暗い目。にこりともしない。不吉と言ってもいいほどだ。悪魔のようだ。

愛しい人。

いやだ、どこからこんな気どった言葉が出てきたの？

「ハクスタブルさま」ハンナの眉が弧を描いた。

「公爵夫人」

取巻き連中が固唾《かたず》を呑んで二人の言葉に耳を傾けていた。まるで二人がそれぞれ長い独白をしたかのように。

「まあ、あなたの存在でふたたびロンドンに輝きを添えようというおつもりですの？」

冷たくはねつけられてもなおロンドンに戻ってきた男に向かって、公爵夫人が軽蔑の言葉を浴びせたことに、取巻き連中が聞こえるか聞こえないか程度の称賛の吐息をついた。おまえの時代は終わった――沈黙に近い吐息がコンスタンティンにそう告げていた。おまえが一刻も早く馬で立ち去り、傷ついた心を多少の尊厳のもとで癒すことを、誰もが歓迎するだろう。

それに対する返事として、コンスタンティンは片手を差しだした。ぴったりした黒革の手袋に包まれていた。彼の目がハンナの目をとらえた。ひたむきなその視線に、ハンナは目をそらすことができなくなった。

「ぼくのブーツに足をのせてくれ」

なんですって？

「おい」名前もわからぬ紳士が抗議した。「わからないのか、ハクスタブル、公爵夫人は……」

ハンナには何も聞こえていなかった。その目がコンスタンティンの目と意志の戦いをくりひろげていた。今日の彼女の装いは馬に乗るにはおよそそぐわないものだ。コンスタンティンがハンナと話をしたいというなら、彼が馬を降りるほうがずっと簡単だし、騎士道精神に則ったものと言える。だが、コンスタンティンは彼女が無様な姿をさらすのを見たがってい る。貴族社会の面々にも見せたがっている。一カ月は話題になりそうなスキャンダルの種を貴族社会に提供したがっている。自分が主人で、指をパチンと鳴らせば彼女が飛んでくることを、世間に見せたがっている。

ハンナは最後にもう一度日傘をまわすと、嘲《あざけ》るようにコンスタンティンを見あげた。

ふたたび、聞こえるか聞こえないかの称賛の吐息が広がった。ハンナが周囲に目をやれば、取巻き連中の数が増えたことや、男性ばかりではないことが見てとれただろう。これだけおもしろい材料がそろえば、客間での会話が少なくとも二週間は盛りあがるはずだ。

ハンナはわざとらしくゆっくりと日傘を下ろしてたたみ、そばにいたハーディンググレイ卿に言葉もかけず、視線も向けずに、その日傘を手渡した。二歩進みでると、片手でスカートを持ちあげて、華奢な白い靴をコンスタンティンの艶々と輝く硬い黒革のブーツにのせ、反対の手を上げて彼の手に重ねた——黒革の上に白絹。

つぎの瞬間、それ以上何もしないうちに、コンスタンティンの鞍の前に横向きにすわらされ、黒に包まれた彼の腕と手に背中から胸までを支えられていた。たとえハンナが怖がり屋だったとしても、怖がる必要はどこにもなかった。

しかも、もともと怖がり屋ではなかった。

横を向き、漆黒の瞳を見つめた。二人の目の高さが同じになっていた。

コンスタンティンが馬の向きを変えると、人の群れがあとずさった。みんな、言いたいことがたくさんあって、あれこれ言っていた——ハンナに、コンスタンティンに、おたがいに。

ハンナは耳を貸そうとしなかった。人に何を言われようとかまわなかった。

彼が来てくれた。

わたしを手に入れるために。

ほんとにそうなの？

「ずいぶん芝居がかったことをなさったものね」

「うん、そうだろう？」コンスタンティンが言った。「二時間ほど前に帰ってきたばかりなんだが、到着早々、公爵夫人に蔑まれ、捨てられた田舎者だと噂されていることを知った。ぼくにもプライドがあるから、みんなの度肝を抜く行動に出るしかなかった」

「たしかに、みなさん、度肝を抜かれたわね」前方の道をふさいでいる馬や馬車のあいだを縫って巧みに馬を進めるコンスタンティンに、ハンナは言った。

「噂は本当かい？」

「蔑まれてること？」

「捨てられたこと」

「しかも、田舎者」ハンナは言った。「田舎者のあなたって好きだわ。ドレスがもうめちゃめちゃよ、コンスタンティン。馬の臭いがしみついて、ぜったいとれないわ」

二人は人混みをまだ完全に通り抜けてはいなかった。どの場所からも二人の姿がよく見える。おかげで、ほとんどの者が衝撃の場面をつぶさに目撃することとなった。

コンスタンティンがキスをした——唇を開いて熱烈に。挨拶がわりの軽いキスではなかった。十五秒から二十秒ほど続いただろう。この状況では永遠にも思われた。

そして、ハンナが彼を撃退しようとしてもいまの姿勢ではとうてい無理で、とにかくキスを受け入れるしかなかったため、彼女のほうからもキスを返し、抱擁を少なくとも十秒はひきのばした。

「さて」顔を上げて、コンスタンティンが言った。その目がハンナの目の奥深くを見つめていた。逃れようがなかった。魂のなかまで彼に入りこまれ、とらえられた。お返しに、ハンナも彼の魂のなかに入りこんだ。「きみの評判は地に堕ちた、公爵夫人」

「まったくだわ」ハンナはため息をついて認めた。「どうしてくれるの？」

思わず言ってしまった瞬間、言わなければよかったと後悔した。これではまるで最後通告だ。

「ぼくは紳士だ、公爵夫人。きみと結婚しよう」

ハンナは大きくぎこちなく息を呑み、危うく窒息しそうになった。彼から視線をそらすと、人だかりはすでに背後に消え、小道にいるのは自分たちだけで、周囲には田園地帯のような公園が広がっていた。ハンナはわずか数分前まで心地よく自分を包んでくれていた鎧をふたたびまとうことにした。

「あら、そう？」冷たく言った。「わたしの意見を聞こうというつもりはなかったの？　それとも、わたしを文字どおりさらったようなものだから、省略なさるおつもりだったの？」

「省略したいと思っていた。男はみな、自分の恋物語のなかで求婚場面を演じるのを恐れている。だが、きみは簡単にごまかされるような人ではないし、求婚場面なしで納得するような人でもない。となると、片膝を地面に突くしかなさそうだが、いまこの瞬間は無理なことだ。人だかりはすでに背後に消えたが、ぼくが馬から降り、きみを降ろして、いまここで求婚を始めようものなら、公園のあらゆる場所から野次馬が飛んでくるだろう。だから、つぎの機会を待つしかない」

ハンナは思わず笑いだした。

「自分はかならず成功すると思ってらっしゃるのね」

「そんなふうに見られてたのか。ぼくをもっとよく知ってくれれば、ぼくの声がうわずり、心臓が不規則に飛びはねてることが、きみにもわかるだろう。さて、別の話題に移ろう。ジエスは釈放されて大喜びだ。誇りではちきれそうになっている。すべてきみのおかげだ。ジエスの窮状を陛下がふとした偶然で耳にされるはずはないからね」

別の話題ですって？　わたしと結婚すると言ったあとで、ジェス・バーンズと国王陛下のことに話題を移そうというの？

まったくもう。

ハンナは無頓着な態度であたりを見た。

「たまたまお目にかかって、たまたまジェスのことを申しあげたの。陛下は泣いてらしたわ。わたしのお気に入りのレースのハンカチが破れた話をしても、お泣きになるでしょうけど」

コンスタンティンは笑った。

「たまたまお目にかかったんだね。ボンド通りを歩いていたときにでも？」

「コンスタンティン」ほんの一瞬、ハンナは目を閉じた。「ジェス・バーンズの身はほんとに安全なの？　近隣の人たちが自分の手で正義を実行するようなことはない？」

「ジェスはいま、リグビー・アベイへ向かっている。田舎にあるエリオットの本邸だ。農場の下働きから出世して、厩の下働きになった。目下、イングランドでいちばん幸せな誇り高き男と言っていいだろう」

「エリオット……」ハンナは言った。「モアランド公爵さまね。じゃ、仲直りしたの？」

「二人とも大ばか者だったということで、おたがいの意見が一致した。そして、ジョンの夢を実現させるためには、たぶん二人が大ばか者になる必要があったのだろうという点でも、意見が一致した。そのために、しばらくのあいだ、友情を犠牲にしなくてはならなかったんだ。必要に迫られれば、ぼくはまた同じことをするだろう。エリオットもそうだ。つまり、エリオットはジョンの暴走を押しとどめ、スティーヴンが継ぐべき財産を守ろうとするだろう。だが、とにかく友情は復活した。仲のいい、いとこどうしに戻ることができた」

「兄弟と言ってもいいのよね？」ハンナは言った。

「そうだね。うん、兄弟同然だ」

ハンナが微笑すると、コンスタンティンからも笑みが返ってきた。

ハンナの心がとろけた。

コンスタンティンがふたたび口を開いて何か言おうとした。

そのとき、馬に乗った三人の青年がやってきて、通りすぎるさいに口笛を鳴らし、悪気はないのだが、ハンナたちに向かって卑猥な冗談を飛ばした。ハンナはつんと顎を上げ、くるくるまわせる日傘があればよかったのにと思った。

コンスタンティンが青年たちにニッと笑みを返した。ハンナも全員と顔見知りだった。

「きみを屋敷まで送ったほうがよさそうだ、公爵夫人」コンスタンティンが言った。「ぼくはヴァネッサを訪ねて、仲直りしてくれる気があるかどうか尋ねなくてはならない。真っ先にそちらへ行くようエリオットに言われていたのだが、ぼくが社交シーズンの最中にロンドンを離れた件に関して、じつに好意的な噂が流れているのを耳にしたため、どうしても誤解を解かなくてはと思ったのだ。きみがハイドパークへ散歩に出かけたと、おたくの執事から聞いて、ますますその思いが強くなった」

「だったら、ヴァネッサをこれ以上待たせてはいけないわ」ハンナは言った。「この二週間で、わたし、ヴァネッサと親しくなったのよ」

そこで二人は馬でダンバートン邸に向かい、通りですれちがった全員を驚かせ、喜ばせ、少なからぬ辛辣な意見を浴びることとなった。コンスタンティンは玄関の外でハンナを馬から降ろすと、彼女が石段をのぼるあいだその場にとどまり、玄関の奥へ姿が消えるのを確認してから馬で走り去った。

ひと言の挨拶もなしに。

階段をのぼって自分の部屋へ向かいながら、ハンナは思った——日傘を持っていたら、別れる前にコンスタンティンの頭に叩きつけてやれたのに。

結婚しようと女に宣言し、相手の意見を聞こうともしないなんて、あんまりだわ。

いえ、たぶん、コンスタンティン・ハクスタブルには通用しないのね。

〝男はみな、自分の恋物語のなかで求婚場面を演じるのを恐れている〟

頭のなかに響くコンスタンティンの言葉を聞きながら、ハンナは階段の最後の数段を駆けのぼった。

〝自分の恋物語〟

不意に足を止めた。コンスタンティンが公園で演じた場面は、わたしにとって、生涯で最高にロマンティックな衝撃だった。彼が単に自分の支配力を誇示しようとしてやったことではない。

わたしを愛してるんだわ。

思わず笑い声を上げた。

ロマンティックな芝居は終わっていなかった。翌朝、一時間ほど前にバーバラが出発してハンナがいささか落ちこんでいたとき、ダンバートン邸にバラの花が一本届けられた。同時に、さまざまな花を組みあわせて光沢のある黄色いリボンを結んだ、彩り豊かな巨大なブーケも届いた。ハンナの日傘と、ハーディングレイ卿からの華やかで楽しいカードが添えてあった。ハーディングレイ卿は思いきり口説き文句を並べる人だが、真剣に受けとる必要はない。なぜなら、ある基本的な点で亡き公爵と同類であることをハンナは知っているし、ハンナに知られていることを卿も知っているからだ。

ブーケはこれから何日もおおぜいが楽しめるよう、客間の中央のテーブルに飾られた。バラの花はハンナが寝室に持っていき、一人で楽しむことにした。

一時間後、執事が銀盆に手紙をのせて持ってきた。短い手紙で、署名はなかった。

〝きみがほしい〟

あまりロマンティックな文面ではないが、手紙の主がじかに届けにきて階下の玄関ホールで待っているわけではないことを確認したあと、ハンナは十回以上読みかえし、笑みを浮かべた。

さあ、ゲームの始まりだ。

その夜はモントフォード夫妻の屋敷へ晩餐に出かけ、グッディング氏夫妻、ランティング伯爵夫妻も交えて、食事と会話を楽しんだ。ちなみに、両氏ともモントフォード卿の妹たちを妻に迎えている。

翌朝は白いバラが一ダース、ダンバートン邸に届けられた。今度もカードはなかった。ハンナの居間に運ばれた。

一時間後、執事が銀盆に手紙をのせてやってきた。

これも署名なし。

〝きみに恋をしている〟と書いてあった。

ハンナは手紙を唇に当てて目を閉じ、微笑した。

ひどい人。まったくひどい人。わたしの神経を気遣うつもりはないの？　どうして訪ねてきてくれないの？

しかし、答えはわかっていた。ハイドパークでコンスタンティンが言ったことは本心だったのだ。〝ぼくをもっとよく知ってくれれば、ぼくの声がうわずり、心臓が不規則に飛びはねてることが、きみにもわかるだろう〟

ばかな人。神経質になってるんだわ。

待つ時間が永遠に続きそうな気がするが、できるだけ長く続いてほしいとも思った。神経質になった彼はとてもロマンティックだ。

晩餐の翌日は、シェリングフォード夫妻、クレイヴァーブルック侯爵とともにオペラに出かけ、その夜はずっと侯爵の袖に手をかけて意見を交わした。ハンナはテノール歌手の美しい声を聴いただけで涙が出てきた。侯爵はソプラノ歌手の美しさを見ただけで涙が出てきた。

ハンナが笑うと、侯爵はクックッと低く笑った。

「でも、声には感動なさらなかったの？」

「頭痛がしてきただけだ、ハンナ」

観客の注意はハンナたちの桟敷席に集まっていて、ハンナは漠然と考えた――明日の新聞のゴシップ欄には、わたしがまたしても金持ちの老貴族を毒牙にかけようとしている、という記事が出るかもしれない。想像しただけで楽しくなった。

翌朝はバラが二ダース届いた。血のように赤いバラ。もちろん、カードはなし。一時間後にカードが届いた。

〝愛している。幾重もの花弁を持つぼくのバラへ〟

署名なし。

ハンナは泣きだした。涙のひと粒ひと粒が愛おしかった。

午後からカーペンター卿夫妻のところへヴェネツィア風朝食会に行く約束だった。朝食会という名がついているが、午前中の催しではない。でも、そんなことはどうでもいい。行かないことにしたから。

三年ほど前に一度だけ着たことのあるドレスをまとった。その後二度と袖を通していないのは、外見だけでなく内側まで緋色の女に、つまり、ふしだらな女になったような気がするからだった。さすがのハンナにも、けばけばしすぎる装いだった。とは言え、けっこう気に入っていて、今日届いたバラにぴったりだった。銀の鎖にひと粒だけダイヤを通して首にかけた。乾くことも艶を失うこともない涙の雫《しずく》。宝石はそれだけにしておいた。

じっと待った。

二ダースの真っ赤なバラ。これ以上すてきな愛の告白はない。

あのカードも最高にすてきな愛の告白だった。最初の部分が太字になっていた。その続きは、顔を合わせたうえで声に出して言ってほしい。

コンスタンティンにその勇気があるのなら。

ああ、哀れな愛しい悪魔。愛に手なずけられた人。

彼ならきっと勇気を見つけるはず。そして、うっとりさせてくれるだろう――訪ねてきたときに。

ハンナはひたすら待った。

22

愛は男をずいぶん意気地なしにするものだ——この数日で、コンはそれを悟った。結婚した男たちに新たな敬意を抱くようになった。おそらく、その全員が、コンがいま経験しているような試練を乗り越えてきたのだろう。ただし、エリオットだけは別だ。求婚される側になったのだから。運のいいやつだ。

ヴァネッサと仲直りするのは簡単だった。

「何も言わないで」コンがモアランド邸の客間に一歩入ったとたん、ヴァネッサが飛んできてそう言った。エリオットは暖炉のそばに立ち、片方の肘を炉棚にのせて、おもしろそうに片方の眉を上げている。「何も言わないでね。許しあって、すべてを忘れて、失われた時間をとりもどしましょう。あなたの娼婦たちのことを聞かせてちょうだい」

エリオットがクスッと笑った。

「いいえ、元娼婦たちね」ヴァネッサはつけくわえた。「それから、わたしのことを笑うのはやめて、コンスタンティン。せっかく友情が復活したのに。その人たちと、泥棒と、浮浪者と、未婚の母親のことを聞かせてちょうだい」

ヴァネッサはコンの腕に手を通しソファに自分と並んですわらせた。エリオットは目と唇に笑みを浮かべてそれを見ていた。

「あなたのほうに六時間ほど余裕があれば、ヴァネッサ」コンは言った。

「必要なら七時間でもかまわないわ。晩餐までゆっくりしていってね。もう決めたのよ。ただし、ハンナと約束《エンゲージメント》がおありならべつだけど」

エンゲージメントとはまた紛らわしい言葉を使うものだ。しかも、ハンナと？

「いや」コンは言った。「片膝を突いて情熱的な言葉を並べる努力が必要なんだが、しばらく時間がかかりそうだ。もちろん、勇気も必要だし」

エリオットがふたたびクスッと笑った。

「そうね。でも、一瞬一瞬にそれだけの価値があるのよ」ヴァネッサは目を輝かせ、頬を上気させてコンに言った。「エリオットが求婚してくれたときも、うっとりするほどすてきだったわ。雨に濡れた芝生に膝を突いて」

コンは顔を上げて、うれしそうに笑っているいとこに非難の目を向けた。

「ヴァネッサのほうからぼくに求婚したあとのことだよ」右手を上げて、エリオットは言った。「ヴァネッサに主導権を渡すわけにはいかなかった。ぼくが求婚の言葉を口にする前に、ヴァネッサはイエスと答えていたけどね」

この二人の結婚までの経緯を聞くのも価値がありそうだ——コンは思った。

ロンドンに戻って二時間もしないうちに衝動的にダンバートン邸を訪ねたときは、ハンナとの結婚の件がまとまるよう願っていた。そして、ハンナがハイドパークへ出かけていて留守だと知ると、あとを追って公園まで行き、愛を告白する完璧な方法を――じっくり考える必要もなく――思いついたのだった。

彼の馬に乗るのをハンナが拒むかもしれないとは考えもしなかった。案の定、拒まれることはなかった。

彼女が馬に乗ってきて、コンにひどく淫らなキスをされ、しかもそれが公衆の面前でのキスで、彼女のほうからもキスを返したのだから、そのあとで結婚を拒むかもしれないなどとは、コンは考えもしなかった。

いや、彼女が拒んだわけではない。

結婚してくれるかどうかを、こちらが尋ねなかっただけのことだ。

しかも、彼女から指摘されるまで、そのことに気づかなかった。たしかに、尋ねるのと告げるのとでは大違いだ。自分が一方的に告げただけだった。

気の利かない男子生徒みたいに。

大学にはどうして、自分の選んだ女性に結婚を申しこむ方法を教えてくれる講座がないのだろう？　誰もがこういう大失敗をしでかすのだろうか。

そのため、コンは三日かけて失敗の償いをすることにした。もしくは、三日先まで延ばすことにした。どちらの表現を使うかは、自分に正直かどうかで変わってくる。

しかし、いったん始めた以上、三日間そのまま続けるしかなかった。バラを一本だけ届け、

〝きみがほしい〟と宣言したあとで、いきなりプロポーズに駆けつけるというのも変なものだ。そうだろう？

　彼女が断わる気でいたのなら、この三日間、自分はとんでもない間抜けだったことになる。しかし、いまさらくよくよ考えたところで始まらない——三日目の午後、ダンバートン邸を訪問するため身支度を整えるあいだに、コンは覚悟を決めた。どういう返事が来るにせよ、自分の惨めな試練を最後まで見届けるために、どうしてもダンバートン邸へ出かけずにはいられなかった。

　彼女が留守だったらどうしよう？　留守にする理由は山ほどある。ピクニック、ガーデンパーティ、キュー・ガーデンズかリッチモンド・パークへの遠出、買物、公園で早めの散歩。無数の可能性のごく一部を思い浮かべただけでもこんなにある。玄関ドアにノッカーを打ちつけながら、コンは思った——もし在宅だったら、そのほうが驚きだ。

　コンのなかの卑劣な部分が彼女の留守を願っていた。

　ただ、こんな試練は二度と経験したくない。

　執事は例によって、屋敷のなかの状況は自分にはわかりかねるという態度だった。ダンバートン公爵夫人が在宅か留守かを急いで知る必要はないかのように、階段をゆっくりのぼっていった。

　公爵夫人は在宅だった。そして、喜んでコンを迎えるつもりのようだった。コンは執事のあとについて上の階へ案内された。

ミス・レヴンワースもいるのだろうか。

客間のドアの前を通りすぎ、さらに階段をのぼった。二人はあるドアの前で足を止め、執事がそっとノックしてからドアをあけて、コンの訪問を告げた。

そこはサロンか居間のような感じの部屋で、寝室ではなかった。なかにいるのは彼女一人だった。

ドアのそばのテーブルに、クリスタルの花瓶に活けた白いバラが一ダースのっていた。部屋の中央の低いテーブルには、銀の花瓶に活けた真っ赤なバラが二ダース。二種類のバラの香りが混ざりあい、室内に甘ったるく立ちこめていた。

ハンナが窓際のベンチに横向きにすわって脚をひきあげ、両腕でウェストを抱えこんでいた。真紅のドレスをまとったその姿は息を呑むほどあでやかで、ドレスの色がバラとみごとに調和していた。髪はつややかでなめらかで、うなじに柔らかなカールが揺れ、こめかみと耳もとで後れ毛が螺旋《らせん》を描いている。ハンナはドアのほうに顔を向け、夢見るようなブルーの目で彼を見つめた。

コンは彼の寝室で初めて結ばれた夜のことを思いだした。あのときの彼女はコンのシャツ一枚をまとっただけで、髪は背中にゆるく垂らしていた。

執事がドアを閉めて立ち去った。

「公爵夫人」コンは言った。

「コンスタンティン」

コンが黙ったままだったので、ハンナは微笑した――ふたたび夢見るように。

「守っていただきたいの。署名のない手紙が届いているので」

「ほう？」

「誰かがわたしをほしいって言うの」

「ぼくが夜明けにそいつと決闘しよう」

「それから、わたしに恋をしてるんですって」

「言うだけなら簡単だ。そういうふわふわしたロマンティックな感情は、さほど真剣なものではないと思う」

「でも、世界でいちばんすてきな感情の一つだわ」ハンナは言った。「たぶん、いちばんすてきね。わたしもその人に本気で恋をしてしまった」

「幸運な男だ。ぼくがぜったい決闘を申しこんでやる」

「その人、わたしを愛してるんですって」夢見るようだったハンナの目に、ほんのわずかな、だがすばらしい変化が生じ、輝きが宿った。

「どういう意味だい？」

「心と心。ハートとハート。魂と魂」

「そして、身体と身体？」コンは訊いた。

「ええ、そうよ」ハンナの声は低くささやくようだった。「それも防壁なし。仮面も変装もなし。恐れもなし」

「何もないわ」ハンナは首をふった。「秘密もない。二人が一つになり、もう別れることはない」

「きみに手紙をよこした署名のない男がそう言っているのかい？」

「はっきりと」

「気障《きざ》なやつだ」

「ほんとね」ハンナも同意した。「その人から届いたすごい数のバラを見て」

「ハンナ」

「ええ」

コンはいまもドアを一歩入ったところに立ったままだった。つかつかとハンナに近づくと、ハンナが右手を差しだした。コンは両手でその手をとり、唇に持っていった。

「愛している。心から。思いつくかぎりのあらゆる形で。そして、思いつくことのできないあらゆる形で」

ハンナがゆっくり息を吸いこむのが、コンの耳に届いた。

そのときが来た。臆する気持ちは消えていた。彼女の手を握ったまま、片方の膝を突いた。二人の顔が同じ高さになった。ハンナの頬が上気していた。唇が軽く開いていた。目にはいまも輝きが宿り、鮮やかなブルーの色を帯びていた。窓の外に広がる空のように。

「ハンナ、ぼくと結婚してくれないか？」

この三日間、求婚のセリフを練習してきた。なのに、ひと言も思いだせなかった。

「ええ」ハンナは答えた。

彼女のことだから焦らすに違いない、たとえ承諾するとしても、その前にしばらくダンバートン公爵夫人の役を演じるに違いない――コンはそう思っていた。すっかりそう思いこんでいたため、彼女の返事を危うく聞き逃すところだった。

耳を素通りしそうになった。

だが、心は？

「ええ」ハンナはいましがたそう言った。ほかに言うことは何もなかった。

二人で見つめあった。コンは彼女の手を持ちあげ、ふたたび唇に押しあてた。

「公爵がいつも教えてくれたわ。愛について。そして、いつの日か、わたしも自分で愛を知るだろうと約束してくれた。わたしは公爵と初めて出会ったときから、公爵が息をひきとるときまでずっと、彼を信頼し、彼の言葉を信じてきたわ、コンスタンティン。でも、愛に関するその言葉だけは信じる気になれなかった。公爵が五十年以上にわたって最高にすばらしい愛を育んでいたのは事実よ。でも、わたしにもそんな愛が訪れるなんて、怖くて信じられなかった。怖がったのは間違いだった。わたしのために約束してくれた公爵のほうが正しかったのね。あなたを愛しています」

「この先五十年以上も？」

「愛は永遠だって、公爵がよく言ってたわ。たしかにそうね」

コンが微笑すると、彼女も笑みを返し、コンはやがて彼女に顔を近づけてキスをした。

最後に愛しあってから三週間近くになる。そのあいだ、毎日、一分一秒に至るまで彼女を求めて飢餓状態にあったような気がする。なのに、いまのは性への飢餓から生まれたキスではなかった。そこにあったのは……。

コンはこれまで、性への欲望に駆られてキスした経験しかないため、それを表現する言葉を知らなかった。

優しさ？　いや、穏やかすぎる。

愛？

いや、この言葉は使われすぎている。

しかし、なんであれ、二人はまたキスをした。

おたがいの身体に腕をまわし、コンが彼女を窓際のベンチから抱きあげ、同時に自分も立ちあがってから、身体の向きを変え、ベンチに腰を下ろして彼女を膝にのせたとき、言葉が見つかった。いまのところ、それがぴったりだと思われた。

喜びから生まれたキス。

二人はやがて、おたがいの目を見つめて微笑した。その目が言葉を見つけたかのように。

喜び、そう、それだ。永遠に続く愛。

「ほんとにいいのかい？」コンは彼女に尋ねた。「ぼくと結婚したいばかりに、称号を捨ててしまってもいいのか、公爵夫人」

「ただのハクスタブル夫人になるために？　少なくとも、あなたはこれから、わたしを〝ハンナ〟と呼ぶしかなくなる。うれしいわ」

「いや、〝伯爵夫人〟でもいい」

ハンナはきょとんとして彼を見た。

「それは変よ」

「いや、変ではない。きみが陛下のところへ伺候したあと、陛下が二つの宣言をされたことは知ってるだろう？　いや、もしかすると、知らなかったかな。一つはジェスの恩赦」

コンがそこで言葉を切ったので、ハンナは彼の膝の上で背筋を伸ばし、不審そうな顔で彼を見た。

「もう一つは？」

「きみはたったいま、初代エインズリー伯爵コンスタンティン・ハクスタブルとの結婚を承知したんだ。この爵位は、国王の忠実なる臣民のなかでもっとも貧しく過酷な人生を送る者たちに対する献身的な尽力を称えるために、授与されるものである。陛下のお言葉を正確に引用すると、まあ、そんなところだ」

ハンナは啞然たる表情になった。

つぎの瞬間、頭をのけぞらせて笑いだした。

誕生したばかりのエインズリー伯爵も一緒に笑いだした。

翌日の夜、マートン伯爵夫妻は自宅で舞踏会を催した。去年ここで開かれた夫妻の婚約披露舞踏会の一周年を記念するものだった。

　夫妻は舞踏会に先立って、身内の人々を晩餐に招いていた。スティーヴンの三人の姉と夫たち、カッサンドラの弟のサー・ウェズリー・ヤング、その婚約者のミス・ジュリア・ウィンズモア。それから、コンスタンティンも招かれていた。スティーヴンのまたいとこだ。それから、身内ではないが、ダンバートン公爵夫人も。

「ほんとは期待してたのよ」客間で晩餐の客の到着をスティーヴンと一緒に待ちながら、カッサンドラが言った。「ハンナを晩餐に招待しても、今夜はもう不自然じゃなくなってることを。コンは週の初めにロンドンに戻ってきたし、ハンナはわたしたちと一緒にコープランドから戻ったあと、何回もこの家に来てるでしょ。それに、エリオットを説得してエインズリー・パークへ行かせ、つぎに国王陛下に直接訴えたのはハンナなのよ。ほぼ独力で急場を救ってくれたのよ。それなのに、いままでなんの進展もなかった。今夜の晩餐、気まずい雰囲気にならないかしら」

「なるわけないだろ。公爵夫人はきみと親しくしている。友達を晩餐に招待するのは当然のことじゃないか。今夜の舞踏会で、コンが授かったばかりの爵位を発表する予定になってて、それを実現させたいちばんの功労者は公爵夫人だ。コンが晩餐の客に含まれていることは、公爵夫人も当然予期しているだろうから、気まずいことになりそうだと思えば、来るのをやめるだろう。もっとも、公爵夫人が気まずい思いをすることはめったにないだろうが」

「公園でのあの場面をメグはおもしろおかしく話してくれて、ケイトはとってもロマンティックに語ってくれたわ。そして、あれ以来、うんざりするほど世間の話題になっている。なのに——なんの進展もないなんて」

「そうとも言いきれない」スティーヴンは言った。「表面に出てないだけで、進展があるかないかは、ぼくたちにはわからない。二人のことは二人だけの秘密にしておく権利があるんだ。そうだろ、キャス」

カッサンドラはため息をついた。

「コンがハンナとつきあいはじめたとき、わたしたちみんな、ひどく狼狽したわね。もちろん、知らないふりを通さなきゃいけなかったけど。そういう関係はいつだって秘密にすべきものでしょ。どう見てもコンにはふさわしくない人だった。とても……」

「高慢な感じ？」スティーヴンがあとを続けた。

カッサンドラは顔をしかめた。

「ええ、そうだった。でも、人間って、かならずしも外見どおりとはかぎらない。そうでしょ？　わたしは誰よりもそれをよく知ってなきゃいけないのに。あの人はたぶん、昔から……そうね、思いやりのある楽しい人だったんだわ。わたしがぜひ友達になりたいタイプ。善良な人。どうしてコンと婚約しないのかしら」

スティーヴンが彼女に近づいて唇にキスをした。

「なんだったら、二人が着いたらすぐ、それぞれに尋ねてみたら？　晩餐の席の話題にしたら？　姉たちもきっと意見を述べると思うよ。いまのきみと同じく、公爵夫人を大切に思っているようだから。ネシーまでが」

カッサンドラは笑い、スティーヴンの腕を軽く叩いた。

「会話の糸口としては最高でしょうね。入ってきた二人に尋ねるの――どうして婚約しないの、って。わたし、縁結びに励むタイプではないけど、コンはとても孤独な男性だし、ハンナも孤独な女性なのよ」

「だったら、二人を結びつけなきゃ」

「何もしなくていいのよ」カッサンドラは辛辣に言った。「結ばれるべき運命なんですもの。コープランドで一緒だった人たちにそれがわからなかったのなら、みんな、きっと目も頭も弱かったのね」

ヴァネッサとエリオット、ウェズリーとジュリアがほぼ同時に到着したおかげで、その話題についてはそれ以上議論をせずにすんだ。ほどなく、キャサリンとジャスパー、マーガレットとダンカンもやってきた。

「コンは来るのか」みんなで食前酒を飲んでいたとき、エリオットが訊いた。

「来ると言ってた」スティーヴンは答えた。

「ハンナは？」マーガレットが訊いた。

またその話題だ。

「うちの母は、二人が結婚するしかないと言っています」ジュリア・ウィンズモアが言った。

「公園であんなふうにキスなさったんですもの。あたしもこの目で見ました。とっても衝撃的でした」

ミス・ウィンズモアは顔を赤らめた。

「そして、とてもロマンティックだっただろ、ジュリア」サー・ウェズリーが言った。「あのとき、きみがそう言ったじゃないか」

エリオットが言った。「ほかに選択肢がないなどという意見に、公爵夫人が心を動かされるとは思えないな」

「ハンナがコンスタンティンを愛してるのは明らかよ」キャサリンが言った。「でも、イエスと答える前に、さんざん焦らすでしょうね」

女特有のこの論理に、キャサリンの夫はダンカンと惨めな視線を交わした。

「もしくは、ノーと答えるか」マーガレットが言った。

「コンはしっかりした男だ」スティーヴンが言った。「人の言いなりにはならない」

「でも、恋をしてるのよ」カッサンドラが指摘した。

そこで会話がとぎれた。しばらく沈黙が続いた。

執事が現われ、食事の用意が整ったことをカッサンドラに小声で告げた。もう少し待ってほしいとカッサンドラが小声で返した。この返事が厨房に巻きおこすであろう狼狽が想像できた。

やがて、残る二人の客が到着した。二人一緒に、五分ほど遅刻して。

二人の輝くような表情を見て、期待がいっきに高まった——少なくとも、客間に集まったレディたちのあいだで。そして、カッサンドラは二人のせいで料理番の怒りを買うことになりそうなのを許す気になった。

ダンバートン公爵夫人は柔らかな色合いのターコイズブルーのドレスをまとい、宝石はほとんど着けていないのに、美しく輝いていた。宝石など必要なかった。宝石が一つもなくても、ひと晩じゅう、すべての者の視線を集めることだろう。いつも彼女の外側を飾っていた輝きと光沢が、今夜は内側からにじみでていた。

「遅くなってしまったのは」挨拶の言葉を交わす前に、ダンバートン公爵夫人は言った。「すべてわたしのせいですわ。コンスタンティンが迎えに来るずっと前に身支度をすませていたのに、玄関にノックが響くのを聞いた瞬間、お気に入りの白いイブニングドレスで行くのがいやになったんです。ドレスに合わせたダイヤで飾り立てるのも。そこで、コンスタンティンが玄関広間で歯ぎしりしながら待つあいだに、急いで着替えましたの」

公爵夫人はまばゆい笑みを周囲に向けた。

「歯ぎしりなんかしてないよ」コンスタンティンが穏やかに言った。「きみが遅れるたびにそうしていたら、いまごろは歯がすり減って歯茎だけになっていただろう、ハンナ。ぼくは今後、忍耐という美徳を身につけようと思っている。待つのを楽しむことを覚えるつもりだ。ただ、結婚式には遅刻しないでほしい。縁起が悪いからね」

というわけで、周囲が何も尋ねないうちに、すべての疑問に答えが出た。

そして、晩餐の開始をさらに十五分ほど遅らせなくてはならなかった。みんなが抱擁とキスを交わし、背中を叩きあい、握手をし、ハンナがつぎのように述べたからだ——とても屈辱的なことですけど、公爵夫人から伯爵夫人へ身分を落とすことを承知しました。

「でも、ただのコンスタンティン・ハクスタブル夫人でも、わたしは大いに満足だったでしょうけど」ふたたび輝くような笑みを浮かべて、ハンナはつけくわえた。

そして、こらえた涙で目をきらめかせ、下唇を嚙むと、コンスタンティンが彼女の肩を抱いた。そして、カッサンドラが言った。料理番がいますぐやめさせてほしいと言いだす前に、みんなでダイニングルームへ向かいましょう。

23

二人は前日から、どこで式を挙げるかをめぐって議論を続けていた。いや、議論という言葉は正しくないだろう。おたがいに相手を立てることしか考えていないのだから。

コンはコープランドにすべきだと思っていた。そこがハンナの家だし、彼女の大好きなところなのだ。花嫁は自分の家から嫁ぐべきだ。

コンがマークルを候補に挙げなかったのは賢明なことだった。

ハンナのほうは、エインズリーで挙式すべきだと思っていた。そこがコンスタンティンの家だし、彼の大好きなところなのだ。それに、エインズリー伯爵となったからには、エインズリー・パークで式を挙げるのがふさわしい。

妥協案としては聖ジョージ教会が最高だし、いちばん便利だということで、二人の意見が一致した。ハノーヴァー広場にあり、ダンバートン邸のすぐ近くだ。花嫁は教会まで歩いていける。すべての貴族が参列するだろう。もしかしたら、国王陛下までお出ましになるかもしれない。上流階級の結婚式によく使われる教会だ。

だが、二人ともそこで式を挙げるのは気が進まなかった。どちらも相手に対してそれを認めようとはしなかったが。

コープランドにすべきだ。

いや、やはり聖ジョージ教会か。

「お式のことを教えてください、公爵夫人」マートン邸で全員が晩餐の席についたとたん、ミス・ウィンズモアが言った。「いつ、どこで式をお挙げになるのでしょう？」

「最初の質問にお答えすると、できるだけ早く」ハンナは言った。「二番目の質問については、まだ決まっていませんのよ」

ハンナは息を吸って、エインズリー・パークを提案しようとした。コンスタンティンの一族も賛成してくれると思ったのだが、その前にマートン伯爵が意見を出した。

「ぜったいウォレン館にすべきだよ、コン。いまも、これからもずっと、あそこがあなたの家なんだ。あそこで生まれて大きくなった。あそこのチャペルが代々の結婚式と洗礼式に使われてきた。そして……告別式にも」伯爵は優しい声でつけくわえた。

「まあ、きっとすてきでしょうね」従僕たちが最初の料理を運んでくるあいだに、カッサンドラが言った。「でも、ハンナには別の考えがあるかもしれないわ、スティーヴン。コンだけじゃなくて、ハンナの結婚式でもあるのよ」

しかし、そう言いつつも、期待をこめた目でハンナを見た。

「エリオットとわたしはあそこで結婚したのよ」ヴァネッサが言った。「それから、去年はカッサンドラとスティーヴンも。結婚式にぴったりのすてきなところよ。庭園の静かな一隅に、木立に囲まれたチャペルがあって、わずかな参列者だけで満員になってしまうの。周囲は墓地だから、歴史を実感できるのもすてきよ。一族の歴史を」

きっと、そこにジョナサンが埋葬されているのね——ハンナは思った。不意に、そこで式を挙げるべきだと悟った。テーブルの向かいにすわったコンスタンティンに目を向け、彼のこわばった真剣な表情に気づく前から、それこそが正しいことだと感じていた。

「チャペルを勧めてくれるのはありがたいが、スティーヴン、ぼくはやはりハンナに——」

「選んでほしいっていうの?」コンスタンティンの言葉をさえぎって、ハンナは言った。

「じゃ、そうさせてもらうわ。ありがとう。わたしが選ぶことにします」

コンの笑顔が無理に作ったものであることが、ハンナにはわかっていた。

「ウォレン館にしましょう」彼に視線を据えて、ハンナは言った。

彼の笑みが薄れるにつれて、彼の目のなかへ吸いこまれていくような気がした。

「いいのかい?」コンが訊いた。

「もちろんよ」ハンナは答えた。本気でそう思っていた。「ウォレン館がいいわ。ありがとう、マートン卿。ほんとに親切な方ね」

「スティーヴンと呼んでもらったほうがいいと思います。あなたがコンと結婚するつもりなら。全員がファーストネームで呼びあうことにしましょう」

そして突然、みんながいっせいにしゃべりだし、旺盛な食欲を発揮して料理を平らげた。

ウォレン館の大舞踏室と伯爵家の専用チャペルを婚礼の日にどう飾りつけるかについて、メイン料理の皿が下げられる前にマーガレットとヴァネッサとキャサリンが計画を立て、披露宴のメニューはデザートが運ばれてくる前にカッサンドラが作成した。

「きみはのんびりして、あとは自然の成り行きに任せればいい、コン」エリオットが助言した。「きみの仕事は終わった。ハンナに結婚を申しこみ、承諾の返事をもらったんだ。あとはご婦人方がやってくれる」

ハンナは結婚式の一日か二日前からフィンチリー・パークに泊まることになった。ウォレン館に隣接したモアランド公爵家の領地の一つで、公爵はここで子供時代を送っている。ハンナのほかに、ヴァネッサとエリオットとその子供たち、エリオットの母親と妹たち、ハンナが個人的に招待した客も含めて、何人かが泊まる予定だ。しかし、ヴァネッサが心配しなくていいと言ってくれた。

「フィンチリーの湖のほとりに、絵のように美しい寡婦の住居がひっそりと建っているの。エリオットとわたしはそこでハネムーンを楽しんだのよ。あなたもぜひ、コンスタンティンとそこで過ごしてね。結婚生活を始めるのに、それ以上にロマンティックな場所は思いつけないわ」

そして、エリオットに尋ねた。「あの水仙を覚えてる?」

どちらかと言えば厳格な雰囲気のモアランド公爵が、妻にウィンクを返すところをみんなに見られてしまった。

ハンナはテーブル越しにコンスタンティンと目を合わせ、誰にも気づかれないようこっそり笑みを交わした。ここに来る途中、彼から警告されていた。父方のまたいとこにあたる女性たちは手ごわい三人組で、カッサンドラも大きな戦力としてそれに加わっている、うかうかしていたら、結婚式はハンナの手から奪いとられ、彼女たちの有能な手に委ねられることになってしまう、と。

しかも、それは、挙式の場所が彼女たちの勢力範囲に、つまり、ウォレン館になることをコンが知る前のことだった。

「あら、いけない」不意にキャサリンが言った。その声の調子に晩餐の席が静まりかえった。「わたしたちったら、また出しゃばってる。あのね、ハンナ、わたしたちは田舎の小さな村で牧師の家に生まれたの。片づけなきゃいけない用や、計画を立てなきゃいけないことがいろいろあって、そういうときはいつも、わたしたち姉妹が世話役だったのよ。誰かがやらなきゃ何も進まないし、みんな、田舎の暮らしにどうしようもなく退屈してしまうでしょ。でも、そういう日常は置き去りにしてきたはずなのに、世話役になる癖だけはどうしても抜けなくって」

「ほんとにそうだわ」マーガレットがため息をついた。「あなたは無力で優柔不断な女性という評判など立ったこともない人なのにね、ハンナ。そうやってすわったまま、心のなかで笑ってるんでしょ？　わたしたちの手助けがなくても、婚礼のことはたぶんすべて計画ずみなんでしょうね」

ハンナは全員の目が自分に向いていることに気づいた。レディたちは残念そうに、紳士たちは愉快そうに。

「笑ってなんかいないわ。逆よ」とたんに涙がにじんできたのを、ハンナはまばたきでごまかした。「それから、結婚式の計画を立てた経験は一度もないの。というか、自分の式の計画はね。きのう、コンスタンティンとの結婚を承諾したけど、結婚したら彼の一族に加えてもらえることを今日になって実感し、言葉にできないぐらい喜んでるのよ」

かつて公爵が言っていた。愛する人に出会ったら、その人が属する共同体とも出会うことになる、と。

舞踏会の始まる時刻が近づいていた。レディたちがダイニングルームを出ていったあと、紳士たちもぐずぐず居残るようなことはなかった。全員が舞踏室へ移動して、最初の客の到着を待った。

夜食のときにコンスタンティンの新しい称号が発表される予定であることを、ハンナは知った。そして、二人の婚約も。新たな時代の始まりだ。きれいなターコイズブルーのドレスに視線を落とし、いくら遅刻しようとも、やはり白いドレスからこちらに着替えてよかったと思った。もう隠れる必要はない。氷とダイヤという鎧で防御する必要はもうないのだ。

わたしはダンバートン公爵夫人、もうじきエインズリー伯爵夫人になる。でも、いちばん重要なのは、わたしがハンナだということ。人生と性格と経験によって作られた、わたしという人間。そんな自分が好き。そして、わたしはいま恋をしている。

とても幸せ。

招待客が到着しはじめたので、コンは彼女の手をとり、自分の袖にかけさせた。舞踏室をゆっくりまわりながら、ときどき足を止めて顔見知りと言葉を交わした。二人ともにこやかな笑顔だった。

「気がついたかい？」コンは訊いた。「舞踏室に入ってきた連中がみんな、きみに二度も視線を向けることに。一度目はきみの美貌に魅せられ、二度目はきみだと気づいて衝撃を受ける」

「きっと、あなたを見てるのよ。あなたの笑顔って、まばゆいほどすてきですもの」

「ウォレン館でほんとにいいのかい？」

「ええ。身内の人全員があなたのそばにいてくれるわ、コンスタンティン。ジョナサンも含めて」

「そうだね。じゃ、きみは？」

ハンナは彼を見た。微笑が薄れた。

「家族にそばにいてほしいとは思わない？」

「バーバラとニューカム牧師さまを呼ぶつもりよ。式に出るために、また喜んで出かけてきてくれるでしょう」

「きみのほうからは二人を訪ねようとしないのに？　それが本物の友情と言えるのかな」

いまになって、どうしてそんなことを言いだすの？　舞踏室が人で埋まりはじめていた。

室温が上がってきた。会話の声が高まってきた。オーケストラが音合わせを始めている。

「そこまでおっしゃるなら」ハンナは顎をそびやかし、扇子を持ちあげて、一瞬、ダンバートン公爵夫人に戻った。「実家の父と、妹と、妹の夫と、その子供たちを招待するわ。レヴンワース牧師さま夫妻も。それから、わたし、バーバラの結婚式に出ることにします。二人で行きましょう。満足なさった？」

「したとも。愛しい人」

そして、ほんの一瞬ではあるが不埒なことに——なにしろ、正式な婚約発表がまだなのだから——コンが軽く唇を重ねた。

「そんなことをなさったら、あとで結婚しなくてはいけませんことよ」

「大丈夫だよ」コンはニッと笑った。「そのつもりだ」

「誰も来てくれないかもしれないわ」ハンナはコンに警告した。「バーバラ以外は誰も。もしかしたら、バーバラだって来ないかもしれない」

「まず、こちらから手を差しのべることが大切なんだ。きみにできるのはそれだけだ。その点は誰だって同じだよ。さあ、ぼくと踊ってくれ。そのあとは、気は進まないがすべてのルールに従って、きみと踊るのをあと一度だけにとどめておこう。夜食と婚約発表のあとにワルツが予定されている。じつは、スティーヴンを床に突き倒して、ワルツを入れることをあいつが承知するまで押さえつけてやったんだ」

ハンナは笑った。

「でも、すでにわたしが誰かに申しこまれていたら？」

「そのときは、きみのワルツの相手を床に突き倒し、新しいダンスシューズのせいで足が痛くてたまらず、ひどい靴ずれもできていることをそいつが思いだすまで、押さえつけてやる」

「ばかね」ハンナは笑いが止まらなくなった。


きのうから今日にかけて二人で議論を続けたことがもう一つあった。結婚後はどこに住むかという問題だ。こちらは簡単に決まった。

コンはエインズリー・パークにさらに多くの住人を受け入れるため、すでに屋敷を出て寡婦の住居のほうへ移っている。独身男性の住まいとしては充分な広さだが、妻と、そして――願わくは――子供も一緒に暮らすにはいささか手狭だ。また、コンはハンナにこんな説明もした。自分が寡婦の住居で過ごす時間を減らせば、いくつかの部屋をほかの者に使ってもらえる。荘園管理人や、住人の教育にあたっている人々に。ハンナと二人でたまにエインズリーを訪れたときは、続き部屋がひと組あれば充分だ。

もちろん、年に数回は訪れるつもりでいる。エインズリーの住人は自分にとって大切な人々だし、向こうも自分を慕ってくれていると信じたい。

コープランドならランズ・エンドに近いから、ハンナが大切にしている老人たちのそばにいることができる。だが、コープランドそのものは二人だけの世界だ。自然のままの庭園が広がり、丘の上に立つ屋敷からは四方八方に息を呑むほど美しい景色を望むことができて、本当にうっとりさせられる。何年かしたら、子供の楽園になるだろう。ロンドンにも近い。そして、春になったら、もちろんロンドンに住まいを移す。来年は貴族院議員を務めなくてはならない。最高級の住宅地とは言えないが、ロンドンの現在の住まいで暮らすことにしよう。富をひけらかす必要はどこにもない。

というわけで、コープランドが二人の本邸と決まった。

これでもう言うことはない――踊りながら、そして、ハンナが踊るのを見ながら、コンは思った。たとえあばら家だろうと、ハンナと一緒に暮らせるなら幸せだ。もっとも、試してみようなどとは思わないほうがよさそうだが。

やがて夜食の時間となり、集まった貴族の前でスティーヴンが発表をした。社交シーズンが終わる前に、またいとこのコンスタンティン・ハクスタブルが国王陛下よりエインズリー伯爵の称号を賜ることになっている。そして、そのすぐあとに、エインズリー伯爵はウォレン館で身内だけの式を挙げ、ダンバートン公爵夫人を妻とすることになった。

コンはしみじみ思った――モンティ、スティーヴンと一緒に馬でハイドパークへ出かけ、二年ぶりにハンナの姿を目にして非難の視線を向けたのは、何週間前のことだっただろう？それほど前ではないはずだが、そのときの印象を正確に思いだすことができなくなっている。相手の外見だけでなく内面までも見えてくると、不思議なことに、印象がずいぶん変わってしまう。

あのころから、そろそろ結婚しなくてはと思っていた。しかし、公園でばったり会ったときは、まさか彼女が運命の人になるとは思いもしなかった。

運命の人。

ただ一人の愛しい人。

ダンスがふたたび始まるまでに時間がかかった。誰もが二人に祝いの言葉を述べ、二人の幸せを願った。多くの男性が、これから一年間喪章を着けることにする、明日からさっそく実行だと宣言した。ハンナは全員の袖を扇子でピシッと叩いてまわった。

そして、ようやくワルツの時間になった。

コンは昔からワルツが大好きだった。ただし、自分でパートナーを選ぶことができれば、という条件つきだが。幸い、その点では女性より男性のほうが恵まれている。しかし、コンがハンナをフロアへリードしたとき、彼女にも不満そうな表情はなかった。

「幸せ？」彼女のウェストに右腕をまわし、左手で彼女の右手をとって、コンは尋ねた。

「ええ、とっても」ハンナはそう言いつつも、ため息をついた。「でも、婚礼の準備で大騒ぎするのを楽しめるかどうか、自分ではまったくわからないわ。駆け落ちしたほうがよかったかもしれない」

「またいとこたちが一生許してくれないだろう」コンはハンナに笑いかけた。

「わかってる。でも、わたしはあなたと一緒にいたいだけなの」

コンも同じ気持ちだが、それを無視しようとこれまで雄々しく努めていた。

「今夜ぼくのところに来る?」

ハンナは彼の目をしばらく見つめ、それからふたたびため息をついた。

「いいえ」ようやく答えた。「わたしはもう愛人じゃないのよ、コンスタンティン。婚約者。大きな違いだわ」

コンはがっかりし——そして、ホッとした。たしかに大きな違いだ。

「では、行儀よくして、婚礼の夜を楽しみに待つとしよう」

「ええ」ハンナはうなずいた。「でも、それだけじゃないわ。わたしが望むのは……いやだ、何が言いたいのかわからなくなってしまった。わたしはあなたの妻になりたいの」

コンが笑顔になった。

「いけない、たったいま、思いだしたことがあるわ」ハンナの顔がみるみる明るくなった。「公爵に教えられたの。〝……したい〟とはけっして言わないように、それは自分への信頼が欠けているしるしで、卑屈さにつながるものだ、と。〝妻になりたい〟という言葉は撤回するわ。あなたの妻になります。そして、マーガレットやあとの人たちと一緒に、わたしの婚礼の準備にとりかかります。そうすれば、時間がもっと速く過ぎていくでしょうから。それに、コンスタンティン、結婚式のことで大騒ぎしてくれる家族がいるのは、ほんとにうれしいことだわ。たとえ心の隅で駆け落ちしたいと思っていても」

オーケストラの演奏が始まった。

二人はワルツを踊った。ロウソクが光を放つシャンデリアの下で。舞踏室を飾る花々とシダに囲まれて。色とりどりのサテンや絹をひるがえし、宝石をきらめかせて踊る人々と共に。だが、二人の目にはおたがいの姿しか映っていなかった。

自分は昔から人生の端のほうで生きているように感じていたのだと、コンは気がついた。ほかの人々の人生を眺め、ときにはその手助けをしてきた。ジョンの死に深く傷ついたのは、自分が弟の人生を生きようとして、最後にようやく、それは無理だと気づいたからだった。ジョンは自分の死を一人で迎えなくてはならなかった。それが唯一の正しい道だったことが、いまならコンにもわかる。ジョンは自分自身の人生を生きた。しかも豊かに生き、最期のときを迎えて一人で死んでいった。

これからは自分自身の人生を生きる番だ。不意に、生まれて初めて、自分の人生の中央に立ち、生きる価値と人生への愛を見いだすことができた。

ぼくと共に人生の中央に立った女性を愛している。

ハンナを愛している。

ハンナが彼に笑顔を見せていた。

コンは舞踏室の一隅で二人一緒にターンして、微笑を返した。

24

ダンバートン公爵夫人ハンナ・リードとエインズリー伯爵コンスタンティン・ハクスタブルの結婚式は、貴族社会の標準からすればささやかなものだった。さらに驚くべきことに——少なくともハンナにとっては驚きだった——家庭的な催しとなって、子供であふれかえり、ウォレン館の庭園にある小さなチャペルの式にも、そのあと屋敷のほうで開かれた披露宴にも、子供たち全員が参加した。

いちばんの驚きは、参列したのがコンスタンティンの一族だけではなかったことだ。ハンナの父親がやってきた。ハンナの妹のドーンと、その夫のコリンと、二人のあいだにできた五人の子供も。ルイーズ、メアリ、アンドリュー、フレデリック、トマス。上は十歳から下は三歳の子供たちだ。バーバラは両親を連れてきた。婚約者のニューカム牧師は先日ロンドンに来たばかりだし、自分の結婚式とハネムーンも控えているため、残念ながら来られなかった。

婚礼の前日、フィンチリー・パークに到着した父親を見て、ハンナは昔とほとんど変わっていないという印象を受けた。コリンとドーンについては、そうは言えなかった。二人とも胴まわりが大きくなり、年齢がはっきり出ていた。コリンは髪の一部と若々しいハンサムな顔立ちを失っていた。それにひきかえ、ドーンのほうはバラ色の頬をして満ち足りた様子だった。もっとも、到着したときは違っていたが。

二人がここに来るには勇気が必要だっただろう、とハンナは思った。過去の葛藤はなかったものとしてふるまおうと事前に決めていたし、どうやら二人も同じ決心をしたようだった。抱きあい、挨拶の言葉を交わし、笑顔になった。そして、おたがいに感じていたに違いない気まずさを隠すために、もう一台の馬車からつぎつぎと降りてくる子供たちのほうを向いた。

姪が二人と甥が三人、でも、わたしはこの子たちのことを何も知らない——膝を折ったり頭を下げたりして挨拶する子供たちを順々に見ながら、ハンナは思った。バーバラがハンナの実家のことを話そうとしても、これまで頑なに拒んできたのだ。

状況がもう少し違っていれば、コリンはいまごろ、ハンナにとって十年以上連れ添った夫になっていただろう。だが、いまの彼は遠い昔に会ったことのある他人のようなものだった。

「さあ、入って」ハンナは言った。「お茶とケーキがみんなを待ってるわ」

「ハンナおばちゃま」屋敷のほうを向いたハンナの手に、フレデリックが手をすべりこませた。「結婚式に出るのに、新しい靴を買ってもらったんだよ。前のよりちょっと大きいの」

「ぼくのも」トマスがそう言いながら小走りでやってきて、屋敷に入る二人の横に並んだ。

「じゃ、結婚式を挙げることにしてよかったわ」ハンナは言った。「誰だって、ときどき、新しい靴を買う理由が必要よね」

ハンナの胸がときめいた。

父親と二人きりで話す機会が持てたのは、しばらくしてからだった。お茶のあと、父親が屋敷の横の芝生を一人で歩いていた。ほかの人々と同じく自室で休んでいるものと、ハンナは思っていたのだが。

父親のそばへ行くのをしばらくためらった。でも、仲直りのためにここまで努力したのよ。なぜいまになって足を止めるの？

近づいてきた娘を見て、父親は歩くのをやめた。背中で手を組んだ。

「元気そうだな、ハンナ」

「とても幸せよ」

「また貴族と結婚するのか。だが、今度の相手は前より若い。少しはおまえを幸せにしてくれるだろうか」

お父さんはずっと思い違いをしていたの？

「彼を愛してるわ」ハンナは答えた。「そして、彼も愛してくれている。コンスタンティンと結婚すれば、とても幸せになれると思う。あとで紹介するわね。晩餐に来ることになってるから。でも、お父さん、わたしは最初の結婚でも大きな幸せをつかんだのよ。公爵は優しかった――優しいという言葉では足りないぐらい。わたしは公爵を熱愛したわ」

「あんな年寄りを？　父さんの父親と言ってもいい年だったのに。おまえがあれほど衝動的に公爵との結婚に走ったのは父さんのせいでもあったことを思うと、どうしても自分を許せなかった。父さんはおまえを止めようともしなかったな。あのときはたぶん、こじれた問題を解決するにはそれがいちばん簡単だと思ったのだろう。わたしの娘二人が同じ男を愛してしまった。親としては、どちらの娘にも幸せになってほしかった。おまえのほうが立ち直りも早く、ほかの誰かと幸せをつかめるだろうと思った。若い男はみんなおまえに夢中だったからな。それでドーンの肩を持ってしまった。だが、浅はかだった。おまえはろくに知りもしない年寄りと結婚して遠くへ去り、二度と戻ってこず、手紙もよこさず――いや、もうやめよう。父さんのほうも手紙を書く勇気がなかったのだから。そうだろう？」

「公爵との結婚はわたしの人生で最高のことだったわ。そして、お茶のときの様子から見て、わたしの目に狂いがなければ、コリンと結婚したことがドーンにとって最高のことだったと言えるでしょうね」

「あの二人はとても幸せに暮らしている。それに、孫たちはわたしの人生の光だ。たぶん、おまえも――」

父親はそこで黙った。

「ええ、たぶんね」ハンナはうなずいた。「まだ三十ですもの。子供ができれば、わたしの幸せは完璧なものになるわ」

「ありがとう」父親はぎこちなく言った。「結婚式にうちの一家を招いてくれて」

「コンスタンティンには兄弟も姉妹もいないの。でも、父方にも母方にも身内がたくさんいて、みんなとても仲良しなのよ。いえ、それ以上ね。愛情と温かさにあふれた人たちだわ。わたしに心を開いて、みなさんの人生のなかにわたしを迎え入れてくれた。お茶のときに、モアランド公爵夫妻のエリオットとヴァネッサ、そのお母さまと妹さんたちを見ていて、お父さんもそう感じなかった？　あの人たちが家族の大切さを教えてくれたの。そして、わたしはコンスタンティンに説得されて、ようやく自分の家族に手を差しのべる決心をしたのよ。お父さんが来てくれるかどうかわからなかった。来ないことを願う気持ちもあったわ」

父親は深く大きなため息をついた。

「おまえの手紙が届いたとき、思わず泣いてしまった。いやいや、そんなことを人前で認める気はなかったんだが。何かこう――許された気がした」

ハンナは一歩前に出て、父親の肩に額をつけた。父親の手がハンナのウェストに伸び、抱きしめてくれた。

ドーンと話す機会ができたのは翌日の朝になってからだった。結婚式当日だった。ハンナは化粧室にいて、メイドのアデルが右のこめかみの頑固な後れ毛を満足のいく形にカールさせようとするあいだ、頭をじっとさせていた。

衣装は淡いピンク、まさか自分の結婚式に着ようとは思ってもいなかった色だ。しかし、生地選びに出かけたとき、この色合いにひと目惚れしてしまった。それに合わせて新しい麦わらのボンネットも買った。ピンクのバラの蕾と緑の葉をあしらい、ドレスよりやや濃いめのピンクの絹のリボンがついている。

窓の外を見ると、空が真っ青だった。見渡すかぎり雲一つない。

やがて、チャペルへ出かける前に、誰もがまずハンナに会いに来た。ヴァネッサと、エリオットの妹のエイヴリルとジェシカはハンナを見て歓声を上げ、微笑し、髪やドレスを押しつぶしてしまうといけないので抱きつくのは我慢すると宣言した。誰もが声をそろえて、末の妹セシリーは幸せな出産を間近に控えて今回のにぎやかな祝いごとに参加できないため、きっと大むくれだろうと言った。バーバラの母親のレヴンワース夫人はハンナの手を握りしめて自分の胸に持っていき、今日は生涯で最高に幸せな日だと言った。もっとも、三週間後にバーバラが挙式するときは、今日よりさらに幸せな日になるだろう。

バーバラは何を押しつぶすことになろうと気にかけなかった。まる一分ものあいだ、無言でハンナを強く抱きしめた。それから一歩下がって彼女の全身を見つめた。

「これこそずっとわたしが願ってたことよ。この日が来るのを待ってたの。ずっと祈ってたの。笑いたければ笑ってもいいわ。あなたは愛にあふれた人なんだから、その愛をただの火遊びに向けるなんてもったいない。それに、ハクスタブルさまこそ――いいえ、エインズリー伯爵と言うべきね――あなたにぴったりの人よ。コープランドで過ごしたときにそう思ったの。ハイドパークであの方があなたを抱きあげて馬に乗せたときには、それをほぼ確信したわ。そして、ゆうべの晩餐の席であなたたち二人を見たときにはもう、なんの疑問もなかった。さてと、わたしのささやかな説教は終わったから、両親と一緒にチャペルへ向かったほうがよさそうね。花嫁さんがあわてて駆けつける前に」バーバラは笑った。

「バーバラ」ハンナはふたたびこの友を抱きしめた。「あなたがいなかったら、この何年かをどうやって乗り越えてこられたかしら」

「わたしだって、同じぐらいあなたに頼っていたのよ」バーバラは言った。「あら、ドーンが来たわ。母とわたしはもう失礼しますからこちらにどうぞ、ドーン」

そして二人は出ていき、ドーンだけが残された。ドアを一歩入ったところに不安な表情で立っていた。

「支度はできたわ、アデル」ハンナは言った。「ボンネットは出かける前に自分でかぶります」

メイドはそっと部屋を出ていった。

「どうしてだか、わたしにはわからないけど」ドーンが言った。悔しさのにじんだ声だった。「姉さんは十一年前よりいまのほうがさらにきれいね」

「恋をしているからよ」ハンナは微笑した。「それに、わたしの婚礼の日ですもの。そんなときは誰だってきれいに見えるものよ」

「それだけじゃないわ」ドーンは言った。「姉さんの魅力は美貌だけだと思ってた。でも、ほんとは、昔から人柄もすばらしかったのね。しかも、いまはもっとすばらしい人になってる。ところで、エインズリー伯爵ってすごくハンサムね。鼻はちょっと残念だけど。ほんとはコンスタンティンって呼ばなきゃと思うのよ。ゆうべも向こうからそう言ってくれたし。

でも、それじゃ馴れ馴れしい気がするの。ところで、姉さん、今度はうまくやったわね。老公爵のときは、永遠に生きるんじゃないかと思ったでしょ。きっと大変な試練だったでしょうね」

「世間はそう信じてるみたい。事実じゃないのに。でも、本当のことを知ってるのがわたしだけだとしても、べつにかまわないわ。あ、コンスタンティンも知ってるけど。そして、わたしはいまから、心から愛する人と結婚するの。あなたが過去をふりかえって罪悪感に胸を痛めてるなら、ドーン、すべて忘れてちょうだい。人生で出会うことにはすべて意味があるわ。ときには、その時点では見えないような大きな意味が。わたしはあの出来事のおかげで公爵に出会い、驚くほど幸せな十年を送ることができた。そして、公爵と結婚したおかげで、ゆっくりと、今日という日にたどり着いたの」

「罪悪感なんてないわ」ドーンは言った。「姉さんはその気になれば誰だって手に入れられる人だった。コリンを選び、コリンはしばらく姉さんに夢中になった。姉さんを見れば、どんな男だってそうよね。でも、コリンがほんとに愛したのはわたしで、わたしもコリンを愛してた。幸せな結婚をして、健康ないい子を何人も授かった。姉さんが手に入れられなかったものよ。わたしには罪悪感なんかないわ」

ハンナは微笑した。

「幸せでいてくれてよかった」そう言って妹に一歩近づいた。「それに、どの子もほんとに可愛いわね、ドーン。これからもっと仲良くなりたいわ。バーバラの結婚式のとき、マークルへ行くつもりよ。実家に泊めてもらうわ」

「バーバラは鼻高々でしょうね。招待客のリストに伯爵夫妻が加わるんですもの。一カ月以上、その噂で持ちきりになるわよ」

ハンナはもう一歩前に出て妹を抱きしめた。一応の仲直りはできそうね——ドーンの腕が自分にまわされるのを感じて、ハンナは思った。仲のいい姉妹になるのは、たぶんもう無理だろう。ドーンはたぶん、今後もずっとわたしに怒りを抱きつづけるだろう。コリンと結婚し、円満に暮らしているようなのに。そして、子供が五人もできて、みんな気立てがよくて行儀のいい子たちなのに。

でも、少なくともいまだけは、おたがいを受け入れている。少なくとも、二人のあいだに新たな関係を築いていくことができる。前方に未来が広がっている。どんなときでも希望はある。

「そろそろ行かなきゃ」ドーンが言った。「コリンと子供たちが待ってるから」

ハンナは妹を見送ってから化粧室のドアを閉めた。ボンネットをかぶって階下で待つ父親のところへ行く前に、あと一つ用事が残っている。

大型の旅行かばんの片側へ手を伸ばし、正方形の小さな箱をとりだした。蓋をあけて、自分の結婚指輪を見ながら箱をテーブルに置き、ゆっくりと指輪をはずした。しばらくそれを抱きしめてから、唇に持っていった。

「さようなら、わたしの最愛の公爵」ささやきかけた。「今日のわたしを見て喜んでくれてるでしょ？　そんな日が来ると予言してくれたわね。でも、少し悲しんでもいるかしら。わたしも喜んでるけど、少し悲しくもあるのよ。でも、あなたは愛する人のもとへ行ったし、わたしも愛する人と一緒になるの。あなたとわたしの心の一部はこれからもずっと一緒よ」

指輪を丁寧に箱に入れ、しばらく躊躇したあとで迷いを振り捨てて蓋を閉め、箱を旅行かばんのなかに戻した。

ボンネットをとった。突然、胸に歓喜があふれて、右耳の下でボンネットのリボンを蝶結びにしようとしても指が言うことを聞かなくなっていた。

チャペルのなかは立錐《りっすい》の余地もなかった。身内以外の招待客をごく少数に絞ったものの、こうなることがコンスタンティンには最初から予測できた。声をひそめた会話や身じろぎが背後でかすかなざわめきとなり、子供たちの甲高い声が大きく響いていた。

子供の数がずいぶん多い。子孫繁栄が続いている。しかも、まだまだ止まりそうにない。キャサリンとモンティのところにもう一人生まれる予定だし、セシリーのところはいつお産が始まってもおかしくない。

子供が増えるのはコンの一族だけではない。フィリップ・グレインジャーの妻もおなかが大きくなっていて、信者席の彼女のそばには上の二人の子がすわっている。フィリップはコンの旧友の一人で、今日は新郎の付添人を務めている。

なぜだか、とても心が安らいだ。家族。そして、この朝、コン自身も既婚者となる。家庭を持つ男になる。ああ、家庭を持ちたいとどんなに願ってきたことか。

だが、結婚式はまだすんでいない。

ハンナは遅れてくるのだろうか。時間どおりに来たら、かえって妙な気がしそうだ。

たとえハンナが時間どおりに来るとしても、あと五分も延々と待ちつづけなくてはならない。忍耐心を養うことについて、この前、自分はなんと言っただろう？

朝食をとってくればよかった。

いや、とらなくてよかった。

ああ、くそ、どんどん不安になってくる。

ハンナの気が変わったらどうする？

フィンチリーのどこかで、老公爵が深く腰かけていた椅子から立ちあがり、ハンナを連れて逃げてしまっていたら？

そのとき、馬車の車輪の音が響いた。参列者はすでに一人残らず到着している。十一時まであとわずか三分。

馬車が止まった。当然だ。道はチャペルで行き止まりなのだから。

チャペルのなかが静まりかえった。コンが耳にした音を、みんなも耳にした。

やがて牧師が戸口に姿を見せ、参列者に起立するよう告げた。そして、通路を祭壇へ向かって歩いていった。チャペルの扉はハンナの父親のデルモント氏とハンナ自身のためにあいたままになっている。

柔らかなピンクに包まれた美しい姿。

ぼくの花嫁。

ああ、神さま。ぼくの花嫁だ。

コンはそちらへ行きかけて足を止めた。その場でじっとしていなくてはならない。新婦が新郎のところにやってくるのだ。

そして、ハンナが近づいてきて彼の横に立った。手は父親の腕に通したままだが、麦わらのボンネットの縁からドレープを描いて泡のように流れ落ちるピンクのヴェールを透して、コンに微笑みかけている。

コンも笑みを返した。

どこで式を挙げるのか、参列者は何人ぐらいにするのかという議論に、なぜあんなに時間をかけたのか、コンはどうにもわからなくなった。どこで挙式しようと関係ない。そして、法律の点でも、愛情の点でも、生涯にわたって二人を結びつけることになる誓いを交わすのを誰が参列して目撃しようと、どうでもいいことに思われた。

もう何も関係ない。

「誓います」ハンナを生涯の妻とするための心構えを牧師に尋ねられて、コンは答えた。

「誓います」つぎはハンナが答えた。

そして、コンは牧師に導かれて結婚の誓いを復誦し、つぎにハンナが復誦した。フィリップがきらきら光る金の結婚指輪をコンに渡し、コンがそれを彼女の薬指にはめた。そして、突然——。

ああ、突然、すべてが消えた。期待も、興奮も、根拠のない不安も。

二人は夫と妻になった。

神が結びあわせたものは、地上のいかなる力をもってしてもひき離すことはできない。

「ハンナ」コンは彼女の顔を覆ったヴェールを上げて、じっと目を見つめた。

その目が彼の目を見つめかえした。大きな目、誠意と信頼にあふれている。

ぼくの妻。

不意に、ざわざわいう音、ささやき、子供の甲高い声、コホンという咳が耳に入った。そして、コンはふたたび、自分たちがどこにいるのか、周囲に誰がいるのかを意識した。身内と友人たちが参列し、ともに祝ってくれることを喜んだ。

純粋な幸せが心に温かく広がるのを感じた。

ハンナ——彼の妻——が彼に微笑し、笑みを返そうとしたコンはすでに笑顔になっている自分に気づいた。

チャペルの外に馬車は一台もいなかった。新郎新婦が先頭に立ち、みんなで歩いてウォレン館に戻った。

しかし、まっすぐ戻ったのではなかった。

チャペルから外へ出たところで、ハンナは結婚したばかりの夫に目を向け、彼の腕からそっと手を抜いた。夫の手を握るためだった。

「ええ」コンに何か言われたかのように、優しく答えた。

わたしの夫。ああ、この人がわたしの夫。

そして、二人は一緒に向きを変え、あらかじめ相談しておいたかのように、墓地に入っていった。芝生に覆われた小さい簡素な墓の手前で立ち止まった。墓石に刻まれた文字は五行。

〝ジョナサン・ハクスタブル、マートン伯爵、一八一二年十一月八日没、享年十六、安らかに眠らんことを〟

二人は並んで立ち、手をしっかりつないで、墓石の文字に視線を落とした。

「ジョナサン」ハンナはそっと声をかけた。「豊かな愛に満ちた生涯を送ってくれてありがとう。コンスタンティンの心のなかで、そして、エインズリー・パークにあなたが寄せた夢のなかで生きつづけてくれてありがとう」

コンスタンティンに握りしめられた手が痛いほどだった。

「ジョン」彼の声はささやきに近かった。「今日のおまえは幸せだろうね。だが、いつだって幸せにしていたね。安らかに眠ってくれ、ぼくの弟。ずいぶん長く待たせてしまったな。ぼくはいつも自分勝手だった。安らかに眠ってくれ」

ハンナの顎から花嫁衣裳の襟元に涙がぽとんと落ちた。手袋に包まれた手で涙を拭いた。

「愛している、ハンナ」ほぼ同じささやき声で、コンは言った。

「わたしも愛してるわ」

そして、二人は式に参列した客のほうを向いた。チャペルの外の小道にたむろし、談笑している。子供たちが走りまわり、甲高い歓声を上げている。

コンはハンナと指をからみあわせ、喜びに満ちた笑みを浮かべて、身内と友人たちのほうへ歩いていった。

あたりにバラの花びらが降りそそいだ。

エピローグ

その日は申し分のない秋の一日だった。それでもたぶん、赤ん坊の乳母にとっては不満だっただろう。しかし、乳母の心配に合わせていたら、少なくとも満一歳の誕生日を迎えるまで、赤ん坊は外出させてもらえなくなる。乳母の好きにさせておいたら、赤ん坊は温室育ちのひ弱な子になってしまう。とにかくどんなことに関しても、自分のやり方を通したがる乳母なのだ。なにしろ、育児の経験が豊富だし、祖母のような気持ちで赤ん坊を溺愛しているのだから。

ハンナがこの乳母に出会ったのは、以前の〝家族〟からもう必要とされなくなった彼女がランズ・エンドの求人に応募してきたときだった。面接のときにこう打ち明けた――ほんとはお年寄りより幼児の世話のほうが得意なんです。でも、雇ってもらう側に選り好みはできませんものね。

その日は本当に申し分のない一日だった。夏の暑さは去ったが、冬の寒さはまだ訪れていない。雨雲はどこにも見えないし、ついでに言うと、雲一つない青空だ。風はまったくなかった。前日のそよ風もやんでいた。空は鮮やかな色彩に満ちていた。もちろん、空の色だけではない。なにしろ空は青一色だ。木々の枝の色がそこに加わっている。赤く色づいた葉があらゆる色合いの黄色やオレンジや茶色と混ざりあっている。もちろん、常緑樹の緑もちらほら見える。地面に落ちた葉はまだほとんどない。

馬で遠乗りに出かけるのにぴったりの日だった。田園地帯に馬を走らせ、もう一度競走するのにもってこいだ。いずれコンスタンティンを負かしてやろうという望みを、ハンナはいまも捨てていない。もっとも、この何カ月か、馬にはほとんど乗っていないし、ゆっくりした散歩すらしていなかった。そういう危険を冒す気になったとしても、コンスタンティンが許すはずがない。彼女自身もそういう気になれなかった。

二人は馬車でゆっくり出かけた。しかも、屋根つきの馬車で。たまに乳母が議論に負けることもあるが、二人が乳母を完全に打ち負かすには至っていない。乳母には子育ての経験があるが、二人にはない。

いつもなら、出かけるときは犬たちが一緒だった。結婚式からほどなく、ランズ・エンドの老人たちには仲間内のつきあいとわずかな面会客から得られる刺激だけでは不充分だ、とコンスタンティンが考え、コープランドの廏の片隅に広くて居心地のいい場所を作ってそこで犬を飼うことにした。思ったとおり、犬の訪問が老人たちの日々に大きな喜びをもたらした。犬を連れていく役目は、ときたまハンナとコンスタンティンがひきうけたが、シリル・ウィリアムズが連れていくことのほうが多かった。十歳の少年で、ハンナたちがバーバラとニューカム牧師の結婚式に出たあとでロンドンにしばらく滞在していたとき、コンの財布をすろうとした子だった。その二、三カ月前に、たった一人の肉親だった母親を亡くし、極貧の暮らしからさらに身を落として野獣のように生き延びるだけの日々を送るようになったため、ぼろをまとい、汚れ放題のみすぼらしい姿で震えていた。

シリルと犬たちはとても気の合う仲間だった。シリルが犬に餌をやり、ブラシをかけ、運動をさせ、訓練し、甘えさせている。ときには、自分の部屋にこっそり連れていくこともあって、そんなときは不思議なことに、召使いも主人夫妻も目と耳が働かなくなってしまうのだった。犬たちはシリルが大好きで、どこへ行くにも一緒だった。みんな、シリルに甘え、おとなしく言うことを聞き、シリルがしぶしぶ村の学校へ行っているあいだは、寂しそうに廏のなかをうろついている。

だが今日は、老人たちを元気づけるために連れて来られたのは犬ではなかった。

今日は生後四カ月のマシュー・ハクスタブルが一緒だった。親ばかな二人に言わせると、世界でいちばん美しい子供だそうだ。黒髪と肌の色は父親似、ブルーの目と明るい笑顔は母親似だ。

そして、今日、ランズ・エンドの年老いた住人たちは、マシューがパパの手から一人一人の腕に渡され、みんなの顔を見てうれしそうに声を上げ、パパの指でおなかをくすぐられるたびに歯のない顔で笑いだすものだから、もう大喜びだった。

そのあいだ、ハンナのほうは、赤ん坊を抱くことはおろか、話すことも、周囲の出来事に反応することもできない人々と話をしていた。反応がなくても声をかけ、姪二人と甥の片方がコープランドで夏の三週間を過ごしたときの話をした。ハンナの出産のときに妹が手伝いに来て、そのあと下の二人の子を連れてリンカーンシャーに戻ったのだが、上の三人は残ったのだ。それから、モントフォード卿夫妻のところに生まれた娘の話もして、その子が一歳の誕生日を迎える前に会いたいので、遅くともクリスマスまでにはそちらを訪ねるつもりだと語った。それから、新たに生まれた子犬たちのことも話した。シリルが里親を探しているところだ。

やがて、訪問が終わり、ハンナは馬車に乗りこんでコンスタンティンの横にすわり、マシューを膝にのせた夫を見守った。夫は赤ん坊の頭のうしろを両手で支えて、百面相をしてみせたり、赤ちゃん言葉で話しかけたりしていた。

赤ん坊のまぶたがとろんとなった。あやしてもらいたい気分ではないらしい。

誰が予想したかしら――ハンナは思った――よりによって、コンスタンティン・ハクスタブルが子供を溺愛するこんな優しい父親になるなんて。

手なずけられた悪魔。

いえ、この人は悪魔なんかじゃなかった。とんでもない誤解だった。

秘密に満ちた人だった。愛に満ちた人だった。

コンスタンティンの肩に頬をもたせかけると、彼がこちらを向き、ハンナを見おろした。

「いまちょうど、ダンバートン公爵夫人の姿を思い浮かべようとしてたんだ。しかし、ハンナの顔に邪魔されてしまう」

「公爵夫人はとても役に立ってくれたわ」

「うれしいよ。きみがもう公爵夫人を必要としなくなって」

ハンナは満足の吐息をついた。

「わたしもうれしい。マシューが眠ったようね。わたしに抱かせて」

コンは向きを変えると、赤ん坊を起こさないよう気をつけて妻の腕に渡し、そちらを向いたまま、自分の息子を、つぎに妻を見つめた。

「愛してるって、きみに言ったっけ？」

「ええ」

コンはそっと優しく赤ん坊の頭をなで、座席にもたれた。

「でも、もう一度言ってくれてもいいのよ。いいえ、ぜひ言っていただきたいわ」

コンは穏やかに笑った。

訳者あとがき

長らく好評を博してきた〝ハクスタブル家のクインテット〟が、本書でついに大団円を迎える。シリーズの掉尾を飾るにふさわしく、一作目から読者のみなさんの興味を惹きつけてやまなかったコンスタンティン・ハクスタブルと、社交界きっての美女と謳われる公爵未亡人ハンナのロマンスを中心にして、ハクスタブル家の面々が勢ぞろいする華やかな作品の誕生となった。シリーズを通してコンにかけられていたある疑惑も、いとこエリオットとの確執も、この最終作で解決の方向へ進んでいくので、期待していただきたい。

コンスタンティンは名門伯爵家の長男でありながら、両親が正式に結婚する二日前に生まれてしまったため、正式な跡継ぎにはなれないという宿命を背負っている。黒髪、黒い瞳、浅黒い肌の持ち主で、暗く謎めいた雰囲気のせいか、社交界の人々からひそかに〝悪魔〟と呼ばれている。その悪魔もすでに三十五歳、毎年、社交シーズンが始まるたびに新しい愛人を作り、一年だけの交際を楽しんできたが、そろそろ結婚を真剣に考えなくてはと思いはじめている。

いまは春、華やかな社交シーズンの幕開けだ。

今年最大の話題はあでやかな美貌を誇る公爵未亡人の社交界への復帰だった。十九歳のときに七十代の公爵と結婚。若さと美しさで老貴族をたぶらかして富と名声を手に入れた計算高い女。世間ではそう噂されている。公の場ではつねに白い豪華なドレスをまとい、大粒のダイヤで飾りたてた絶世の美女として、数多くの崇拝者に囲まれて社交界に君臨してきた。公爵の死去に伴い、この一年は貞淑な未亡人として喪に服していたが、ようやく喪が明け、社交シーズンの到来とともにロンドンにやってきたハンナ。いったい誰が公爵夫人の新しい愛人になるのか、と人々は興味津々だ。

だが、ハンナ自身にはすでに、ひそかに狙いをつけた相手がいた。暗く妖しい魅力を漂わせる男、コンスタンティン・ハクスタブル。愛人にするのにもっともふさわしい男。この男との快楽に身を委ね、夏が来たら別れよう――そう決めていた。

悪魔と呼ばれる男と、軽薄で贅沢好きという評判の公爵夫人。ある意味で、これほど似合いのカップルはないだろう。身体の関係だけを楽しんで、社交シーズンの終わりとともに別れを告げる。二人ともそのつもりだった。

しかし……計画どおりにいかないのが人生のおもしろいところだ。初めて結ばれた夜、コンスタンティンはハンナの意外な秘密を知って驚愕し、ハンナは彼の優しさと誠実さに触れ、それをきっかけに、ただの遊びのはずだった関係に微妙な変化が生じる。

二人の胸のときめきを、迷いを、苦悩を、メアリ・バログはこの人にしかできない細やかな筆致で丹念に描きだしていく。シリーズ最終作にふさわしく、バログ作品の普遍的なテーマである愛と癒しと赦しをめぐる描写が、本書ではまた一段と輝きを増しているように思われる。

このシリーズを終えたあとも、執筆に対するバログの意欲は衰えることを知らず、二〇一二年に'The Survivors' Club Septet というシリーズをスタートさせ、四年間かけて完成。現在は'The Westcott Family' と名づけたシリーズの執筆にとりかかっている。二〇一六年十一月に第一作の Someone to Love、続けて翌二〇一七年には、Someone to Hold, Someone to Wed の刊行が予定されている。人間関係がややこしくからみあった伯爵家をめぐる物語のようで、全八作となるそうだ。

話がいささかそれてしまったが、〝ハクスタブル家のクインテット〟の最後を飾るコンスタンティンとハンナのせつない愛の物語を存分に楽しんでいただければ、訳者としてこのうえない幸せである。

二〇一六年八月

ライムブックス

宵闇《よいやみ》に想《おも》いを秘《ひ》めて

著　者　メアリ・バログ
訳　者　山本《やまもと》やよい

2016年9月20日　初版第一刷発行

発行人　成瀬雅人
発行所　株式会社原書房
〒160-0022東京都新宿区新宿1-25-13
電話・代表03-3354-0685　http://www.harashobo.co.jp
振替・00150-6-151594
カバーデザイン　松山はるみ
印刷所　図書印刷株式会社

落丁・乱丁本はお取替えいたします。
定価は、カバーに表示してあります。
 ISBN978-4-562-04488-7 Printed in Japan